风轻云淡

秦自黑 著

上海文艺出版社
Shanghai Literature & Art Publishing House

图书在版编目（CIP）数据

风轻云淡 / 秦自黑著. -- 上海：上海文艺出版社，
2024. -- （南海潮 / 彭桐主编）. -- ISBN 978-7-5321-
9072-0

Ⅰ.I267

中国国家版本馆CIP数据核字第2024RA0945号

发 行 人：毕　胜
策 划 人：杨　婷
责任编辑：李　平　程方洁　汤思怡　韩静雯
封面设计：悟阅文化
图文制作：悟阅文化

书　　名：风轻云淡
作　　者：秦自黑
出　　版：上海世纪出版集团　上海文艺出版社
地　　址：上海市闵行区号景路159弄A座2楼
发　　行：上海文艺出版社发行中心发行
　　　　　上海市闵行区号景路159弄A座2楼206室　201101　www.ewen.co
印　　刷：成都市兴雅致印务有限责任公司
开　　本：880×1230　1/32
印　　张：80
字　　数：1850千
印　　次：2024年7月第1版　2024年7月第1次印刷
ＩＳＢＮ：978-7-5321-9072-0/I.7139
定　　价：398.00元（全10册）

告读者：如发现本书有质量问题请与印刷厂质量科联系　T：028-83181689

绿水长流，青山不老

——秦自黑《风轻云淡》序言

老秦是我在当湖高级中学任教时的老同事和老朋友。

1998年6月的一天，校长跟我说："等会儿有位老师要来校应聘，你一起去听一下课吧。"来的人就是老秦，四十开外的年纪，很精干又很儒雅的样子。他的名字很有特点，所有在场的人一下就记住了，我甚至据此推想这应该是一个有故事的人。听校长说，老秦来自湖南，很优秀，在当地还担任校长。新学期开始，老秦就成了我的同事。他儿子初二转学过来就读于我校初中部。第二年，以我校高中部教师为班底，加上新招聘的教师，成立了一所新的高中——当湖高级中学。我带完一届高三，回到高二任年级组长并做班主任，老秦刚好高一上来，也是班主任，于是接触多了。几个班主任都非常投合，而老秦年纪最大，为人温厚随和，做事认真严谨，管理班级很有办法，所以，大家都愿意向他讨教。后来我调离了学校，但在市教研活动中我们还经常碰面，还一起研讨命题、批卷。他给我的印象还是勤勉随和，严谨敬业。老秦从教34年，一半时间在当湖高级中学。

2015年，老秦退休，闲居北京，彼此间的联系少了。日前，手机响起，一看竟是老秦！老秦说，趁着"当高"老师的出书热，也想凑个热闹，出一本书，让我写一篇序。我虽感惶恐，但还是非常感谢老秦的信任，于是欣然允之。打开老秦发过来的书稿一看，内容真不少，文类兼及小说、散文、诗歌和随笔等，其中过半作品都是退休以来7年多时间内所创作。看到他退而不休，老有所为，足迹遍及大江南北、塞外边陲，我真是钦佩有加。

读着老秦的书稿，我首先感到的是一种真真切切的亲近感。

一则是因为我们曾在同一片文学的沃土里耕耘过。2000年10月，在老组长潜问根老师的倡导下，我校语文组创办了自己的教师文学刊物《垄上行》。教学之余，老师们为诗为文，自娱自乐，开开心心"垄上行"。这在当时的全国中学界好像很少见，一时引来了许多关注的目光。刘国正、肖复兴、于漪、顾之川、郭永福等众多语文教育专家及文学名人欣然为《垄上行》题词，这更激发了老师们的创作热情。这期间，老秦一直是坚定的支持者和积极的参与者，每期必有他的大作，而且质量很高。他的作品逐渐见诸《嘉兴日报》《嘉兴教育》《中国教师文学》等报章杂志，多篇作品收录于国内几家出版社出版的文集。2003年我因工作需要调离了学校，但《垄上行》一直蓬蓬勃勃地发展着。几年下来，每位教师都积累了不少作品，2005年学校从已刊出的9期《垄上行》中精选部分作品，每人编成一个小专题，结集正式出版了《垄上行——同行共赏一路歌》一书。2014年又出版了续集《当湖听潮》。之后，随着积累的日渐丰厚，教师个人的作品集便应运而生了。先后有潜问根老师的《长不大的圆圈》，许明观老师的《一苇杭之》，翁文松老师的《白莲飘幽香》，陈年兴老师的《难忘的岁月》，沈国强老师的《盐河棹桨》等，现在又有老秦的这本《风轻云淡》。有人曾以"白马湖现象"作比，那是万不敢当的，我们只不过是草根写作。但教师的文学创作确成一时之盛且经久不衰，既激发了学生的写作热情，同时产生了广泛的社会影响力，这是实实在在的。

二则是因为老秦的文字中有我熟悉的水的音韵在流淌。从大的地域来说，我们同属江南人。所以，水是老秦文章一个极为重要的元素，也增添了文字的灵动，这让我这个水乡人读来倍感亲切。如果要说有所不同，那就是平湖属于河湖密布的水网地带，多的是温婉流转的"小桥流水人家"；而老秦出生的鄂州和曾经工作的岳阳面对的是长江和洞庭这样浩瀚的大江大湖，有的是"月涌大江流""波撼岳阳城"这样的雄阔气象，而且两地人文荟萃，文化底蕴深厚，所以他的文字更显大气概，更有文化味，特别是写家乡的那组文章，极有地域特色和文化韵味。而从出身来说，我们同属农家子弟，也一样经历过连吃饱饭都成为奢望的年代。不同的是，比我大几岁的他家里兄弟姐妹更多，还做过几年真正在泥土里跌打滚爬的农民，对生活的艰难更加刻骨铭心，体味也就更为深刻。所以他写父母兄妹、写母校故土、写劳动生活的那些文字体察细微，感情丰沛，直击人心。

旅行随笔和游记在老秦的文集中占了很大篇幅，也是极具特色的一组文章。和一般见闻式的游记不同，老秦的游记特别丰厚，历史人文和现实世界相交叠，自然景观和人生感悟相交融，纵横捭阖，联想丰富，自有一种格调。比如《魅力敦煌》"洞窟与人物"一节，既有冒着高温，忍着干渴，在全无商业气息的莫高窟"愉悦地享受着很纯净的文化气息"的现场感，又有对莫高窟开凿历史，洞窟建筑、彩塑、绘画三位一体综合艺术的娓娓叙说，还有对洞窟发现者王圆箓、壁画临摹者张大千和当今守护者樊锦诗的联想式补叙和精当评说，再加入个人对莫高窟曾经遭遇的悲剧及当今毁坏文物的事情还屡有发生的感悟和慨叹，整篇游记内容丰满，视野开阔，收放自如，极具立体感。

大凡语文老师，都曾怀揣过文学的梦想，但亲身实践、"下水"写作的实在不多，而能一以贯之、终身写作的更是少之又少。而老秦就是这少之又少的终身实践者。与老秦的为人和治学相一致，他对文学创作始终怀有一份虔诚和敬意，他认为写作是一件十分严肃的事。他对写作有自己的理解，那就是："写作不是自娱，而是自省；不是炫耀文字，而是践行责任。"他也的的确确一丝不苟地坚守着自己的这一写作原则。

作为一位语文教师，老秦平时亲自"下水"和学生同题写作，每年高考之后，他还和本校其他老师一起写高考下水作文。"仰望固然能带来美的遐想，但也可能产生错觉；近观虽然可能少些美感，但更易接近事物的本真：所以无论是看人还是论事，我们都要校准角度，拉近距离，并多取客观公正的平视。"（下水作文《〈星星〉的启示》）像这样的理性思考正是学生所缺少的，而他以自己的人生经验和生活感悟启迪学生，用自己的写作来更好地履行教书育人的崇高使命。

老秦不是一位专业的写作者，却把写作完全融进了自己的日常生活，并用写作来承载一个公民的社会责任。"愿有'游刃有余''运斤成风'的本事和'水击三千里，抟扶摇而上者九万里'的磅礴力量，去战胜前进道路上的种种困难和挑战，创造出绚丽精彩的人生，为国家富强、民族振兴做出自己的贡献！"（《生命的姿态》）像这种关注当下社会生活、传递正能量的警策之句在老秦的文章中俯拾皆是，让人获益良多。

所以，他的文章多了一种社会主人翁的精神，多了一份忧患的意识。对现实世界的真切观照、对人生经历的真实记录、对师友亲朋的真情抒发，都是老秦这本文集给我的阅读感受。他的文字纯净而不夸饰，真实而不造作。特别是退休后，他对生活仍保持着高度的热情，对世界仍保持着探究的热望，对社会仍保持着敏锐的触角，这是极为可贵的一种文人品质。

这本集子就是老秦数十年来和这个世界的人、事、物的真诚对话，是社会世态的真切映射。读着，读着，脑海里突然闪出稼轩的词句："我见青山多妩媚，料青山见我应如是。"若我们看到这个世界绿水长流、青山不老，那么，世界同样会把灿烂的阳光照进我们的心田。

老秦其实并不老，他的心还在这片广阔的天地间轻盈地飞翔。我真诚地希望老秦的生活自在而充实，也期待着他的生花妙笔能继续给这个世界增添几分亮色。

平优良
2022 年 12 月于浙江平湖

（本文作者系浙江省平湖市高中语文教研员、嘉兴市中语会常务理事、浙江省写作学会会员）

辑六　人生百味

辑七　闲居笔谈

▌辑八 寸草春晖

辑一　悠悠岁月

那个冬天不冷

——写在恢复高考 30 周年之际

在我 22 岁之前的记忆里，我的老家湖北鄂州——大约东经 114º32′～115º05′、北纬 30º00′～30º06′ 的地方，冬天是极其寒冷的。记得每到严冬，村前的湖面常常封冻。渡船不能摆渡，那些要过渡的人，只得在湖面厚厚的冰上步行。遇上搬运东西，肩挑容易滑倒，就把东西装在箩筐里，然后系根绳子，在冰上拖着行进。那些好玩的小孩，则把湖面当作天然溜冰场，瞒着大人，在上面尽情玩耍；有的还在上面打陀螺，一鞭子抽下去，那高速旋转的陀螺，一下子就飞到了几十米甚至上百米之外。当然，更多的人则是猫在家里，除非有农活或是其他急事要做，是决不会到户外去受冻的。但有一个年份——1977 年，却是个例外。那年的冬天不冷，因为在那年的冬天，吹起了一股暖洋洋的春风——已停考十多年的高考，终于解冻了！

1977 年 10 月 20 日，国内各大新闻媒体，把恢复高考的消息传遍了大江南北。一个多月后，全国 570 万考生，怀揣着美丽的梦想，走进了高考考场，参与这场中华人民共和国成立以来竞争最为激烈、录取比例仅为 29∶1 的角逐。

高考，在现在看来是一件再平常不过的事。读书，考试，升学，是学生学习生活的必然过程，但有十多年，这种"必然"就不再必然了。高考停考，读书十几年，学好学差，到时候统统走人，哪儿来的回到哪儿去。

于是，"读书无用"的论调盛行起来，不少人在学校里混日子，学校也很少正儿八经上课，各种活动很多。但即便如此，仍不乏勤学上进之人。不少人坚信，社会要发展，不能没有文化知识；国家要富强，不能不办好高等教育。他们渴望能参加高考，能继续求学深造。这一天终于等到了，国家要恢复高考了！这消息如同一缕春风，吹进那冰封的大地，吹开了千树万树的梨花，吹进了渴求知识的人们的心里。大家是那样激动，奔走相告，把喜悦和希望写在了脸上。

但突然要恢复高考了，各方面又明显准备不足，一切显得那么匆忙。有困难怕什么，加班加点干起来，与时间赛跑。那真是一个令人振奋、令人热血沸腾的年代，一个创造奇迹、创造辉煌历史的年代！大家的积极性空前高涨，报考人数之多，出乎所有人的意料。据说由于考生太多，国家一下子拿不出足够的纸张来印制试卷，只得紧急调用印刷《毛泽东选集》第五卷的纸张。

记得那年我 22 岁，离开学校回到农村已整整四年了。四年来最大的收获是，出色地完成了由一名高中生到农民的转变；最大的损失是，四年中基本上没摸过书本，知识退化的速度跟手上老茧生长的速度一样快，十多年学到的那点可怜的知识大都还给了自己一直尊敬的各位老师。超负荷的体力劳动，难以想象的生活重担，锻造庄稼汉需要的所有品格，当然离读书人所需要的素质就越来越远了。基于这种情况，报考前我曾犹豫过。但面对多少年等一回的机遇，自己觉得还是应该去试一试，否则，太对不起那封存多年的梦想，对不起一直坚定地支持我读书的父母亲。

我最终下定决心，一定要去参加高考，不管结果如何。时间很紧，离高考只有短短几十天。心里很是茫然，没有复习资料，甚至连一套完整的复习用书都弄不到，就是高中读过的那几本可怜的课本也大都早已不知了去向——当时小学毕业都能推荐上北大、清华，谁还留着那些不能当饭吃的破玩意儿；没有辅导老师，考试范围、试题难度等一概不知。但即便如此，也总不能打无准备之仗。于是，没有书，就找高中时的老师借；白天劳动没有时间，就晚上复习，通常熬到转钟，甚至通宵达旦。碰到停电，清冷的夜风肆无忌惮地穿过蒙着窗户的薄膜纸，把那昏黄的煤油灯光吹得不停地摇曳起来，把那远远近近的鸡鸣狗吠之声清晰地送到耳畔，可那思想的骏马照样在知识的原野上尽情驰骋，毅然决然地向着那未知的目标前行。现在回想起来，那不单是勇敢，简直像一名战士在茫茫黑夜里单枪匹马作战，颇有点孤寂悲壮的色彩！但有梦想的召唤，有家人的支持，有老师的鼓励，也就不感到孤寂了。记得离考试只剩下一个星期的时间，在武钢工作的哥哥得知我的情况后，毅然与同事调班，回来替我参加生产队的劳动，使我能在最后冲刺阶段集中精力，全力以赴。

考试的日子——1977 年 12 月 6 日、7 日，终于在人们的期盼中到来了。考点设在区政府所在镇上的华容高中，离家有十多里。那天天刚亮我就早早起床，看了一会儿书，吃过母亲想方设法专门为我做的最可口的早餐，带上哥哥替我准备好的考试用品，迎着寒风，踏上了通往镇上的道路。偶一回首，看见母亲、哥哥伫立在村头，两行眼泪差点儿落了下来，心里油然升起一种必胜的信念！

一个多小时后，到了镇上。天气很冷，但身上直冒热气，心里很温暖。离开考还有一段时间，看那考点外，人头攒动，热闹非凡。走进考点大门，首先映入眼帘的是悬挂在一幢教学大楼上的鲜红的对联，上面的大字遒劲有力，给我们以巨大鼓舞。离开学校四年了，终于有了高考的机会，幸福之情油然而生。

我在文科第一个考场。那时同样是一个考场 30 名考生，两名监考老师，但不同的是，那时的考生心里多的是兴奋，少的是紧张。因为大多数人是抱着重在参与、并非必定能考上的心态——十多年终于有一考，十几届的学生，无论是知识水平、年龄阅历还是职业背景，都彼此各异，互不摸底；十几年的考生积在一起，当年全国到底有多少人参加考试，最后能录取多少，大家也都不知道。但即便如此，大伙儿仍都兴高采烈，不管结果如何，能享受高考这一过程，就已是莫大的幸福了！

幸运的是，经过几十天的顽强拼搏和两天的激烈角逐，我终于成功地挤过了那座独木桥，成了 27.3 万 "77 级" 人中的一员。如今已 30 年过去，弹指一挥间。回望曾经经历过的那些日子，恍如隔世，但又是那样清晰和亲切。作为 "文革" 后恢复高考的第一届学生，无疑是幸运和幸福的，因为能亲历在共和国历史上绝对要重重书写一页的那场伟大的高考改革，并因此而改变了命运。自己深切感悟到，个人的命运总是和国家、民族的命运紧密相连；个人的努力固然重要，但与社会进步、时代发展的潮流相比，又是微不足道的，因此，"感恩" 是我们永远的主题词。同时，自己作为受惠于恢复高考的 "77 级" 人，除了感恩之外，更多的是责任感和忧患意识。时序轮替，光阴荏苒；去日苦多，所为碌碌，不禁油然而生的是惶恐和紧迫。从教 25 年，每当与高三学生一道艰辛备考，把他们送进高考考场，送进大学校门；每当置身书房，冥然独坐，看窗外花开，听鸟语虫鸣；每当夜阑人静，灯下备课，清风入窗，轻轻拂动着桌上的书页，往往不由得怀想起自己曾经经历过的那些充满艰辛、满载希望的日子，永远记得：

那个冬天不冷！

附记：

在我国高等教育考试制度改革 30 周年之际，我的大学母校——华中师范大学发起了 "纪念高考制度改革 30 周年" 征文活动。因 "应征文章要求写自己的亲身经历，又能体现出与我们这一代人生活的密切关系"，故如实地记录下自己曾经经历过的那些难以忘怀的日子和琐事，以表达一个普通读书人对我们这个伟大时代的真挚心声，对以恢复高考制度为前奏的改革开放 30 周年的纪念。

2007 年 8 月

（本文收录于许明观主编《当湖听潮》，吴越电子音像出版有限公司 2014 年版）

始得西山

　　我的老家鄂州，多水而少山，在我的印象中，有名的就只有西山。但说来奇怪，我生长的小村，离西山并不远，坐汽车大约一个小时的车程；且西山就在县城边，并不偏僻，可我初识西山是在高中毕业两年后的冬天。

　　那个冬天，我和同村的两个伙伴在樊口排灌工程工地劳动。因有天下午突降大雪，无法正常施工，上头给我们放半天假。尽管那时物资极度匮乏，肚子常常半饥半饱，但我们的精力仍然极其旺盛。有个伙伴说："待在工棚里睡觉有什么意思，不如到附近的西山去逛逛。"我们都同意。于是就戴个草帽出发了。大约三十分钟后，我们就到了通往城区公路边的西山公园入口处。爬过一道长长的斜坡，终于看到了"西山公园"四个大字。无需买票，进门后拾级而上，到了一小片平地，有一爿小店，出售一些简单的食品；店主人五十来岁，圆脸，笑眯眯的。看见食品我们就有些饿了。看了一下，都是好东西，更有一种"东坡饼"，从未尝过。于是三人翻了一阵子口袋，凑了点钱，买了三个：看相不错，金黄金黄，细细的饼丝绕成一道道圈圈；掰了一圈，酥脆可口；只是量有点小，对付饥饿明显实力不够。看我们吃得津津有味，店主人笑问："再来三个？"我们争着回答："不要！不要！"店里生了盆火，但生意很冷清，顾客就我们三人。店主人请我们坐在一张条凳上烤火，盛情难却，我们只好恭敬不如从命。我问："东坡饼这名字怪怪的，有什么来历？"不想店主人不仅好客，而且健谈，话匣子一旦打开，就滔滔不绝了。我梳理了一下：这饼原本是一个和尚用来招待一个远客的。这个客人叫东坡，是个失意的官员，还是个了不起的文人，就以他的名字给饼命名了。我们恍然大悟，原来这饼不是东坡做的，是借东坡的大名在给饼做广告。看雪下得小了，话也说得差不多了，我们就谢过店主人，继续登山。

　　由于是雪天，游人不多，但这丝毫不影响我们的兴致。古灵泉寺、九曲亭、吴王避暑宫等主要景点我们都一一游到，几近原生态的自然景色令我们十分惊喜，而丰富的人文景观又令我们倍感新鲜。

　　我们走近一块很大的石碑，看那上面的介绍：

　　西山，古称樊山，因在吴王古都——今鄂城市区之西，故名西山。西山是不可多得的江南名山，昔有楚门东户之誉、古都明珠之称。满山苍翠气候宜人，"岁寒三友"——松、竹、梅，凌霜傲雪，岁寒不凋。一脉九曲，九峰六谷，重峦叠嶂，飞瀑漱玉；山上六条谷洞，串连起七泉、三池、一湖、两瀑；地下水水质优良，终年不竭，菩萨泉清纯甘美。

我们小村也有很多树，只是不如这里的高大苍翠、品种繁多；山水相依，本算不得新奇，但一山之中，有瀑、洞、泉、池、湖，就令我们大开眼界。我尤其对那菩萨泉印象深刻：首先是这名字，居然与菩萨有关，自然带着仙气，有几分神秘；再看它雪天不结冰，涓涓不绝，隐约汩汩有声，有热气袅袅然，掬之而不觉凉。后来看了有关资料才知道，这泉大有来头，且与大名鼎鼎的苏轼兄弟俩颇有渊源。

苏轼谪居黄州不久，有一个朋友游西山，特意打了一瓶菩萨泉水送给他。他亲口品尝后，认为可与唐代茶圣陆羽评定为"天下第二泉"的惠山泉相媲美。后来到西山，他便特地对菩萨泉进行了实地考察，发现"泉水白而甘""泉所出石如人垂手"，甚奇。后来他陪弟弟苏辙一起游西山时，还专门向弟弟介绍了菩萨泉，苏辙也赞赏有加："清泉类牛乳，烦热须一掬。"苏轼还对"菩萨泉"这个名字的来历作过一番饶有兴趣的考证，认为晋代武昌太守陶侃赠给寒溪寺的文殊师利菩萨金像，当时可能供奉于此泉穴中，故名"菩萨泉"。菩萨泉中时见灵光显现，所以又名"灵泉"，西山寺因而又叫"灵泉寺"，后人则称之为"古灵泉寺"。后来，苏东坡还曾以菩萨泉水代酒，为友人王子立送行，并写下"送行无酒亦无钱，劝尔一杯菩萨泉"的诗句。

说来颇有些寒碜，那时我们三人虽然都高中毕业，知道苏轼这名，但还没有正式读过他的作品，所以我是在认识西山的同时才认识苏轼的。由于天冷，虽然雪小了些，但我们只戴了顶草帽，所以不敢在菩萨泉停留太久，就到了"九曲亭"。看那亭里相关介绍文字，知道这亭又跟苏轼大有关系。

九曲亭在西山南麓的九曲岭上，取"羊肠九曲"之义，命名"九曲亭"。九曲亭始建于三国时期，后来荒废。苏轼谪居黄州，过江登西山，找到故址，于是慷慨解囊，扩地重修，可后来又荒废了。鄂州市建立后，专门拨款重修此亭。今九曲亭内有黄屏红柱。屏的内外壁分别刻有苏轼的《武昌西山》诗和苏辙的《武昌九曲亭记》，柱上刻有张之洞所撰对联。站在九曲亭前，仰可观山陵，俯可视长江，山色水光，美景如画。游客至此，莫不到亭中观赏那一诗一记，以缅怀苏氏兄弟。记得我在浙江任教时，一次高考模拟考试文言文阅读考的就是苏辙的《武昌九曲亭记》。我在跟学生讲评试卷时说："这九曲亭就在我老家。"学生惊讶后投来羡慕的眼光。

参观完九曲亭后，我们到了吴王避暑宫。吴王避暑宫始建于公元221年一

229 年之间。相传孙权在战争年月常在西山避暑读书，在西山寒溪建了这座避暑行宫，并在宫中运筹帷幄："昔日吴王避暑宫，三分割据各称雄""岂是英雄真避暑，遥看赤壁好鏖兵"。

对三国故事我们自小就有浓厚的兴趣，夏天乘凉曾听本村业余讲书人"二哥"讲过，但吴王跟西山的故事却还是第一次知道。吴王是何等英雄的人物，"天下英雄谁敌手？曹刘。生子当如孙仲谋"。

半天行程，收获颇丰，始得西山，又不仅仅是"得"西山，对西山和苏轼都有点相见恨晚。由于是第一次游西山，又是雪天，往返曲折，走了一些冤枉路，所以返回公园入口时，天色已经不早了。看那雪，纷纷扬扬，越发下得密了。我们担心衣服湿了会感冒，决定立即返回。自此我对西山发生了浓厚兴趣，后来因事进城路过西山入口处小店，还花两毛钱买了本《西山故事》。在劳动之余，认真研读这本小册子，又知道了不少苏轼"始得西山"的故事，那圆脸店主人跟我们讲的"东坡饼"的故事就是其中一个片段。

苏轼是四川眉山人，原来在北宋朝廷做官，因为一桩案子贬到了与鄂州一江之隔的黄州，做了个芝麻小官。宋神宗元丰三年（1080 年）到达黄州，至元丰七年（1084 年）离开赴汝州任止，在黄州度过了四年多的贬谪生活。这期间，因鄂州山水秀丽，特别是被鄂州人民的淳朴好客所吸引，他屡屡渡江南来，与不同身份的人交往，演绎了丰富多彩的故事。

与西山风物结缘

苏轼本来在黄州做官，因为黄州无名山，而鄂州"连山蟠武昌，翠木蔚樊口"；又因为鄂州物产丰饶，"长江绕郭知鱼美，好竹连山觉笋香"，所以常渡江来鄂州。每一次都游得"意适忘返"，甚至"往往留宿于山中。以此居齐安（黄州）三年，不知其久也"。可见西山风物对苏轼有多大的吸引力啊！苏轼与西山风物结缘，通过寄情于自然山水来排遣心中的郁闷。

与弟弟同游西山

公元 1082 年，苏轼弟弟苏辙因官职变动，由河南商丘到江西高安，途中经过九江，安顿好妻儿后，曾专程绕道黄州来探望阔别多年的哥哥。兄弟俩久别重逢，要说的话自然很多，但哥哥提议：不要再说了，我们还是一起去游游西山吧。对苏辙来说，这一次西山之游，大概是他一生中仅有的一次，但印象极好，一是有熟悉西山的兄长作导游，二是有武昌县令的热情招待，所以直到红日西沉才乘舟返回。

与寺僧品茶尝饼

"苏轼与东坡饼"是鄂州民间长期流传的一段故事。苏轼第一次游西山时，在灵泉寺中休憩，寺僧对名闻天下的苏学士十分敬重，就用菩萨泉水烹茶和本寺香油麦面炸饼招待他。这种炸饼香脆可口，很合东坡的口味，便问这饼是如何制作的。寺僧告诉他，奥妙在于菩萨泉水好。东坡听后跟寺僧开玩笑说："我以后再来，如果还能吃到这种炸饼，才真正称得上是与我佛有缘。"寺僧高兴地答应他。后来，东坡每次来游西山，寺僧果然以饼相待。故此，这种饼后来就叫"东坡饼"。

与山野百姓交友

据史料记载，苏氏兄弟同游西山时，"县令知客来，行庖映修竹，黄鹅时新煮，白酒亦近熟"。这位未留下姓名的县令不仅与苏氏兄弟"山行得一饱"，还陪同"看尽千山绿"，可见其热情好客，颇尽地主之谊。不过，苏轼的朋友更多的是山野中人，也就是普通的劳动者。"扁舟草屦，放浪山水间，与渔樵杂处，往往为醉人所推骂。""山中有二三子，好客而喜游。闻子瞻至，幅巾迎笑，相携徜徉而上。穷山之深，力极而息，扫叶席草，酌酒相劳……"足见其与普通百姓打成一片，融洽无间，情深谊厚。

由上述故事可知，当时苏轼在鄂州的朋友中，可能有少数如武昌县令那样的士大夫，但更多的是渔樵野老，并且相处融洽。苏轼十分关心鄂州劳动人民的疾苦。据说曾见到一位农夫因没交够租子，被东家打得伤痕累累、血肉模糊，怕冷水刺痛伤口，不脱裤子就蹚水，正好东坡穿了两条裤子，便脱下一条送给那位农夫。回到黄州后，他还写下了《脱却破裤》一诗："昨夜南山雨，西溪不可渡。溪边布谷儿，劝我脱破裤。不辞脱裤溪水寒，水中照见催租瘢。"字里行间，充满了对贫苦人民的怜悯之情。

苏轼曾前后两次做客鄂州，由于心情境遇各异，时间长短不同，真正"始得西山"的应该是谪居黄州期间的这次。他赏西山美景，广交各界朋友，虽然不能完全抚平官场带来的创伤，但多少也获得些精神慰藉，以致想置薄产以定居，成为新鄂州人。同时苏轼也给予鄂州丰厚的回报，留下了数量可观的诗文作品。苏轼与鄂州结下了不解之缘：谪居的诗人不能没有鄂州，鄂州也因苏轼而闻名天下。

　　由苏轼的"始得西山"，我不禁想到了柳宗元的"始得西山"。虽然两座西山不同，但两人的境遇相同，寄情山水，借山水来排遣心中的郁闷相同。

　　柳宗元，唐代著名文学家、思想家。因参加王叔文改革集团而获罪，被贬为永州司马，遂与永州山水结缘。一天闲游，偶遇西山（在今湖南零陵），"攀援而登，箕踞而遨，则凡数州之土壤，皆在衽席之下。……然后知是山之特立，不与培塿为类。……引觞满酌，颓然就醉，不知日之入。苍然暮色，自远而至，至无所见而犹不欲归。心凝形释，与万化冥合"。

　　作者写"始得西山"的欣喜，写西山形势的高峻，写宴饮之乐，写与自然的融合，表露自己的傲世情怀。山品即人品：山势高峻，人品高洁坚韧；山势"特立"，人格卓尔不群。将自己的生活遭遇和思想感情融入景物之中，物我为一，"以我观物，故物皆著我之色彩"。同是天涯沦落的山水，对于柳宗元来说不是一种冷漠的存在，而是亲切的知己，是千载难逢的知音。精神的高度契合，使得人认识了山的精神，山也引发了人的情怀，从而到达一种解脱与超然的境界：决心处逆境而不与世推移，"不与培塿为类"！时代不同了，我们虽然不可能有与柳宗元相同的遭遇，但也可能遇到人生逆境，需要学习柳宗元的"特立"个性和峻洁人格。

　　永州山水之于柳宗元，正如鄂州山水之于苏轼：沉寂了千百年的永州山水由于柳宗元的到来而步入文学殿堂；身处逆境的柳宗元由于永州山水的存在而获得精神的慰藉。鄂州山水因为苏轼的到来，美景加名人，从此名扬天下；谪居黄州的苏轼由于鄂州山水的存在而得到心灵的抚慰。

　　我"始得西山"，不仅认识了西山，更认识了苏轼——对自然的亲近热爱，对人生的豁达乐观："莫听穿林打叶声，何妨吟啸且徐行。竹杖芒鞋轻胜马，谁怕？一蓑烟雨任平生。"

　　我"始得西山"，欣赏西山的美丽风物，领略西山的自然之美；品读苏氏兄弟等人的诗文作品，感悟西山的人文之美。自此一颗小小的种子得以播下，一个美好的文学之梦即将起航。于是在桂子山华师中文系（文学院）多了一名爱好文学的农家子弟，潜心学习古今大家名著，尽情遨游中外文学海洋；在湖南、浙江高中讲台多了一名讲授语言文学的老师，进而在教学之余、闲居京城时有了一些勉强可以称为文学的作品。

　　我热爱家乡，我感谢西山！

草原之夜

大约下午 3 点，当汽车冒雨爬过大青山，平铺在我们面前的便是辽阔广远的内蒙古大草原。放眼望去，"天苍苍，野茫茫，风吹草低见牛羊"；千里牧场，有如浩瀚无垠的绿色海洋，又如一幅美丽无比的画卷。我们不能不惊叹大自然的伟力，更不能不赞美蒙古族同胞的勤劳和智慧。也许是老天为我们的勃勃兴致所感动，毅然收起了雨，把一缕缕阳光从云缝里播撒下来，待我们骑过马、用过餐，便又果决地收了回去，把一个充满诗情和浪漫的草原之夜奉献给我们。

一

"美丽的夜色多沉静，草原上只留下我的琴声，想给远方的姑娘写封信，可惜没有邮递员来传情。……"记得我第一次听到这支歌，是在"文革"后不久，在 W 市上大学时。那时的演唱者，是 W 市歌舞剧院的著名歌唱家。优美的旋律，甜蜜的歌喉，在那特殊的年代和那特别的地方，有如那解了冻的山间溪流，或是高处滚落的石上清泉，一路泠泠地奔来，漫过校园青年男女荒漠沉寂的心地，催生出多少柔情蜜意。正是源于此，从那时起一种神往大草原的情感便在我的心里潜滋暗长起来，但因一直没有机会，只能心驰而不能身至。今年夏天，终于有了机会，我随一旅游团来到了这向往已久的地方。

眼前正在演唱这支歌的是一位优秀的蒙古族女歌手，跟她伴奏的不仅有具有蒙古族特色的乐队，还有那一团团熊熊燃烧的篝火。甜美的歌声随着夜风向四周的草原传播开去。一曲曲歌罢，是集体的舞蹈。首先登台的是一位剽悍的蒙古族小伙子——刚才跟我们在一个大蒙古包里大块吃肉、大碗喝酒的那位。他娴熟而刚劲地跳着舞着，和着激越的音乐，带着几分酒力，把那浑身的阳刚和一脸的愉悦舞得淋漓尽致。倏地，我们团里一名女青年登上了舞台，青春的气息，优美的舞姿，柔中带着刚，把江南美丽的神韵诠释得透透彻彻。也许是受到了感染，几十平方米的台子，一下子上去了二三十名来自四面八方的舞者，把草原夏夜的浪漫和多情舞到了极致。我本不擅长舞蹈，但置身于这样的氛围，浑身的热血已经沸腾，遗失了多年的感觉又回来了。于是脱下身上的大衣，一个箭步跨了上去，跟大伙儿尽情地舞了一把。

是啊，草原之夜是美丽而多情的，就连那带着寒意的风儿也是浪漫的。此情此景，无论用多么精巧优美的诗句来形容，都是拙劣的，只有音乐和舞蹈才能解读。

二

篝火晚会后，大伙儿余兴未尽地回到了各自的蒙古包里。我们"包"里共有五位，虽然来自不同地区和不同行业，但志趣相投，又"同包共铺"，也就成了"包友"。躺在"包"里的地铺上，仰望那"包"顶，如车盖一般，色彩鲜艳华美，构造简洁科学，充分体现了蒙古族同胞的非凡智慧。我们这些来自天南地北的游客，有不少就是冲着这"包"来的，千里迢迢，为的就是这体验。

躺在"包"里的地铺上，大家睡意全无，天南地北地神侃了一阵后，一位拿出两副崭新的扑克，以被为桌，和另三位打起"拖拉机"来。我向来对这 108 张纸片蕴藏的奥秘反应迟钝，于是主动当了观众。观了一会儿，有很多技法仍不甚了然，于是没了耐心，便溜到了"包"外。

这时的草原别有一番风味，更有那夜空，真是美丽极了！跟白天的一样，草原的夜空也似比南方的来得亲近，那天幕上缀满的星星，仿佛伸手可及。颇带寒意的夜风，与此时南方的热浪相比，真是清爽得醉人。记得小时候听老人们讲过，地上有多少人，天上就有多少星；地上有人去世，天上就有流星划过。如此说来，那我们都能从天上找到自己了。那我是哪颗星呢？白天的跤手和晚会上的舞者，又分别是哪颗星呢？仔细琢磨老人们的话，又似乎透着某种悲凉：人太渺小，人生太短促。的确，相对于寥廓而久远的宇宙来说，人确实太渺小，人生确实太短暂，岂止是沧海之一粟，长河之一瞬？但"悲凉"也大可不必，只要能像星星那样，找准自己的位置，并在能发光的时候就发光，即便以后陨落了，也足矣。

正当我沉思默想之际，突然从远处传来了马儿打响鼻的声音，循声望去，只见远处有不少马儿的黑影在晃动。回想白天马儿忙碌的情景，猜想它们只能在夜晚才有充裕的时间吃草了。如果这一推测成立的话，那么有奉献精神的就不只有人类了。不知那晃动的黑影中，是否有我白天骑过的那匹瘦马。回想起白天因它老往马堆里扎轻轻抽过它几鞭子，心中不免生出些愧疚来，一种对生命的尊重之情油然而生。

三

回到"包"里，几位"包友"仍在玩那"拖拉机"。我有些倦了，躺下了，但怎么也不能入睡，又一次与大地如此近距离地接触，仿佛能听到它心脏跳动的声音。夜真静啊！附近马儿走动的声音，打响鼻的声音，还有那远处传来的牧羊犬夜吠的声音，无一遗漏地清晰地传了过来。想起待在家里的时候，马路就在房子旁边，没日没夜的，都是汽车轮胎摩擦路面的声音和喇叭里放出的各种声音，这些现代文明的副产品，和那钢筋水泥的林子，已把人与自然渐渐隔离开来。而现在躺在古朴静谧的蒙古包里，呼吸着草原特有的气息，有一种久违了的回归自然的感觉，同时也唤醒了那尘封已久的一段艰辛而美丽的记忆。

大约是二十几年前吧，我也曾跟大地有过这样近距离接触，只不过那是在南方，在一个出产武昌鱼的大湖边的水利工地上，在飘着雪花、滴水成冰的夜晚。二十几个人，躺在简陋帐篷里的稻草地铺上，垫着盖着薄薄的旧棉絮棉被，北风裹挟着雪花在帐篷外呜呜响着。因实在是太累，躺下不到十分钟，那鼾声就此起彼伏。当然夜间也有醒来的时候：或是因气温太低而冻醒；或是因憋得不行，要到外面方便方便；或是因那一队队夜游的鼠类，不小心把冰冷的爪子放进了我们张开的嘴里。那种创业的艰辛，是难以用语言描述的。但当听说我们所做的一切跟一个伟大的工程紧密相联时，那苦也似乎不怎么觉得了。若干年后回老家，旧地重游，看着当年号称亚洲第一的排灌工程，看着那排列整齐的四根粗大的水管（据说每根里头能开过汽车），从内心里升腾起一种强烈的自豪。真羡慕当时的年轻和豪气，一天能吃两斤大米，挑着近百斤的担子，深一脚浅一脚地在泥地里跋涉，不管是下雪还是结冰，一干就是八九个小时。那是一个不平凡的年代，一群淳朴的年轻人心里都藏着美丽的梦想啊！岁月沧桑，真留恋那段如诗如梦的年华！

"包友"们停止了"拖拉机"，做着睡觉前的准备工作。"包"的门打开了，半个月亮爬了上来，如水的月华和那掺杂着草原特有气息的夜风，一起漫了进来。人生有梦不寂寞。我真希望在这静寂的梦幻般的草原之夜，能再做一回美梦！

（本文收录于许明观主编《垄上行》，上海社会科学院出版社 2005 年版）

过 年

春节过后，我高中时的同学阿伟从南方 S 市寄来了一封短信和一篇长文。信中说，今年春节没回 H 省老家，一个人待在繁华无比的都市。本想使劳累了三百多天的身心轻松几日，并利用假期复习一下久违了的英语，迎接春节后的考试，不想怎么也静不下心来，脑子里全是从前过年的情景，越来越觉得过年并不是一件总能使人轻松的事。七天假，英语没复习好，倒是意外地写成了一篇几千字的散文，寄来要我提提意见。看后觉得内容和文笔都不错，于是征得他的同意，摘录几段，留待以后推荐给校刊《垄上行》。

一

距离过春节还有二十多天，我就早早盼望着。俗话说："大人盼栽田，小孩盼过年。"前一句我不太懂，后一句我太懂了。为啥？过年不仅有新鞋新衣穿，还能吃上平时难得一见的好菜。

记得上小学时，生活比较困难，有时吃不饱饭，所以我非常盼望过年，并立志长大后一定要找个能吃饱饭的地方。

大年三十，我和其他小孩一样，早、中两餐吃得很少，为的是晚上能多吃下一些美味佳肴。家里规矩很严，平时吃饭小孩不许围坐在桌边，但过年却不许随便离开饭桌。虽然心里很高兴，但表情却装得很严肃，只想吃快一点，但节奏必须跟大人的一样。一顿饭要吃上一个多小时，觉得很别扭，但面对一桌子丰盛的菜肴，看着比平时要和蔼得多的父亲，心里的畅快是无法用言语形容的。

年初一，我们都早早起床，穿上母亲连夜赶做的新鞋和从箱底翻出的已穿过多回不太合身的"新衣"。那鞋是布做的，底纳得密密的，很结实，但刚穿时很困难，得母亲帮忙，脚受罪，心里却高兴。

吃过早饭，全村人互相拜年。说是拜年，其实不仅仅是拜年：作个揖，问声好，放挂鞭，小坐一会儿，吃点糖果，然后就到屋外，欣赏各家各户的门联。门联的词儿都是从书上抄来的，几乎是年年都写的套话，但书写一定得由各家读书的娃儿们承担。那年头虽然吃不饱饭，但对对联书法还是很看重的。每到一家，总要问是何人所书，然后按照自己的标准评论一番，比较一番，谁的好，好在哪里。被赞扬的人家，不仅小孩脸上红红的，连大人的脸上也放着光。

初二一早，母亲吩咐我和哥到外婆家拜年。外婆家在村前大湖的对岸，我和哥借了生产队的船划过去。哥慢慢挥动着木桨，我坐在船头，小船在冬日如同明镜的湖面缓缓滑行。听着两岸此起彼伏的鞭炮声，想着到外婆家的热闹情景，看着一阵阵从湖面快速飞起的野鸭，我们心中的快意随着木桨划出的圈儿荡漾到了很远很远的水面……

弃船登岸，我提着微薄的年礼，哥扛着双桨走在后面。外婆早在门口候着，看见我们来，欢天喜地。待我们作揖后，便放鞭炮，说着一些吉祥的祝福的话，然后便仔细打量我们，并问一些无关紧要的事。年酒自然是丰盛的，但外婆一家的热情还要丰盛。该返回了，哥扛起木桨，我空着两手跟在后面。突然外婆挪动一双小脚紧追几步，把一张两毛的钞票塞在我手里，说是买铅笔，我感谢着收下了。哥回过头来同样表露出真诚的谢意：他明白，外婆虽然没有给他钱，但希望同样给了他。

二

春节快到了，跟妻商量，决定回老家去。8月份才从老家调来，这么短的时间，为啥又急着回去，原因是多方面的。我说，母亲身体不好，虽然有四个子女在身边，但她最疼的是我。妻表示怀疑，只听说爹妈最疼老大或老幺（因她在家中是老幺，而我排行第三）。女儿说，过年正好会会初中时的同学。我逗她，如今通信这么发达，打个电话不是一样吗？她说，只闻其声，不见其人，没劲！好，那就回吧！

说说容易，真行动起来就难了。先是买车票。一千多公里的路程，太差的车不想坐，太贵的车坐不起，就中等的吧。买不买卧铺呢？妻表示不买，而今火车提速，十几个小时，说说话，打个盹儿就到了。我说没那么容易，难道上次来时还没受够罪？零点以后，那才叫难受，坐也不行，睡也不行，不睡也不行，那就眯着歪躺着吧。但眼睛不能真闭上，行李还在架上呢，万一没了，如何见爹妈？女儿坚决要买卧铺："别人能买，咱为啥不能买？"于是一折中，两张卧铺，一张硬座。钞票自然不是个小数目，大半个月的工资上交了铁道部。

到了车站，才知道什么叫"人海"！那不是乘车，那是"打仗"。我弄不懂平时弱不禁风的人，为何一下子变得如此威猛英勇！磕磕碰碰是合理冲撞；即便是遇上不合理冲撞，也只微微一笑，或是稍稍一瞪，没时间也没空间争吵。大包小包在快速地做着不规则运动，就好像沸腾的水面有无数个气泡在猛烈地翻滚着。

经过一阵冲撞，我们被人流裹挟着进了候车大厅，又经过一阵冲撞，被推拥着上了车。妻和女儿进了卧铺车厢，带去了行李，我找到了硬座，约好中途不必见面，下车不见不散。

下火车后还要转汽车。车还是那个车，路还是那条路，可票价却飙升得吓人。问售票员，很不耐烦："大过年的，谁还讹你？"本想再理论几句，又担心车上有熟人，咱做不成大款，"小款"还是要装装的，牙一咬，钞票，大把掏吧！

经过二十多个小时的折腾，总算到家了。当我们突然出现在母亲面前时，她非常惊喜，脸上露出幸福的笑容。我很久没有看到母亲这样笑了。父亲早逝，兄弟姐妹五个能有今天，母亲吃了不少苦。在这一刹那，我感到千辛万苦回这一趟，值！

在家的日子总是过得特快，十几天在放鞭炮、拜年、吃饭中悄悄溜过，该考虑返回的事了。

先是买车票。起个大早，从村里赶到县城，站了很长时间，好不容易买到两张硬座、一张站票。真是好运气，再晚一点，有钱也没用。

想着即将开始的一场"战争"，我一宿没睡好。

三

今年春节，妻和女儿回H省岳母家去了，我有重任，不能回去。调来S市几年，深切地感受到这座城市是多么繁华，好像天天在过节。由于S市是一个对外开放的都市，近年来外国人是越来越多，几乎每个部门每个单位都要跟外国人打交道。据消息灵通人士说，继去年搞电脑等级过关考试后，今年市里可能对高级管理、技术人员的外语水平要提出新要求。

英语是我的弱项，大学毕业那年考研，专业成绩不错，就栽在英语上。没办法，只好早做准备，利用春节放假充充电。

腊月二十九单位放假，跑了几家书店，买了一摞新版参考书和十几盒朗读磁带，找出尘封已久的大学教材，并订了一份复习计划，第二天便按计划干了起来。开始凭着原先的一点底子和满腔热情，还有些效果，那些久违的字母和别扭的发音，好像阔别多年的遥远地方的朋友，终于联系上了几个。但慢慢发现，而今这26个字母折腾出的变化远比当年上大学时见识的多得多。不知何处又燃放起焰火，那绚烂的造型穿过窗户跳入眼帘，搅得心里再也平静不下来。啊，是大年三十了！不学了，打开电视，热闹非凡，却是前几年的节目回放，关掉。忽然想起妻走了好几天，好像还没有打电话来。于是摘下听筒，拨号，传来"嘟——

嘟——嘟"的声音，占线。待会儿再拨，传来电脑小姐的声音："目前网络正忙，请稍后再拨。"不打了，烧几个菜，拿出妻早准备的熟食和啤酒，一个人慢慢品尝。突然电话铃响了，是妻打来的，先告知早已平安抵达，然后问英语复习得怎么样，这两天是不是上哪儿逛去了，打回的电话怎么没人接。我申辩说，冤枉，什么年纪，什么时候，还有闲心去逛街？她打电话回来，可能正赶上我上厕所或洗澡。妻很大度，说只要以后表现好，可以既往不咎。我要岳父听电话，提前给两位老人拜个年。

放下电话，心里更加难以平静了。再打开电视，春节晚会早开始了。红红火火的场面，甜甜蜜蜜的歌声，新新老老的面孔，基本还是老一套。但看着看着，觉得有个叫《英语大家说》的节目好像有那么点意思，创意不错，表演也还可以，并且透露着一股子洋气。难怪有人说市里要搞英语等级考试，而今英语还真成了"风"；既然成了"风"，还总能不吹过"玉门关"？我是学理工的，后来改行管组织人事。原想只管管中国人，没想到近年来洋人成群结队地来了，或被招聘来的，或打工来的。既然来了，咱就得管，要管，不懂外语行吗？看来传说的市里的决定还谈不上超前，眼下已是火烧眉毛了。

抓紧学吧，大学的教材看不大懂，看看女儿的吧。找了一阵，才想起女儿带走了，说是到外婆家好复习复习，可能的话，请原来的老师帮忙补补。女儿的英语也不怎样，可能是遗传。突然一本书从书架上掉了下来，拿起一看，是高一语文课本，真美，真气派！虽然年轻时做过文学梦，但从没有读过这样好的教材。据说教材改版了，都改了啥？打开目录，一篇曾读过的美文还在，翻开来，又看到了这样一段文字："……这时候最热闹的，要数树上的蝉声与水里的蛙声；但热闹是它们的，我什么也没有。"

是的，我有什么呢？也许是房子太大了，看着满屋子的高档电器和各种时兴物品，心里仍觉空落落的。看来明年春节还得回去。不，明年太遥远了，明天就上街去，咱也享受享受生活！

第二天，大年初一，我一个人上街去了。嗬，真个是过年啦！彩旗如霞，鲜花如锦，绿草如茵，人流如潮。但不知怎地，在我眼前突然出现了那人头攒动的候车大厅，那平静如镜的湖面和在湖面缓缓滑过的小船……

不觉天色暗了下来，妻催我吃晚饭。来到客厅，电视里正在播放连续剧《围城》："围在城中的人想突出来，城外的人想冲进去，婚姻也罢，职业也罢，人生大抵如此……"

我决定明天一定给阿伟回一封长信。

（本文收录于许明观主编《垄上行》，上海社会科学院出版社 2005 年版）

又到满山杜鹃时

　　清明节快到了，弟弟打来电话，按照老家的习俗，准备给去世的母亲立一块墓碑。我决定请假回老家一趟，并顺便到已离开多年的湖南岳阳原工作单位看看。

一

　　火车在铁轨上不紧不慢地行驶着。我躺在中铺上，尽享车轮奏出的节奏感很强的音响。对面中铺的旅客，可能是太困，上车不久就睡着了。下铺的两位，像是好友重逢，兴致浓厚地神聊着从前的种种趣事。车过两站，我觉得老躺着实在无趣，就下来坐到走廊边的翻板椅上，看那车窗外的小桥流水人家，看那小朋友们郊游嬉戏，不禁想起小时候玩玻璃弹珠和香烟盒折成的纸板的情形，想起远方曾生活过多年的小村……

　　小村，在湖北鄂州长江边上一个一面是丘陵三面临湖的地方。在那里，我生活了22年，留下了一段最灿烂最难忘的年华。出生在二十世纪五十年代的那一辈人，是一个特殊的群体，童年时期，有一段比较困难但也不乏快乐时光：每当清明前后，花红柳绿，天气晴和，我常和小伙伴们一起放耕牛扯猪草，把那少年清脆甜美的声音洒满田间地头；或是烈日炎炎的夏天，与小伙伴们相约，到村前湖边，先是戏水一番，然后钻进藕荡，采莲摘菱，到湖边草地上共享；还有那大年初一的早晨，穿上母亲连夜赶做的布鞋，随着哥哥他们挨家挨户拜年，收获很多农家自制的糕点。

　　我8岁开始上小学。当时家里人口多，劳力少，收入是无法想象地低，一个底分十分的正劳力，一天只能挣到三角五分钱；庄稼广种薄收，口粮自然也很少，温饱成了大问题；经济困难，有时学费难以凑足。农历二三月，下雨天冷，去三里外的学校，有时就戴个斗笠，赤脚走在泥泞的路上，两条腿冻得通红。一节课下来，腿上的泥巴被体温烘干，用手一搓，一块块掉落下来。尽管如此，想当个读书人的梦想却一直深藏在心里。

记得父母曾不止一次讲到没有文化的苦头，希望我们这代人能多读书识字，所以在那极其困难的年月，一直坚定不移地支持我们读书。说来奇怪，在那温饱问题远没有解决的年代，我的家乡却一直非常崇尚读书，其中缘由，可能是大家知道的：人是不能单靠吃米活着的。

母亲看我读书辛苦，在粮食稍稍宽余的时候，会在一大锅稀粥中捞出一碗干的，装进一只瓦罐里，滴上几滴香油，在灶火里煨一会儿，然后拿出来倒在一只小碗中，要我先吃了上学。看着一大锅稀粥，我不肯吃，母亲命令我一定要吃下。奇怪的是，每当这个时候，懂事的弟弟妹妹们总是自觉地避开。我在心里感谢母亲，感谢弟弟妹妹们，并决心好好学习。自小学到高中，除了体育外，其他功课都不错，在班级一直处于前几名的位置。但那时高校不招生，高中毕业后学生一律回乡。于是，在1974年春天我回到了熟悉的小村。开始，母亲有些失望，读了这么多年书，还是回来当农民了。我也觉得很委屈，高中毕业咋不能高考呢？后来母亲渐渐宽心了，大约因为我回来，家里多了一个每天能挣十个工分的劳力，能多少增加一点收入，稍稍缓解眼前的急难。两年后，由于自身的努力和大家的信任，我担任了生产队的一名队长。

1977年，国家恢复高考。我报名、复习、高考，幸运地走进了华师的校门，而且所学的是自己喜欢的汉语言文学专业。记得区里通知体检的那天，我正和一帮小伙子在飘着雪花的鄂城樊口大型水利工程工地上劳动。

我收拾好铺盖，呜呜的北风吹在脸上，如同春风般温暖。回望那仍飘着雪花的工地，挥别朝夕相处的伙伴，多种情感不禁涌上心头，是告别、感激，还是开始、憧憬，无论用多么精确的语言，都难以形容。

二

我的思绪从遥远的南方小村回到了车上。下铺的两位仍在愉快地聊着。对面中铺的旅客终于休息好了，下到走廊坐到了我的对面。我们素不相识，但出门在外，千里迢迢，同车同行，也就有缘了，于是很快聊开了。他也毕业于华师，现在是嘉兴市区一所重点高中的数学教师。这次也是请假，回老家祭祖。为此，前一天他特地调课，提前上了两节课；昨晚还赶批了两个班的模拟卷，今天出发前托同事带到班上，要学生订正。

我很欣赏对面的这位年轻校友，不仅爱岗敬业，还颇有孝心。古语云，忠孝不能两全。其实未必，作为一般人，两者有时是可以兼顾的，眼前的这位年轻人就是个例证。

记得高中语文课本中有篇古文《陈情表》，写的是，因与祖母相依为命，祖母今已九十有六，病情日笃，"日薄西山，气息奄奄，人命危浅，朝不虑夕"，"供养无主"，作者上表辞官，"愿乞终养"。不管作者辞官是否还有其他原因，他对祖母的至孝真情，都是应该褒扬的；同时作者还提出，先尽孝，后尽忠，也算忠孝两全了。

火车终于到了武汉，我随人流走出武昌火车站，转乘汽车回老家。

到了老家，看见哥哥他们都早来了。我说，这么多年，清明节我还是第一次回来祭祖，心里很愧疚。大家说："你工作忙，路程又远，父母是不会怪罪的。"不知怎地，我觉得心里一阵酸楚：想那艰苦的岁月，父母富有远见地支持我读书，后来母亲又支持我到外地工作，自己才得以放心地由湖北到湖南，又由湖南到浙江，去追寻自己的梦想。可这么多年，离家越来越远，我又做了些什么呢？除了偶尔给母亲寄点钱外，什么也没做。记得六年前准备从湖南调往浙江，征求母亲的意见，母亲非常坚决地说，只要我们认为好就行，家里有哥哥姐姐妹妹弟弟他们，不必牵挂，而这时母亲的高血压病已相当严重。后来母亲病情加重，不让告诉我，说我刚到一个新单位，万事重新开头，不容易，不能分心。母亲的理解、关爱，我无以为报。

第二天上午，大家一起给母亲立了墓碑并祭奠，按照老家的规矩和程序，庄重而恭敬。然后又祭奠了父亲和各位祖先，放了很长很响的鞭炮。我们祈愿父母和各位祖先在天有灵，能知晓我们来祭奠，能听到我们说的心里话；并愿天堂无病痛，他们一切安好！

因为要上班，或是有农活要做，哥哥姐姐妹妹大弟弟他们先后道了别。第三天，考虑到眼下农活正忙，我谢绝了小弟弟一家的挽留，再次离开我生活了二十多年的小村。我回头向村口张望，再也看不到母亲伫立挥手的身影，双眼不禁潮湿了。

坐在开往武汉的汽车上，看着公路两旁山上盛开的杜鹃花和田地里绿油油的庄稼，回想在小村所经历的一切，回想父母在那艰难岁月抚养教育我们成长的种种辛劳，心里充满无尽的忧伤和感激。

三

到邻省湖南岳阳原工作单位的那天下午，正赶上老同事们小聚。阿成做东，酒席设在他家里。看那房子，宽敞明亮，装修考究。听说阿成这几年经商发了，看来传言不虚。由于刚到新的工作单位，事情多，我平时很少跟大家联系。多年一见，分外亲切，话题自然不少：企业转产，伊拉克战争，"非典"，"禽流感"，矿难，乡里趣闻……说到目前状况，有人问我："在这儿当校长好好的，干吗要'孔雀东南飞'？""换个环境吧。我不擅长管理，志趣不在什么'长'上，而在教学业务上。"记得当年去湖南，一个重要的原因是，三湘四水，人杰地灵，洞庭天下水，岳阳天下楼，着实令人神往。六年前去了浙江，也许是因为海（浙江临海）比湖大吧。有时想来，人真是一种奇怪的动物，静久了想动，动久了想静：有多少离情别绪、欢乐忧愁，就源于这"动""静"二字。

酒足饭饱后，我邀好友大刘一起到曾工作过的学校转转。距离不远，没多久就到了。看那校牌，依然鲜艳醒目。只因是休息日，偌大一所学校，除了门卫，空无一人。记得大学毕业，国家分配我到邻省这家国有大型企业工作，报到那天正下着雪，但我心里充满温暖。一个农家子弟，有幸赶上恢复高考，靠国家出钱念完大学，能不思回报吗？负责接待的组织部副部长对我说："十多年了，就分配你一个本科生来。说说，对工作有啥要求？"我说听从组织安排。"那就去学校吧，当个园丁，把咱工人子弟送进大学。"我愉快地答应了，我学的是师范，盼的不就是这样的工作吗？当天上午就去了学校，一干就是十几年。至今有三件事印象深刻：一是和同事们一次次亲历了高考那没有硝烟的战场，亲手把一个个工人子弟送进了大学。二是和同事带领学校合唱队参加省里举行的纪念抗战胜利五十周年歌咏大赛，一举夺得一等奖。记得比赛那天，大雨如注，公路被冲了。领导果断决定调企业的火车送我们去市里参加比赛。孩子们很争气，合唱相当成功，惊艳了全场。比赛后返回，大雨仍在下，天黑路滑，到了火车上，不少孩子很快就睡着了。三是因工作成绩突出，连续五年被评为企业劳模，还获得过湖南省、岳阳市优秀教师和有色长沙公司先进教育工作者称号，并成为上万人的国家大型企业中最年轻的高工级别的教师。

第二天，大伙儿相约到附近几个景点游玩拍照。不远处静静流淌的小河，碧水脉脉，依然那么温柔美丽。四周的山上花红草绿，最招人的还是那满山的杜鹃。我本不是喜欢花草的人，但不知怎地对杜鹃却情有独钟。也许是一种缘分，湖北老家有这种花，大学校园和周边有这种花，眼前的山上也有这种花。记得每当清明前后，漫山遍野，一片火红，如黑夜里的篝火，如朝阳染成的彩霞，艳而不娇，朴实而大气。看着那一片片火红，我深切地感悟到：人生在世，如花开花落，草木荣枯，无论是伟人还是凡夫，都不能违背这一自然法则，但只要像这平凡的杜鹃，不管长在什么地方，在该开放的时候开放，就可无憾。

第三天离开的时候，给我送行的大刘递给我一个装满照片的信封。在返回浙江的火车上，我打开信封，第一张拍的就是那满山的红杜鹃。知我者，大刘也！是的，不管岁月多么无情，不管时空如何阻隔，有些东西是永远不会逝去的：故乡的山水、岳阳的杜鹃、梭罗河畔的夕照和桂子山上的花香，父母的养育、同事的关照、同学的帮助和母校老师的教诲……将永远珍藏在我的心底！

再见了，那满山的红杜鹃！

2007 年 8 月

（本文收录于王泽龙、汪国胜主编《我的 1977》，华中师范大学出版社 2015 年版）

垄上行

　　我与"垄上"是极有缘分的：少年时期，它是我成长的乡村；中年时期，它是我休憩的田园；老年时期，它是我停泊的港湾。

　　虽然是在很晚的时候读了古文《陈涉世家》才知道"垄上"的确切含义，但初识"垄上"却是早在不识字的儿时。记得很小的时候，"垄上"就是我们成长的乐园，整天没事儿就和小伙伴们在房前屋后、田边地头疯玩。后来上了小学，下午放学回来，要么打猪草，要么放耕牛；星期天或寒暑假，随父母到田间垄头劳动。"少年不识愁滋味"，常把清苦日子过成了快乐时光，因为那是一段无忧无虑的年华，那是一片充满希望的"垄上"。

　　清明前后，草长莺飞，杂花生树。经常看到这样的情景：田边垄上、湖滩坡地，前两天新草才吐芽，忽地就满眼葱绿了。最惬意的是，早晨赤着双脚，牵着老牛，走在田间小路上，虽然有些清凉，甚至微冷，但是很享受这样与"垄上"亲密接触的感觉。尤其是看着身后老牛胃口极好地啃吃着青草，鼻孔里呼出的粗气震落下草尖顶着的晶莹露珠，便觉得那是一天快乐时光最美妙的开始。还有那风吹麦浪，还有那蛙鸣稻香，还有那日照银棉……都是我们常见的垄上风光。

　　另一种"垄上风光"，便是一座座农家村落。我的老家属丘陵地貌，往往一个村庄就建在一片坡地上，一排排青瓦土墙的房屋，远远望去，犹如田间道道土垄。临近饭点，炊烟袅袅；孩子嬉戏，鸡犬鸣吠，这静止的"土垄"瞬间便鲜活了起来，有了人间生气，也有了诗情画意。我很陶醉于这样的意境，觉得它就是我们成长的乐园。

　　大学毕业后，我被分配到了湖南岳阳一家国有大型企业。这是一座被誉为"城里人眼中的乡村，乡里人眼中的城市"的山中小城。我不是一个向往繁华、爱好热闹的人，"少无适俗韵，性本爱丘山"，这地方很对我的脾性。十里山城，偌大两片生活区，都有起伏连绵的山峦环抱，还有潺潺的小河穿过。我在一所学校工作，虽然每天都很忙，工作上也很有压力，但令人欣慰的是，生活压力较小：单位分房（个人象征性地出点钱），工资普遍不高，物资远不如现在的丰富，却也衣食无忧。我是个很知足的人，很享受这段平淡的日子，尤其是工作之余的美好时光。

记得秋收时节，星期天我和妻儿带着我们饲养的小鸡，到生活区附近的田野游玩。坐在垄上农民收割后丢弃的稻秆上，晒着秋日的暖阳，呼吸着乡间洁净的空气，看着上小学的儿子在半干不湿的稻田里疯跑，小鸡悠闲地在一旁捡食稻粒，并不时东瞅西望……真是一段快乐的时光啊！现在回想起来，这"垄上行"的快乐竟一点不比游览名山大川差：原来快乐竟可以如此简单！

1998年8月，因工作调动，我们全家到了浙江平湖。平湖是江南名副其实的鱼米之乡，而且文化教育相当发达。我在一所规模很大的高中任教直到退休。工作之余，我们也常"垄上行"：要么美丽乡村游，要么码字《垄上行》。

平湖的乡村，处处风景如画。我们常在外出教研活动之余，或是周末双休闲暇，与同事或家人作"垄上"之行，感受乡村剧变和田园美景。而在夜深人静之时，偶尔也信笔写些文字，畅游于"垄上"，与同事们交流，从而接续上还未完全断绝的文学创作"缘分"。

记得我二十世纪八十年代初进入教师行列的时候，教师的日常工作就是教书育人、"传道受业解惑"，"述而不作"在中小学是一种较为普遍的现象，文学创作是极少数人凭兴趣的"自选动作"，至于论文撰写那是后来因职称评聘才成了"必选动作"的。那时好老师的标准是教育教学工作得到"广泛认可"——上好课，带好学生，即教好书，育好人。虽然对教学成绩、高考升学率没有太刚性的要求，但"广泛认可"的标准是很给人压力的。我所任教的学校，12年一贯制，"入口"是小一，"出口"是高三。教师的任职岗位视工作"认可度"流动。我入职时起点虽是恢复高考后第一批大学本科生，但在百余名教职工中并无优势。在中学6个年段任课的教师中，仅"文革"前毕业的名牌师范院校本科生就有9位（其中语文3位）。学生基础参差不齐，但不乏优秀者，不少能考进北大、清华、浙大、武大、华工、同济、湖大等名校，这在高校没有扩招的年代绝非易事。任教两个班级百余名学生，家长文化程度普遍较高，是工程师甚至是高工的，有时能碰到好几位。由此可见，一名教师要得到学校、学生及家长的"广泛认可"，是有相当大的难度的。所以入职之初，作为教育新手，担任班主任、任教高中两个班级（第一个学期是初三），是很有压力的。但在那段时间，由于大学的文学梦还没有完全醒来，在繁忙的教育教学之余也偶尔写些小诗短文，但投寄出去，基本杳无音信。"梦"终于醒了：此生难与"作家"结缘！几年后因职称评聘，写了一些教育教学论文，所以十多年虽然不完全算"述而不作"，但也逐渐与文学创作的缘分浅了。

自2000年起，在当湖高中，由于学校领导的倡导和推动，几任语文组长的薪火接力，全组成员乃至全校教职员工的积极参与，一本在当地乃至全省教育界有一定知名度的文学期刊——《垄上行》诞生并不断成长壮大。记得那年10月出刊了第1期，5个板块，21篇佳作，共32页。印象深刻的是，潜问根老师写的序文和平家潭老师的封面题字，真是美文好字！如今这本"自产自销"的内部刊物，已发行二十余期，佳作频出，拥有校内外读者众多；外观也日臻精美，"体量"不断增大，走红平湖，走向全省。我们很珍爱自己的这本刊物，就像看待自己的孩子一样。以前由于工作太忙，大家平日的交流多停留在寒暄问候的层面，现在可以在这本刊物里更多更深入地交流了。以前是老师评学生的文章，现在学生也有机会评老师的文章，师生距离进一步拉近了。

"又要'垄上行'，大家抓紧啊。"主编在征稿。

"你'垄上行'了吗？我这几天比较忙，只能星期天了。"大家准备投稿。

"你上期《垄上行》上的小说，真不错！"同事S夸奖H。

"见笑了。你那首诗，才真好！"同事H不好意思，还回赠了S一个赞。

"新一期《垄上行》你看到了吗？篇篇都是美文，到底是老师！里面有英语老师的文章，还写到我们呢。"学生在评论。

……

给刊物投稿，阅读欣赏里面的作品，成了我们日常的一大乐事。受大家感召，我也积极投稿，累计起来，大概有十多篇吧。退休后，虽然很少写作，但"垄上"情结一直还在，闲暇时常翻阅带到北京来的十几本。每当此时，仿佛又回到了自己熟悉的校园，又和曾经的同事们作亲切交谈。

今年暮春的一个周末，我翻阅曾写过序文的一期《垄上行》，怀着愉悦的心情，又在"垄上"行了一回，仿佛又看到了亲切熟悉的同事和那些文字描绘出来的美丽"风景"——绿地、美池、花园……

我看到了蓝天白云下的一块"绿地"。真令人惬意啊！置身其间，什么都可以想，什么都可以做：或兀坐或随卧，或缓步或急奔；或低吟浅唱，或高歌长啸；用心去品尝岁月之陈酿，磨揉迁革；以眼去摄取山川之情韵，心旷神怡……一切全由自个儿做主，少了许多世俗功利的羁绊，多了不少自由轻松的愉悦。什么都可以不想，什么都可以不做：于浮躁喧嚣外，觅一处静地，来个深呼吸，给大脑减减压；打个滚儿，让心灵健健身；把烦恼交给白云，把喜悦留给绿茵。

我看到了茂林修竹旁的一泓"美池"。真令人感动啊！那清纯盈满的哪里是水，是真情啊！鲜亮而透明，仿佛有谁支起了一架摄像机：有枫叶从林间落下，昭示着一种伟大的精神；有雁阵从长空排过，捎去了一份浓郁的思恋；有花瓣从园中飘来，演绎出一段青春的故事……一切是那样真实，一切是那样亲切。是对自然的感悟，也是对人生的解读。亲情，友情，爱情，全在这儿链接；师生情，同事情，邻里情，都在这儿回收。

我看到了农家屋舍边的一座"花园"。真令人陶醉啊！园子算不上大，但花果颇丰。艳丽的花卉，惹人怜爱；质朴的瓜果，引人品尝。风景有大小，只要有了特色，就都是好风景；风格有异同，只要有了个性，就都有了自我。菊花吐着艳，是对自我的勇敢展示；蔷薇带点刺，是对生活的深挚爱恋。耕耘稼穑，自产自销，乐在自己，也奉献于他人。

……

一本不厚的文学期刊，吐露的是彼时彼地同事朋友们的心声。"文学即人学"，见文如见人，我仿佛又回到了那久别的校园。在网络资讯发达、文学期刊林立的当下，一本内部发行的期刊也许不足为奇，但远在此时此地，捧读良久，重温昔日的点点滴滴，自有一种特别的亲切感，如同远航了许久的船只终于回到了温馨的港湾，尽可以舒心地停泊休憩了。

亲爱的朋友，请到"垄上"来吧，看看这里的美景，听听这里的好歌：

"……蓝天多辽阔，点缀着白云几朵。青山不寂寞，有小河潺潺流过。我从垄上走过，心中装满秋色，若是有你同行，你会陪伴我，重温往日的欢乐。"

辑二 蓦然回首

做经师，更做人师

人类即将步入的二十一世纪，是一个高科技飞速发展的世纪，也是一个竞争日趋激烈的世纪。我们要在这场竞争中取得主动，就必须大力推进科教事业，进一步提高全民族的素质，培养一代又一代有强劲竞争力的人才。要实现这一宏图大计，需要全社会的共同努力，更需要人民教师的不懈奋斗。伟大时代赋予人民教师以光荣使命，人民教师必须以崭新风貌履行好自己的神圣职责，做经师，更做人师。

所谓"经师"，古之传授经学的学者，今之传授科学文化的教师。做经师，这是由教师的职能作用决定的。韩愈说："师者，所以传道受业解惑也。"要"传道"，须明"道"；要"受（授）业"，须通"业"；要"解惑"，须无"惑"。既然如此，要为师，非博学通经不行；要给人一碗水，非先有一桶水不成。不过，这"经"非古经，这"水"亦非死水，是赋予时代内容、充满活力的新知识、新学问。信息社会，高科技时代，各种新技术、新知识纷至沓来，专业界线不再清晰，科类渗透日益加剧。要做新时代的经师，仅精通本专业远远不够，还须广泛学习了解各种新技术、新知识，关注科学技术前沿，与时代同步。既然如此，新世纪的教师必须具有博学的品格。

学无止境，教无止境。知识的海洋无边无际，且变化无穷；教学内容不断丰富，教育对象不断变化，教育艺术也得不断提高。古圣先贤给我们留下了丰富的教育遗产，教育大家给我们提供了许多成功的经验，这些需要继承，但更需要发展。科技的进步和发展，带来了教育方式和教学手段的日新月异。一支粉笔、一本教科书的教学方式必将被打破，快捷、灵活、高效的教学手段不断被引进课堂。不仅教学方式和教学手段面临从未有过的挑战，教育观念也受到空前猛烈的冲击。社会经济的发展，带来了教育的变革，应试教育向素质教育转轨，教育的现代化一步步向我们走来。教育不再是一块"静"土，不再是一方狭小的天地，大教育的格局逐步形成，全面竞争带来全方位的压力，也带来难得的机遇。守旧没有出路，观望必坐失良机。既然如此，新时代的教师还要有立于改革潮头、勇于创新的胆识。只有具有博学的品格和创新的胆识，方可称作新时代的"经师"。

但新世纪的教师不能仅停留在"经师"这一层次上，还应努力成为学识和品行都堪为表率的"人师"。何谓"人师"，"智如泉源，行可以为表仪者"，即德才兼备之人。做人师，既是实现教育终极目标的需要，也是新时代对教师的必然要求。但要实现由"经师"到"人师"的跨越，不是一件轻而易举的事。正因为如此，古人才有"经师易遇，人师难遭"之叹。但即便如此，要做新世纪的合格教师，就非做"人师"不成。

怎样才能成为新世纪的"人师"呢？除具备"经师"的条件外，至少还应从以下两个方面下功夫：一是努力修炼品德，树立人格权威。著名教育家夸美纽斯说："教师，应该是道德卓异的优秀人物。""学博为师，德高为范。"合格的教师，不仅是学识渊博的人，还应是品德高尚的人；虽不一定要伟大，但一定要高尚。怎样才能使自己高尚呢？除模范遵守国家的法令制度和社会公德外，还要在思想品行方面达到一般人难以达到的高度，堪为师表；尤其要能做到无私奉献，淡泊名利，耐得寂寞，在浮躁喧嚣的氛围中保持心境的清静平和，面对各种物质诱惑而能不为所动。此外，还要耐得清苦。现在教师的生活待遇、工作条件虽然有了很大提高和改善，但由于各种原因，即使到了 21 世纪，教师这一职业可能也是比较清苦的。工作不能以时间计，上班、下班没有明显的界线；"传道受业"要循循善诱，"解惑"释疑需耐心细致，任劳任怨，以苦为乐。正因为如此，耐不得清苦也是断不能成为"人师"的。二是全面提高素质，做好引路人。要培养高素质的人才，教师必须先提高自身素质，转变思想观念，改善知识结构，提高育人能力，做好学生成长的引路人：（1）思想上引导。教师作为人类灵魂的工程师，塑造学生的美好心灵是其神圣职责。在新的世纪，由于文化的多元性和媒体的多样化，各种思想观念、文化信息滚滚而来，泥沙俱下。青少年因缺乏辨别力和抵抗力，面对纷繁复杂的世界极易困惑。正因为如此，作为教师不仅自己要有一双明亮的眼睛，一个清醒的头脑，善于洞察分析，明辨是非，去伪存真，还要在学生迷茫困惑的时候及时给他们以正确引导，帮助他们构筑坚固的思想防线，抵御各种错误思想的侵蚀，树立正确的人生观、价值观，造就健康高尚的思想品德。（2）心理上疏导。据社会心理学家研究，在现代社会生活中，心理问题呈现不断增长的趋势。由于生活节奏加快，竞争激烈，青少年面临的各种压力增大；而他们大多又是独生子女，优越的生活环境，过分的呵护和溺爱，导致依赖性增强，意志力和适应力减弱，心理问题增多。这就要求教师在教育心理学的研究方面要上一个层次，成为这方面的行家，以更好地对青少年进行心理疏导和培育，帮助他们开发心理潜能，排除心理障碍，优化心理素质。（3）生活上指导。新世纪的教师对社会学、生理学也不应陌生，能引导学生正确看待和分析各种生活现象和社会问题，解决生活中遇到的难题；指导他们交友、消费、健身、休闲，使他们学会做人，学会生活，学会交往，焕发健美风采，增强参与竞争的信心和能力。

如此说来，新世纪的教师确是一个极富挑战性的社会角色。他们在对前人的教育遗产进行扬弃的同时，还要适应新时代的要求，不断学习，不断创新，努力提高自己各方面的素质，做经师，更做人师。唯有如此，才配称作新世纪的合格教师。

（本文于 1999 年 9 月获嘉兴市教育工会、嘉兴市陶行知研究会、嘉兴市教育学会、嘉兴教育编辑部组织的"新世纪教师形象"征文比赛二等奖）

附：

世纪畅想

新世纪的航船正从漫漫长河中驶来。能搭上它，是我们的幸运：我们短暂的人生竟能与两个"千年"相伴！但乘坐它并不是"免费"的，得努力为它干点什么，譬如摇动一支木桨，给它一点动力——这于我们，便是一定要把与国家强盛、民族振兴密切相关的教书育人这份沉甸甸的责任，更出色更圆满地担当起来！

（《嘉兴教育》2000 年第 11 期）

简单与不简单

世上的事，如果让我分类，大约只有简单与不简单两类，而我们做事，有时总喜欢把简单的事做得不简单，而把不简单的事做得简单。

开学第一周，我就曾把一件本不简单的事做得简单了。

为了使文理分班以后的学生早点静心定心，走上正轨，开学前，我就从座位安排、收心教育、组织建设、规章制定、学法指导等方面作了周密谋划，心想等到开学，同学们怀揣着春节的喜悦和新的梦想步入教室，一切会按照我的预设，很快井然有序地运转起来。可几天后发生的事，还真让我始料不及。

打开3月2日学校平台"就寝反馈"，发现前晚住校生就寝，全校有十个寝室违纪，而我班竟有两个男生寝室赫然在列，占十分之二！于是在当天午休后，我当着全班同学很生气地点名批评了违纪的两个寝室，并说："世上恐怕没有比睡觉更简单的了——躺下，闭上嘴，多容易啊！如果连这么简单的事都做不好，我想不出还有什么事能做好！好好反省吧！再有此类事情发生，将严肃处理！"我当时认为这样处理有理有节："理"是学校的规章，"节"是下不为例，学生应该服气。但我观察学生的表情，似有不服。由于马上要上课，这件事情就这样简单处理了。没想到，晚自习课间，学生递给我一张字条，上面除了写有几句抱歉的话外，还有一句："老师您处理问题太简单了！"署名"住校生"。

"处理问题太简单了？"晚上我躺在床上问自己。经过一阵反思，我有所醒悟：是简单了些。客观上是刚开学事情多，接手一个新班级，好多情况不了解；虽然做过不少年头的班主任，但有好多的"经验"已用不上了，"90后"不是"70后"、"80后"。同时考虑到，班级总共才47人，住校生达29人之多，占的比例实在太大了。如果住校生的工作做不好，班级不可能稳定，更不要说学习了。

意识到这件简单事情的不简单后，我决定以此为契机，从两个方面来做工作：一是深入了解情况，二是做好思想疏导。

第二天中午我下到寝室，找学生谈话，了解了学生就寝后讲小话的一些情况。但限于时间和对老师的不了解，学生说的比较少，谈话很不深入。于是我想要弄清学生讲小话的真正原因，还得通过别的渠道。

于是在下周一下午，我利用自修课临时安排了一个班会，题目叫"说说我自己"。会议由我自己主持。一开始学生很拘谨，没人愿意挑头。于是我只好现身说法，很亲切地跟学生们介绍了自己在他们这个年龄时的一些真实想法和住校时的表现。学生们听了笑了。我猜想他们的意思是：原来跟我们一样啊！这样一来，坚冰融化了，话匣子也就打开了。

生1："说说我自己"，说什么呢？我是住校生，就说住校生活吧。说句心里话，住校生活还真不错，那么多哥们儿，个个有性格，有故事。可我是一个很简单的人，我只希望能跟大家好好相处。当然，要做到这一点，除了自己要尽快成熟起来外，还要更快更多地了解同学，白天学习紧张，于是就在晚上"了解"了。大家别笑，真的是这样。

生2：这学期文理分科来到现在的班级。同学基本上换了，班主任也换了。我们现在的条件比老师当年的好多了，应该感到幸福。47个人，还有老师，组成一个集体，缘分啊！我认为老师其他都好，就是太严肃了点。不过，我们也应该更懂事点。

生3：文理分班了，我希望自己能尽快适应新的环境、新的同学，还有陌生的老师。自己慢慢有了梦想，不过现在不好说，晚上在梦中说吧。我不羡慕行动敏捷的"兔"，只愿能像"龟"那样实在，在最终的人生考验中，拥抱属于自己的天空。

……

短短一节课，学生们讲了不少真话。这些话，如果没有适当的氛围，是不可能说出来的。由于隔膜消除了，学生还主动说了一些别的事，譬如认为老师现在就跟他们讲什么考大学，什么985，什么211，虽然着实令他们兴奋，但似乎早了点。甚至还有同学说，那天晚上就寝后讲话，他们也讨论过类似话题。

知道了这些后，我觉得有必要对学生进行一次理想教育。但考虑到这些"90后"不同于以往的学生，如果总是板着面孔，正经八百谈什么理想，不一定会有好效果。于是变换思路，把理想教育寓于课堂教学中。

在课堂上，我向学生推荐了一则消息："'梦'字当选2012年中国年度汉字。"随后结合教学内容，出了一道题：同学们正处在梦幻般的年华，一定会有自己美妙的梦想。请用200字左右的一段话，说说你的梦想。

第二天，我收到了不少优秀作业：

1. 孩童时，梦想当大老板，有一家大工厂，指挥很多人（笑）；少年时，铁齿铜牙的律师入梦，将大老板踢出了局，渴望帮人渡过难关；而现在梦想缥缈了，没有实际的一个：公车上让座于人，留一片温馨；校园里弯腰拾垃圾，添一抹洁净；生活中伸出一双手，增一缕微笑……

2. 我时常憧憬着未来，我的梦想是成为一名医生。这源于我从小体弱多病，经常上医院，自然而然对医生那治病救人的精湛医术和高尚医德产生了崇敬。

3. 我的梦想是长大后能当上宇航员。望着那些飞上太空的宇航员，内心热血沸腾，想象自己穿上宇航服的那一刻，该是多么潇洒，多么美妙啊！

……

读着学生们写下的一段段文字，我仿佛看到了一双双天真而充满梦想的眼睛，循着他们的眼光，我也仿佛看到了很远很远的地方……

自此以后的日子，孩子们学着慢慢长大了不少。但我深知，教育的事不可能一蹴而就。不过，有了一个好的开头，文章就能做下去了。

一个看似"简单"的故事，给予我不简单的启示。

1. 简单与不简单是一对矛盾的概念，看待它们需用辩证的眼光。有些看起来简单的事，其实不简单。就说就寝讲话吧，结果是一样，原因可能有很多种。很多时候，凭着所谓经验简单从事，极有可能酿成伤害。学生就寝讲话，要他们不讲就是了，确实简单，短时间也可能奏效，但时间长了未必管用。一味堵不是个办法，可借鉴大禹当年的做法：疏一疏。

2. 教育需要契机，契机需要发现。就寝讲小话本是一件坏事，也是一件看似简单的事，但却藏着一个难得的良机。一个新的集体，彼此需要了解；要了解，不能不沟通。学生就寝后讲小话，也是一种沟通，只是时间和地点有问题。如果把不当时间、不当地点讲的话，放在适当时间、适当地点去讲，也许全适当了。不仅如此，抓住难得的契机，有些平时看起来难以着手的教育，有可能做得得心应手，事半功倍。

3. 简单处理学生就寝违纪，背后作祟的是对学生的不信任。按照我们成人的惯性思维，学生睡觉讲的小话，不会有多大意义。其实是我们太武断了，因为很多时候讲话是否有意义，不一定取决于讲话人的年龄或地位。有人说，教育是一条智慧的长河。这个"智慧"就是"思想"，包括处理一些看似简单的事情所应具备的"思想"。

没有"最后结果"

今年 6 月中旬的一天夜晚，晚自修后查过学生寝室，我带着一天的疲劳，于大约 10 点半回到家里，洗过澡，上床休息。

"铃铃铃——"突然一阵急促的电话铃声把我从睡梦中惊醒。电话是一位学生家长打来的，说他的孩子晚自修到现在还没有回家，问我知不知道他到哪儿去了。

"今晚是我督班。晚自修后他就离开了教室。别着急，我帮你看看。"

该生是高三一期因教育网点调整由一所农村中学转来我班的。他的家境不好，父亲下岗，腿又有点毛病；母亲开个小店，身体也不好；还有个妹妹，上初三，每晚练琴，准备考"特长"。作为通学生，晚上本可以在家自修，但考虑到家里的环境，他要求到校参加晚自修。记得刚来的时候，他不太喜欢讲话，学习不是很用功，表现也一般。一段时间以后，虽然有进步，但因基础不太好，成绩在班上仍居中等偏下。但他和同学的关系不错，爱好很广泛，尤其对上网有兴趣。他说上网可以查找学习资料，当时我将信将疑，还专门找他谈过话。

"现在快 12 点了，他会到哪儿去呢？恐怕又是上网去了。"凭着老经验，我相信自己的猜测不会错。于是骑上车，到镇上几家网吧转了一圈又一圈，找了一轮又一轮，但就是不见他的踪影。

我失望地回到家里，给他家回了电话。这一宿，我没有睡好。天刚亮，他爸给我打来电话，告诉我孩子昨晚自修后到他妈妈的小店复习功课去了，因忘了时间，没有及时回家；并因昨夜的打扰一再表示歉意。

家长知道孩子有小店的钥匙，但没有想到他晚自修后会到小店去学习，而且会忘记时间，因为他以前只是在学校不上自修的周六晚上才去，并且每次总能在 10 点半前回家。我凭以前留在脑子里的印象，错误地断定他这次没有按时回家是上网去了。看来，作为家长，作为教师，面对子女，面对学生，也有脑子不好使、思维出问题的时候。

该生以前学习不是很用功，是什么力量促使他对学习"痴迷"到废寝忘"时"的程度呢？据家长后来讲，该生以前上网的确是为了查找学习资料，查看有关高考的信息，以拓展课堂学习，为以后填报高考志愿做准备。但我当时为什么不假思索把它和"玩游戏"联系在一起，并对该生的申述将信将疑呢？就是这样一个平时不怎么被家长和老师看好的学生，高考竟能考出优异成绩，并被一所著名大学录取，是偶然，还是必然？太多的疑问，太多的难题。

不能不承认，我虽然担任班主任多年，但对学生内心世界的了解还远远不够，对他们的各种心理需求还知之甚少，对他们承受的各种压力还缺乏真切的体验。著名科学家钱学森说，对科学的认识没有"最后结果"。对学生心灵的认识更是如此。看来，教师的学生观、教育观也必须与时俱进，不断更新；教师对学生的关心和教育，必须以走进他们的心里为前提。只有这样，才能真正架起跨越"代沟"的桥梁。

教之困

退休多年，教育情结还在，仍然关注着教育的事。昨天在手机里偶然看到一些有关家教的"段子"，觉得有点意思，抄录几段，分享给大家。

妈妈给儿子辅导作业：

1. "这有这么难吗？你看，让你用'像'造句，你可以写'妈妈像天使''妈妈像明星'。这不都行吗？随便写呀！""这是造句，不是造谣。""你甭管是造句还是造谣，就这么写。""写不了。""怎么写不了呀？""昧着良心写，我的良心会痛的！"

2. "看题，用'夜深人静'造句。""我用'夜深人静'造了个句。"……"你觉得这样造句行吗？这不是耍小聪明吗？听着：每当夜深人静的时候，我就会想起远方的家乡。照着这个造一个。""每当夜深人静的时候，你就会逼我造句！"

爸爸给女儿辅导作业：

"你是怎么做的？为什么考了 29 分？""是用笔做的。""什么用笔做的？我问你为什么只考了 29 分？""不知道，是老师给的 29 分。"

这些"段子"看似笑话，但看家长那心急火燎、愤怒崩溃的样子，我终究没能"笑"太久。家长们的动机没有问题，但有用吗？本来是居高临下，最后却落了下风。子女有错吗？还真不好说。"造句"不等于"造谣"，妈妈标榜自己，妈妈不对。用词造句，不就是把词语嵌进句子里吗？怎么就不对了？你想家乡，"家乡"是什么？为什么想它要在"夜深人静的时候"？试卷确实是用笔做的，分数也确实是老师给的。有网友说：那造句的小男孩，将来会有大出息！虽然小女孩的回答没有瞄准爸爸的问题，但爸爸是不是也有些操之过急，不够冷静？

见微知著，一叶知秋。小小桥段，折射的是学校、家庭教育的困惑和焦虑：学校、家庭如何合力？如何跟学生（子女）减负？如何看待分数？过程与结果哪个更重要？输在起跑线上又如何？教育如何贴近学生（子女）？教育如何杜绝"造假"等等。

古人云："学然后知不足，教然后知困。"从某种意义上讲，有"学"必有"不足"，因为学无止境；有"教"必有"困"，因为"教"是一门科学，也是一门艺术，需要不断探索和创新。所以有"不足"、有"困惑"是很正常的事，无须惊讶，也不必气馁，要做的是如何弥补、如何解决。同时，还要树立起信心，不能因为"不足"而妄自菲薄，不能因为有"困惑"而全盘否定。

毋庸讳言，在竞争激烈的当下，教育焦虑在不断升温：学校减负，家长增负；用电脑上网课，又不能玩电脑；说是只要尽力就行，又紧盯分数不放。于是家长和子女玩起了"猫和老鼠"的游戏，上演了很多本不该发生的悲喜剧。平心而论，家长的出发点是好的，我们不能苛求他们，要理解他们的焦虑。学校作为教育的主阵地，教师作为教育的主角，要勇于担当，善于作为，以帮学生弥补"不足"，助家长消除焦虑。而要达此目的，教师自己必须先走出困局。

如何走出困局呢？说来惭愧，自己从教几十年，也曾常常为此焦虑。

大家知道，很早以来在中学里就流行"三怕"的段子："一怕文言文，二怕周树人，三怕写作文。"这个段子道出了语文教学的三大难点：文言文教学、阅读教学和作文教学。前两者暂且放下，就谈作文教学吧。

教过学生作文的老师都知道，这是一项"高投入低产出"的工作。学生从小学开始，一直写到高中毕业，可不少人还害怕作文；不同年段的教师接力教了十多年，功夫没少下，到头来仍难达预期。

学生为什么怕作文呢？从远的说，作文自古以来就不是一件容易的事，"文章千古事，得失寸心知"。在科举时代，一篇文章可以决定一个人的前途命运。"十年寒窗无人问，一举成名天下知"，靠的就是文章。从近的说，高考作文也有超高的难度和极端重要性。语文是首考科目，作文又是语文的大头（分值占比大），所以有人说："得作文者得语文，得语文者得高考。"试想，如果开局不利，大头失手，后面的考试如何进行呢？

既然如此，必须旗开得胜。于是每当进入高三，学生和教师就越发紧张起来：没有哪个学生不全力以赴，没有哪个教师不想方设法。我任教高三多年，也曾尝试过不少做法，譬如优化策略，培育思想，明确规则等等。

首先，所谓"优化策略"，即为学生纾困解难，努力提高教学的精准性和有效性。

说到高考作文，一般认为没有秘诀，但没有秘诀不等于没有技巧。进入高三，特别是在高考备考的后段，时间紧迫，不能要求学生"多写"，因为学生负担已经很重，"多写"不现实，尤其是理科生，备考重点一般不在语文上。因此，必须改变策略：学生少写深悟，教师精准点拨。一节作文课，3～5篇文章的容量，突出范式与技巧，力争讲深讲透，诸如审题立意、谋篇布局、分析论证、扣题点题等。同时，要抓住根本，不猜题押题，告诉学生只要能了然范式、掌握技巧，就能以不变应万变。譬如，2015年1月，针对学生"不会分析"，写作"随意、无序、粗放"的状况，我专门设计和执教了公开课：高考议论文的写作——学会分析。以近三年一些优秀高考作文片段为例，重点讲解分析的重要性和具体方法，反响较好，深感"授之以鱼，不如授之以渔"。

其次是培育思想。帕斯卡尔说，"人只不过是一根苇草""但他是一根能思想的苇草""我们全部的尊严就在于思想"。文章是作者写作综合能力的体现，而写作综合能力的核心是"思想"能力。因此，写作训练的关键是"思想"训练，是培育学生的思维能力。那如何培育呢？我尝试了"三给"的法子。

一是"给思想"，就是引领学生树立正确的世界观和价值观，及时引导或矫正学生作文中表现出来的"思想"问题，让写作成为学生"思想"生成和优化的重要途径。二是"给方法"，就是通过有关理论知识的讲解，教给学生具体的思维方法，以拓展学生的思维空间，提升学生的思维品质和思维能力，并最终把思维能力转化为写作能力。三是"给例子"，就是精选优秀文章或片段（可以是学生的习作或教师的"下水"文章），来有效训练学生的"思想"。

最后就是明确规则。前人讲文章，往往离不开"义理、考据和辞章"，今人讲议论文必讲"观点、材料和表达"。这些就是写文章的基本规则，评文章的基本标准。"文无定法"，不等于"无法"。虽然我们早已摒弃了"八股文"的束缚，但还是要强化高考作文的规则意识。虽然评卷老师是有个性的，但评卷标准却是共性的。所谓"共性"，就是规则。这规则必须严格遵从。追求个性可以，但不能没有遵循，不能没有约束。此外还要强化读者意识，"读者"就是阅卷老师。一篇文章要想得高分，必须留住阅卷老师的眼光。如果你忽视规则，一味炫耀个性，信马由缰，游离文题，那阅卷老师不可能耐着性子陪着你。

尝试了这么一些做法，既使自己在一定程度上摆脱了作文教学的困局，又有效缓解了学生的焦虑和畏惧心理，从而使他们能比较从容地走进高考考场。

"教之困"，是一个外延很大的话题，涉及到很多层面，限于时间和篇幅，这里只就教学中的一个点——高考作文谈了谈。"教"与"困"，相互依存，"教"无止境，"困"必成常态；同时"困"既是压力，也是动力。所以从某种意义上讲，教学之成，教师之乐，就产生于不断"解困"之后。

高考前的心理准备

高考是为高等院校选拔人才的考试，也是对考生素质的一次全面检阅。要想在这场竞争中取得成功，不仅要有坚实的知识基础、出色的应试能力，还要有充分的心理准备。那么，如何做好考前心理准备呢？我想这需要高三师生共同努力，从以下几个方面着手。

合理定位，坚定取胜信心

经过小学、初中、高中十几年的学习，面对即将到来的高考，每个同学心中都有自己的宏伟目标。为了实现自己的目标，每次测验模拟考不少同学都暗下决心，要超过谁，要达到班上乃至年级哪个档次。一般说来，期望较高有利于激发学习积极性，但期望过高，经过多次艰苦努力仍不能实现，又极易造成自信心的丧失。因此，合理定位，保持适当的期望值，是十分重要的。而要做到这一点，就必须对自己有正确的认识和评价。老子说："知人者智，自知者明。"正确认识自己，是合理定位的前提。现代心理学家认为，一个人有三个"自我"，即现实自我、客观自我和理想自我。"现实自我"是在某段时间内自己言行的反映，"客观自我"是他人评价的产物，"理想自我"是自我想象的产物。在现实生活中，这三个自我很难一致，"现实自我"往往与"客观自我"和"理想自我"有一定的差距。如果不能正确看待这种差距，极易造成心理失衡，进而失去自信心。因此，碰到这种情况，要冷静、全面分析：如果是期望过高，应根据自己的实际情况作适当调整，可先确定适当的阶段目标，然后循序渐进，一步步向更高的目标迈进，切不可好高骛远，或因一时失利而丧失信心，一蹶不振。同样，教师也需合理定位，要根据不同学生的实际情况，确定适当的工作目标，不可拔苗助长，急于求成；评价学生要坚持全面、发展的原则，注意保护学生的自尊心和自信心。

不怕困难，磨炼坚强意志

学习是快乐的，也是艰辛的。尤其是进入高三后，教学节奏加快，训练难度增大，既要为通过语、数、英会考而努力，又要为高考做准备，学生的生理和心理负荷明显增大，面临全方位的考验。在这样一个特殊时段，尤其需要顽强拼搏的精神和坚忍不拔的意志。马克思说："在科学的道路上，是没有平坦的大路可走的，只有在那崎岖小路上攀登的不畏劳苦的人们，才有希望到达光辉的顶点。"随着高校不断扩招，高考升学率也在不断提高，但只要是选拔性考试，只要存在竞争，就不可能是轻而易举的事。毋庸讳言，现阶段中小学生的课业负担还是比较重的，尤其是到了高三，作业一科接一科，考试一场连一场；每天"三点一线"，单调机械，枯燥乏味，极易引起疲惫和厌倦。若遇上考试失利或其他不顺心的事，就更易引起焦虑和烦闷。但既然选择了求学之路，就必须有吃苦的思想准备，有战胜困难的勇气和毅力。另外，要处理好学习与生活、吃苦与享受的关系，经得起各种诱惑的考验。培根说："经得起各种诱惑的考验，才算达到了最完美的心灵健康。"要成为生活的强者，必须具有战胜自我的自制力。时间和精力有限，要想有所收获，就必须有所放弃。我们现在正乘坐一趟快车，在向着自己的宏伟目标进发，如果因为要看途中风景而在某站下车，就很可能再也赶不上这趟车了。

胸怀广阔，保持平常心态

雨果说："世界上最宽阔的东西是海洋，比海洋更宽阔的是天空，比天空更宽阔的是人的胸怀。"只有具有宽阔的胸怀，面对成败得失才能保持一颗平常心。这一点对于处在高考前夕的高三学生来说尤其重要。

进入高三后，由于各方面的压力增大，有些同学可能有这样或那样的烦恼：因做作业回家晚了一点挨父母批评，出门稍晚匆匆往学校赶自行车车胎爆了，模拟考想打个翻身仗偏遇上身体不适，几个月没生病一到体检就感冒……不大不小的烦心事还真不少。如何对待？退一步海阔天空。大千世界，风云变幻；小小校园，也非一泓清池，哪能没有一点波澜？哪能事事如我愿？遇事多换位思考，多角度思考，学会让自己快乐。随着高考的临近，尤其要做到这一点。要参加考试，就会有成功或失败。对此，我们既不能抱着无所谓的态度，必须尽自己最大的努力，也不必太在意，相信成材并非仅此一途。既要保持适度的紧张心态，又要注意消除考前焦虑，以保证考试时能正常发挥。同时，教师在复习迎考阶段也要保持良好心态，要以平常心看待学生的考试成绩，不求人人升学，但求个个成才。在班级管理和教学中，要做到宽严有度，张弛适时；既要切实抓好各门功课的考前复习，又要耐心做好学生的心理辅导，为学生的学习、生活营造一个相对宽松的氛围，帮助学生取得成功。

良好心理是成功的必备素质。只要我们从心理和其他各方面都做好了充分准备，就一定能从容走进高考考场，迎接我们的将是风雨后天空那一道绚丽的彩虹。

志存高远，追求卓越

尊敬的各位领导、各位同仁，亲爱的高三同学们：

大家下午好！

今天是 2015 年 5 月 15 日，是一个值得永远铭记的日子——我们 2015 届近 700 名同学圆满毕业了！在此，我代表陪伴同学们一路走来的高三教师，向大家表示最热烈的祝贺！

又是一个红五月，又是一年芳草绿，又是一个毕业季。三年，一千个日子，转瞬间过去了。时间都去哪儿了？

2012 年 8 月的一天，带着一脸的朝气和满腔的热情，同学们来到了当湖高中，在人生的又一个重要驿站，开始了又一段意义非凡的学习生活。

记得同学们刚走进新楼时，还有些紧张，有些羞涩，因为一切都是新的：新的教室，新的面孔；新的知识，新的起点，名副其实的焕然一新。但同学们能克服困难，很快适应了新的环境，初、高中顺利衔接，实现了一个良好的开局，新的梦想也由此起航。

一年后，踏进了并进楼，同学们长大了许多。在这样一个承上启下的年段，大家同样有上佳表现，班风学风良好，各种能力不断提升，集体意识不断增强；大家互帮互学，齐头并进，为高三的最后冲刺打下了坚实的基础。

两年后，同学们跨进了三立楼，由天真逐渐走向成熟，4 层楼房，78 级台阶，整天忙忙碌碌，上上下下。大家谨记"三立"格言，立德立功立言，为学修身，全面提升，协调发展。班风学风堪称一流，各类成绩令人欣喜，广受各方好评。

三年光阴，三幢大楼，见证了我们高三师生并肩战斗的点点滴滴。

曾记否，"他山石"旁，同学们读书交流，坚信他山之石，可以攻玉；"慧泉"池边，赏杨柳，观游鱼，品庄子之智慧；"崛起"山前，评书法，诵名言，感伟人之胸怀；体艺馆里练合唱，绿茵场上打比赛，辩论赛场展风采……当湖高中处处有同学们拼搏的身影和成长的足迹。

曾记否，学校领导、年级主任的热情鼓励，班主任、任课老师的焦急目光。

我们跟同学们一样忙碌，早读午唱，晨会班会；备课上课，提优辅导；督班查寝，卫生两操；文体比赛，社会实践；"三要求"，"五认真"，力求完美，传道授业，做到尽心。眼睛花了，皱纹深了，白发多了，那又有何妨？只要同学们有进步，只要同学们能成才，一切都值得！

我们是同一个战壕的战友，为了一个共同的目标，在一起拼搏了三年，如今又面临23天后6月的那场最后的考验。我们要齐心协力，要再鼓劲，要在细节上再完善：

一是坚持。越是到最后，越是艰难，上书山，下题海，身心疲惫，几乎到了极限。但即便如此，也绝没有理由松懈，绝没有理由放弃。要坚持到底，一鼓作气，精益求精，力争在六月交出一份令自己满意的答卷。只要我们能把控好过程，结果自然值得期待。

二是自信。自信是成功的基石，自信是竞争取胜的必要条件。十年苦读一朝决胜负，三年等待六月定乾坤。理应当仁不让，舍我其谁。我们是你们的坚强后盾。

三是调整。最后阶段，尤其要注意整理好自己的心情，调整好自己的状态。生活多姿多彩，有快乐，也有烦恼。遇事多换位思考，退一步海阔天空，学会让自己快乐。以身心的最佳状态，走进高考考场，迎接人生的又一挑战。

高考后，同学们即将暂别母校。作为你们的老师，作为你们的朋友，我们有三样"礼物"要提前送给大家：

一是立大志。"古之立大事者，不惟有超世之才，亦必有坚忍不拔之志。"毛泽东以天下为己任，周恩来为中华之崛起而读书，马克思立志为全人类工作，都是我们学习的楷模。无论是即将到大学深造，还是将来走向社会，无论是从事何种职业，都要高标准严要求，志存高远，追求卓越。

二是讲奉献。奉献是做人的社会责任。"平和报本"，回报国家，回报社会，回报父母，是我们义不容辞的责任。共产主义战士雷锋，"中国导弹之父"钱学森，"全国道德模范"郭明义都是我们学习的榜样。甘于奉献是青年应有的精神境界。只有不断为国家、为社会、为人民奉献自己，才能创造出亮丽的青春年华，才能实现自己最大的人生价值。

三是负责任。责任是人人应尽的义务，负责任是一种良好素质的体现。铭记责任，不懈努力，才能成就梦想。当下把备考工作做好是负责任，以后做好每件事也是负责任。唯有如此，才能最终实现我们的人生梦想。

毕业不是告别，大家不必伤感，人生路漫漫，只是换了一个路段。无论你到了哪里，都会有一根线将你和母校相连，母校永远牵挂你，期待你的好消息。母校永远是你人生一处可以停泊的港湾，一座给力的加油站。

　　无论多少年后，相信大家一定还能记起今天这场盛大的毕业典礼，记起"2015、5、15"这一串具有非凡意义的数字，记起你们深深热爱的这座校园，她就是平湖市启元路 515 号——当湖高级中学。

　　谢谢大家！

　　（本文系作者在浙江省平湖市当湖高级中学 2015 届高三毕业典礼上的发言）

辑三 教泳下水

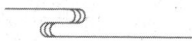

浙江 2012 年高考作文

台湾女作家刘继荣在博文上说，她上中学的女儿成绩一直中等，但是却被全班学生全票推选为"最欣赏的同学"，理由是乐观幽默、热心助人、守信用、好相处等。她开玩笑地对女儿说："你快要成为英雄了。"女儿却认真地说："我不想成为英雄，我想成为坐在路边鼓掌的人。"博文引发了广大网民的热议。

网民甲：坐在路边鼓掌，其实也挺好。

网民乙：人人都在路边鼓掌，谁在路上跑呢？

网民丙：路边鼓掌与路上奔跑，都应该肯定。

从上述网民的议论中，选取一种看法，写一篇文章。你可以讲述故事，抒发情感，也可以发表议论。

"路上奔跑"与"路边鼓掌"

人自降生起，就都走在了人生之路上，只是所在的位置和表现的姿态不同：或在路上奔跑，或在路边鼓掌……

路上奔跑者，取的是积极进取、敢于担当的姿态，理应获得掌声；路边鼓掌者，取的是热情和善、乐见其成的心态，也应给予肯定。

今年浙江省高考作文材料中的女孩，虽然成绩一直中等，也没有什么特长，却被全班学生全票推选为"最欣赏的同学"（在同学心目中相当于"英雄"），但理由似乎够不上"英雄"的规格："乐观幽默、热心助人、守信用、好相处等。"而且她自己也说："我不想成为英雄，我想成为坐在路边鼓掌的人。"如果不是自谦，按常理评判，小女孩似乎并非是具有英雄般大志的人物。

一个平凡的人物，为何能获得如此不平凡的赞誉？原因大概有三：一是她做的是在路边鼓掌的人，而不是路边的冷眼旁观者；二是她把自己的角色做得很好，达到了她现时能达到的高度；三是同学有自己评判事物的标准，有他们自己的"英雄"版本。由此可见，在很多时候，并非一定要做所谓真正意义上的"英雄"，做符合自身条件的"凡人"，也是可以而且应该获得掌声的。

不仅如此，正如世间万物无时无刻不在变化转换一样，"路上奔跑者"与"路边鼓掌者""英雄"和"凡人"，在适当的时候、不同的路段也是可以转换角色的。

　　就如材料中的女孩，她有了"乐观幽默、热心助人、守信用、好相处等"品质，如遇到某个特殊时机，或在以后某个人生路段，成为某方面"最美的人"甚至"英雄"，应该不是一件难事。近来频频见诸媒体的"最美妈妈""最美教师""最美司机""最美孕妇"等人物，在成为"英雄"之前都是"凡人"；每年评选的"感动中国"人物也大都是草根出身。

　　这几天看"欧洲杯"足球赛，发现也有类似现象。6月10日，B组第2场比赛德国对葡萄牙，戈麦斯在即将被替换下场之前攻进一球，帮助德国战胜葡萄牙。如果不是队友的精妙传中，不是足球正好碰到对手之后变线，戈麦斯不可能攻进这样一粒金子般的进球，结果只能是沮丧离场，继续他的糟糕球运。"凡人"与"英雄"的转换，只在极短的一瞬，其间"时机"起了非常重要的作用。所以我们在看待某种必然的时候不要忽视了偶然，记住一句古语："时势造英雄。"当然我们这样说，绝没有贬低"英雄"和"立志做英雄"的意思，只是想强调，有些时候，"凡人"和"英雄"之间并不存在不可逾越的鸿沟。

　　由此我又想到了当今的教育。为了使孩子尽快摆脱平凡，在起跑线上就有上佳表现，我们总是在不停地勉励，"自古成大事者必先立大志""不想当元帅的士兵不是好士兵"……其实很多时候，能真正成就大事者，寥寥可数；元帅也不多，多的还是士兵。立大志是对的，但若成不了大事，做不了元帅，也很正常，因为很多事情想想是容易的。所以即便是英雄辈出的时代，英雄所占的比例也并不高。因此即使做不了英雄，只要是做了最好的自己，也不必自卑自责。

　　世上之事，相辅相成，正如红花与绿叶，塔尖与塔基，"在路上奔跑"与"在路边鼓掌"。所以我们在给予"路上奔跑者"以掌声的时候，也不妨给予那些"路边鼓掌的人"以掌声。因为"路上奔跑"与"路边鼓掌"，都是人生呈现的正常姿态。

　　（本文2012年6月28日发表于《嘉兴日报·平湖版》）

浙江 2013 年高考作文

中国作家丰子恺：孩子的眼光是直线的，不会转弯。

英国作家赫胥黎：为什么人类的年龄在延长，而少男少女的心灵却在提前硬化？

美国作家菲尔丁：世界正在失去伟大的孩提王国，一旦失去这一王国，那就是真正的沉沦。

综合上述材料，你有什么所思所感？写一篇不少于 800 字的文章。

孩子的眼光

置身于这丰富多彩的世界，我们每天都在用自己的眼光去观察，用自己的脑子去思考，用自己的语言去表达，但不同的是，成人的眼光往往会转弯，而孩子的眼光是直线的。孩子的可爱，就在这直线的眼光，因为它彰显的是一份可贵的率直和纯真。

中国有句古语叫"童言无忌"，说的是小孩讲话没有什么忌讳，不伪装，不掩饰，率直而真实。虽然有时不太得体，甚至很不中听，但因为孩子用的是自己清纯的眼光，讲的是客观事实，于人于事无恶意，所以很多时候令大人感到不悦，或陷入尴尬，但过后不能不首肯。

外国有篇童话叫《皇帝的新装》，那是丹麦版的"童言无忌"。皇帝明明什么也没穿，这一点周围的成人都知道，皇帝本人也知道，但因害怕"显出自己不称职，或是太愚蠢"，或是"不够资格当皇帝"，大家始终不敢讲出事情的真相。直到"可是他什么衣服也没穿呀"这个天真的声音从一个小孩子的口里发出来，才戳穿了弥天大谎。是孩子比成人高明吗？不是。只因成人的眼光拐了弯，而孩子的眼光是直线的；只因成人有杂念，有顾忌，而孩子心地单纯，什么顾忌也没有。

遗憾的是，"人类的年龄在延长，少男少女的心灵却在提前硬化"，眼光在扭曲。这虽然不能夸大为普遍现象，但在一定范围内存在却是不争的事实。由于各种原因，有的人心灵提前硬化，童心早已泯灭。待人接物，真诚少了，应付多了；真话少了，套话多了。生活中常有这样的现象：大人聚会，为了化解尴尬、调节气氛，常带上小孩，因为孩子不懂大人的那些客套、那些规矩，不会刻意包装，不会讲那些水分很多的话。这是孩子的骄傲，也是大人的悲哀。

当然，人不能拒绝长大，也不能生活在世外桃源，观察事物的眼光不可能完全不变。但长大并不意味着一定要丧失童心，改变也不意味着一定要扭曲眼光。请记住，在任何时候都必须守住自己心灵的那片绿地，守住自己那充满童真的眼光，守住伟大的孩提王国，否则，"一旦失去这一王国，就是真正的沉沦"。

但也不必悲观，古往今来，孩子的眼光一直与人类相伴，如同血脉贯穿我们周身。能保持一颗纯真的童心，用直线的眼光察人观事，是非分明，敢讲直话，不转弯，不逢迎的大有人在。屈原正道直行，追求理想，虽九死而眼光不改，宁可投江，也不肯与世推移。陶渊明"少无适俗韵，性本爱丘山"，不肯为五斗米折腰向乡里小儿，辞官归隐，回归田园，过着率性自由的生活。李白为人傲岸，藐视权贵，终不为权贵所容，高喊一声"安能摧眉折腰事权贵"，离开朝廷，去追求自己想要的生活。还有不畏权贵，不徇私情的包拯；直言敢谏，守正不阿的海瑞，他们的所作所为，都彰显了秉公任直维护正义的品格。

当今大家熟知的雷锋、郭明义、"信义兄弟"等人，热心助人，无私奉献，坚定诚实，信守诺言，都有一颗孩子般的纯真爱心。正因为有许许多多这样的人，我们的社会才能不断进步，我们的内心才能不断走向真善美。

告别了率直纯真的孩提时代，我们也许会丢失一些东西，但童心一定不能丢失。无论处在人生的哪个路段，我们一定要带着这个宝贝。

回望那充满纯真和希望的春天，让我们一定记住那片绿茵，那缕和风，那汪清泉，还有那双明澈的眸子和从眸子里直射出来的光芒！

浙江 2014 年高考作文

门与路，永远相连。门是路的终点，也是路的起点。它可以挡住你的脚步，也可以让你走向世界。

大学的门，一边连接已知，一边通向未知。学习、探索、创造，是它的通行证。大学的路，从过去到未来，无数脚印在此交集，有的很浅，有的很深。

综合上述材料，结合你的所思所感，写一篇不少于 800 字的作文。

做一个永远的赶路人

门与路是一对永远相连的伴侣，它们的牵手组成了永不中断的生活链条：门是路的终点，路是门的延伸；今天是昨天刚进的门，明天是今天将赶的路。但门与路又是相互排斥的冤家：进门意味着与路告别，而要赶路就必须开门。不过伴侣也好，冤家也罢，它们都是我们的亲密朋友：无论是人类的发展、国家的进步还是个人的奋斗，大致都可以归结为"开门与赶路"。

大家知道，今天的人类由过去而来，如同那从远古浩荡而来的河流，赶过漫长的路，开过无数的门。经过艰辛的努力，人类告别了茹毛饮血、树叶遮身的原始，一步步进到了如今这座现代的门。人类之所以能发展到今天，既靠开门的勇气，也靠赶路的执着。如果被门挡住了脚步，人类发展不到今天。虽然当今世界还有很多的不如人意，譬如贫穷、饥饿、污染、疾病，甚至纷争、战乱等等，但"和平与发展"的大潮正浩浩汤汤，没有什么东西能阻挡得了，"青山遮不住，毕竟东流去"。

同样，今天的中国也由昨天而来。曾记否，积贫积弱的旧中国，屡遭列强欺凌，但由于有一代代先行者的不断探索，有亿万人民的奋斗牺牲，终于站了起来，并一步步打开富强之门，屹立于现代世界文明之林。但我们不能忘记，在这条艰难前行的路上，有先辈们留下的脚印和汗水，是先辈们打开了一扇扇成功之门；我们也不能自满，被门绊住了脚步，心安理得地躺在门里睡大觉，而要勇敢地承担起时代赋予的承前启后的重任。门既已打开，脚步就不会停。可以预期，只要我们保持清醒的头脑，"咬定青山不放松"，坚定地朝着"两个一百年"的宏伟目标进发，埋头苦干，不懈奋斗，就一定能在不久的将来实现伟大的"中国梦"。

再来说说我们这些准大学生吧。在求学的路上，我们已经打开过很多门。但相对于人类，我们很渺小；相对于先辈，我们很稚嫩。不过不必自卑，因为我们风华正茂，正如那初露的晨曦，有光明的未来和灿烂的前途；又欣逢盛世，赶上了一个大有作为的时代。当然，我们也深知肩负的责任重大。对于大学的门，我们已有清醒的认识：它是我们赶路的加油站，不是我们休憩的安乐窝。我们将站在新的起点，响应前方的召唤，整理好心绪，收拾好行囊，重新出发，迎接门后无数未知的挑战。我们感怀过往，我们更憧憬未来；"少年强则中国强"，我们会牢牢记住这句话。畏难懈怠不是我们的风格，奋斗进取才是我们的座右铭。我们会把自己的脚印深深印在菁菁校园，留在未来的路上。

当然，为了使今后的步伐能迈得更坚实稳健，我们会牢记历史的教训，铭记伟人的教诲。曾记否，西楚霸王项羽，屡战屡胜，但骄傲自大，刚愎自用，终被乌江之门挡住了去路。已经进了北京之门的李自成，被胜利冲昏了头脑，也没能找到光明的出路。清朝末期，闭关自守，故步自封，终被列强的枪炮打开了大门。正是看到了历史的种种教训，毛泽东当年把离开西柏坡进北京城称为"进京赶考"，告诫共产党人要保持清醒的头脑，不要被胜利之门挡住了脚步，要看到胜利之后更遥远和艰辛的前路。

总之，在人类前行的征途，"开门与赶路"永远是一道无法回避的考题。人生没有终点站，永远在已知和未知之间中转。我们要正确认识和把控门的两重性：让门成为财富，而不是包袱；让门成为动力，而不是障碍。一句话：既要开得了门，更要赶得了路。不管前路是平坦抑或坎坷，不管明天是阴晴还是雨雪，我们都将风雨兼程，义无反顾，做一个永远的赶路人。

阅读下面这首诗，根据要求作文。

星　星

雷抒雁

仰望星空的人，

总以为星星就是宝石。

晶莹，透亮，没有纤瑕。

飞上星星的人知道，

那儿有灰尘、石渣，

和地球上一样复杂。

　　根据诗歌所表达的主旨，结合自己的生活体验与阅读积累，写一篇文章。可以写自己的经历，可以讲述身边的故事，也可以发表见解。

《星星》的启示

　　小诗《星星》，包蕴了生活的大道理：世间万物，林林总总，给予我们的印象千差万别，或真或幻，或美或丑，其实并非事物本身有多大变化，只因我们在仰望或近观。

　　苏轼有诗云："横看成岭侧成峰，远近高低各不同。"令人奇怪的是：同样一座庐山，同样一处景物，因观察角度和距离的不同，居然有了"成岭成峰"和"远近高低"的差异。

　　赏景如此，观书亦然。因角度和眼光的不同，同样是读《红楼梦》，"经学家看见《易》，道学家看见淫，才子看见缠绵……"；同样是看《哈姆雷特》，一千个读者心中就有一千个哈姆雷特。

　　这又使我想到了看人，想到以前听过的一个笑话。某明星应邀到某地演唱，粉丝们蜂拥而至。演唱中间依惯例明星走下台跟观众互动，选择性地跟几位观众握握手。被握到的，有的舍不得洗手；没被握到的，有的夜不能寐。视明星为偶像，本是一件很正常的事，但若拿捏失度，把沾不沾"星光"看得太重，就不正常了。究其原因，是看人在滥取"仰角"，只见光芒，自然容易被晃了眼。平心而论，既然是"星"了，自有他成为"星"的硬道理，我们用"星"们的成功来励志，是完全必要的。但若走极端，把崇拜上升到丧失理性的高度，就不妥了，因为明星也是人，也应有普通的一面，正如星星也会有"灰尘""石渣"一样。

当今时代，是一个繁星闪烁的时代。生活在这样的时代，我们不能不感到幸运，但若见"星星"就当宝石，不仅"星星"会眨巴眼睛笑你，还可能捧杀了"星星"，当然也顺带折损了自己。

令人欣慰的是，随着社会的进步，媒体和公众理性的不断提升，人们已越来越能平视明星了。据报载，因在一夜之间攻克国际数学界难题"西塔潘猜想"，22岁的中南大学学生刘路被聘为中南大学正教授级研究员，成为当今中国最年轻的教授。面对刘路的巨大成功，不少有识之士表现得相当理性，认为刘路才起步，还有很长的路要走，不可拔高赞誉，不要过多打扰。

"仰望与近观"不仅关乎赏景、观书、看人，还关乎看待人生。大家一定听说过这样两句流行语："理想很丰满，现实很骨感。"个中道理，见仁见智，但我隐约觉得跟仰望星星是"宝石"，近观星星有"石渣"相通。其实，"理想"未必就丰满，只因你在远处，自然雾中看花；"现实"未必就"骨感"，只因你在近处，自然洞若观火。

我们中学生，正处在人生的花季。我们的眼睛时常在眺望远方，憧憬未来，那儿是繁花一片、星光满眼，但脚下却是荆棘、"灰尘"。学习无坦途，谁也不会随便成功。面对理想和现实的矛盾，我们应取平和淡定的心态，因为直面荆棘和"灰尘"，也是我们人生的必修课。我们应不起急，不沮丧，专心做好眼前的事。

《星星》给了我们诸多启示，使我们看待世间万物、人生百态多了几分理性。仰望固然能带来美的遐想，但也可能产生错觉；近观虽然可能少些美感，但更易接近事物的本真：所以无论是看人还是论事，我们都要校准角度，拉近距离，并多取客观公正的平视。我们既不能因星星的"晶莹"而忽视它有"石渣"，也不能因星星有"灰尘"而不见它的"透亮"；既不能被它的"光芒"所迷惑，也不能为它的"灰尘"所蒙蔽。一句话：该怎么看就怎么看，该干什么就干什么。

请记住两句很有名的歌词："星星还是那颗星星哟，月亮还是那个月亮……"

题字与留名

近日,一网友在微博里称,他在埃及卢克索神庙的浮雕上看到有人用中文刻上"×××到此一游"的字样,觉得那是他"在埃及最难过的一刻,无地自容"。

此微博一出,广大网民先是愕然,进而愤然哗然。一时间,评论者甚众,谴责声不绝,直到当事人父母公开道歉才暂告一段落。

其实,这样的事在国内并不鲜见,也非今日才有,只因这次少年将"到此一游"玩到了极致,不仅玩到了国外,而且还玩到了那样高档的文物上,所以才显得特别刺眼。我们在为舆论的正能量和社会的大进步热烈喝彩的同时,不能不来点冷静思考:一个天真懵懂的少年何以会有如此陋习?纵向想来,题字留名,乃人类一种悠久的癖好,少年或许受其熏染而又不能正确辨别;横向看来,身边成人类似的行为,可能也对少年有一定的影响,致其无知效仿。君不见铜缸古城有刻字,乔木翠竹见情诗,校服课桌有涂鸦,抽屉厕所藏"文化"。近闻某地不知出于何种目的,创意新奇大胆,竟将美女的裸背也"到此一游"了。一句话,题字几乎无处不有,"一游"几乎无处不见,真是辱没我文明之邦、旅游大国的美名!

当然我们这样说,并非一概否定题字,自古以来题字留名成为佳话趣谈者多矣。文人骚客,驴友雅士,游览名胜,登临楼台,即景抒怀,托物言志,美景好字,相得益彰。同是题字,效果迥异,并非全赖身份,关键在于题写的时机(最好是被邀请)、地点(铜缸、浮雕等不能刻)、内容("到此一游"之类不要题)和题写者的人品学养、书法功力。所以崔颢赋诗,时人敬佩他的高才;宋江题字,后人感叹他的豪气。如果他们也如今人胡乱来个"到此一游",恐怕就不如发明者孙猴子当年来得有趣了。

写到这里,我不由得想起了一句古语:"人过留名,雁过留声。"有人说,人活在世上,有如匆匆过客,不抓住机遇留下点什么,岂不冤哉!如此说来,人想出名、追求名气是很自然的,但要通过诚实的打拼和正当的方式。如果为了出名,不择手段,走捷径,玩速成,那绝对不靠谱。就说那少年吧,万里迢迢,好不容易去趟埃及，不留下点什么，对得住那两张机票吗？但如果不是把汉字留在人家的文物上，而是把美景留在自己的相机里，那就好了。若能做一个文明的游客，即使不题字，也能留名。因为人"过"得文明，留下的自然是美誉，而不是丑名；雁"过"得漂亮，留下的自然是美声，而不是噪音。国人愤怒的是少年因自己的不当行为而留下丑名，并因此而捎带折了大家的面子。但愤怒过后，我们在给予少年以理智的宽容（"回家剁手"之类大可不必，认错改过就好）的同时，是否还应扪心自问：类似于少年的此种陋习我们有否？

请记住一个最朴素的道理：题字未必能留名，留名未必要题字；明了一个最基本的事实：中国人口众多，同名同姓者亦多矣，如果不是伟人名人，题字留名怎知道留的就是你的名呢？让我们传承美德，远离陋习，拒绝"中国式题字""中国式过马路""中国式浪费""中国式喧哗"等等，做一个真正的文明人，为咱礼仪之邦争光，也为自己的人生添彩。

（本文收录于许明观主编《当湖听潮》，吴越电子音像出版有限公司 2014 年版）

阅读下面的文字，根据要求作文。

纳兰性德有一首《浣溪沙》："谁念西风独自凉，萧萧黄叶闭疏窗，沉思往事立残阳。　　被酒莫惊春睡重，赌书消得泼茶香，当时只道是寻常。"类似的情怀，席慕容也有："你以为日子既然这样一天一天地过来的，当然也应该这样一天一天地过去。昨天、今天和明天应该是没有什么不同的。但是，就有那么一次：在你一放手、一转身的刹那，有的事情就完全改变了。"

根据上述材料的含义，以"当时只道是寻常"为标题，写一篇不少于 800 字的文章。

当时只道是寻常

纳兰性德对"往事"的沉思，席慕容对"日子"的参悟，都吐露了智者对过往的追怀和对逝去的不舍。但时空无情，一切的一切，只能留给世人无尽的慨叹：当时只道是寻常。

我们一定还记得那位"地坛的朋友"史铁生。他 21 岁时下肢不幸瘫痪，被命运推到了死亡的边缘，是母亲用那无私又无边的爱把他拽了回来。可他在母亲去世前，在那段灵魂和肉体倍受煎熬的日子，一不留神误把伟大视作了寻常，跟母亲玩"倔强"，出"难题"。母亲"走"了，他也成功了，但他"走遍整个园子却怎么也想不通：母亲为什么就不能再多活两年"。我们不能责怪这个徘徊于地坛的轮椅上的思考者，我们应给予他无尽的同情和崇敬，因为一个本应生龙活虎的生命，被命运的冷手摁倒在轮椅上，能有这样的表现，已大大超出了"寻常"。我们只是想提醒那些还在父母面前秀"倔强"、逞"性子"的人，记住这位身残志坚、奋发有为的朋友对"寻常"的追悔！

我们一定还记得那位伟大的女性海伦·凯勒。她 19 个月时患病，导致两耳失聪，双目失明，于是祈求上苍给她"三天光明"。"三天光明"在我们健全人看来，应该是寻常得不能再寻常了。身体发肤，受之父母，一切都是那么顺理成章，正如太阳每天早上从东方升起，晚上在西方落下一样。但对海伦·凯勒来说，能说寻常吗？绝对不能！因为它是一个无法实现的"奢求"，虽然很低微。所以，假如真的有了"三天光明"，她要做很多有意义的事。而我们健全人呢，有大把的"光明"，有大堆的"时间"，有时却肆意挥霍，不知珍惜。对照这位伟大的女性，对照邰丽华、刘伟那些与命运抗争的人，我们这些拥有者不应再对"寻常"执迷！

我们一定还记得那位诘问"春花秋月"的李后主。玉砌犹在，故国不存，朱颜已改，空留无尽的悔恨。我们一定还记得那位日暮眺望"乡关"的游子，面对一江烟波，或许在追悔游走前的"等闲"吧。再把目光拉回到今天，同样有个叫作"乡关"的地方，由一些院墙、一些炊烟，一堆琐碎、一堆唠叨，汇集堆砌而成，对于它们，我们可曾珍惜？至于那些大自然的恩赐，也许更不在珍惜之列了。据网载：某大学大约每年4月有个由游人自发促成的"赏樱节"。可今年由于气候反常，樱花的花期不到十天，与往年为期两周的花期相比短了许多，导致不少晚到的游人，见樱花凋谢大半，新绿已上枝头，只得感叹"落英缤纷待来年"。但有些身处校园的同学很是不解：有什么好遗憾的？明年樱花还会开的。殊不知，明年开的花会是今年的吗？因为年年岁岁花只能"相似"，而不能"相同"。至于赏樱人，明年的那位也不会是今年的，因为"岁岁年年人不同"。所以，珍惜还当及时！

写到这里，我们不能不重复那句老话：要珍惜拥有！还要强调，当有些情感走了，有些炊烟散了，有些花儿谢了，有些"刹那"过去了，有些"寻常"不再回来了，有些"理所当然"变得不再"理所当然"了……我们的生活，甚至我们的人生轨迹可能完全改变。所以我们一定不能再重复前人的慨叹：

当时只道是寻常！

辑四　山川情韵

再遇兰州

　　我第一次遇见兰州是在十年前，那次是任教的学校暑期组团赴西北游。今年8月我和老伴随湖南"岳阳星河户外"赴新疆旅游，因从上海出发没有直达新疆鄯善北的火车，需在兰州中转，我得以再遇兰州。

　　其实这次可中转的地方，并非只有兰州。之所以最后选定兰州，主要有两个原因：一是兰州确实值得再游，上次随团游时间较短，有些地方没有看够或漏看，这次可作些弥补；二是我老伴还没去过兰州，顺便一游，岂不一举而两得。

　　2019年7月25日下午3点半，我们在上海火车站坐上T116，26日下午4点到达兰州，入住早先预订的火车站附近的敦煌大酒店。我们已提前买好了第二天中午兰州到新疆鄯善北的车票，在兰州只能待短短二十个小时。于是我们采用"以点带面、重点突破"的策略，选择几个景点好好游玩。

黄河一座桥

　　26日下午6点，我们来到滨河路绿色长廊。这条路被誉为兰州"黄河外滩""黄河风情线"，全长三十多公里，在穿城而过的黄河南侧沿河而建。路边种植了很多树木花卉，环境优美，分布着黄河母亲像、中山桥、水车博览园、小西湖公园、玄奘师徒雕像等众多景点，是兰州市内最适合游玩的马路。

　　我们首先来到中山桥桥头。中山桥俗称"中山铁桥""黄河铁桥"，位于兰州城北的白塔山下、金城关前，是兰州市内标志性建筑之一。它是兰州历史最悠久的古桥，也是5464公里黄河上第一座真正意义上的桥梁。据史载，为建这座桥，光绪三十三年（1907年），清政府在兰州道彭英甲的建议和甘肃总督升允的赞助下，动用了国库白银三十万六千余两，全部建桥材料来自德国，历时三年建成。起初名为"兰州黄河铁桥"，后为纪念孙中山先生而改名为"中山桥"。1954年整修加固，又增加了五座弧形拱梁，使铁桥更加坚固耐用，气势恢宏。

　　我们怀着激动的心情，踏上了这座闻名遐迩的古桥。尽管桥上人很多，甚至有些拥挤，但我们还是花了近一个小时，在桥上认真走了一个来回。我抚摸着粗大的斜拉索和栏杆，看那高高的弧形拱梁和脚下被游人磨得锃亮的桥面，百感交集：一座中西智慧结晶的桥梁，历经百年风雨仍安然屹立，那造桥用料、建造工艺绝对都是一流的；同时从当今视角看，这座桥的历史价值、审美价值远大于实用价值，不愧为兰州的一张城市历史名片。

但换一个角度看，建一座铁桥，所有材料（包括每一颗螺丝钉）都要花高价从德国远道运来，设计人员是外国人，参与施工的人员以德商聘来的洋工华匠为主，可见当时国家的贫弱。而当今中国，造桥技术世界一流，是名副其实的桥梁强国。有资料显示，仅兰州黄河上就有 11 座大桥，黄河、长江上的桥梁，多到难以统计出确切数据。

媒体披露：中国现有公路桥 80 万座，铁路桥 20 万座，总量 100 万座，世界第一；世界最长的跨海大桥在中国；世界最高的桥在中国；世界最长的桥在中国……譬如，不久前竣工的港珠澳大桥，就是当今世界施工难度最大的跨海大桥，被誉为桥梁界的"珠穆朗玛峰"、"新的世界七大奇迹"之一，其建成标志着"我国由桥梁大国向桥梁强国迈进"。我们完全可以自豪地说：二十一世纪的桥梁看中国，世界上已经没有中国人不能造的桥！

兰州一雕塑

在中山桥头拍照留念后，我们来到黄河母亲雕塑前。和中山桥一样，黄河母亲像也是兰州市最著名的地标建筑。它位于兰州市七里河区黄河南岸的滨河路中段，系甘肃著名女雕塑家何鄂的作品，1986 年 4 月由北京雕塑厂完成。雕塑由"母亲"和"男婴"组成，构图洗练，寓意深刻：象征着哺育中华民族生生不息、不屈不挠的黄河母亲和快乐幸福、茁壮成长的华夏子孙。

黄河母亲像，集中体现了我们中华儿女对黄河母亲的崇拜、敬仰和感恩。史载，早在远古时期，中国境内的原始先民就生活、奋斗和繁衍在黄河流域。在数千公里的黄河流域，由于气候温和、水文条件优越，适宜农作物生长，先民们便定居于此。中华文明初始阶段的夏、商、周三代以及后来的西汉、东汉、隋、唐、北宋等强大的统一王朝，其核心地区也都在黄河中下游一带；反映中华民族智慧的许多古代经典文化著作、雕塑，标志古代文明的科学技术、发明创造、城市建设等也都产生于这一地区。因此可以说，黄河和长江孕育了中华文明，哺育了中华儿女；黄河和长江是中华民族的摇篮，是中华民族的母亲河！

我对黄河的认知，不仅源于历史地理教科书，还受益于小时候背诵过的古诗名句："黄河之水天上来，奔流到海不复回。""黄河远上白云间，一片孤城万仞山。"……亲近黄河母亲、亲近黄河水是我自儿时就有的愿望。记得第一次到北京，车过郑州，有人告诉我，马上要过黄河了。由于天黑，车速又快，一无所获。十年前到兰州，由于不是汛期，黄河水位不高，水势平缓，没有那万马奔腾的气势。而这次来兰州，正值汛期，还没靠近，就有轰鸣之声传来。走近一看，汹涌之势，"虽乘奔御风，不以疾也"！更有一好处，由于水位高，不见河滩，绝对零距离，可以手掬之，清爽宜人。我们十分欢喜，觉得此次来兰州，恰逢其时，于是请游人帮我们拍了一张与黄河的合影。

由此我又想到了长江，想到了"水"于人类的恩泽，想到"水"的上善品性和对我们的启迪。

我的老家湖北，有长江、汉水流经，又是千湖之省。我从小在长江之滨长大，于水有份特殊情感：觉得水好玩，水上的船好看。后来上了大学，来到两江交汇的武汉；毕业后分配到湖南岳阳，再调到浙江嘉兴，都是因水而富庶的鱼米之乡。再往大范围看，综观我国乃至世界众多有河流流经的城市，不难发现城市与水有着十分紧密的依存关系，可见水于人类的恩泽是多大多深啊，所以说"水"乃生命之源。不仅如此，水还有极其高贵的品性。老子说："上善若水，水善利万物而不争，处众人之所恶，故几于道。"至善的品性像水一样，泽被万物而不争名利，有能容天下的胸襟和气度。孔子说："水有九德，是故君子逢水必观。"既如此，所以无论是从物质层面还是从精神层面来说，我们都应该善待水，学习践行水的"上善"品格；保护好母亲河，珍惜利用好水资源。

退休后我暂居北京。新闻说，南水北调入京破5亿方，北京仍缺水严重。2018年5月，我到湖北荆州参加大学同学聚会，曾参观过"南水北调引江济汉工程"。工程规模之大，投资之巨，令人惊讶！我国是一个干旱缺水严重的国家。淡水资源总量为28000亿立方米，占全球水资源的6%，仅次于巴西、俄罗斯和加拿大，居世界第四位，但人均只有2200立方米，仅为世界平均水平的1/4、美国的1/5，在世界上名列121位，是全球13个人均水资源最贫乏的国家之一。当面对奔流不息的黄河的时候，我不禁想到，这不仅仅是水啊，这是财富，这是生命！而水资源又并非取之不尽，用之不竭，当珍惜之。

同时，母亲河还予我们以有益的人生启迪。"黄河之水天上来，奔流到海不复回。"人生不也如此：人生是一次单程旅行，不可重来，须珍惜当下。子在川上曰："逝者如斯夫！不舍昼夜。"我们当只争朝夕，不负韶华！黄河日夜奔腾不息，不畏艰难险阻，一往无前，是我们的精神之源，鼓舞我们不忘初心，砥砺前行。

我们回到堤岸上，微风习习，人流如织，华灯初上，树影斑驳。有"中国大妈"在广场舞"今天是个好日子"；有青年情侣在林中"演戏"，我们的生活"甜蜜蜜"。一边观赏滚滚东去的黄河水，一边眺望对岸白塔山上亮起的层层彩灯，惬意无比！

甘肃两名片

提到兰州乃至甘肃的名片，还有两张——《读者》杂志和兰州大学，必须好好说说。

27 号上午，在参观完水车博览园后，我们来到了《读者》杂志社——兰州市读者大道 568 号。《读者》（原名《读者文摘》），注重发掘人性中的真、善、美，体现人文关怀；追求高品位、高质量，力求精品，赢得了各个年龄段和不同阶层读者的喜爱与拥护。发行量稳居中国期刊排名第一，亚洲期刊排名第一，世界综合性期刊排名第四；被誉为"中国人的心灵读本""中国期刊第一品牌"。退休前，尽管工作繁忙，但我一直坚持到学校图书馆借阅，一期不落。退休后，先是到离家不远的书报亭购买，后干脆直接订阅。

我对《读者》喜爱的原因，既有百科知识层面的，也有美学层面的：内容广博，形式多样；贴近大众，深接地气；老少皆宜，雅俗共赏。看那封面、美术插页、歌曲，是实实在在的美的享受。封面"读者"二字，为中国佛教协会原会长赵朴初先生所题写，笔力劲健而又有种雍容宽博的气度，深为读者喜爱。

当今时代，有两个奇怪的现象：一是阅读纸质书刊的大众读者越来越少了。浮躁的心理，喧嚣的氛围，使人难以沉下心来从容读书，而冲击感官、形式"短平快"的电子阅读渐成时尚；二是不愿携带纸质书刊出行，怀揣一部手机走天下。所以常看到这样的景观：在火车、地铁上，在公园、路边休憩地，有很多人在低头刷手机，几乎不见有阅读纸质书刊的。在如此严峻的形势下，一本看似普通的杂志能与时俱进，在无数艰难困苦中，蹚出一条希望之路，不断做大做强，冲出亚洲，走向世界，实乃奇迹！而这样的成功，是在中国西部，一个经济不算很发达的省份取得的，不是说经济与文化同步吗，这当如何解释呢？这又使我想到了电视领域。媒体报道，湖南卫视以省级卫视收视率第一的成绩领跑2019，份额是第二、第三名的总和；2019 年跨年演唱会收视率，湖南卫视一骑绝尘！搜索一下记忆，这好像不是第一次，而且春晚也有类似情况。这与《读者》似乎相类，同样值得研究。

我们没有走进杂志编辑部里，那不能也不便，悄悄离开了，带着深深的敬佩和大大的疑问。"轻轻的我走了，正如我轻轻的来……"

我们到达第二站兰州大学已是上午 9 点，留给我们在兰州的时间只有两个多小时。站到学校正门，迎接我们的是豪放俊逸的"蘭州大學"四个大字，赶快拍照留念，以示曾打卡于此。每到一座城市，必须参观这座城市里的著名大学，是我多年的癖好。

我们走进兰大校园，立即为校园里的喜庆气氛所感染。虽是假期，仍有不少师生员工在忙碌着，为迎接 110 周年校庆做准备。大红的条幅，鲜艳的花卉，欢笑的师生，络绎的人流，给我们留下了美好的印象。

兰州大学是我国著名重点大学。学校创建于 1909 年，其前身是清末新政期间设立的甘肃法政学堂，是甘肃近代高等教育之开端，也是西北高等教育之先河。

但我对兰州大学的浓厚兴趣源于对秦大河、水均益等著名校友的了解。秦大河，中国科学院院士。1990 年 3 月 3 日抵达国际徒步横穿南极大陆科学考察终点，成为中国第一个徒步横穿南极大陆的人，著有《秦大河横穿南极日记》一书。水均益，中国中央电视台新闻频道记者、主持人。1991 年，前往战地积极参与海湾战争的报道。2001 年，阿富汗反恐战争期间，多次赴战地采访报道。2003 年，飞往伊拉克，在战地对美伊战争进行详细报道。2013 年，重返巴格达，对十年前的伊拉克战争进行回访报道。在其采访生涯中，先后专访过上百位名人政要，脚步遍布全球。

两人一理一文，是兰大学子的杰出代表。能培养出如此优秀人才的学校，自然引人注目。如此著名的院校，不仅是甘肃的亮丽名片，也是中国的骄傲！我们看到很多大楼前有全国性或西部地区重要会议的横幅和公告，也充分证明了这所大学的超高知名度。

我们来到法政学堂学子墙前，一方面震撼于有如此多的优秀人才，一方面敬佩于学校的做法。我是第一次看到把毕业学生姓名镌刻在校园的石墙上，应是对学生的最高褒奖吧。

为了更好地了解这所学校的辉煌历史，我们来到学校校史馆前。遗憾的是为迎接校庆，正在整修，大门紧闭。为弥补遗憾，我特地在此拍照留念。这张照片后来为我曾任教的学校二十周年校庆校史馆布展所采用（实在没有其他符合要求的照片），实在令我汗颜：一是我不是兰大的毕业生，有冒充抬高自己之嫌；二是照片照得不专业，忝列于各位同事的靓照中，倍感惭愧。

走过校史馆，爬过一座小山，见一座亭子翼然立于池边，周遭有新植的花卉。从山坡上下来的潺潺小渠通入池中，池中有红鱼游弋，历历可数。有三人站在亭边谈着话。我们从旁边走过，看那中年男子面色凝重，女子眼眶似有红肿，都在谦恭聆听那老师模样的人极恳切地说着什么。凭我几十年的职业经验推断，这是一对家长来校和老师交流孩子的情况，但愿不是什么大事。现在很多家庭就一个孩子，希望系于一人，境况不是很好的父母，往往节衣缩食，供孩子上学，期望孩子成龙成凤。而孩子少不更事，在大学里获得的自由空间比高中时要大，如果自控能力差，很容易出现这样那样的问题。可怜天下父母心，遇到点事，哪能不担心牵挂，哪能不着急上火。我真心希望这对父母揪心而来，舒心而归！

在参观返回校门途中，我们遇见了不少白发苍苍的老者，在边走边愉快地交谈着；又看到一群群急匆匆走过的青年学生，背着包，手里拿着各式各样类似演出道具的东西，充满朝气和活力，不时向擦肩而过的前辈们问好致意。是啊，薪火相传，一幅多么和谐而又充满希望的美丽图画！我为他们自豪，我为兰大点赞！

时间接近中午。在作别兰大，作别兰州，去往火车站途中，我的心情久久不能平静。这次兰州之行，虽然时间短暂，但收获颇丰。同时展望接下来的三周新疆、甘肃之旅，心里充满了期待：大幕已然拉开，好戏还将继续。我们为祖国骄傲：幅员辽阔，人杰地灵，处处美景如画，处处生机盎然，咱中华之崛起指日可待。我们为能生活在这样伟大的时代、这样伟大的国度倍感幸福！

新疆漫笔

　　我对新疆的向往，最初源于我邻居女儿的一次省亲。记得那是在我上小学的时候，暑假的一天上午，邻居家的女儿从乌鲁木齐回村看望父母。她出嫁后到乌鲁木齐已好多年，我是第一次见她回来。她是邻居家里的长女，我们管她叫大姐。大姐长得很漂亮，穿着也非常好，为人又大方，带回来很多糖果分给我们吃。听她和父母聊天，说乌鲁木齐非常远，回来要坐好几天火车，但那里非常好，生活很富足，面粉能尽你吃。那时农村食物匮乏，我们常半饥半饱的，听说有个地方"面粉能尽你吃"，心想那就是人间天堂了，如能去看看该多好啊！

　　后来上初中，听老师讲地理，说新疆非常大，又非常远，具体数据很令我们震撼。自此去新疆看看的想法就日益潜滋暗长了起来。

　　退休前，我们常常暑期参加旅游，但由于新疆太远，一直还没去过。2015年退休，开始闲居京城，有了很多旅游的机会。2019年7月"岳阳星河户外"组团赴新疆游，我和老伴报了名。于是一行45人从广州、岳阳、武汉、上海等地出发，历时三四十个小时，7月28日早上会合于新疆鄯善北站，终于踏上了这片向往已久的神奇土地。看着满天星斗，吹着习习晨风，疲惫顿消。我们在车站前广场合影，做出胜利的手势："新疆，我们来了！"随后十二天的行程，行走"北疆伊犁最美大环线"，使我们真切地感受到了"我们新疆好地方"：山峦、草原、湖泊、戈壁、冰川、沙漠、公路、森林一一呈现在我们眼前，令我们惊喜陶醉，流连忘返。

那一座座山

　　28日上午，我们到达新疆之旅的第一站——新疆鄯善库木塔格沙漠风景区。导游介绍，库木塔格在维语中是"沙山"的意思。这里的沙漠包括"三垄五丘"多种类型，其中羽毛状沙丘为世界所独有。

　　库木塔格沙漠离城市很近，我们到得比较早，气温还不算太高。我虽然不是第一次爬沙丘，在宁夏、甘肃等地也爬过，但当我捧起脚下的沙子的时候，还是有一种特别的感觉：细腻而温柔，仿佛抚摸的不是沙子，而是小孩柔和的皮肤。为了节省体力，我们选择了一条没有被人踩踏过的陡峭捷径往上爬，爬了几步，发现穿着旅游鞋不利索，如果租借专门的沙漠靴，手续又比较麻烦。于是干脆脱掉鞋子，挽起裤腿，果然利索一些。但还是很耗体力，一脚下去，陷得很深，感觉使不上劲儿，而且每往上爬一步，都会往下滑半步，两只手还要提着鞋子和水杯，一会儿就气喘吁吁，只得中途休息。回头一看，同行的女同胞们远远落在了后面，有的在撒开脚丫奔跑，还一边飞舞着艳丽的纱巾；有的正忙于拍照，摆出各种造型，或用脚扬沙，或高抛纱巾，或扯起裙摆，或坐卧沙坡……既然如此，就不等了，最终我和年已七旬的舅哥最先到达沙山之巅。峰脊线很细，又极规整，就像锋利的刀刃。放眼一看，沙山连绵起伏，金涛滚滚，真是一片沙的海洋啊！这时气温高了很多，热浪灼人，我的血压也上来了，还有点儿恐高。但不后悔，不登峰顶，怎能"一览众山小"？回望那一串串坚实的脚印，一种自豪感油然而生。

鄯善，即古楼兰国。踏上西域这片神秘的土地，我们仿佛看到了古战场那弥漫的硝烟。唐代王昌龄有诗云："青海长云暗雪山，孤城遥望玉门关。黄沙百战穿金甲，不破楼兰终不还。"如今硝烟早已散去，各民族和睦相处，西域之地，一片和平昌盛景象。

爬过沙山，我们来到火焰山山麓。火焰山位于吐鲁番盆地的北缘，古书称之为"赤石山"，由红色砂岩构成。在烈日的照射下，红色砂岩真像腾起了烈火，地表温度可达60多摄氏度。关于它的形成，《西游记》提供了一个影响最为广泛的注本。

传说孙悟空大闹天宫，一气之下踢翻了太上老君的八卦炉，几块炭火落在了吐鲁番的山上，山就被烧了起来。待唐僧师徒四人途经此山，找铁扇公主借了把芭蕉扇，火才被扇灭，冷却后就成了现在这个模样。《西游记》是我国古代一部神魔小说，不是地理著作，这样的解释虽然谈不上科学权威，倒也生动有趣。

进入景区，我们先在一尊题有"火焰山"字样的巨型石雕前合影留念，然后来到一座极富艺术特色的雕塑前仔细欣赏：形似一根巨大的弯曲的手指，在指尖处悟空一手拿着金箍棒，一手翻转朝下加额，造型流畅，动感十足。心想这悟空还真神通广大，又为"猴"特逗，活泼可爱，寄托了人民多少理想和意趣，能塑造这样神奇艺术形象的人不是个天才，也是个地才。又想这"猴哥"若能"活"到现在，一定是一个能扶正祛邪、造福人民的大"能人"。

时近正午，阳光直射，空气滚烫，仿佛在作轰轰的火响。我们虽然装备精良，但还是早已大汗淋漓了。于是在走马观花式地游玩了几个景点后，来到了一座圆形建筑里，一根形似金箍棒的大型温度计立在面前，看那红线，赫然标记

62摄氏度，放个鸡蛋在地面，肯定能很快熟了。

出来我们看到了另一种风景——沙漠绿洲。小桥流水，高树绿草，葱郁葳蕤，误以为江南园林或海市蜃楼。只是景区不够大，我们恋恋不舍。

游赏过沙山、火焰山后，在后面的游程中，我们还看到过很多的山：有云雾缭绕的山，如腼腆的少女羞于见人；有裸露无余的山，如硬汉光着上身秀肌肉；有耸立在河边湖畔的山，葱郁而丰润；有凸起于深谷涧底的山，幽邃而神秘……它们都为我们所喜爱，不过印象最深的还是那一座座雪山。

记得我们到达禾木的那天，经过一座绳索和木板构成的吊桥，在"摇啊摇，摇到外婆桥"后，来到一片草坡，抬头一望，是一道道连绵起伏的雪山。山脚有潺潺流过的小河，山腰是层次分明的绿树，山顶是终年不化的皑皑白雪，白雪上面是犹如棉絮般飘动的白云和湛蓝的天空。我们一行人随意坐在草坡上，放松身心，什么柴米油盐，什么疾病忧愁，都统统随那白云而去。古人说的"宠辱不惊，看庭前花开花落；去留无意，望天空云卷云舒"应该就是这般意境吧。我又突然想到陶渊明的诗句"采菊东篱下，悠然见南山"。这"悠然"不仅属于陶公、属于南山，也属于我们、属于眼前的雪山。人闲逸而自在，山静穆而高远。在这一刻，物我为一，似乎有共同的旋律从我们心里和雪山峰中一起流出，融为一段轻盈而愉悦的乐音。作别雪山时我们有些依依不舍："众鸟高飞尽，孤云独去闲。相看两不厌，只有敬亭山。"

那一道道水

新疆地域辽阔，河流湖泊虽不算很多，但我们这次有幸看到的却不少，有禾木河、安集海河、额尔齐斯河和喀纳斯湖、赛里木湖、博斯腾湖等。在十二天行程中，我们印象深刻的是"三道湾"、赛里木湖和博斯腾湖。

7月31日的行程是由喀纳斯到禾木，重点是欣赏著名的"三道湾"——神仙湾、月亮湾和卧龙湾。用过早餐后，我们沿着喀纳斯河边的栈道徒步行进，间或乘一段区间车，徜徉在神仙的后花园里。

我们首先来到神仙湾。神仙湾是喀纳斯河在山涧低缓处形成的一处浅滩。月亮湾往北大约3公里处有一片河滩，这里的河水将森林和草地切分成一块块似连似断的小岛，人称神仙湾。该地有著名书法家启功手书的"神仙湾"三个大字。

无需考证"神仙湾"得名的由来，只要看看这人间仙境般的景色，你就明白了。这里云雾缭绕，山景，河水，草原，绿树，美不胜收。河面在阳光的照射下闪着细碎的光，仿佛无数珍珠任意洒落。我们尽情欣赏着由多种元素构成的美丽画卷，不能不惊叹大自然的神奇。

如果说"神仙湾"的命名重在品性，那么另外两湾就重在形似了。

喀纳斯河在这里划了一道优美的弧线，如同弯弯的月亮落入这林木葱茏的峡谷，又如璀璨的明珠镶嵌在这美丽的河上，这就是月亮湾。河面波平如镜，在上下河湾内发育成两个酷似脚印的小沙滩，被当地人称为"神仙脚印"。这两只巨大的脚印，传说是当年西海龙王收服河怪时所留下的，目的是用脚踩住河怪的经脉，让它永世不得翻身；或说嫦娥专门来此偷食贡品灵芝，差点儿误了升天的时间，匆忙奔月时留下的足迹；或说这是当年一代天骄成吉思汗在追击敌人时健步如风留下的脚印。无论哪种传说都给喀纳斯又增添了一抹神秘的色彩。我很佩服古人的观察力和想象力，既生动形象，又惹人喜爱。

卧龙湾，是由喀纳斯河在此长期侧蚀冲刷而形成一连串岸线曲折的河湾组成的。河曲两侧，生长着郁郁葱葱的森林，古木参天。河水碧蓝洁净，柔波浮动，河中心形成形似卧龙的浅滩，登高俯视，恰似一条蛟龙盘卧嬉水，卧龙湾由此得名。我们争着在一块题有"卧龙湾"三个大字的巨石前合影留念。当我们站在河边的公路上，回望水中那条卧龙时，觉得越发形神毕肖，一条巨龙正待时而跃起，心里着实有些陶醉。

8月3日下午，我们到达赛里木湖。"赛里木湖"这一名字，在哈萨克语里有"祝愿"的意思。民间传说它是由一对为爱殉情的年轻的蒙古族恋人的泪水汇集而成的。

传说，在很久很久以前，在还没有赛里木湖的时候，这里是一个盛开鲜花的美丽草原。草原上，有一位叫切丹的姑娘与叫雪得克的蒙古族青年男子彼此深深相爱，可是凶恶的魔鬼贪婪切丹姑娘的美色，将切丹抓入魔宫，切丹誓死不从，伺机逃出魔宫，在魔鬼们的追赶下，切丹被迫跳进一个深潭。当雪得克赶来相救时发现切丹已经死去，万分悲痛中也跳入潭中殉情而死，霎时，潭里涌出滚滚涛水。于是，这对恋人的真诚至爱和悲痛泪水，就化成了赛里木湖。

从科学角度解释，它的形成与地理、气候有关。赛里木湖是新疆海拔最高、面积最大、风光秀丽的高山湖泊，又是大西洋暖湿气流最后眷顾的地方，故有"大西洋最后一滴眼泪"之说。这里长期以来还流传着湖怪、湖心风洞、旋涡与湖底磁场等传说，这给美丽的赛里木湖又蒙上了一层极富想象力的神秘面纱。

凄美传说、科学解释、未解之谜都深深地吸引着我们。当我们来到它的面前的时候，一幅充满诗情的画卷在眼前徐徐展开：群山环绕，天水相映，一颗璀璨的"蓝宝石"静静地镶嵌其中；湖水清澈透底，时而可见游鱼；湖畔牧草如茵，黄花遍地，牛羊成群，毡房点点，使我们充分领略到了回归自然的浪漫情怀与塞外独特的民族风情。

我们深深陶醉于赛湖这"神的一滴"，"对它就算只有一瞥，也已经可以洗净现代繁华大街上的污浊和引擎上的油腻了"，洗净尘世的各种纷争与烦恼，还我们一个如它一样的清澈明净的心灵！

赛湖一游，余兴未尽，8月7日，我们又见到了另一颗塞外明珠——博斯腾湖。

博斯腾湖古称"西海"，清代中期定名为博斯腾湖，是中国最大的内陆淡水湖。博斯腾湖与雪山、湖光、绿洲、沙漠、奇禽、异兽同生共荣，互相映衬，组成丰富多彩的水墨山水画。大湖水域辽阔，烟波浩渺，水天一色，被誉为沙漠瀚海中的一颗明珠；小湖苇翠荷香，曲径深邃，被誉为"世外桃源"。

来到景区，我们首先看到的是小湖。曲折迂回的栈桥两旁的茂密芦苇，使我们仿佛回到了锦绣江南，既惊喜又亲切。登上一座木制小楼阁，可以看到景区很远的景色。走上一条宽阔笔直的大道，看到右手边有一汪小湖，湖水很清，里面有几只小船悠闲地横着，可能是累了，正在那儿小憩。它们的背景是一片很长的标语牌，没能记全那上面的字，只记得"中国西海"四个字，应是曾经为某项大型活动做宣传。大道一直延伸到一座长廊式的高大凉棚。凉棚两边有很长的木凳，供游客随时休憩；顶部用芦荻、木条做成，很荫凉，既漂亮又原生态。凉棚的尽头，是一座又大又长的浮桥，相当于趸船吧；再往前就是一望无际的大湖了。我感觉湖水很满，远处的坡岸离水很近。坡岸边停泊着很多白色游船，不少游客正在候船，准备游玩。

这幅景象给了我很大的错觉，以为是在海边。我很喜欢湖，尤其是大湖，更想在湖里去畅游一番。但因本次游玩没有列入这一项目，而且时间也不够，只能暂留遗憾了。

游览了博湖，感觉其中大湖和小湖是两种风格：大湖豪放壮美，小湖婉约精致。同时就主体而言，博湖和赛湖也有不同：博湖显得大气活泼，赛湖显得娴静安逸。正如两位少女，一灵动外向，一文静内敛，代表了新疆湖水的两种不同的美。大自然是很用心的，在造化湖泊的时候，注意了节省，避免了雷同。推而广之，世上万物，多元共生。唯有如此，才有丰富多彩的世界。

那一片片草

在新疆的那些日子，我们见得比较多的自然景观，除了山水之外，就是草了。新疆土地广袤，虽然总体上干旱、少植被，但也不乏丰美水草。可能由于旅游线路方面的原因，我们这次在新疆见到的草地，连成片的不多，大多是从高山上拖曳下来的草坡和河湖、溪涧边的不大的草地，而且草一般也不高，所以我们没有见到"天苍苍，野茫茫，风吹草低见牛羊"的景象。但勤劳智慧的新疆各族人民，很会利用这些草地。我们经常看到这样的景象：一块不大的草地，几顶漂亮的毡房，栅栏圈着的或散落在草地上的羊群。但 8 月 6 日，我们却遇到了一个巨大的惊喜——巴音布鲁克草原！

巴音布鲁克草原，位于新疆巴音郭楞蒙古自治州和静县西北、天山山脉中部的山间盆地中，四周为雪山环抱，海拔约 2500 米，面积 23835 平方公里，是中国第二大草原，仅次于内蒙古呼伦贝尔草原。巴音布鲁克蒙古语意为"富饶的泉水"，草原地势平坦，水草丰盛，是典型的禾草草甸草原，也是新疆最重要的畜牧业基地之一。

那天我们由巩留长途驱车直奔和静，由于有"巨大的惊喜"在前面召唤，并不觉得劳顿。在景区门口停车处用过中餐后，换成景区专用中巴，正式进入巴音布鲁克草原。看那草原，一望无际，特别大，中巴车速不慢，却要开很久。一大片一大片，草原兼湿地，有很多的花草是我们第一次见到。人也特别多，一队队，举着各自的旅游团旗。看那上面的字，天南地北，几乎全国各地都有。我惊喜地发现，还有武汉和岳阳的，但由于人太多，也只能笑笑或"喂，你们好"，算是打招呼了。

我们先乘景区车到了天鹅湖。连绵的雪岭，耸入云霄的冰峰，构成了天鹅湖的天然屏障。回环曲折、水量充沛的开都河贯穿其中，湖沼、浅水滩和孤岛，是水禽栖息的理想之地；泉水、溪流和天山雪水汇入湖中，水草丰茂，食物充足，气候凉爽而湿润，非常适合天鹅生活。

走过湖上迂回曲折的木桥，我们近距离看到了好几只天鹅。它们那高雅的气质、悠闲的姿态，在蓝天绿草的映衬下，构成的绝美图景，是任何丹青高手都难以描绘的。

游览过天鹅湖后，我们乘车赶往下一个景点。我们来到一个很长的坡道，发现两旁有大片的薰衣草。爱美的大小姑娘们，赶紧到草丛拍照：站着、蹲着，甩动漂亮的纱巾，什么姿势美就来什么。但速度必须快，因为一团团蚊子围过来了，很厚的衣服都能叮进去。尽管按导游提醒的，做了充足的防护，但还是不完全管用。于是只好忍痛割爱，仓皇逃出。

回到路上，我们沿着通往九曲十八弯观景台的天梯快走，因为要抢占制高点——观景台。我们今天的重头戏是在那儿俯瞰大草原，看日落。真是"莫道君行早，更有早行人"，远处观景台上已人头攒动。但我们还是没有放慢脚步，希望能抢占到附近一个比较好的位置。

到达观景台附近，我们都气喘吁吁了，尽管温度很低，但背上还是冒出不少汗。我们估摸着观景台上不可能还有好的位置，就在一块不大的平地边缘，抢占到了一个可供五六个人站的地盘，正好一边还有护栏。旁边那些先到的姑娘、小伙，有的租借了军大衣，有的还带了小马扎，还有些摄影发烧友，早把大小炮筒都架好了，只等日落。

离日落还有很长时间，我们就居高临下，眺望开都河和整个大草原。

山脚下那由泉水和雪水汇聚而成的开都河，就像彩带飘曳着，横贯整个大草原。开都河是新疆一条著名的内陆河，就是《西游记》中的通天河。古老的开都河，静静地滋润着巴音布鲁克大草原，营造出了新疆面积最大的湿地。在其中心地带，有优雅迷人的天鹅湖和落日摇金的九曲十八弯。

曲折的小溪，迷人的浅湖，绿宝石般的小岛，倚山近水的草地，这一切构成了一幅幅绝妙的山水画卷。我们一边欣赏着眼前的美景，一边期待着高潮部分的到来，期待蜿蜒如蟒的九曲十八弯能映出后羿射下的那九个太阳。

大约又过了一个小时，太阳慢慢落下，余晖倒映在弯了九个曲的开都河中。大家一片欢呼，指指点点，数着"1、2、3、4、5、6……"，虽然最终没能数出9个太阳，下山时又遭到了蚊子的猛烈围攻，但"长河落日圆"的壮美图景，还是给予了在寒风中苦苦等候了3个多小时的我们以丰厚的回报。我们将铭记这世界上唯一能看到九个太阳的九曲十八弯，铭记这美丽的巴音布鲁克大草原！

那一条条路

到了新疆，我们租用了一辆豪华大巴，保证一人一座，并略有多余。我们每天凭借这辆车和自己的两条腿，行走在北疆广袤的土地上，丈量着一条条风格不同的道路。

古人云："读万卷书，行万里路。""读书"与"行路"是人生两大要务。就这次北疆之行来说，既是在"行路"，也是在"读书"，在读一部关于新疆的大书。每天早起晚归，乘车或徒步，都在翻阅这本大书的一张张书页：车是书架，路是图书馆。

由于是"户外"旅游，尽可能贴近大自然，我们有意避开了大城市、大高速，有时选择了二级甚至乡村小路：河边湖畔的路，戈壁草原的路，山谷沟底的路，山顶盘旋的路……

夏塔古道　8月5日，我们来到夏塔古道。"夏塔"在蒙古语中称之为"沙图阿满"，为"阶梯"之意。它翻越天山主脊上的哈塔木孜达坂，沟通天山南北，是伊犁通往南疆的捷径。"夏塔古道"也叫"唐僧古道"，是当年玄奘取经之道，也是古代丝绸之路上最为险峻、高危的一条著名古隘道。这天天气不错，我们徒步其间，蓝天、白云、森林、草原、冰川，一一呈现在眼前，原生态自然景观令我们陶醉，同时心中油然而生对玄奘法师的敬佩之情。

《西游记》是虚构的神魔小说，但玄奘取经却是真事。玄奘法师是唐代伟大的旅行家、思想家、翻译家。贞观元年（627年），为了深入研究佛学，他冒着生命危险，西行取经，一路上克服了种种艰难险阻，才到达佛教发源地印度。玄奘在印度游历、研究和讲学整整13年。回国后，在长安进行佛经翻译，总共翻译了75部经典，对当时中国的社会文化各方面都有很大影响。今天时代不同了，但玄奘法师历经千难万险、初心不改的精神仍值得传承。

我们在高高的"夏塔丝路古道"石碑前拍大集体照，几个小姑娘扯着"岳阳星河户外"旗蹲在前面，我站在第二排正中间的位置。照片拍得很好，我又是第一次获C位"殊荣"，虽有几分难为情，但仍颇为得意。

独库公路　独库公路，是从独山子到库车的公路，全长560多公里，连接南北疆；它横亘崇山峻岭、穿越深山峡谷，连接了众多少数民族聚居区。它的贯通，使得南北疆路程由原来的1000多公里缩短了近一半，堪称中国公路建设史上的一座丰碑。同时还是一条英雄之路，为了修建这条公路，解放军工程某部数万名官兵奋战10年，其中有168名筑路官兵献出了宝贵的生命，年龄最大的31岁，最小的16岁。后人在独库公路上修建了乔尔玛纪念碑，缅怀那些为独库公路建设而献身的有名字的和没有名字的官兵们，这是人们永远不能忘却的纪念！

8月6日，我们乘坐的大巴，从那拉提转217驶上这条最美公路。看着一路如画的美景，我们心里有一股巨大的暖流在涌动，对"最可爱的人"充满无比崇敬之情！

著名作家魏巍从朝鲜战场归来后所著报告文学《谁是最可爱的人》，最先于1951年4月11日在《人民日报》上刊登，后入选中学语文课本，影响了数代中国人。从此之后，解放军广泛地被人们亲切地称为"最可爱的人"。

此时我们大巴上就有一名退役不久的解放军战士——导游"星河"。大家不约而同一次又一次以热烈的掌声，邀请他讲讲1998年参加簰洲湾抗洪抢险的英雄事迹。

1998年长江发生全流域型特大洪水，湖北嘉鱼簰洲湾溃口，解放军战士奋力抢险，"抗洪英雄"高建成等17名同志不幸在战斗中牺牲。为纪念在簰洲湾抗洪抢险战斗中牺牲的17名烈士，中国人民解放军空军政治部特捐赠退役飞机一架，修建了融烈士纪念碑与飞机直冲蓝天雄姿的标志性建筑——98簰洲湾抗洪英雄纪念碑。

2014年我们高中同学聚会，在交流各自境况时，有同学提到H同学。他毕业后参军入伍，一次外出执行公务，看见有落石挡在山路中间，连忙下车去清理，不幸被山上滚落的一块大石砸中牺牲。我们甚为悲痛！他是我们班上理科成绩最好的，进高中摸底考试，数学仅他一人及格；为人和善，一片灿烂的笑容、两个浅浅的酒窝，常常洋溢在青春的脸上。入伍后，表现极好，不久就提干，正当大有作为之时，突然因公殉职，实在令人痛心！

同行的伙伴，有不少是中小学老师，熟知《谁是最可爱的人》这篇报告文学。我也曾多次跟学生讲过这篇课文，还记得其中精彩的片段："朋友们，用不着多举例，你们已经可以了解我们的战士是怎样一种人，这种人有一种什么品质，他们的灵魂多么地美丽和宽广。他们是历史上、世界上第一流的战士，第一流的人！他们是世界上一切伟大人民的优秀之花！是我们值得骄傲的祖国之花！我们以我们的祖国有这样的英雄而骄傲，我们以生在这个英雄的国度而自豪！"

干沟路段　8月8日，我们由博湖县前往乌鲁木齐，进入著名的干沟路段。

干沟是出入南疆的最便捷的道路，因其干旱炎热、没有植被而得名。干沟位于吐鲁番的托克逊县城和库米什镇之间，314国道纵穿其中，上下干沟大概有50公里的路程。干沟路段虽然有的比较平坦，但由于需要不断翻山，同时道路两边不是山体就是沟壑，属于事故多发地段，因此车速一般较慢，限速比较多。司机李师傅提醒我们不要急躁，耐心观景。干沟虽然不是此行的景点，但它用那壮美、冷峻的自然景观同样给予我们以强烈的震撼。

在这50公里的路上，汽车一直在山沟里上下穿行，沿途你几乎看不见绿色，偶尔才会看到生命力极其顽强的骆驼刺一蓬蓬地出现在道路两边的沙地上，剩下的全是形形色色的山岩和沙石，荒凉沧桑。干沟里的山由于没有植被覆盖，因此呈现出来的颜色都是山石的本色，主要是黄色和青灰色，偶尔有一些红色和白色的山岩点缀其间。干沟里的山呈丘陵状态，山体不高、怪石嶙峋，郁郁冷峻、古朴苍凉。岁月、烈日、干旱留在山体上的道道痕迹，如同耄耋老人额头上的深深皱褶，瞬间镌刻进了我们这些匆匆过客的心里。

人类本是大自然的儿女，对大自然母亲应抱有敬畏心理。车行干沟，我们与大自然母亲坦诚相对，仿佛听到母亲的深情呼唤和谆谆教诲，明白自己来自何处，将去往何方，一种敬畏和感恩之情油然而生。

据同行小伙伴初步统计，此次新疆之行，行路两万多里。"地上本没有路，走的人多了，也便成了路。"我们今天有幸走在这一条条路上，要致敬那些最先于千难万险中蹚出路的人，尤其是那些开路英雄！

那一幢幢屋

此次新疆之行，我们一路见过很多房屋，有牧民毡房、工人工房、兵团小区、居民村落……这些房屋各有特点，都给我们留下了深刻印象。

牧民逐水草而居，房屋大多是易于搬迁的毡房或简易板屋，很少见到连成片的，一般是一家一户散居。那天我们照例出发得很早，司机李师傅为了让我们一路好好观景，车开得不快，很平稳。我看到路边有一片不大的草坡，女主人在一幢简易板屋门口进进出出；一个小女孩站在门前，饶有兴趣地看着我们，也许在憧憬她的"诗和远方"；一条狗温顺地趴在屋边，屋顶正冒着缕缕炊烟；潺潺的小溪边有个汉子正在饮马，旁边站着一个小男孩；不远处有散落的羊群，像一朵朵白色的花儿开在那里。此情此景，甚是简朴，但很安适；一家四口，真正一个"好"家庭，温馨而幸福！在大城市里住久了的人们，厌烦那无止境的喧嚣，突然看到这样一幅质朴恬静的牧民家园图，真可以荡涤心灵。幸福有多种版本，眼前牧民家庭的这种，我很喜欢！其实人赖以生存的物资条件原本很简单，而简单很多时候就是一种幸福；瞎折腾，对物资的无节制追求，身累心更累，那是遭罪。

7月29日，我们从乌鲁木齐前往乌尔禾的世界魔鬼城，途经著名的克拉玛依大油田。克拉玛依油田是我国解放后于1955年发现的第一个大油田，位于新疆准噶尔盆地西北缘。"克拉玛依"系维吾尔语"黑油"的译音，得名于克拉玛依油田发现地，现为克拉玛依市区东角的一座天然沥青丘——黑油山。

大巴行驶在百里油区，我们近距离看到很多"磕头机"。我虽然不是第一次见到这种采油装置（前些年在延安旅游见过），但仍感新鲜。记得以前看反映铁人王进喜事迹的电影，看到那石油好像是从一根粗大的管道里喷涌而出的。眼前这小小的"磕头机"，也能把石油一点点"磕"出来，真神奇！再说这名字，把原本枯燥的机械运动表述得形象而有趣，也应该点赞。后来参观魔鬼城，我们还零距离跟"磕头机"接触过一回，一边欣赏大自然的鬼斧神工，一边感受人类的聪明才智。

在连绵百里的油区，我们很少见到采油工人，偶尔看到几间类似工房的屋子，不知是用来存放采油设备的，还是供工人工间休息的。说实在话，若是没有"磕头机"、工房和油田的大幅标语，这里是相当荒凉的。我们要为在这样艰苦环境里工作的石油工人点赞！

后来一路上我们还远远看到了兵团小区，看到了有"××师××团"字样的大幅标牌，同样激起了我们的无比崇敬之情。

新疆生产建设兵团，是新疆维吾尔自治区的重要组成部分，其分布地域与蒙古、哈萨克斯坦、吉尔吉斯斯坦等三国接壤。新疆生产建设兵团承担着国家赋予的屯垦戍边职责，与新疆各族人民一道为建设美丽新疆，为共和国的繁荣富强做出了巨大贡献。

我退休前任教的学校，前些年有小丁、老窦、小刘三位老师先后参加浙江援疆团队，支教阿克苏。他们克服重重困难，为新疆的教育事业发展奉献了自己的力量。

我们要致敬新疆这块土地上的所有建设者、奉献者和各族人民，要致敬那些筚路蓝缕、风餐露宿的拓荒者、先行者，共和国雄伟的大厦正是由亿万像他们这样的人支撑起来的！

7 月 30 日我们前往喀纳斯，晚上住在喀纳斯景区的小木屋里。小木屋由原木构成，不加现代的时髦装饰，既环保又简省。走进屋里，可以闻到一种原始木头的馨香，给人以返璞归真的感觉。我想，人真是个奇怪的动物，特喜欢折腾，节衣缩食，掏空老底，好不容易买了套房子，还要花大价钱去装修，弄出许多有害气体；又花大价钱去祛除异味，最终不仅丢了金钱，还丢了健康。所以如果有条件的话，还不如就弄个木屋。

我们 10 位男士住在一间较大的木屋里，上下铺；卫生间设备齐全，还可以洗澡。这不仅使我感到新鲜，还引起了我很多珍贵的回忆。

1978 年 3 月，我有幸考入华师，第一学期在京山分院住的就是大寝室、上下铺。当时年轻，喜欢热闹，大家又来自不同地方，有好多东西可以交流。一到就寝时间，就是我们的快乐时光，惹得辅导员老师多次光临。现在住在小木屋里的我们，虽然都已经不年轻了，但大家来自不同地方，还是有许多信息值得交流。于是一晚上都很兴奋，但第二天精神还是杠杠的，连我们自己都感到奇怪。

7 月 31 日下午，我们从喀纳斯出发两个多小时后抵达禾木村。禾木是祖国西部最北端的一个乡村。这个图瓦人村落，现有 1800 多个村民。在这里我们有幸又遇到了小木屋。所不同的是，喀纳斯的小木屋比较少，就两排；而禾木就不一样了，是一个很大的村落，规模相当壮观。同时禾木的小木屋和整个村落里的众多景点，无不让人感到新鲜和奇妙。我和老伴在村落里溜达了一阵，返回时还差点儿迷了路，搭帮有"岳阳星河户外"小旗插在住处门口，不然还要来回找很久。

我们男女分住在两排木屋里，中间是一个小花园，有吊椅和坐凳。爱美的大小姑娘们，轮流坐上吊椅，手拿个吉他，做出弹拨状，摆出五花八门的姿势，拍出一张张美照；还有的伙伴大显特技摄影的功夫，逗得大家一次次笑翻。

还有更令我们惊喜的，禾木村里还有学校，尽管放暑假是关着的，但站在不高的围墙外看，其规模还真不小，而且相当漂亮。路边还有村民在盖木屋，用的是很粗很新的木头，看那房屋的基本架构，比我们住的要大很多。

晚上导游说："有兴趣的小伙伴，明天可以起早去观景台，拍摄禾木日出和晨光中的小木屋、山林、蓝天、飞鸟。只是有点远，有点高。"随后他告诉了我们具体方位。睡在我对面上铺的小王，是个超级摄影爱好者，还从老家岳阳带来了高级照相机、三脚架等全套装备。但他脚痛的毛病突然犯了，我估计他明天去不了观景台。没想到第二天凌晨，他就悄悄起床去了观景台。后来回来说："天公不作美，突然起了雾，无法看到日出。"言语间似有遗憾。我说："没关系的，你战胜脚痛，还登上了那么高的观景台，这个过程就很值得享受。"他笑了。

吃过早餐，我们整个团队前往观景台。看到道路两边有很多木屋和砖瓦结构的房子，开有各类店铺、餐馆等。突然有很多的老鹰从半空中像战斗机一样俯冲下来，叼走喂食者抛向空中的碎肉块，划出一道道优美的弧线返回到空中，场面很令人惊恐。有人说这些老鹰是神鸟，给这惊恐场面又平添了几分神秘色彩。

跨过一座桥，到了禾木河对岸，再拐两个弯就到了观景台下。抬头一看，还真高！我们下定决心，开始拾级而上。真令我们惊喜，一步一景啊！好不容易到达观景台上，发现它是山顶上一块很大的平地，长满了各类花草，还有牛羊。转身俯视，整个禾木村尽收眼底：白雾环绕的小河、原始的木屋、袅袅的炊烟、高高的白桦林、放牧的图瓦人和悠闲的羊群，构成了一幅绝美的图画。

大约一个小时后，我们从观景台上下来，到了禾木河边，沿着新铺的栈道缓步行进。左手边白桦林高大茂密，空隙处又绿草如茵；右手边河水哗哗，水很大很急，但水中的鹅卵石清晰可见。我挽袖试水，清凉宜人；掬水洗一把脸，顿觉神清气爽。我们还在岸边滩上捡了一些造型奇特的小鹅卵石，准备作为纪念品带回老家。哪怕是乘飞机，坐高铁，千里迢迢，也不辞辛劳。我们走了很远，拍了很多照片，按照导游预定的时间返回到小木屋。

很想在这里再多待一会儿，但不得不匆忙收拾好行装，因为要在21点前赶到180公里外的五彩滩观日落。

那一群群人

看过了新疆无数的风景，千万别忘了，还有我们自己——一群群人，也是风景。我突然想到新月派诗人卞之琳的代表作品《断章》："你站在桥上看风景，看风景人在楼上看你。明月装饰了你的窗子，你装饰了别人的梦。"你在看风景，你也成了别人眼中的风景；我们在看新疆的风景，新疆的风景也在看我们。

人类是大自然的儿女，也是大自然里最美的风景。在新疆的这些日子里，我们见过很多这样的风景。

葡萄沟里的百岁老人和维吾尔族小姑娘，生活在山坡草地毡房里的一家四口，禾木村牧羊的图瓦人，克拉玛依油田的工人，酒店里的安检员和服务员，喀拉峻湖游艇上的乘客，大峡谷高悬的索道上勇敢走过的小伙和姑娘，巴音布鲁克草原天梯上看完落日肩扛小孩飞奔躲避蚊子的汉子，魔鬼城、五彩滩、三道湾、河湖边走过的手举各地旅游团旗的长长的队伍……

在这些长长的队伍里，有我们45人的"岳阳星河户外"、导游和司机。

导游"星河"，40岁左右的高大汉子，退役军人，背着沉重的登山包，能大块吃肉、大杯喝酒，操心着整个团队的吃、住、行及安全。

导游小申，东北姑娘，入职不久，热情活泼，歌声与她的容颜一样漂亮。

司机李师傅，40多岁，憨厚实诚的新疆本地人，心地阳光，待人热情，对工作很负责，对生活很知足。

摄影师球哥、祥哥，都是30岁左右的公务员。虽然是兼职摄影，但很专业，也很敬业，为了一张照片，可以趴在地上很久；晚上不仅忙着传照片，还坚持写漂亮的日记。

一群职业是教师的大小姑娘，不仅长得漂亮，还很会打扮，谈吐也高雅风趣。

一个相对高龄的我们四号"家庭"（导游为方便组织，临时编的若干小组），虽然不再年轻，但一样有精彩的故事。我们这个"家庭"总共12人，最年长的是我舅哥，已经七旬；另有6人年过花甲，最小的也有40多岁。我舅哥、嫂子这次和三个妹妹一起来新疆，圆了多年的梦想。我是他们的亲戚，沾光也一同来了。另外6位是姨姐姨妹的亲戚或朋友。我舅哥身体硬朗，体力保持得很好，能把一个进不了酒店安检机器的大旅行箱扛在肩上，健步上下很高的天桥台阶；同时还保持着一颗童心，拍照时能轻灵跳跃，或是摆出如飞鸟般矫健的英姿；在赛湖游玩的时候，打水漂，也数他水平最高。我姨姐已65岁了，是临时"家长"，沟通组织能力很强，人又热情，很有大姐范儿。我姨妹和小胡是亲戚，也是朋友，都活泼开朗，多才多艺，是很资深的"驴友"。我老伴是四兄妹中的老三，爱好旅游，但有点晕车，一路多亏他们兄妹照顾。我小病初愈，这次来新疆，还是冒了点风险。但一颗酷爱旅游的心，还是放不下新疆这块宝地；还有一个小游戏，也坚定了我的决心。记得来新疆前，在网上搞了个小测试：教了一辈子语文，最适合当地理老师。给出的理由是：抽象思维能力很强，知识面超丰富；对生活很热爱，喜欢接触大自然；不只有教室和黑板，还有诗和远方。虽然只是个游戏，但想想也有点道理，我高考时史地合卷就考得最好，比语文还高2分。

还有一些值得铭记的场景和故事。

平日里大家退而不休，少有闲暇；或工作繁忙，琐事缠身。这次一起来新疆，面对这诗画般的美景，何不放松身心，学那古人"老夫聊发少年狂"；或重温儿时的各种游戏，找回那日渐远去的宝贵记忆。

列路队　每到一个景点，大家都争当旗手，觉得既是一份荣誉，也是一种回忆。有的伙伴还把红色纱巾围在脖子上，俨然是一名路队长，回味小时候"我是共产主义接班人"的那份荣光和幸福。

打水漂　我们都在水乡长大，打水漂是拿手好戏。从岸边挑选扁形鹅卵石片，调好角度，挥动手臂，用力"削"出去，石片擦水面飞行弹跳，几下，十几下……

拍美照 旅游我慢慢成了内行，可拍照还是很外行。但面对如此美景，不拍几张像样的照片，是无论如何交代不了的。我请舅哥他们四兄妹站在水边一块大石上，一按手机，一张美照完成，比较专业，为多人珍藏，被反复采用。我舅哥能将一人拍成行进中的一队人；姨姐、姨妹会抖音等特技拍摄，并题写优美的诗句："你是风儿我是沙，向阳朵朵是葵花。女儿花中来留影，羡煞蜂蝶美了她。"……

滚草地 出来了，没有那么多讲究，不顾那身份，学学孙儿们，撒个欢儿，滚他几滚，又有何妨？

坐公路 把公路当T台，尽情放飞自我，摆出各种姿势站着或坐着，或站成一列"开火车"，或抛帽子，或甩纱巾，拍出一张张美照。不用担心，视野开阔，车少又没交警。

倒时差 北疆最靠近边境的一座小城，与北京有一个小时的时差，我和老伴的手机没能及时倒过来，差点耽误了团队的行程。当我们凌晨还在熟睡时，忽然听到住在隔壁的我舅哥他们在说话，误以为他们失眠，没意。过了一会儿他们来敲门，说到一楼大厅等我们。我们问下去这么早干吗。"不早了，快6点半。这里早一个小时。"我们赶快起床，一阵手忙脚乱。到了大巴上一看，只差我们两人。大家看我们气喘吁吁，都说："不急，还有1分钟。"我是个急性子，集体活动向来提前到，这是整个新疆之行唯一的"准点"。

小误会 我们家庭组的莫氏姐妹，是我姨姐原工作地的邻居和朋友。到新疆的第三天，我们在一个景区休息点闲聊，我问小莫："你妹妹到哪里去了？"小莫好一会儿才反应过来："我姐姐到那边超市买东西去了。"我仔细一瞧，坏了，认错人了，小莫虽然有些白发，但面容很年轻；而我向来看陌生女士，只是快速一瞥，不好意思把眼光停留在她们的脸上。"对不起，我认错人了！""没关系，我姐会高兴的。"小莫很会讲话，但我脸上仍火辣了好一会儿。后来老莫回来了，一看她额头上的皱纹明显多些，只是白发不多，可能刚染过。回想起来，"认错人"已是我的老毛病，这样的误会至少还有两次：一次在学校误把高三女生的妈妈认作她的姐姐，让这位妈妈高兴了一宿；一次在火车上误把小男孩的妈妈认作他奶奶，这位妈妈给我台阶下，说她长得特成熟。

吃美食 手抓羊肉、烤全羊、馕坑肉、大盘鸡、拌面等，应有尽有。

大聚餐 7月31日，禾木村小木屋，45人4桌，各正宗烤全羊，外加10大碗新疆特色菜，吃饱喝足，导游买单。8月7日，和硕和顺饭店，45人4桌，各12大碗，荤素搭配，餐后在团旗上签名，AA制；这天恰逢七夕节，于举杯畅饮中又多了一份浪漫。

……

　　广袤新疆，十二天的行程，我们只走了北疆伊犁最美大环线一条线。大美新疆，美景说不尽道不完；美味新疆，还有很多美食没有尝过。期待来日重游，一定去拜访在乌鲁木齐的大姐一家和那应已乔迁新居的禾木村民，再看看巴音布鲁克大草原上的九个太阳和毗邻额尔齐斯河的"天下第一滩"五彩滩……

　　下次见，新疆！

魅力敦煌

敦煌是我们今年甘肃之旅继兰州后的第二站。敦煌于我的魅力，源于散文大家余秋雨的名作《道士塔》。已记不清在高中课堂讲这篇作品的确切时间，但能清晰地回忆起讲这篇作品时的复杂心绪，尤其是对敦煌的强烈向往。

敦煌是古代"丝绸之路"上的名城重镇，有着悠久的历史和深厚的文化底蕴，在漫长的文化交流中，荟萃中西精华，创造了举世瞩目的"敦煌文化"，为人类留下了丰富的文化瑰宝。

洞窟与人物

2019 年 8 月 9 日上午 8 点，我们一行 12 人，从新疆乌鲁木齐坐一宿的火车到了甘肃一个叫柳园的小站，又乘坐敦煌旅行社安排的豪华中巴两个多小时，终于来到了享誉中外的敦煌莫高窟。一路的劳顿，被景区一座牌坊式建筑上的"莫高窟"三个大字扫得一干二净。

我们随后来到了倚靠山岩而建的九重飞檐建筑前，其非凡气势和精湛工艺深深震撼和折服了我们，再次点燃了大家参观向往许久的莫高洞窟的热情。

导游介绍，因坐落于河西走廊西端的敦煌而得名的敦煌莫高窟，又称"千佛洞"，以其精美的壁画和塑像闻名于世，是世界上现存佛教艺术的伟大宝库，也是世界上最长、规模最大、内容最为丰富的佛教画廊之一。石窟壁画富丽多彩：有传奇动人的佛经故事，山川景物，亭台楼阁建筑画、山水画、花卉图案、飞天佛像以及当时劳动人民进行生产的各种场景等，艺术地再现了十六国时期至清代1500 多年的民俗风貌和历史变迁，雄伟而瑰丽，有"东方卢浮宫"之美誉。

莫高窟，与山西大同云冈石窟、河南洛阳龙门石窟、甘肃天水麦积山石窟合称为中国四大石窟。据史料记载，莫高窟的开凿和其中彩塑、绘画等艺术品的完成，是一千多年的层层累聚。"比之于埃及的金字塔，印度的山奇大塔，古罗马的斗兽场遗迹，中国的许多文化遗迹常常带有历史的层累性"（余秋雨），长城是这样，莫高窟也是这样。我们既深深感叹我国悠久辉煌的历史文化，又无限钦佩古代先民的勤劳和智慧。

莫高窟各窟均是洞窟建筑、彩塑、绘画三位一体的综合性艺术。莫高窟还是一座名副其实的文物宝库。据相关资料记载，在藏经洞中就曾出土了经卷、文书、织绣、画像等5万多件，艺术价值极高。清光绪二十六年（1900年）发现了震惊世界的藏经洞。不幸的是，在晚清政府腐败无能、西方列强侵略中国的特定历史背景下，藏经洞文物惨遭劫掠，绝大部分不幸流散，分藏于英、法、俄、日等国的众多公私收藏机构，仅有少部分保存于国内，造成中国文化史上的空前浩劫。这段悲剧历史极大地刺痛了我们的心！

游览的当日，气温出奇地高。受以往经验的误导，我没有预备充足的水，以为到景区会有很多售水的小店。但到莫高窟前的小广场，只见一队队的游人，却不见各类小店，全无商业气息。我虽然很艰难地忍受着干渴，却愉悦地享受着很纯净的文化气息。

在导游的热情引导下，我们拾级而上，分批分层，依次参观了若干个重点洞窟。由于每到一个洞窟参观的时间很短，要看的东西太多，所以尽管导游滔滔不绝，我却所听无几。我虽然勉强算个文化人，但对佛教艺术、佛经故事知之甚少，只粗略知晓那蜚声中外的反弹琵琶飞天形象。

反弹琵琶飞天见于敦煌莫高窟第112窟的《伎乐图》中，为该窟《西方净土变》的一部分。伎乐天伴随着仙乐翩翩起舞，举足旋身，创造了反弹琵琶的绝技造型。可以说，反弹琵琶飞天是敦煌壁画中艺术表现手法最具特点的画面，也代表了敦煌壁画较高的艺术水准。"此曲只应天上有，人间能得几回闻？"

我们边看边听着导游精彩的讲解，不知不觉三个多小时很快过去了。气温高参观者热情更高，好在组织管理有方，人多而有序。在返回景区停车场时，我深深陶醉在莫高窟给予我们的无法言说的艺术美中，同时脑子里久久萦绕着三个重要人物：发现者王圆箓、画家张大千和守护者樊锦诗。

王圆箓，原本是湖北麻城的农民，逃荒到甘肃，做了道士。"几经转折，不幸由他当了莫高窟的家，把持着中国古代最灿烂的文化。他从外国冒险家手里接过极少的钱财，让他们把难以计数的敦煌文物一箱箱运走。"我没有深入研究这段历史，对这个人物也没什么好感，只是觉得仅把愤怒的洪水向他倾泻，似乎有些简单，因为"他太卑微，太渺小，太愚昧，最大的倾泻也只是对牛弹琴，换得一个漠然的表情"（《道士塔》）。有研究者发现，"这个曾经给了绝大多数中国人以内心极大痛苦的愚昧的中国人，其实却有着另外的具有血肉的模样和人格"，他"曾经数次为了保护这些文物做出了别人难以想象的努力，包括涉险送这些古籍到地方政府，最后冒死写奏章给慈禧太后"。所以莫高窟曾经遭遇的悲剧，说到底不是某个小人物造成的，而是一个巨大的民族悲剧，是一个惨痛的时代悲剧。它启示我们，国家、民族的强盛是何等地重要！

张大千，我国泼墨画家，书法家。20世纪50年代，张大千游历世界，获得巨大的国际声誉，被西方艺坛赞为"东方之笔"，又被称为"临摹天下名画最多的画家"。

但有资料说，张大千为了能够让自己的画作技术更上一层楼，竟然在敦煌毁坏了唐代的壁画。敦煌壁画是一层压着一层，前朝的壁画被后来的壁画所覆盖，如此延续下去就形成了敦煌现在的壁画。所以敦煌的壁画是有好几层的，虽说每一层的艺术风格都会有差异，但是壁画已经形成了，便不能轻易揭开。而张大千为了"研究和临摹"更早的壁画，竟然一层一层地揭开了，我们现在看到的有些就是最后一层，前几层都被破坏了。

也有人以"亲历者"身份说："我在敦煌莫高窟工作过十多年，据我亲眼所见，张大千先生不仅没有破坏过敦煌壁画，相反对恢复和整理敦煌壁画艺术做出了不可否认的贡献。"更有张先生的友人谢稚柳辩称："要是你当时在敦煌，你也会同意打掉的，既然外层已经剥落，无貌可辨，又肯定内里还有壁画，为什么不把外层去掉来揭发内里的菁华呢？"

我不知道这些资料真实与否，也非专业人士，无力也无须评判这桩"公案"的是非曲直（不知是否已有定论）。时过境迁，不必再停留纠缠在"指责"与"辩护"上，应认真思考当下怎样自觉为敦煌乃至全国文物的保护做些实实在在的事，就像樊锦诗那样。

樊锦诗，女，曾任敦煌研究院院长，现任敦煌研究院名誉院长、兰州大学兼职教授、敦煌学专业博士生导师。自1963年从北京大学毕业后已在敦煌研究所坚持工作了50余年，主要致力于石窟考古、石窟科学保护和管理，被誉为"敦煌女儿"。我们要为她点赞：

> 舍半生，给茫茫大漠。
> 从未名湖到莫高窟，守住前辈的火，
> 开辟明天的路。半个世纪的风沙，不是谁都经得起吹打。
> 一腔爱，一洞画，一场文化苦旅，从青春到白发。心归处，是敦煌。
> ——"感动中国2019年度人物"樊锦诗的颁奖词

我国作为具有5000年文明史的国家，需要每个国民都成为文物的自觉保护者。但遗憾的是，毁坏文物的事情还屡有发生。

曾记否，几年前，有情侣在故宫三百年铜缸上"画心刻字秀恩爱"。

今年又有此类事件发生：1月17日下午，"女子周一开车进入故宫太和门广场"的微博，引发网友关注。照片中女子车辆停靠在金水桥边，地面为故宫旧砖。专家表示，故宫地面砖体属于文物保护范畴，车辆在上面行驶，"对文物的损坏都是不可逆的"。

故宫回应"女子开车进故宫"：属实！致歉！

"属实！致歉！"就完了？应该还有下文吧。

这样的新闻，实在令人痛心！所以，真希望是假新闻。保护文物，应该成为大家的广泛共识和自觉行动！

沙山与月泉

参观莫高窟后，下午我们来到了鸣沙山和月牙泉。

位于敦煌市城南5公里处的鸣沙山和月牙泉，是大漠戈壁中的一对孪生姐妹，是敦煌乃至甘肃的两张靓丽名片。古往今来以"山泉共处，沙水共生"的奇妙景观著称于世，被誉为"塞外风光之一绝"；它们又与莫高窟艺术景观融为一体，成为敦煌城南一脉相连的"二绝"。

我很喜欢"鸣沙山月牙泉"的名字，"山以灵而故鸣，水以神而益秀"，"山""泉"相依，同为大漠之璀璨明珠，可谓珠联璧合；同时沙动成响，因声而得名；泉似一弯新月，因形而得名，构成一幅美妙绝伦的风景画。

我很感叹于大自然的神奇：沙中难有泉，偏有一湾清泉，涟漪萦回，碧如翡翠；泉在流沙中，干旱不枯竭，风吹沙不落，实为奇观。而且泉边芦苇茂密，随风起伏，碧波荡漾，水映沙山，观赏后确有"鸣沙山怡性，月牙泉洗心"之感。

我们踩着有些发烫的柔软细沙，环着月牙泉信步而游，走到"月牙"的一角，"月泉古柳"突然出现在眼前。

古柳，也叫旱柳，又叫左公柳，是景区中现存唯一的一棵古柳，至今已有一二百年的历史。晚清重臣左宗棠进军新疆收复国土，一路之上遍植旱柳，当地人命名为"左公柳"以兹纪念。据说，这棵树原生长在月牙泉畔，高于水面约半米，距离南沙山15米。由于泉水下降，现距泉畔达20多米。这棵与月牙泉相依相伴的月泉古柳，是沙山泉水变迁的唯一见证。为了保护古柳，月牙泉管理处采取措施，埋管供水，以维护其正常生长。

在我的印象里，柳原本像柔美、妩媚的女子，属于江南"杨柳岸晓风残月"的画面，不想它竟能客居在这茫茫西北大漠，而且不畏环境的艰苦，倔强地长出了几分坚韧与粗犷、阳刚与豪放，不能不令人称奇和敬佩！

可能是担心游人过分亲近，月牙泉四周被栏杆围着。由于天气太热，泉边游人不算太多，我们也没有继续往前走。拍了很多照片后，我们开始返回，看那月泉阁正倒映在碧绿的泉水之中，越发衬托出泉水的娟秀与灵动。

在柳荫下稍作休憩后，我们便拾级而上，奔着鸣月阁建筑群而去。

在月牙泉南岸的这组古朴典雅、错落有致的仿唐建筑群，有楼阁、廊道和亭台，其历史最早可以追溯到汉代。据说，月牙泉早在汉代就是游览胜地。唐代这泉边还有庙宇。现在我们看到的是近几十年才建成的。鸣月阁的核心建筑是一座外观为八角形的四层仿唐木塔。木塔四周都悬挂着一些古色古香的匾额。

这些仿古建筑给景点增色不少，与山水相互映衬，构成自然与人文交融的美丽画卷。还有那附着在建筑物上的各式匾额、楹联，其文史、书法之美妙韵味更值得仔细玩赏。如"月泉阁""茗香斋""月到风来""山得水趣""水月中天""鸣沙月泉""山泉辉映""聚粒沙而成山无欺自安，汇滴水以为泉有容乃大"等，确能给人不少艺术享受。

在告别月牙泉返回途中，我和很多人一样也有这样的疑惑：历来沙、水不能相容，沙漠清泉难以共存。但是月牙泉就像一弯新月落在黄沙之中，在沙山的怀抱中静静地躺了几千年，虽常常受到狂风暴沙的袭击，却依然碧波荡漾，清澈明丽。有人认为，这一带可能是原党河河湾，是敦煌绿洲的一部分，由于沙丘移动，水道变化，遂成为单独的水体。因为地势低，渗流在地下的水不断向泉内补充，使之涓流不息，天旱不涸。这种解释似可看作月牙泉没有消失的一个原因，却无法说明为何飞沙不落月牙泉。

近年来，又看到了这样的新闻：月牙泉的源头是党河，依靠河水的不断充盈，在四面黄沙的包围中，泉水竟也清澈明丽，且千年不涸。可惜的是，近年来党河和月牙泉之间已经断流，只能用人工方法来保持泉水的现状。

这引起了我的深深忧虑，就像听说洞庭湖在逐渐萎缩一样。所以我真心希望这些都是假新闻！

从鸣月阁出来，太阳已经落到了沙山的后面。我们远眺了很久沙坡上如根根彩线的驼队和依旧笑语喧哗的"滑友"，因为那其中有我们的几个同伴。由于时间和体力方面的原因，我和老伴没有加入他们的队伍，只在向晚的习习凉风中分享了他们的快乐，并在心中约定，下次到敦煌再与沙山来个长时间的亲密接触。

关塞与舰队

8月10日早餐后，我们从敦煌酒店出发，乘车西行，前往曾于1998年被列为国家级文物保护单位的玉门关游览。

玉门关是一座有悠久历史和神奇传说的关塞，俗称小方盘城。它始置于汉武帝开通西域道路、设置河西四郡之时，为通往西域各地的门户，因西域输入玉石时取道于此而得名。

据《汉书·地理志》记载，玉门关与另一重要关隘阳关，均位于敦煌郡龙勒县境，皆为都尉治所，为重要的屯兵之地。当时中原与西域交通莫不取道两关，曾是汉代时期重要的军事关隘和丝路交通要道。

进入景区，我们先和大家一起在题有"小方盘城遗址"字样的巨石前拍照打卡，然后根据爱好和体力在相距遥远的众多景点中来个"重点突破"。

夯筑城垣　我虽然不是第一次看古城墙，但还是被眼前的夯筑城垣深深吸引。以前在北京、西安、荆州等地看过的是石质垒砌城墙，而眼前的是黄胶土夯筑城墙。它们所用的材料及施工方法、所处的地域及气候条件均不同，但坚固却是相同的。历经千百年的风霜雨雪能基本保存下来，工程的质量绝对是杠杠的。打夯的活儿我亲身体验过，笨重、极耗体力，而工效很低。夯筑城墙在影视里看过，其艰辛、费力远胜过一般打夯。玉门关城工程规模如此之大，而当时的生产力水平低下，所费人力、物力和时间之巨大漫长，是不难想见的。我们为先民的不畏艰辛精神和杰出聪明才智所深深折服。

报警烽燧　烽燧即烽火。古代边防报警的两种信号，白天放烟叫烽，夜间举火叫燧。古代科技水平低，战事报警、联络方式单一落后，烽燧却不失为一种便捷高效的方法。烽燧演绎了很多历史典故，其中最著名的当属"烽火戏诸侯"。

西周时周幽王为博得褒姒一笑，点燃了烽火台，戏弄了诸侯。褒姒看了果然哈哈大笑。幽王很高兴，因而又多次点燃烽火，诸侯们都不相信了，也就渐渐不来了。后来犬戎攻破镐京，杀死了周幽王。

不过眼前的烽火台，只是一个高高的土堆，没有了当年的"威严"，但其轮廓模样，依然能引起我们对那些古战场画面和尘封千百年的英雄面容的联想。走在古城遗址上，耳边不禁回响起毛阿敏深情悠扬而略显苍凉的歌声："暗淡了刀光剑影 / 远去了鼓角铮鸣 / 眼前飞扬着一个个鲜活的面容 / 湮没了黄尘古道 / 荒芜了烽火边城 / 岁月啊你带不走 / 那一串串熟悉的姓名……"而今，战争的硝烟早已散去，和平的阳光和煦灿烂，令我们倍感幸福！

巨石古诗　我们来到一块方形巨石前，只见上面镌刻着王之涣的《凉州词》。字迹豪放飘逸，仿古款式，由右及左竖书："黄河远上白云间，一片孤城万仞山。羌笛何须怨杨柳，春风不度玉门关。"我们仿佛一下子穿越到了一千多年前的唐代，随着诗人的目光远眺：

黄河自天边奔腾而下，在高山脚下，一座孤单的城池坐落在那里。何必用羌笛吹奏《折杨柳》这首哀怨的思念家乡的曲子，就算是春风也吹不到玉门关外啊！

时移世易，我们重温这首脍炙人口的诗篇，不再有古人的悲壮苍凉之感，有的是新时代的雄放豪迈之情。

从玉门关景区出来，用过午餐，我们乘车来到了国家地质公园，参观敦煌雅丹。

敦煌雅丹属于古罗布泊的一部分，位于新疆、甘肃交界处，距玉门关西北80余公里处，是一座典型的雅丹地貌群落。关于它的形成，专家认为有两个关键因素：一是发育这种地貌的地质基础，即湖相沉积地层；二是外力侵蚀，即荒漠中强大的定向风的吹蚀和流水的侵蚀。它是敦煌乃至世界的一大奇观，是大自然鬼斧神工、奇妙无穷的杰作，堪称罕见的天然雕塑博物馆。

整个雅丹地貌群高低不同，错落有致，布局有序。每个雅丹都各具形态，千奇百怪，造型生动，惟妙惟肖：像宝塔，像宫殿，像麦垛；像昂首屹立远眺的金孔雀，像展翅欲飞的雄鹰；像大海中乘风破浪的船队，像怒目远视的武士，还有的像亭亭玉立的美女。世界许多著名建筑都能在这里找到它的缩影，如北京的天坛、西藏的布达拉宫，埃及的金字塔、狮身人面像等等。徜徉其间，仿佛进入世界建筑艺术博物馆，使人不禁心旷神怡，浮想联翩。我们尽情感受大自然的鬼斧神工，领略大自然妙造天成的神奇之美。

参观过后，我对被誉为"西海舰队"的雅丹群印象尤为深刻：一方面为大自然的神奇伟力所震撼，一方面为人类丰富的想象力所折服。

众所周知，我国西部无海，也从无什么舰队。但远观这一片雅丹群，规模宏大，无数形如远航之舰船的地貌，毕肖于一支战斗力极强的庞大舰群，捍卫着我国广袤的西部疆土。由此，在我的内心又多了一分自豪：我国已有了强大的海军，有了四支庞大的舰队——北海舰队、东海舰队、南海舰队和"西海舰队"。有了强大的国防，有了祖国的富强昌盛，咱泱泱中华，一定能世世代代国泰民安，河清海晏！

沙州与剧院

敦煌的历史古老而久远，古称"三危"，春秋时称瓜州，以地产美瓜而得名。"敦煌"一词最早见于《史记·大宛列传》，东汉应劭解释"敦，大也；煌，盛也"，取盛大辉煌之意。历史上的敦煌曾是中西交通的枢纽要道，丝绸之路上的咽喉锁钥，西出玉门关和阳关的主要门户。

敦煌市，是甘肃省酒泉市代管的一个县级市。市委、市政府所在地沙州镇，是一座美丽的小城，地处敦煌市中心地段，是敦煌市的政治、经济、文化中心。8月10日下午5点我们返回沙州镇，观小城风光，逛夜市，品小吃，看演出。

初到沙州镇，以为是到了江南小城。城区街道漂亮整洁，各类树木花卉甚多，车辆、游人不少，但井然有序。尤其是一条明澈的党河，贯穿其中，使整座小城变得俊秀灵动起来。

我们来到阳关东路市中心广场，这里有一尊巨大的反弹琵琶伎乐天的雕塑。它源自莫高窟里飞天乐神壁画，是敦煌市的标志。女舞神慈眉善目，姿态婀娜，体形丰满；重心放在左脚上，右腿提起，琵琶置于身后掌心朝上反弹，造型优美，栩栩如生。

夜幕降临，在看演出前，我们决定先逛逛沙州夜市。

沙州夜市位于阳关东路，是敦煌市最大的夜市。沙州夜市由风味小吃、工艺品、"三泡台"茶座、农副产品、土特产品五大经营区域组成。因为具有鲜明的地方特色和浓郁的民俗风情，而被誉为敦煌"夜景图"和"风情画"。我们虽然来得不算晚，但已人头攒动，热闹异常。走进小吃一条街，两边是各类小店，中间大排档一溜儿排开。我和老伴在拥挤的人流中选了一家小店——"敦煌人家特色烤羊排"。店主人很热情，帮我们找了两个空位。我们点了烤羊排和面条，价格不贵，确有"特色"：羊排香酥而不腻，面条爽滑而劲道，我们尽享口福。

随后我们来到党河边。迷人的党河就像一位盛装的摩登女郎闪亮登场了，两岸的照明灯柱明晃晃地一字儿排开守护着她。遥望远处，高楼上的霓虹灯轮廓灯清晰地照映在河水里，如梦似幻，让人不知是在天上还是在人间。正当我们沉醉在这诗画般的美景中，导游打来电话，告诉我们在前面一座桥头乘车，准备前往敦煌大剧院看演出——敦煌之旅的压轴大戏。

位于文博东路的敦煌大剧院，是一幢高大雄伟的仿汉唐风格建筑，是首届丝绸之路（敦煌）国际文化博览会的主要场馆之一。在西部一个县级市，能有这样现代时尚的建筑，令我十分惊奇。站在剧院前广场仰望它，以为是到了北京或上海。离演出只有20多分钟，我们赶紧在大剧院前拍照留念。

走进剧院，深为里面的宽敞豪华、时尚高档所震撼：灯光璀璨，红色座椅，金色墙壁，富丽而堂皇；四方来客，济济一堂，艺术氛围浓郁热烈。我们的座位在A区4排，票价368元，准贵宾的礼遇！8点30分，音乐响起，灯暗幕开，演出开始。

剧目为《丝路花雨》。这部源自敦煌、誉满全球的"二十世纪华人舞蹈经典作品"，已历经38载，演出达2800余场，先后出访30多个国家和地区，观众达400多万人次。今晚演出的大型情景舞剧《丝路花雨》，是以同名中国经典舞剧为原型改编而成的，由甘肃省歌舞剧院演出。这部五幕大戏，演绎的是在中国盛唐时期，在举世闻名的丝绸之路上，善良淳朴的中国父女为救助外国商人所发生的亲人悲欢离合，友人生死相助、患难与共的感人故事。它是一曲中外友谊的颂歌，弘扬丝绸之路友好往来、互惠互融的大爱篇章。艺术风格别具一格，成功地将瑰丽多彩的敦煌壁画搬上了舞台，梦回盛唐，故事跌宕，气势恢宏，背景绚烂，舞姿曼妙，赢得了观众一阵阵热烈掌声。

演出结束，彩灯齐明，大幕重启，演员们先是分批次热情谢幕，然后是全体手拉手鞠躬致谢。由于跨步太大，女主角突然不慎躺坐在舞台前沿，观众在一片惊呼后，报以长时间的热烈掌声。这个小小的"意外"，不是演出的破绽，而是整场演出的点睛之笔，是最高潮。我们深为演员们的崇礼与敬业所感动！

近三个小时不知不觉过去了。走出剧院，我深感满足与幸福：能在敦煌大剧院看一场高档次的《丝路花雨》演出，这是何等的福气！这种感受，大约只有在内蒙古大草原朗诵北朝民歌《敕勒川》、在玉门关朗诵王之涣的《凉州词》、在黄州赤壁朗诵苏轼的《赤壁怀古》时能找到：身临其境，原汁原味。到达广场边返回乘车点，回看大剧院，璀璨的轮廓灯把整幢建筑勾勒得宏伟辉煌，"敦煌大剧院"五个大字，古朴而俊秀；偌大的广场，人多车多而不拥挤，更有习习凉风、点点星光，使人不禁心旷神怡，遐想无垠。好一个夏夜，好一座敦煌！

三天的敦煌之旅就要结束了，但敦煌于我们的魅力却是永远的。如有机会，一定再来好好亲近那鸣沙山、看看那汉长城，在古阳关大声朗诵王维的著名诗篇《送元二使安西》……

冬游哈尔滨

    我对哈尔滨的向往，源于著名歌唱家郑绪岚演唱的《太阳岛上》："明媚的夏日里天空多么晴朗，美丽的太阳岛多么令人神往……"所以2007年8月我随浙江嘉兴"冬北之行"旅游团特地去了趟哈尔滨，而且还上到了太阳岛上。

    记得是正午时分，感觉那热跟南方也差不多。导游介绍，太阳岛上有水，水上有阁，阁下有湖，湖边有山，山上有亭，山湖相映，云霞倒映，景观秀丽，野趣浓郁，是避暑度假的乐园。太阳岛四季景象变化明显，适宜全年游览：春季山花烂漫，鸟雀齐鸣；夏季绿柳如烟，江天万顷；秋季金叶覆径，霜色正浓；冬季飞雪轻舞，玉树银花。

    但我不满足，甚至有点失望：单就夏季自然景色而言，算不得很有特色，因为类似的自然风景南方好多地方也有。当时就想，不知冬天的哈尔滨、太阳岛又具体是个什么模样。

    2015年退休后，我暂居北京，一连几年，不见酣畅淋漓的冬雪，甚是失望：北方城市咋不见像样的冬雪呢？不温不火，甚至连南方的很多地方都比不上。于是对"雪"的渴望，又点燃了我8年前的愿望。机会终于来了，2018年1月底，我们有了一段空闲时间，我跟老伴商量："要不我们去趟哈尔滨，看看雪？"老伴同意，她还没有去过哈尔滨呢，很是向往。

    北京离哈尔滨不远，一次说走就走的自助五日游开始了。但由于临近春节，车票不好买，好不容易买到两张"Z"字头硬座票，晚上上车，10个小时后到达哈尔滨。去哈尔滨前我做了一下功课，知道冰城低温，装备力求厚实保暖。但下车后，寒气扑面而来，急忙增加装备，花60元在车站附近小店买了两顶厚厚的防冻皮帽，戴起来几乎只有两个眼睛露在外面。我的眼镜片上先是雾蒙蒙，走出店门是冰花花，妻子看了我的模样，直是笑："俨然一个外星人！"哈尔滨给我们的见面礼够厚重了！想想即将看到向往已久的冰城美景，劳顿、寒冷都是值得的。古人云："夫夷以近，则游者众；险以远，则至者少。而世之奇伟、瑰怪、非常之观，常在于险远，而人之所罕至焉，故非有志者不能至也。"我们虽然都已年过花甲，但"有志"，何惧之有？

徒步松花江

离开火车站，我们打的直奔网上预订的酒店。酒店名"快捷"，合了我的脾性：只5天时间，要看那么多景点，不"快捷"不行；酒店就在松花江边，下江游览也"快捷"。

走进我们预订的房间，一股暖气直冲过来："真暖和啊！"外面冰雪世界，里面温暖春天，真乃"冰火两重天"！哈尔滨人的热情，我们切切实实地感觉到了。

稍事休息，经过一番认真穿戴后，我们出酒店步行十几分钟，来到松花江边。放眼一看，人还真不少。忽然有两辆汽车在江面急速驰过，不知是警察巡逻还是游客观光。原担心在江面游玩会不会落江，汽车打消了我们的疑虑：四个轮子的大家伙都不怕，你两条腿的人还怕个啥。

但也有怕的：一是冷，那不是一般的冷，比在陆地上要冷很多。一股强劲的冷风从脚下直往上钻，顿时感觉不是棉裤薄，而是像根本没有穿棉裤。记得小时候，老家冬天也很冷，门前偌大的湖面完全封冻，但那冷感觉是在外面，不在骨头里。在浙江工作时，有次在办公室说到北京冷，一北方来的同事说："和东北比，北京的冷不叫冷。"看来此言不虚。二是滑。刚下江没走几步，就差点儿摔倒。60多岁的人，一把老骨头，万一摔坏了，游玩不成是小事，如何回北京呢？于是赶紧从冰面小摊上买了两双防滑钉鞋。在我们试穿的时候，一对男女小青年从我们身边小心翼翼走过，那女的扎扎实实摔了一跤，骂那男的没及时扶住。我心里很为那男的不平："一刹那的工夫，如何反应得过来？"但转念一想："骂是爱啊！"但我不要这爱，赶紧搀扶着老伴，要摔一起摔，没法骂。

有付出就有回报，徒步走在这如玻璃一般的江面，还真得到了不少回报。走的时间长了，身上慢慢有点暖意，感觉没那么冷了，甚至有点骄傲：哈尔滨的冷也不过如此！再看那晶莹剔透的江面，又大又平，一个天然的溜冰场，你尽可以放开你的身心，得到一个彻彻底底的自由；还有那飘曳的水草，定格在那玻璃里，又感觉你快踩着它了；只是不见游鱼，有点儿遗憾。

重游太阳岛

过了松花江，大约上午9点，我们登上了北岸；走过一座尖顶楼阁和一排红顶房子边的通道，就到了太阳岛。顿时铺展在我们眼前的是与10年前我见到的完全不同的景象：一个粉妆玉琢的世界！觉得比上次夏天见到的要大很多，不见水，冰雪连成一片。在景区入口处，不断有驾牲口拉小观光车的老乡大声吆喝，看他们满口呼出的如烟的白气和略有些瑟缩的牲口，我们真想给他们点生意，坐一回，但冷啊，走走能取暖。进到景区里面，我们一直不敢坐车，虽然景点之间距离有些远。

据有关资料介绍：太阳岛是从满语鳊花鱼的音译演变而来，太阳岛的"太阳"是"鳊花鱼"之意；或因岛内坡岗全是洁净的细沙，阳光下格外炽热，故称太阳岛。

20世纪初随着中东铁路的兴建，许多外国侨民相继来到哈尔滨。他们发现地势高低起伏、河道纵横如网的太阳岛是一个避暑的好地方，于是纷纷到这里修建别墅。这些侨民携带家眷，在此"野餐、野游、野浴"。这些充满异国情调的生活习俗，成为太阳岛乃至整个哈尔滨特有的一种文化现象，被称为太阳岛早期的"三野"风情。

有如此温暖的名字，又有如此充满异国情调的美丽景色，所以太阳岛极受游客青睐。1979年，著名歌唱家郑绪岚一曲《太阳岛上》更让太阳岛名扬海内外："不到太阳岛，枉来哈尔滨！"

太阳岛上的景点很多，由于是故地重游，时间有限，我临时充当了导游，只挑四处重要的景点慢看细想，其余的就走马观花了。

太阳石 矗立在太阳岛东区入口处的太阳石，是太阳岛的标志，上面有著名书法家赵朴初题写的遒劲灵动的"太阳岛"三个大字。此石出于金源故地，阿什河边。人们赋予它很多美丽的传说：此石是兜率宫太上老君遗落之丹；金太祖曾在此石上磨刀励志、划灰议事；抗联将士在此"火烤胸前暖，风吹背后寒"。

我边看边想，天下奇石何其多也，然而像这样神奇而有故事的不多。我们大可不必对其出身来源、逸闻故事一一详考，关注的应是它们给予我们的诗意享受和励志作用。而今的旅游越来越崇尚文化品牌，凸显自然与人文的契合，应是一条正确的路径。于是我们在此徘徊良久，并于人丛中瞅空拍照留念。

冰雪艺术馆 冰雪艺术馆微缩了冬日北国风光。据介绍，它建于2000年，占地5000平方米，是目前世界上规模最大的室内冰雪艺术场馆。馆内冰景以松花江天然冰和人工雪为材料，经过冰雪艺术家独具匠心的雕琢，制造成玲珑剔透、形态万千的冰雪艺术精品，使得在冬季才有的冰雪景观，可以在春、夏、秋三季的室内呈现，弥补了哈尔滨春、夏、秋三季看不到冰雪的遗憾。

细想，建造这么一座艺术馆，还真要一些聪明才智。10年前的夏天我来太阳岛，只在这里才感觉到没有白来冰城一回。

俄罗斯风情小镇 这是岛上最能体现异国情调的景点。我们来到这里，不觉放慢了脚步，先在标有"俄罗斯风情小镇"字样的大门前拍照留念，然后跟在一旅游团后面，边看边听导游介绍。

小镇个性化主题建筑由27座20世纪初充分体现淳朴、浓郁的俄罗斯风情和建筑艺术特色的别墅、民宅组成。重新修缮后，最大限度地保持原貌，体现原有的俄式风格，在中国境内营造出一种出境旅游的感觉，使游人体会醇厚的异域文化神韵，体现着哈尔滨对外开放的历史和对外来文化的尊重、保护的宽广胸怀。

来这里的游客很多，其中有不少是外国人。我们遇见一对老年夫妇，看那模样穿着似俄罗斯人。他们也许是抱着一种追怀的心理来到这里吧，因为这样原汁原味的乡野建筑，在俄罗斯估计也不多见；抑或是他们的先辈和这里有某种关联，有些难忘的故事。而作为中国人的我们，不出国门就游览了"俄罗斯"，还真要感谢这太阳岛！如何对待外来文化，是一个值得恒久研究的课题，"太阳岛"的做法，无疑是成功的。

东北抗联纪念园　这是要特别称道的一个园子。它位于太阳岛围堤内靠近东部地域，为纪念东北抗日联军而修建，再现了当年白山黑水间的抗日战场，如今已成为中国东北地区最大的抗日战争教育和纪念基地。在纪念园中，有一棵很值得一看的造型奇特的"抗联树"。该树为北方名贵树种糖槭，树龄80余年。此树树干虽已枯干，但其躯干处已长出新的子树。子树枝繁叶茂，郁郁葱葱，象征抗联英雄虽已故去，但抗联精神世代相传，永垂不朽。

对抗联这段历史，不要说有的年轻人不知道，就是我们这些上了年纪的人，也未必个个都熟悉。铭记历史，才能更好地走向未来。在风景名胜，适当挖掘一些人文资源，"润物细无声"地进行普及和教育，可能比有些课堂教育效果更好。

从景区出来，重回松花江面。夕阳西下，游人渐少，远处的三拱铁桥，在松花江冰里坚强地立着。回望北岸的太阳岛，心里颇有些暖意：一个有温度的名字，一个给予我们别样感受的小岛，来此值了！

漫步中央街

第二天下午，参观完圣索菲亚大教堂后，我们来到了哈尔滨中央大街。

中央大街始建于1898年，是一条百年老街。它北起松花江防洪纪念塔，南至新阳广场，是目前亚洲最大最长的步行街。其独特的欧式建筑、鳞次栉比的精品商厦、漂亮整洁的休闲小区以及异彩纷呈的文化生活，成为哈尔滨一道亮丽的风景线。

夜色渐深，华灯璀璨，流光溢彩，游人如织。我们突然被街边独特的景观——一组栩栩如生的12生肖冰雕深深吸引住了。来哈尔滨两天，我们在不同地方见到了不少精妙绝伦的冰雕作品，但大都高大上，感觉离我们比较遥远，而这组作品就与我们密切相关了，我们每个人都能从中找到另一个"自己"。我找到了"羊"，连同基座有两米多高，憨态可掬，我和它合了影；老伴找到了

"猴"，机灵活泼，她和它拍了照：两人都很满足，仿佛于人海中终于找到了知音。我很佩服构思者的奇妙创意：下接地气，上承传统，很文化；也很赞赏制作人的独门绝技：藏巧于拙，夸张写意，很艺术！

我们一边溜达，一边看两边的街景。突然发现在一家不大的店铺前不少人在排队。走近一看，是在买冰棍。来哈尔滨前，我做过一点功课，知道马迭尔冰棍是哈尔滨的特色小吃，也是哈尔滨中央大街的特色冷饮。有人说，到哈尔滨不尝马迭尔冰棍，就相当于到了北京没去全聚德尝烤鸭。我排了好一会儿，终于买到了。看那外形，与南方夏天卖的那种几乎无异。我们边走边尝，果然好吃：甜而不腻，冰中带香。一看手机，零下23度；再看那前后左右穿着厚厚的带帽羽绒服或高领毛皮衣的中外游客，操着不同口音，都哈着白气，吃着冰棍，真是一道奇观！

类似这种"冬行夏令"的奇观，有一年夏天我在重庆旅游时也见过一回：在一爿小店，一伙大老爷们儿围着一热气腾腾的火锅，赤裸着上身，吹着电扇，边冒汗边津津有味地吃着。这种有悖时令的行为，看似反常，实是一种超级享受，非亲自尝试，无法言喻。

我们从中央大街人行地下通道穿过，看到出口处一老人正在叫卖松子。老人穿戴不是很厚实，两只手笼在袖子里，身旁有一盛有不多松子的竹篮。我问了一下价格，看了一下质量，都满意，但仍处于买和不买之间——北京还没松子？大老远带着也不方便。但为了弥补昨天上午在太阳岛没有坐观光车的愧疚，也为了让老人在这寒冷的冬夜早点回家与家人团聚，我们毅然买下了老人篮子里剩下的三斤多松子。看到老人边道谢边露出的笑容，我们心里颇有些暖意。我们提着松子，边走边观赏着哈尔滨梦幻般的夜景，抬头一看，"快捷"就在前面，不远处矗立着防洪纪念塔。

造访"双子星"

到哈尔滨的第三天，按计划造访"双子星"。所谓"双子星"，指的是同在哈尔滨的两所著名高校——哈尔滨工业大学（简称"哈工大"）和哈尔滨工程大学（简称"哈工程"）。两所大学相距很近，都以工科著称，在东北地区乃至全国都赫赫有名。

我作为恢复高考后的首届学生，对大学有一种特殊情结，所以每到一座城市，一般会造访这座城市的著名大学，如北京的清华大学和北京大学，上海的复旦大学和交通大学，天津的南开大学和天津大学。而这些著名大学本身就是所在城市的旅游景点。

上午 9 点，我们来到哈工大。我们看到"哈爾濱工業大學"七个气势恢宏的大字，深为震撼，驻足良久，并拍照留念。以前虽未到过这所大学，但并不陌生，因为在职时要指导高考学生填报志愿，所以对全国许多著名高校都认真了解过。还有一个原因，侄儿就是这所学校的高才生，从本科读到硕士毕业。

我们在校园溜达了很久，从一条干道到另一条干道，几乎参观了所有重要景点和主要学院，最后还在侄儿就读的学院逗留了很久。学校真大真好：各具特色的建筑，与皑皑白雪、古树虬枝相映衬，构成一幅自然与人文和谐融合的美丽画卷；办学条件优越、教学科研成果卓著，不愧为享誉国内外的理工强校、航天名校。

在一座大楼前，我们看到一对夫妇带着小孩正朝这里走来，父亲还跟小孩讲着什么。听那口音，我知道来自南方。攀谈起来，得知一家三口也是来哈尔滨旅游的，顺便带小孩来哈工大看看。我知道这是"励志"教育，我曾在清华大学见过同样场景。我很赞成这种教育方式，立志要趁早，身临其境，旅游加"励志"，一举而两得。

在哈工大一餐馆用完中餐后，大约下午 2 点我们来到了哈工程。

哈工程前身是哈军工，后来哈军工主校区南迁，改名叫国防科技大学。留下了船舶系，改名叫哈船舶，后来哈船舶改名哈工程。学校以船舶与海洋装备、海洋信息、船舶动力、先进核能与核安全四个学科群为主。记得 1977 年高考时，我们就知道赫赫有名的"哈军工"（中国人民解放军军事工程学院）。当时我所在的鄂城县（现鄂州市），高考成绩突出，理工类第一名就录取在这所学校，令我们羡慕不已：这是大学，也是军校啊！

我打小就有军人情结，盼望像我哥一样，参军入伍，报效祖国。记得那年征兵我报了名，提前半天从水利工地集中到区上住了一宿，但第二天上午体检第一关就被刷了下来：有鼻炎。现在想来真遗憾，滴水成冰的季节，在那水利工地上，刺骨的寒风直往鼻孔里灌，能不得鼻炎？但又不能怪那寒风，别人的鼻子怎没有发炎；更不能怪那体检医生，人家坚持标准，有鼻炎，怎么能适应部队紧张而艰苦的生活？后来虽然鼻炎好了，但已错过了当兵的机会。所以这次来哈尔滨，我一定要来哈工程看看，也算是弥补了当年的一个遗憾吧。

进入校园，我们走过一大片雪地，来到了一座大楼前。大楼主体部分四层，很长一排，非常气派；门楼部分，高六层，上两层飞檐高起，彰显出军校的威严。门前有一尊高大的陈赓塑像，将军一身戎装，威风凛凛。陈赓是哈尔滨工程大学的前身"哈军工"首任院长兼政委；湖南湘乡人，中国工农红军及中国人民解放军主要领导人之一，军事家，中国人民解放军大将。陈赓晚年，职务多有变更，唯独哈军工院长一职一直未变，是一位杰出的军事教育家。

湖南人杰地灵，英才辈出。我曾在湖南岳阳工作过 16 年，一直视湖南为第二故乡。站在将军塑像前，在无比敬佩之外，还多了几分自豪和亲切。于是我摘掉厚厚的皮帽，笔直恭敬地站好，和将军塑像来了张合影。直至现在我还难忘在哈工程的这一瞬间，一直珍藏着与将军塑像的合影照。

大约下午 4 点，我们依依作别哈工程。在返回酒店的车上，回想一天造访"双子星"大学的所见所闻，感到无比自豪：两所大学为我国国防建设、航天工程做出了巨大贡献。在一大批像"双子星"这样的优秀大学的不懈努力下，在许多优秀的科技人员和全国人民的共同奋斗中，中华崛起、复兴梦想，定将实现！

徜徉冰雕展

第四天我们的行程安排是参观哈尔滨冰雕展。冰雕展设在远郊，需乘车前往，据说那里温度极低，可达零下 30 多度，为此我们在白天做了一系列准备：带着游松花江的全套装备，还添加了特制保暖护膝、加厚围脖和手套等。大约晚上 7 点出发，和其他散客一起，由临时导游带领。

下车地点离冰雕展现场还有一段距离，需要步行前往。有条冰路，但不宽，光线较暗，很滑，好在人多，相互倚靠，勉强还能行进。我们年纪偏大，一路受到导游、同行游客关照多多，于严寒中多了不少温暖。

到了冰雕展现场，还真开了眼界：好一座晶莹璀璨、美轮美奂的冰城！这才是真正的哈尔滨啊！尽管现场温度为零下 28 度，但游人极多。冰城包含好多个板块，每个板块有一个中心，围绕一个主题布展；同时做到时空穿越，古今融合，有一种梦回历史的感觉。另一大特点是中西合璧，将许多外国名城胜景微缩在这里，洋溢着异国风情，我们误以为出国游了。

游玩了好一阵，我们在一组迷宫式的冰雕里走散了，人多不便呼叫，一想，可打手机啊！于是掏出手机，一呼即通，很快就相聚了。不是说温度太低，手机会失灵吗？我们都感到无比自豪：我们的"华为"，质量杠杠的！

在一组"梦回盛世"的冰雕前，我们停下了脚步。真是太美了！大唐气象，摄人心魄！我泱泱中华，上下五千年，有着灿烂辉煌的历史。又一想，现在不就是盛世吗？如今国家强盛，人民幸福，实现"两个一百年"奋斗目标，实现中华民族伟大复兴的中国梦，指日可待！一股强大的暖流激荡在我们心里。

突然有美妙的乐音传来，我们循声来到了一个很高的舞台前，"大世界热舞大赛"正在火爆进行。只见十几名身着短衣短裙的美丽少女，在宽大的冰台上热舞。小姑娘们激情飞扬，舞姿婀娜；红裙飘动，犹如展翅翻飞的蝴蝶。她们还真拼了，我们在心里为小姑娘们点赞！什么叫美丽"冻"人，这就是！什么叫爱岗敬业，这就是！

　　我们徜徉在冰雕城，不知不觉三个多小时过去了，临时导游提醒我们返回。在出口处我们回望整个冰雕展区，仍是一片璀璨，很多游客意兴正浓。抬头一看，一轮淡淡的圆月悬在碧蓝的半空。月光映照着整座冰城，天上人间，交相辉映，如诗似画。不知爱美的嫦娥是否有悔意，何似在人间！

　　看完"冰雕展"这曲压轴大戏后，第二天我们稍作休整，并在市区几个公园随意逛了逛，买了些纪念品，于晚上6点乘坐"K"字头火车返回北京。虽然仍是硬座，比来的时候花的时间还要长很多，但我们很满足：看到了一个名副其实的冰城，加上上次夏天看到的哈尔滨，就是一个较为完整、立体的北方名城了！哈尔滨人的热情好客，也给我们留下了深刻印象。当然也有小遗憾，"中国雪乡"还没有去。据去过的姨姐、姨妹她们说，那"梦幻家园""雪韵大街""十里画廊"等也很值得一看。于是我们在心里又有了一个计划：明年冬天雪乡见！

再上岳阳楼

调到 S 市已经 6 年了。今年"五一"长假，我利用到岳阳访友的机会，再次登上了久违的江南名楼岳阳楼。

一

记得上次登楼是在 1998 年 8 月，当时已办好调往 S 市工作的所有手续。一切顺利，心情本应轻松，可不知怎的，临近离开自己工作过 16 年的这座古城，心里反倒如同当时的天空，阴沉沉的。在告别了许多新朋老友后，觉得还应跟这熟悉得如同老朋友的古楼道个别。16 年，相对这岳阳古楼、洞庭名湖的悠悠历史来说，只能算是一瞬；但相对短暂的人生来说，就不能说是个小数字了。记不清那是第几次登楼，只记得当时脑子里有如那洞庭湖翻波涌浪，有许多的往事不断澎湃而来。

我不是岳阳人。二十世纪八十年代初大学毕业后，由 W 市来到了邻省这座古城，说心里话，很大程度是冲着这古楼名湖的。其实，我的家乡也有湖，而且还不小；也是一方富庶之地，同样有着"鱼米之乡"的美誉。但也许从小听到大人口中常说那"八百里洞庭"是如何气派，老师在课堂上说那岳阳楼是如何有名，心里就潜滋暗长出一种向往，于是在五个可能成为工作地的城市中选中了岳阳。16 年弹指一挥间，工作虽屡有变更，但始终未离开过这座城这座楼。人世间充满着缘分，对此我深信不疑。自己作为一个外乡人，来到这块陌生地，居然在不长的时间里融入了这座城，而且受到了这湖的熏陶，也很有些湖的性格。人们常说，环境造就人，看来此言不虚。可如今要走了，是应在 S 市工作的朋友之邀，举家调往。

6 年过去了，其间出差也曾路过岳阳，但因来去匆匆，终究无暇再登一回岳阳楼。"五一"七天长假，本想一家三口同来，但因女儿面临高考，学习紧张，妻子只得留下来陪同，我只好只身一人来了。前后两天的朋友聚会，喧闹后不免生出疲惫。我提出再上岳阳楼，朋友一定要陪同，我说免了罢。我同情他实在是太忙了，一官半职的人，放假比上班还忙；身累心更累，听那一句"人在江湖，身不由己"，也不全是撒娇。于是就放了他一马，一个人上得楼来。

时间是下午两点多，那楼那景依旧，但心情与6年前的迥异。眼看各类游人或陆或水从四方涌来，想想也是一大进步。如今生活水平提高了，普通老百姓的口袋也慢慢鼓了起来，自然不愿意再辜负那一年四季的大好风光，于那黄金般的假日在家里空耗着。

走进一楼，首先看到的还是那座据说是清朝乾隆年间制作的《岳阳楼记》雕屏。以前每次登楼，我都要在雕屏前驻足品读。有人说范仲淹压根儿就没有来过岳阳，他是在看了一幅有关岳阳城、洞庭湖的图画后，再通过自己的想象写作出《岳阳楼记》的。我真希望这是无稽之谈，否则，那读《岳阳楼记》就会觉得味道不地道了，有如在 S 市吃北京烤鸭，在 G 市吃武昌鱼。但不管如何，我是极崇拜范仲淹及其《岳阳楼记》的。一般说来，人处在顺境中多一些豪言壮语，似不足为奇，但处于逆境中就不一样了。当时范仲淹贬居邓州（今河南邓县），友人滕子京谪守巴陵郡，重修岳阳楼，请他作"记"。在这篇名文中，作者以"记"为名，借题发挥，表达了自己的旷达胸襟和高尚情怀："不以物喜，不以己悲。""先天下之忧而忧，后天下之乐而乐。"有感于范公斯言，我突然想到了身世境遇跟他有些相似的白居易和苏轼，又想到了陶渊明和林逋。白居易和苏轼先后为官于杭州，依那时的标准看，应算不上春风得意，但他们关心人民的疾苦，在西湖中留下了两条长长的生命堤坝，为后人所称颂。而也曾在西湖待过的林逋，从他的"疏影横斜水清浅，暗香浮动月黄昏"的诗句看，其才能似乎并不逊色于白居易、苏轼多少，但他似乎把一切都看破了，隐居20年，梅妻鹤子，成了隐士的典范。再上溯到晋朝，陶渊明"不能为五斗米折腰向乡里小儿"，辞官归田，"晨兴理荒秽，带月荷锄归"，"采菊东篱下，悠然见南山"。同是仕途坎坷的封建士大夫，抑或是不太得志的文人骚客，但活法不同。这既有人生境遇方面的原因，更有人生境界方面的因素。一部人生大书，自古以来人人都在解读，但所得迥然。"先天下之忧而忧，后天下之乐而乐"就是范仲淹的所得所悟，它不仅成为一句人生壮语，更是一条为人准则：做官也好，为民也罢，统统适用。

二

登上二楼，视野突然开阔，看那洞庭气势，"衔远山，吞长江，浩浩汤汤，横无际涯"，巴陵胜状，全在洞庭一湖。提起这洞庭湖，自古以来就闻名遐迩。历代文人墨客为其赋诗作文甚多。唐代诗人孟浩然"气蒸云梦泽，波撼岳阳城"、杜甫"吴楚东南坼，乾坤日夜浮"等诗句，即为其中的佼佼者。同时洞庭湖与岳阳楼，相互依存，相得益彰。正如前人所题："一楼何奇？杜少陵五言绝唱，范希文两字关情，滕子京百废具（俱）兴，吕纯阳三过必醉。诗耶？儒耶？吏耶？仙耶？前不见古人，使我怆然涕下；诸君试看：洞庭湖南极潇湘，扬子江北通巫峡，巴陵山西来爽气，岳州城东道岩疆。潴者、流者、峙者、镇者，此中有真意，问谁领会得来？"不能不惊叹大自然的伟大，造化出洞庭湖这块绝对顶级的瑰宝。潇湘八景，其中"洞庭秋月""远浦归帆""平沙落雁""渔村夕照""江天暮雪"五景与洞庭湖有关，由此可见洞庭湖在湖南的重要地位，正如古人所云："洞庭天下水，岳阳天下楼。"

洞庭湖为我国第二大淡水湖，不仅水利、渔业资源丰富，环湖地区为名副其实的鱼米之乡；而且由于与长江相连，每到汛期对长江水位的调节起到十分重要的作用。可以说，湖南不能没有洞庭湖，长江不能没有洞庭湖。但记不得曾在哪里看到过这样一则短文：由于连年围湖造田和其他原因造成泥土大量淤积，洞庭湖的面积在不断缩小，已逐渐失去了昔日"八百里洞庭"的威风。如果这种势头得不到有效遏制，再过 50 年或者更长一点的时间，洞庭湖将不复存在了！读到此，我心里为之一震，不敢想象湖南没了洞庭湖，长江没了洞庭湖会是怎样。基于此，我真希望这则短文只是危言耸听。但又想，这看起来有些夸张的文字，未必毫无根据。不必回避，多年来，由于种种原因，我们干过不少破坏环境的事。说来惭愧，这样的事我也曾参与过。在那粮食紧缺、热情富余的年代，为了扩大水稻种植面积，生产队组织社员把一车车土倾倒在湖里，围成一道道堤坝，然后把其中的水排干，栽上水稻。这就是所谓的"围湖造田"。这种做法违背自然规律，虽然短期效益非常可观，一个生产队或大队的粮食产量一下就上去了，但其对环境的破坏，随着时间的推移越来越可怕地显现出来。于是后来又来了个"退田还湖"。怎么"还"呢？虽然大坝推倒了，但泥土还在湖里，淤积的问题很难一下子得到解决。不能不感到可悲，人类的脑袋可能是世上最易发热的东西。人类的伟大在于创造，人类的可悲在于折腾！

值得高兴的是，折腾越来越少了，创造越来越多了。近年来，洞庭湖的一大创造，就是洞庭湖大桥。

洞庭湖大桥，是我国目前最长的公路桥，横跨东洞庭湖区。虽然大桥竣工三年多了，但我还是这次重游岳阳才亲眼看到它。看到这洞庭人民盼望许久、气势非凡的长龙，我无比激动。这激动的心情，在第一次去北京登长城时有过，在第一次乘船过葛洲坝船闸时有过，在第一次看"神舟五号"升空时有过。如今欣逢盛世，国家经济实力增强了，决策更加科学民主了，创造的奇迹自然更多了。

记得有次从岳阳去宜昌旅游，正遇上风急浪高，渡船停渡，不得不舍近求远，绕道而行，担心费力耗时，好不容易到达宜昌，比预定时间晚了几个小时，游兴全无。当时就想，如果在洞庭湖上建座桥，不仅湘鄂两省交通便捷多了，而且用不着担心天气，那该多好啊！如果再有机会从岳阳去宜昌，我一定乘车过洞庭，把上次丢失的兴致找回来。

三

"育才中学的同学赶快下来，马上集合去君山！"随着带队老师的一声吆喝，在我身边的一群叽叽喳喳、指指点点的中学生很快下楼了。我看了看表，已三点多了。时间不早了，我决定下次带着妻子、女儿再去君山岛。

站在岳阳楼上俯瞰，君山岛就在不远处的湖中。说起这座岛，虽然面积并不大，但名气可不小。我没有认真考证，按理是先有洞庭湖、君山岛，后有岳阳楼。据史书记载，岳阳楼的前身是三国时期吴国都督鲁肃的阅兵台。唐玄宗开元四年（716年），张说在阅兵台旧址建造楼阁，取名"岳阳楼"。后北宋滕子京重修，并"增其旧制，刻唐贤今人诗赋于其上"。从此，岳阳楼以其独特的构造和范仲淹的名文而名声大振。而君山岛之美名是何时传扬开的还难以考证。但说到它的美丽，在唐代就有大量的名诗为证了："湖光秋月两相和，潭面无风镜未磨。遥望洞庭山水翠，白银盘里一青螺。""烟波不动影沉沉，碧色全无翠色深。疑是水仙梳洗处，一螺青黛镜中心。""淡扫明湖开玉镜，丹青画出是君山。"……慕着君山岛的美名，还在岳阳当老师的时候就带着学生去过，但那时的心态类似学生，纯粹是为了游玩。因而，虽非智者，却只钟情于水。后来又随同事去过一回。同事是学中文的，文学功底了得，加之又是岳阳人，更有许多传说典故烂熟于心，于是扎扎实实跟我这个学理科的游客当了一回导游，什么"二妃墓"，什么"斑竹泪"，什么"柳毅井"，什么"君山茶"，一一娓娓道来，使我长了许多关于这座小岛的见识。不过因那时年轻浮躁，或是由于专业的隔膜，除了君山茶因史书中有"自五代时为贡茶"的记述不能不信外，觉得其他的都是一些虚无缥缈的东西，不过是文人雅士穿凿附会的产物。后来拜读毛泽东《七律·答友人》一诗，发现"斑竹"一句的注解中有这样一段话："南朝人任昉《述异记》：'舜南巡不返，没葬于苍梧之野。尧之二女娥皇女英追之不及，相思恸哭，泪下沾竹，文悉为之斑斑然。'"既如此，对"二妃墓""斑竹泪"等就不能不有了别样的看法了。至于"柳毅井"，似与唐传奇的《柳毅传》有关，说的应是一段动人的爱情故事。现在想来，觉得那时真浅见，对那些传说典故，不应以历史学家的眼光审视，因为对它们来说是真事或是虚构并不重要，重要的是它们所蕴含的精神。千百年来，人们"创造"了许多传说典故，其目的是为了传扬他们的美好理想、情感，寄托他们的褒贬。就拿上面提到的有关君山的一些传说典故来说吧，它们寄寓的是对古代贤君的褒扬和对真挚爱情的歌颂。

这又使我想到了昭君墓。据有关资料介绍，在内蒙古除了大青山脚下的青冢外，还有大青山南麓的十几个昭君墓。按常识，这许多昭君墓不可能都是真的。其实，孰真孰假并不重要。正如著名史学家翦伯赞所言："王昭君究竟埋葬在哪里，这件事并不重要，重要的是为什么会出现这样多的昭君墓。显然，这些昭君墓的出现，反映了内蒙古人民对王昭君这个人物有好感，他们都希望王昭君埋葬在自己的家乡。"这又使我想到了一句古话：人过留名，雁过留声。如何才能"留名"？那就是做一个具有高尚情怀的人，做一个有益于人民的人，一句话："先天下之忧而忧，后天下之乐而乐。"

从楼上下来，好友发来了短信，催我赶快到岳阳楼酒店去，又有好多朋友赶来了。当我回头仰望郭沫若手书的"岳阳楼"三个潇洒遒劲的大字时，我突然有所悟：

人一生有许多事可以不做，但不能不登楼。

（本文收录于许明观主编《当湖听潮》，吴越电子音像出版有限公司 2014 年版）

夏日南行

前些时，联合国政府间气候变化专门委员会第六次评估报告指出，最近50年，全球变暖正以过去2000年以来前所未有的速度发生，气候系统不稳定加剧，联合国秘书长古特雷斯称之为"全人类的红色警报"。

2022年，我国就亲历了一个从来没有经历过的夏天。这不仅是气象观测史上最热的一个夏天，也是最漫长的一个夏天。

中央气象台曾于8月18日发布气象干旱黄色预警。

干旱导致气温飙升。入伏以来，全国多地相继开启高温闷热模式，最高气温突破历史极值，且持续时间长，高温天数超过40天！整个8月我国平均气温为1961年以来历史同期最高。

进入9月，"秋老虎"仍在出没，南方地区仍有35度以上高温天气。

高温南方不好过，北方也不例外。退休后，我和老伴暂居北京。前些年感觉还好，近两年感觉就有些不对劲了。

本来说到气候，我国总体上是南热北凉。但地处北方的北京，不知从哪年开始，也有日益变热的趋势：大概还在5月份的时候，南方还不怎么热，北京就陡然热了起来；而当南方醒悟过来，迎头赶上后，它仍然恋恋不舍地待在灼热的方阵中不肯离去。

在我们的印象中，一年四季比较舒适的是春、秋两季，北京也如此。但感觉这两个季节有渐渐变短的趋势：前些天还穿夹衣赏春天的花朵，今天就得穿上短袖逛公园；秋风乍起，寒气就有些袭人了。我就纳闷了，为何好的时节就留不住呢，老天是不是故意在跟人类过不去！

刚进6月，有时吃个饭，还需电扇帮忙；晚上睡觉，有时还要开空调。到外面遛个弯，才绕公园一小圈，后背就黏糊糊了，颇有点南方黄梅天的意思。实在有些憋闷，自5月以来，儿子就不止一次提议：等大宝一放假，赶快到南方去！意思是散散心，呼吸呼吸新的空气。于是待大宝放假，经过一系列繁复的准备后，我们一家六口，终于开启了期盼已久的"夏日南行"。

路与桥

为了方便这次出行，还在3月份的时候，儿子、儿媳就把四座的高尔夫换成了六座的丰田。儿子说，新车最大的优点是能确保每个人有个座位，同时由于底盘较高，在走长途、"越野"方面有优势。我说车子大了，耗油必定多了，油价在不停上涨；驾驶起来，灵活性应该也不如轻巧的高尔夫、宝马吧。儿子说，这些都不是问题。对于车子我很外行，但坐车的感觉还比较内行：这六座的丰田，内部高大宽敞，坐着四肢舒展，没有局促感，头脑自然清醒。记得刚调到浙江平湖，打的到嘉兴参加教研会议，才半个多小时的车程，十次有八次必晕乎。现在回想起来，除了平时坐车少、不适应外，恐怕与车子内部局促狭小不无关系。

7月17日一大早我们就出发了。由于前天晚上已将大件行李提前装好了车，加之大家分工合作，配合默契，关闭水气电源门窗，搬运行李，忙而不乱，井然有序。就连小宝也表现良好，两岁半不到的孩子，居然也能不赖床，而且还满脸笑意，很出乎大家的意料。至于大宝，那高兴的劲儿就别提了。这孩子打小性格开朗，外出游玩，只要是没去过的好玩的地儿，没有不乐意的。更可贵的是，还能搭把手，背个书包，手里还要拿点东西，到底是已上学的孩子。

大家落座后，儿子驾车。由于我年长，被安排在副驾位子上。我很乐意，不仅宽敞舒适，而且视野开阔，便于观景拍照。

出了小区，行进在宽阔干净的马路上。早晨车辆不多，这路就越发显得可爱了。穿过京城，经过了一条条静谧的街道和若干座恢宏的立交桥。尽管路过的地方并不陌生，但还是给了我很多新鲜的感受：因为年纪大了，平日里我们不常出门；出门坐地铁，挤公交，人多嘈杂，环境封闭，有时连喘气都不顺畅，没多少心思观景。今日可大不同，轻松自如，不愁上下车；又是一家人，自然而亲切。

这次南行，儿子选择了他熟悉的"大广线"。

大广高速北起黑龙江大庆，南至广东广州，线路总长3429公里，设计车速80～120公里/时，为双向四至六车道。难能可贵的是，它有意避开了大城市，车辆相对较少，显得僻静而宽松。

高速公路，是我国响当当的一张名片，我们深为它骄傲！网载，到2020年底，我国公路总里程达到528万公里，路网规模已居世界前列，特别是高速公路里程位居世界第一。

不知源于何时的一种说法：看一个地方的发展水平，看看"路"就行了。意思是"路"是观察一个地方的窗口。我没有研究这种说法是否严密，但颇有同感。

我国幅员辽阔，经济发展不平衡，各地的路况也有不同。有时我很疑惑：名字相同的一条路，怎么路段与路段之间有那么大的差别呢？原来与相关地方的经济、交通等因素有关。知道了这一点，看到"××省界"之类的标牌，就恍然了：原来它不仅表明地域领属，还为通行者打开了一扇考察的窗户。

小到一省一地如此，大到一国也不例外。如果某国人说，我们这里发展得很好，只是"路"不行。你能认同它是发达国家吗？所以，要致富，先修路。加一句，要发达，修"好"路。这"路"于生存和形象都是何等重要啊！

古语云，逢山开道，遇水架桥。山是路的障碍，打穿它；水也不用怕，桥可以延伸路。随着经济的发展、国力的增强，如今我们就有这种实力了。这次我们从北京到鄂州，驱车1200多公里，历时近12小时，跨黄河，过长江，经过的隧道、桥梁无数，真切地感受到了我国路桥的高速发展，并为之惊喜和骄傲！

我家小宝，这次是第一次出远门，不到两岁半的孩子，要坐整整一天的车，着实不容易！每当她不耐烦、反复问"快到了吗"时，我们就说"要进洞子了""要过桥了"，果然灵验，从迷糊状态一下醒来，两只滴溜溜的小眼睛立马放出惊喜的光来。而更令我惊奇的是，屡试而不爽，我既佩服小孩子的定力，也惊异于这隧道与桥梁的魔力！

你还别说，这隧道对大人同样有着巨大的吸引力。虽然从整体上看，这些隧道大同小异，但每进一个都能给人新奇的印象。

17日下午，经过河南信阳、湖北黄冈境内，印象中较大的隧道就有石堰口隧道、孟良山隧道、焦赞岭隧道、戴嘴隧道和周家湾隧道等。有的隧道还几个串联成群，为了区分，道口赫然标明序号，如孟良山隧道、焦赞岭隧道、戴嘴隧道等。

沿途所见隧道长短不一，短的几十或上百米，长的上千甚至数千米。崇山峻岭疑无路，有洞出没变坦途。更难能可贵的是，洞内明亮，灯光如长带飘曳，美轮美奂，宛如道道画廊。有人说："自然是伟大的，人类更伟大。"是啊！

遗憾的是，不能停车驻足观赏这些美景，更不能亲历这些伟大的工程，但建设者的艰辛不难想见。还在20世纪70年代，我的一个伯父曾参加过襄渝铁路的建设，回来跟我们说到隧道施工的种种艰难危险的情形，我们惊讶得目瞪口呆。虽然现在的技术水平提高了很多，但开挖隧道同样绝非易事。每当我们驾车或乘车通过这些隧道时，对建设者应该致以深深的敬意！

说完"逢山开道"，再说说"遇水架桥"。一天的行程遇见过的桥很多，大多一闪而过，也不知道名字。确切知道名字，且不能不说的大概有两座。

1. 开封黄河大桥

这是出北京、进入河南后遇到的第一座名桥。由于车行速度很快，且不便与驾车的儿子多聊，以致直到睡眼恍惚中看到"开封黄河大桥7838m"绿底白字的标牌，才知道要过黄河大桥了。遗憾的是，7838米，一晃而过，印象淡然。

事后百度了一下：

开封黄河大桥（开封黄河高速公路特大桥）为G45大广高速公路南北跨越黄河的特大桥。2006年11月28日建成通车。大桥于2004年9月开工建设，总投资约20亿元，全长7858米，主桥长1010米，桥宽37.4米。

看后有点疑惑：这桥到底多长啊？20米的出入不算小，桥就摆在那里，还丈量不准！我无法考证网络上的数字的依据，因而倾向于那本地人写在桥边的数字，虽然它稍短了些，但有7800米打底，丝毫不会损害我心目中这"特大桥"的名号！如此超长的大桥，建在滔滔黄河之上，该是一项多么伟大的工程啊！同时心想，下次经过时，一定提前打开手机，多拍几张照片，一睹它的真实风采。

2. 黄冈长江大桥

黄冈长江大桥，连接湖北境内的黄冈与鄂州，位于长江水道之上，为武黄城际铁路、大广高速公路和武鄂高速公路连接的重要枢纽。

我们是17日晚7点左右经过这座桥的。因为过了这座桥，我们就到老家了，所以感到格外亲切。记得前些年跟儿子他们一家开车从老家到黄州赤壁游玩经过这座桥，那是在白天，春节期间，感到愉悦和轻松。这次是在晚上，而且千里迢迢、一路风尘赶来，是企盼和亲切。

看那桥面，车辆不多，沐浴着温柔的淡黄色的灯光。桥门类似"∏"形，"黄冈长江大桥"几个大字，在两根高高的立柱上端中间依稀可见。两边若干根斜拉的粗粗的金属缆索，犹如两只巨手伸开的手指，拱卫托起气势恢宏的桥身。

有资料说，这座大桥于2010年2月8日动工建设；2012年9月16日完成主跨钢梁合龙工程；2014年6月16日上层公路桥通车运营；2014年6月18日下层铁路桥通车运营。

在我儿时的印象里，早有传说要在鄂州与黄冈之间建造一座大桥，以结束南北两岸靠轮船摆渡往来的历史。如今梦想终于成真。它与不远处的公路特大桥鄂黄长江大桥，成为横跨长江水道、连接鄂州与黄冈的两条纽带。两桥飞架南北，天堑变通途了！

山居与国学

这次南行的一个重要目的地是神农架。神农架因其独特的地理环境和大量珍稀动植物，近年来成为人们避暑游玩的一个热点去处。

7月24日一大早，我们一行六人驾车从鄂州华容老家出发，两地相距500多公里，7～8个小时的车程。有了上周从北京回来的体验，这次从心理到物资的准备都更加充分和有针对性。大家齐心协力，忙碌而高效。两个宝宝，表现是越发好了。一路十分顺畅，景色美，心情好，预示着此行将超级圆满！但事情的发展，往往在不经意间会有出人意料的波澜，上演出别样的戏剧！

大约下午 5 点，我们到达进入神农架景区的查验关卡。这类程序我们并不陌生：从北京过来，经几省若干服务区，都有类似的查验。记得 17 号晚上从黄冈长江大桥上一下来，就在三江港卡口接受查验。整个过程，繁复琐碎，但工作人员热情耐心。不知怎的，在焦急之余，我顿生莫名的感动：假如我们不回来，这卡口的许多人员就不必在这么热的晚上，冒着蚊叮虫咬，忙活了这许久！

这次在神农架卡口，由于有些手续不够完备，不完全符合有关要求，加之时间较晚，工作人员说："先返回，明天再来。"有些麻烦了：500 多公里，大热天，几乎折腾了一天，车上还有两个小孩，如何能返回！工作人员看到我们十分为难，就极其热情善意地支了个招：返回就近找个景点玩一天，等明天手续齐备了早点再来。儿子赶快问，附近哪里有这样的景点？"黄龙观。"工作人员回答。于是，儿子在手机上快速搜索了一番，我们就走问问，奔黄龙观而去。

话说这黄龙观，并不归神农架林区管辖，它是湖北襄阳保康的一个景点。真是一个大意外：原本奔神农架来，忙活了一天，连个门都没能进；虽然都是有故事的地儿，但此"龙"非彼"农"啊！不过也不必遗憾，或许精彩在后头。

从路边入口处盘旋上山，那路啊是十分的曲折狭窄，很多地方错车都要避让。

儿子小心翼翼驾车，我一路手心都捏出了汗。这种感觉以前游览湖南张家界、吉林长白山时有过。张家界洞多路高，看那山沟里的电线杆，就像火柴棒。而长白山是曲折盘旋，坐在旅游公司的军用吉普车上，快速颠簸而上，眼睛都不敢大睁。这次路虽然没有那么漫长，但坡陡弯急，同样令人出了一身冷汗。

印象最深的是一"V"形路段，虽然距离不长，但坡极陡。当它突然出现在车前时，儿子吓了一大跳，立马停车察看，思索再三，又询问了路边的一本地人，应该如何通过。我的看法是，不必冒险，原路返回下山。儿子说，已开了这么久了，天色也晚了，住处还没有着落，只能冒个险了！

事已至此，我们只能听儿子的，他是司机，而且有一定的驾驶经验。幸运的是，这丰田铆足了劲，缓缓冲下之后，猛然加速抬头，麻利地爬了上去。谢天谢地，我们悬在心里的一块石头终于落地了！

大约半小时后，我们到达山顶。出人意料的是，这么高的山上居然有偌大一块平地，给人豁然开朗之感。在走完一系列繁复的程序后，我们入住了左边的"仁字居"。

这是十分独特的山居：近似徽派建筑，白墙青瓦的平房，带个四合院。每间相对独立，又若干间排成一溜儿，用儒学的"仁义礼智信"等命名和排序，创意新奇，又富于传统色彩。

看那大门，赫然一副对联：上联是"一片丹心对天地"，下联是"千里寻草济苍生"，横批"仁字居"。矮墙上嵌有四个白底金字"仁者爱人"。

对联应该是褒扬古时炎帝神农氏在这一带采药尝草、为民造福的事迹，他确实是一位救济苍生的伟大"仁者"！

"仁者爱人"出自《论语》，是儒学的核心，也是国学的精髓。

我们要感谢建造者的良苦用心：居于此居者，要见贤思齐，学习伟人先贤，做于社会于人类有贡献的"仁者"。

进得门来，是一个四合院，有两张大椅；再往里走，中间是一个大客厅，摆放着一张正方形大桌和四张靠椅；客厅左右各有一间布置考究的标准卧室，生活设施和日常用品一应俱全。

大宝、小宝很喜欢四合院，坐在椅子上，笑意盈盈地享受了好一会儿。然后索性把椅子搬到大门口，坐在门前观山景，那惬意的神情，是在北京时很难见到的：俨然两个农家孩子，放学后坐在自家门口玩耍，等待着辛苦劳作的大人回来。

跟随我们这次旅行的，还有可爱的小"玄凤"。这只鹦鹉出生只有 20 多天就来到我们家了。虽然它是作为大宝的七岁生日礼物来的，但我们全家都很喜欢它、善待它，把它看成家里的一员。这次南行时间较长，放在家里或托人照看都不行：小鸟依人，它已离不开我们，我们也舍不得它。同时我们也想让它见见世面，并在南行途中给宝宝们解闷，于是它也千里迢迢乘车，与我们同吃同住同游。

晚饭后，两个宝宝带着玄凤在门前崭新的沥青路上溜达：一会儿是大宝把它顶在头上，一会儿是小宝用一根小小的链子牵着它，沐浴着向晚夏日山里的凉风和天空绚丽的彩霞，看着山顶云卷云舒……

看着眼前的这幅图景，我和老伴都深深地陶醉了。

离就寝还有一段时间，我们从"信字居"边拾级而上，想一探排列在山坡上的层层建筑的奥秘。到达最高处有左右两条道：左边的是一条长而陡的坡路，右边的是一级级台阶。

我们牵着两个宝宝，走右边的台阶。一会儿，我和老伴就气喘吁吁，步履也有些沉重；两个宝宝却轻快雀跃，不一会儿干脆挣开了我们的手。

上到坡顶，已是华灯初上，景区一片璀璨。抬头仰看，一架吊桥横跨在两座山头之间，如彩虹飘曳在天空。由于时间不早，又一天旅途劳顿，我们抓紧时间由上而下，浏览"圣贤殿""道德讲堂""学而亭"等建筑。有的还未完工，不时有机器打磨石砖的声音传出。这些建筑虽各有特点，但贯穿一个共同的主题，即国学教育。

据有关资料介绍，黄龙观原是道教养生胜地。黄龙观村因山建观，以观名村。村里依托磷矿资源，因矿而兴，因矿而富。近年来，该村抢抓机遇，大刀阔斧地开展乡村振兴试点建设，以矿业经济驱动生态旅游、特色农业高质量发展。

2019 年起，先后投资 1.2 亿元，重点在六柱垭对废弃矿山进行生态修复治理，实现矿区到景区的蝶变。建造高山民宿，建设国学文化示范区和红色教育基地，让游客在欣赏云端美景的同时，还能重温经典，缅怀先烈，洗礼身心。

从左边坡道下来，来到孔子广场。广场上，孔子铜像庄严耸立，两侧为诸子百家石刻，气势恢宏。再往下，是占地 200 亩的"杏坛园"，园内栽种各种果树，寓意"桃李满园"。园门两边的对联"泗水文章昭日月，杏坛礼乐冠华夷"，气势宏大，意蕴深远。

回头一看，广场"学而亭"下面的墙上镌刻着篆书"有朋自远方来，不亦乐乎"。看着《论语》中的这句名言，我心头突然一热，一种亲切感油然而生：仿佛穿越到古代，看到孔夫子正站在广场上，在热情招呼着四方宾朋。

由于在黄龙观只待了一宿多点的时间，还有红色教育基地、王阳明居、圣贤居小木屋等未能仔细参观。次日早饭后我们依依挥别，回望半山腰"天地立心"四个熠熠生辉的大字，回想这次与黄龙观的短暂邂逅，心情久久不能平静……

神农顶与大九湖

7 月 25 日早饭后我们驱车从黄龙观前往神农架。有了前一天下午在神农卡口的波折，心里一直悬块石头。但神奇的是，这次导航不知怎的绕过了那卡口，直到景点门口，才遇上相关查验——这顺利来得有些突然！

由于天热、时间紧，两天时间里只能选择最精华的地方看看。儿子曾经来过，行前也仔细备了课，做了周密计划。但计划不如变化快：第一天赶早去天燕，刚开始还比较顺利，20 多分钟后，由于车太多，只能断断续续前行，后来就完全堵住了。见势不妙，我赶快下车步行往上察看，哇，"车龙"盘绕，前不见头后不见尾；而且没人疏导，何时能到达谁也不知道！关键是天太热，车流还在快速增大，若不果断抽身返回，极有可能陷入进退两难的窘境！于是我们尾随一辆奔驰，果断折返，直接转站木鱼，午饭后奔宫门山去。

宫门山也是有名的景点，有暗河、窖酒、蜂箱、大鲵等。大鲵，就是娃娃鱼，它们待在一口口露天水池里，呈深黑色，身形硕大，光溜柔滑，很是新奇，不要说两个宝宝惊喜得啧啧有声，就是我这年近七旬的老者，也是生平第一次亲见。

第一天宫门山的"序幕"拉开后，次日就是这出戏的"高潮"——"神农顶与大九湖"了。

据相关资料介绍：神农顶风景区在神农架西南部的自然保护区内，总面积约883.6平方公里，海拔3000米以上山峰6座，有"华中屋脊"之称。最高峰神农顶是大巴山东延的余脉，是大巴山脉的最高峰，也为华中地区最高的山峰，号称"华中第一峰"。

如此赫赫有名，自然成为众多游客最想登临之处。开始我有些担心，老的老，小的小，如何登得了高峰！后来听儿子介绍，汽车可以开到离峰顶不远的地方，真正需要徒步攀登的没有几步。

这天我们起了个大早，汲取第一天的教训，赶在大部队的前面。但"莫道君行早，更有早行人"，当我们进入"神农顶与大九湖"大门后，发现车队已经很长了。幸运的是路况比较好，车流也并不太堵；而且景区管理者还特别用心，在一些相对宽敞的地方，凿山崖或加护栏，设置出游人临时停车休息处或观景台，大大缓解了车流拥挤的压力。

随着海拔的升高，半山腰或豁口处常有悠然飘浮的片片白云在车旁经过，给人云中行的错觉。在经过了一个多小时的盘旋曲折后，我们好不容易来到峰顶下面的停车场。这也是大自然造化的神奇，在距离峰顶不远处，居然有这么大一片开阔的地方，能围成一个能容纳很多车辆的停车场。但问题也有，就是先停下的车一时不肯走，后面的车辆不知情，还在一个劲地往前钻。好在游客的素质较高，并有工作人员疏导，几乎不见擦碰争吵的场景。儿子很机灵，瞅着一部车刚离开，就快速精准穿插到了停车场靠里面的地方，把车稳稳停下。整个过程一气呵成，显示出十余年驾龄练就的功力。

接下来我们就向着峰顶攀登。人很多，只能见缝插针。两个小家伙很机灵，小玄凤在大宝手里也很乖巧。不到半个小时，我们终于登上神农顶：有木石结构的观景亭台和赫赫有名的"华中第一哨"瞭望塔。

瞭望塔建在海拔约2900米的望农亭上，高约40米，属于护林防火、监测森林病虫害的配套设施，1985年10月1日建成。来神农架旅游的人，一般都把这儿叫作神农顶，认为是神农架的最高峰。自驾车一路向上，停车场就在哨所下边。沿公路向上爬山，最高点就是华中第一哨；再向前，就是下山路了。

"不到长城非好汉"，不到神农顶，这趟就算白来了。于是游客扎堆在此拍照。在等了好一会儿，儿媳带着两个宝宝，终于站上了那立有高高不锈钢圆柱的台子。我瞅准那分秒的机会，拍下了她们三人的合照。过后一看，镜头里何止三人，至少十几人：一白衣女子正跨上左腿，一头戴太阳帽的中年男子拽着一红帽小孩，立柱边倚靠着两个撑伞的女青年，还有远近若干人的背影。好在主角还能分辨出：儿媳抱着小宝，大宝机灵地弯曲着身子，靠在妈妈身边。尤其满意的是"第一哨"三个红色的大字，清晰可见。谢天谢地，咱们终于登上神农顶了，有照片为证！

俯瞰远方的山路上，还有大片的车阵在等候着上来。不知哪位游客放飞的无人机，嗡嗡的就在眼前。儿子说下次也把无人机带来。当我们开始下山的时候，还有大批游人正蜂拥上来，我们庆幸今天出发得早。

整个神农顶景区很大，去往大九湖，车子还要在山顶盘旋曲折的路上开行很久，经过很多的景点，如迷人埫、板壁岩、太子垭等等。为了赶时间，一般景点我们不会停下来，只在迷人埫等少数几个地方稍作停留，没办法，景色确实是太美了！

迷人埫，地如其名，山间一块平坦的迷人的地儿。由于早上出发得早，一路翻山越岭，风尘仆仆，很有些疲惫。于是我们在此停车休憩，补充食物，观景拍照。倚靠着路旁的护栏，俯瞰远方，山峦起伏，草木葱郁；朵朵白云就在身边头顶，仿佛伸手就能抓住；轻吹着习习山风，那个神清气爽啊，不是神仙又是什么！

我们拍了很多的照片，最好的当属小宝的那张。这是一张侧身照，身穿白底蓝色条纹短袖衫，凭倚护栏抬头远眺，微风吹拂着几缕细发，在粉红的脑门、脸边飘动；脖子上挂着一只天蓝色玩具猴；看那神情有点严肃，不知想什么，也许什么也没想。

小孩子大都喜欢猴，小宝尤甚。上山途中经过金丝猴馆，那高兴的劲儿无法用言语形容。但隔着栅栏铁网远看，终觉不真切。恨不得跑进去抱上一只，跟它好好照个相。离开时，她十分不开心，非要我帮她在路边小店花 30 元买只猴。明知这猴只是个玩具，仍喜欢得不行，非要掰开猴的两只长臂，挂在自己脖子上。晚上睡觉，还要把它放在枕头边。

约莫下午 2 点，我们到了大九湖景点入口。遇到了一个不大不小的难题：进此景区参观，不得带宠物。小玄凤鸟不就是宠物，保不齐还要把它送回酒店！那哪成呢，天很热，距离又远，得费多少时间！大宝说："没关系，我用衣服包着它，应该能进去的。"开始担心这鸟儿会发出声音，没想到，它乖着呢，很配合，一声不吭，顺利通过了检票口。我心想，鸟儿也通人性，会看情势。

进入大九湖景点，交通有点复杂：先是大客车送进去，然后由若干小火车（外形类似火车的一溜小车厢）在小景点间来回摆渡。这本来没什么，但费时间啊，要转车候车，气温高，人又多。

当然也不是没有补偿，这大九湖还真值得一来！

据有关资料介绍：大九湖是位于渝鄂交界处的一片沼泽地（山涧盆地），是亚高山的一片湿地。海拔1700米，面积36平方公里，中间是一抹17平方公里的平川，四周高山重叠；在"抬头见高山，地无三尺平"的神农架群山之中，深藏着这样未开垦的平地极为少见，故有"湖北的呼伦贝尔，神农架梦幻江南"之美誉。

大九湖顾名思义，包括九个大湖。每个湖都是一个景点，都有许多珍稀动植物，都有成群的游客。由于我们是从神农顶赶来，时间紧迫，天气又炎热，只能重点突破，挑最典型的看看，其他的就走马观花，或远眺个大概了。

我们挑的重点是第九大湖，这也是摆渡车的最后一站，偏远一些。都说好景在远处，所谓"世之奇伟瑰怪非常之观，常在于险远"也。

遗憾的是这第九大湖具体叫什么名儿我没记住，但里面的景致却印象深刻。

1. 环湖栈道

记忆中，一般水边的栈道是敞开的，不会在林中穿行。但这第九大湖却不是：一半临水，一半依山，或湮没于林木中。行走的时候，你得费点心，绝不可观景而忘形，否则一段虬枝曲条会扎实碰上你的脑门。不过栈道铺设得很好，虽然看起来有些年头，但仍然牢固稳当；走在上面，一家人列一小纵队，听着吱吱的有节奏的声音，感觉真好！小宝是第一次走栈道，好几次挣脱妈妈或奶奶的手，有力摆动两只胳膊，抬着头，跨着大步向前，俨然一个小大人，一副很神气很享受的样子。

2. 江南景物

大九湖虽然大而言之属南方，但它们毕竟处在高山盆地，何以被誉为"梦幻江南"呢？我想除了一汪碧水外，恐怕还与这里的动植物有关。譬如这湖里的茂密的芦苇、飘曳的水草，悠闲的游鱼、潜水的小鸟，跟真正意义上的江南无异。

"爷爷，您看，前面有座桥！"我抬头一看，在栈道前面的拐弯处，果然有座石拱桥，造型优美；看那桥孔，酷似人的两只眼睛；走上桥面，还听到潺潺的流水声。一时间，我有些恍惚："这不是江南吗？"

3. 便民设施

大凡外出游玩的人们，每到一处景点，除了在意游地的名气、景物的特点等之外，就是有关配套设施是否安全方便。我很负责地告诉你，这里既安全又方便。譬如这湖很大，考虑到游客时间金贵，就有意开辟出一些捷径。或于湖中筑一小堤，为了让水流通过，就在其中留出一截豁口，然后设置几个小石墩，供游客跨越。为了防止滑落水中，石墩上凿出几道凹痕。像我这样的年老体弱之人，也能抱着20多斤的小孩安然跨过，不能不感谢设计建造者们的良苦用心。

再如，为了供游人途中休憩，每隔一段放置些椅凳，或是干脆开辟出观光休息处，优质木头、塑料板铺地，放几排椅子，围以栏杆，外面就是清澈的湖水和茂密的苇草。我们就在其中一处休息了好一会儿，喝水，补充食物；逗两个小家伙玩耍，引得过往游人称羡不已。

4. 景中有景

世上万物是相互依存、相互联系的。我就有这样的感受：山川是人眼中的风景，人融入其中，也成了风景；而且人与人互为风景，所以你别只顾看山水，而忽略了"人"这幅灵动的风景。

那些来自四面八方、操着不同口音的人们，有的衣着豪放大气，有的婉约严谨；有的喜笑颜开，有的神态俨然；有的步履匆促，有的从容安闲……遇到困难，会有人帮你一把；你有"精彩"，会有人喝彩几声。你看那走"梅花桩"（路边立着的一溜锯断的木头）的活泼少年，远处堤上健步如飞的小伙，就博得大家阵阵掌声。

这次游湖，我家大宝一直带着小玄凤。说来也怪，这鸟儿喜欢站在人的头上或肩上。"你看，那小美女头上顶的啥？""是鸟呗。""是真的，还是玩具？""是真的，还是只小鹦鹉。"众人驻足议论，甚至有的小孩走过去很远还要折返回来确认一下。开始我们还担心这鸟会带来麻烦，没想到竟意外成了别人眼中的"风景"，我们也实实在在淘了它的光。

5. 宝贵水源

如果有人对你说"这大九湖的水会流到北京去"，你肯定会觉得这人有毛病，"哪跟哪，八竿子打不着"！但我要郑重告诉你，绝对没毛病，打得着，而且根本不用"八竿子"。

请看，栈道一拐弯处，立有一块"落水孔"的标牌，上有中外四种文字介绍："落水孔是地表水流入地下的进口，表面形态与漏斗相似。……整个盆地的地表水和地下水都汇集到这里，通过落水孔和地下暗河流到竹山境内，注入堵河……经南水北调中线工程调往北京、天津。工程竣工后，北京人、天津人每喝十滴水中就有一滴水来自大九湖湿地。"

换言之，九大湖是一个整体，因有众多落水孔而形成动态水流，甚至一湖中因筑坝建堤还形成梯级水流。但它们最终注入汉江支流堵河，汉江水靠人工提升进京入津，造福数千万人。而它们之所以有如此"资质"，赖其水体碧绿澄净，原生态，绝无工业、生活污染，非鄂省其他众湖能及。

这次我们正好来自北京，在认识到了这水源的宝贵后，还多了一份亲近感：在北京也能喝到家乡水啦！

愉悦时，时间总是过得特别快。一看手机，快下午5点了。于是我们不得不与这可爱的大九湖挥别了。回到酒店所在的小镇，已灯光璀璨。

短短两天的神农之行结束了，但意犹未尽：天燕、神农坛、天生桥、画廊谷等还没有去，经过"野人出没地"没能看到野人，金丝猴是关在栅栏铁网里的，还有儿子心心念念的林间小溪，也只是短暂亲密接触……但"缺憾"在某种意义上也是一种美，一种驱使我们再行动的强大动力：神农架，咱们下次见！

整个南行结束了，虽然有点难，但收获颇丰。我们会永远记住这个热烈的夏日，记住这段不平凡的行程！

辑五　探幽览胜

走近鲁迅

虽然早在中学时代就在书本中游过生产快乐的"百草园",大学时代在图书馆里见过在咸亨酒店站着喝酒的孔乙己,走上讲台后在教室里领着学生去赵庄看社戏,但好长时间以来,鲁迅于我,总如小河对面的一座大山,只可仰望,无法走近。

记得最初让我知道"鲁迅"这一名字进而崇拜的,是毛泽东同志的一段影响极大的评价:"鲁迅是中国文化革命的主将,他不但是伟大的文学家,而且是伟大的思想家和伟大的革命家。……鲁迅是在文化战线上,代表全民族的大多数,向着敌人冲锋陷阵的最正确、最勇敢、最坚决、最忠实、最热忱的空前的民族英雄。"毛泽东是一代伟人,在我的记忆中,被他用一连串"伟大""最"来赞誉的文学家,可能仅鲁迅一人。那时,鲁迅在我们青年学生心目中近乎一尊高大无比的"神"。

进了大学,在必修的中国现代文学课程中,鲁迅的作品占了很大的比重。听着教授们深刻而精辟的讲述,我开始对鲁迅先生有了一些具体了解,觉得他确确实实是一位伟人,他对中国文学乃至中国革命的贡献真是太大了。但终因时空的阻隔和先生思想的博大精深,当时的认识还远远谈不上深刻。不能完全明白这身体瘦弱、生命短暂的先生何以能写出那么多辉煌的作品,这胡须浓黑、目光犀利的老人是凭着什么力量在那样的社会里进行着"韧"的战斗并赢得当时那么多人的崇敬和赞誉,在新的时代应如何弘扬鲁迅精神……带着一连串问题,我走出了大学校门。

幸运的是,由学生而老师,还能读到鲁迅先生的大量作品,聆听鲁迅先生的谆谆教诲。在现行中学语文教材中,鲁迅先生的作品占有相当重要的地位,无论是文体的多样还是数量的可观,都堪称第一。处在窗明几净的教室,和学生一起品尝鲁迅先生做就的一道道大菜,吸收不尽的精神滋养,真是一种幸福。今年"五一"假期,我又有幸随着同事去了趟绍兴,走进鲁迅先生的故乡,走近鲁迅先生。

那天天气是出奇地好,雨后初晴。我们一行十余人由领队率领,乘坐"扬州"快巴，沿着宽直的高速公路，从平湖向绍兴飞驰，江南水乡诗画般的美景在车窗中快速放映着。两个半小时后，出现在我们眼前的是柯岩风景。柯岩位于绍兴城西12公里处，是一个集自然风光、人文景观于一体的旅游区。其间飞瀑奇石、楼台水榭自有不少奇异处，更有那一只只手脚并划的乌篷船载着品尝绍兴黄酒的游客，从不同的水道汇集到一泓碧水中央的水榭边争看社戏的画面，是我生平第一次所见。简简单单的水中戏台，也没有什么特别的布景，不多的几位演员，通过现代先进的音响设备，把那古老优美的唱腔，弥漫到青山绿水间，历史和现实在这里同台演出，不能不令人叫绝。只是稍觉遗憾的是，像我这样的外地人听得出那曲调的悠扬，却听不懂那戏文的含义。但这又有何妨，能感受到这种氛围，也就足够了。看着那一只只乌篷船，我仿佛看到了当年的迅哥儿就在其中的一只上；漫步在这天造"人"设的公园，我仿佛徜徉在鲁迅先生的作品中。未进绍兴城，我们分明已闻到了通过鲁迅先生的作品散发出来的那一股浓浓的绍兴味。

经过柯岩的层层铺垫，绍兴游的高潮渐渐到来了。中午时分，我们的快巴停在了咸亨酒店门口。我觉得它就是鲁迅小说《孔乙己》中的那个咸亨酒店，因为我分明看到了"站着喝酒而穿长衫"的孔乙己，就"塑"在店门口。我们决定到店里吃点什么。经过一番拥挤，一阵等待，总算"抢"到了几个位子。落座后，环顾四周，那场面只能用"火爆"来形容：店里店外，楼上楼下，人声鼎沸。但看那店内陈设，却是那样平常：餐桌一律由三块木板拼成，板缝清晰可见，由四条木腿顶着；坐凳也是乡下极常见的那种，一块木板，外加四条细腿。可就餐者就丰富多彩了：有刚从名牌轿车上下来的，有不知从哪个方向溜达来的；有打扮前卫的俊男靓女，有衣着传统的教书先生；有大腹便便的风光款爷们，有健壮黝黑手拿"娃哈哈"的普通劳动者……职业身份如此不同，而待遇又是惊人的相同：都有一碟茴香豆，一碗绍兴酒。大家吃着、聊着，喝着、笑着；咀嚼鲁迅作品的丰富意蕴，品尝江南文化的无穷魅力。

吃过茴香豆，喝了绍兴酒，尽兴的我们挤出了店门。突然间，我被这样的场景深深吸引：不少游人在争着和门前的孔乙己合影，小孩攀着他，青年人挽着他，成年人倚着他，随着一句句"多乎哉？不多也"，爆发出一阵阵欢快的笑声，就连那手拈茴香豆的孔乙己也得意非凡，把笑意写在了脸上。

随后我们又从"百草园"到"三味书屋"，到鲁迅纪念馆。在三味书屋里我看到了鲁迅先生当年刻在书桌上的那个"早"字，也品尝了读书"三味"，明白了作为一代文豪的鲁迅正是吸收了中华文化的丰富滋养，才写出那么多蜚声中外的文学作品。在纪念馆展厅里，我们细细寻觅先生当年的足迹。当再次吟诵着"我以我血荐轩辕"这一诗句时，我似乎明白了鲁迅"伟大"的全部缘由。在将要结束参观时，我看到几位少年朋友，正一边看展览，一边往笔记本上记着什么，神情是那样专注和严肃。顿时，我心里油然而生一种强烈的情感，为我们民族有鲁迅这样的伟人而感到无比自豪！

（本文 2014 年 5 月 9 日发表于《嘉兴日报·平湖版》）

我们都是刘姥姥

——重读《红楼梦》

在《红楼梦》几百个人物中，刘姥姥绝对算得上"名人"。她的有名，一是由她在作品中的地位决定，二是由她在作品外的影响所致。

先看她在作品中的地位。

刘姥姥本是一乡屯老妪，原与贾府没有多少瓜葛，后因生活境况所迫，经过一番走动，终于攀了亲带了故。刘姥姥是狗儿的岳母，板儿的姥姥。狗儿姓王，当年他祖上也曾做过小官，因而认识王夫人之父，"因贪王家的势利，便连了宗"。其后，狗儿的祖父去世了，家道中落，父亲就迁出城外务农；因夫妻忙于生计、家务，孩子无人照料，狗儿就把寡居的岳母接来同住，借以照料。这样几经转折，刘姥姥便与贾府有了一点关系。

刘姥姥总共有三次进荣国府。一进荣国府，她小心谨慎，拜望了王熙凤，打通了关节，与贾府建立了关系；同时她耳闻目睹了荣府一派荣华繁盛的景象，以一穷人的视角揭开了《红楼梦》富人家故事的大幕。二进荣国府，刘姥姥凭着她的智慧幽默，出色表演，带来欢声笑语无限；同时作者借助这个人物的行踪，深入到贾府的许多角落，引出了关于贾府衣、食、住、行、玩等各个方面的描述。她这次所接触的人物之多、所见的场面之广、感受惊叹之深，都胜过了第一次。角色也由王家的亲戚变成了贾母的座上宾，还出席了贾府丰盛的家宴，游览了大观园。巧妙的是，作者透过刘姥姥的观察、体验、评论，进一步地表现了贾府主子们的享乐与奢侈，既写出了贾府鲜花著锦之盛，又为日后贾府败落巧姐被救埋下了伏笔，可谓"伏线千里"。三进荣国府时，贾府已面临家破人亡，一片萧索凄凉。贾府的老祖宗贾母已经去世，昔日泼辣的凤姐病得骨瘦如柴，神情恍惚，只得把自己的独生女儿托付给这位昔日来打秋风的穷老婆子。而刘姥姥也知恩必报，挺身而出，解救巧姐，成为《红楼梦》里重要的收场人物。同时在故事情节的勾连上，也与前面"两进"形成呼应，印证了前文巧姐的册子判词"势败休云贵，家亡莫论亲。偶因济刘氏，巧得遇恩人"。

再从人物关系的角度来考察：刘姥姥"一进"，凤姐是她拜见的贵人；"二进",凤姐是接待她的主角;"三进",凤姐是她的被救助方。所以刘姥姥这个原本于贾府无关紧要的人物,借助凤姐这个主角,也一步步走进了贾府故事的中心。同时,刘姥姥的加入,也使作品多了一个切入主要人物故事的独特视角和贾府兴衰荣辱全过程的见证人。由此可见,刘姥姥这个人物及其故事,在整部作品中处于很重要的地位。

再看她在作品外的影响。

这里说的"影响",指的是刘姥姥这个艺术形象及其故事,给予我们这些"局外人"的感悟和启示。

就说说她二进贾府的重头戏——"游览大观园"吧。

著名红学家周汝昌说:"刘姥姥的久负盛名,那实际上是不亚于林黛玉的,记不住别人,准记得清这姥姥。"为何如此说呢,我们看看刘姥姥在大观园里的精彩故事就明白了。

大观园,原是贾府为元春省亲而修建的,元春题其园之总名曰"大观园",正殿匾额云"顾恩思义"。省亲后,元春命宝玉和诸钗入园居住。大观园不仅是红楼人物活动的艺术舞台,也是作家曹雪芹总结当时江南园林和帝王苑囿创作出来的园林艺术瑰宝。一位来自乡下穷苦家庭的平民,一下子进到如此高档次的园子里,看到园内贵族的奢华生活,在心理、举止上不免产生巨大的反差,从而"摩擦"出很多有趣的故事。

刘姥姥二进贾府,带来了两口袋瓜果子土特产,原本打算当天天晚前出城回家,凤姐怜贫惜老,吩咐"住一夜明儿再去";贾母得知后,请她来一见。两人围绕眼睛牙齿的一番寒暄后,刘姥姥终得贾母的欢心,于是被留下来并游览大观园。虽然是受了贾母的邀请,但她并没有受到作为一个客人应得到的礼遇,相反,众人大多拿她逗笑取乐,以此来博得老太太开心。令人佩服的是,虽然囿于村野之人自身的处境、心态,确实闹了一些笑话——往潇湘馆跌倒、误认"省亲别墅"、醉卧怡红院等,但凭着自己"生来的有些见识,况且年纪老了,世情上经历过的",还是巧妙机智地应付了不少场面,演绎了一幕幕令人难忘的故事。其中最为经典的,当属赴贾府家宴"吃茄鲞"的故事。

《红楼梦》第四十一回:

> 贾母笑道:"你把茄鲞搛些喂他。"凤姐儿听说,依言搛些茄鲞送入刘姥姥口中,因笑道:"你们天天吃茄子,也尝尝我们的茄子弄的可口不可口。"刘姥姥笑道:"别哄我了,茄子跑出这个味儿来了,我们也不用种粮食,只种茄子了。"众人笑道:"真是茄子,我们再不哄你。"刘姥姥诧异道:"真是茄子?我白吃了半日。姑奶奶再喂我些,这一口细

嚼嚼。"凤姐儿果又撮了些放入口内。

刘姥姥细嚼了半日，笑道："虽有一点茄子香，只是还不像是茄子。告诉我是个什么法子弄的，我也弄着吃去。"凤姐儿笑道："这也不难。你把才下来的茄子把皮劉了，只要净肉，切成碎钉子，用鸡油炸了，再用鸡脯子肉并香菌、新笋、蘑菇、五香腐干、各色干果子，俱切成钉子，用鸡汤煨了，将香油一收，外加糟油一拌，盛在瓷罐子里封严，要吃时拿出来，用炒的鸡瓜一拌就是。"刘姥姥听了，摇头吐舌说道："我的佛祖！倒得十来只鸡来配他，怪道这个味儿！"一面说笑，一面慢慢地吃完了酒，还只管细玩那杯。

一道"茄子干"，居然要"十来只鸡来配他"，还有繁复的制作工序，岂是刘姥姥这样的村野之人能见过尝过的？即便知道了"是个什么法子弄的"，她能"弄"得起吗？再说那木头酒杯，也肯定未曾见过，"吃完了酒，还只管细玩"。还有前面见过的"螃蟹"，"一顿的钱够我们庄家人过一年"，也肯定是她生平未曾消受过的。这是好吃的，还有好穿的、好玩的、好看的、好听的、好坐的、好躺的等等，这大观园真是一片未知的海洋啊！到这里，我们"读"出了什么？是刘姥姥的可乐可笑吗？不是；"悟"出了什么？是刘姥姥的无知无能吗？也不是：因为如果是我们进了那大观园，可能连刘姥姥都不如。

鲁迅说过，一部《红楼梦》，"经学家看见《易》，道学家看见淫，才子看见缠绵"。从"刘姥姥进大观园"我们又能看见什么呢？

看到了刘姥姥的可爱可亲，她进大观园，给沉闷没生气的朱门带来了不少的欢声笑语；同时，我们还能看到她貌似轻松滑稽的言谈举止中隐含的心酸之泪。结合整部作品看，刘姥姥这个艺术形象塑造得非常成功，她善良正直，聪明能干，明事理，重情义，有着坚韧不拔的毅力。可以说，在她身上一定程度地体现了中华民族不少的传统美德。

但遗憾的是，后来的人往往以"刘姥姥进大观园"，讥讽那些没有见过世面、孤陋寡闻的人，或用作自谦自嘲，而忽略了它的其他含义。

于是就有了如下歇后语：

刘姥姥进大观园——眼花缭乱、洋相百出、看花了眼、少见多怪等等。

我以为，简言之，"刘姥姥进大观园"，大约包含两层意思：指的是某人走进一个全新的世界——"大观园"；抑或每个人都可能面临一个未知的"大观园"。

世界充满了"未知"，不经意间我们可能就走进了"大观园"。那么，我们应该如何应对呢？

首先，要尊重科学，敬畏"未知"。

我们知道，世上真正的通才很少，即便是杰出人才，也大多"术业有专攻"，在知识技能上有专长，也难免有某种局限。在科技飞速发展、社会分工日益精细的今天，"隔行"是很正常的现象。在某些领域"无知"并不可怕，怕的是"无知"还"无畏"。刘姥姥进了大观园，表面上谈笑风生、表演自如，实际上是心有畏惧的。如果是一个十足的傻老太婆，没心没肺，管他什么场合，管他什么事，管他什么人，都豁出去，胡言乱语，那就真的是别人眼中的低级笑料了，不令人反感就不错了，哪里还能真正逗乐别人呢？

其次，要尽快认识"未知"，变门外汉为内行人。

要达此目的，只有努力学习，不断实践，尤其是大力提高破解新难题的能力。人的才干，在风平浪静中不易完全显现，但面对突如其来的变故和困难，就高下立判。所以，在平常时日，就要有时不我待的紧迫意识，要有持之以恒的顽强毅力，要养成脚踏实地的优良作风，要练就搏击风浪的过硬本领。唯有如此，才能处变不惊，临危不乱。试想，如果刘姥姥平时没有积累起一些"本事"，她能应对得了偶进大观园遇到的复杂局面吗？恐怕只能手足无措、洋相百出吧。

重读《红楼梦》，重温"刘姥姥进大观园"，确能获得不少有益的警醒。我们不但不能取笑刘姥姥，还要同情她、理解她：谁的面前没有个未知的"大观园"？贾府的大观园是刘姥姥的"未知"，而刘姥姥生活、熟悉的那片天地，在贾府众人面前，又何尝不是个未知的"大观园"？谁能保证，初进"大观园"一定比刘姥姥表现得更好呢？人生在世，有必要常怀敬畏之心，勤勉努力，变"未知"为"已知"，变"外行"为"内行"，切忌"外行"还吹牛显摆，无知还自我感觉良好。

总而言之，有时候我们自我感觉很有见识，是因为我们还没有走进"大观园"；我们不能嘲笑偶进大观园的刘姥姥，是因为从某种意义上讲，我们都是刘姥姥。

赤壁行

今年"十一"长假，我回老家湖北鄂州参加高中同学聚会，并与任教于黄州一所中学的好友阿原重游了赤壁。

赤壁位于古城黄州的西北边，为鄂东名胜。因其背山临江，崖石赭赤，屹立如壁而得名；又因北宋著名文学家苏轼曾谪居黄州，多次到此游览，并写下许多诗文佳作，使其声名远播，而名"东坡赤壁"或"文赤壁"。说来奇怪，黄州与我老家鄂州仅一江之隔，可我第一次去游览却是在大学毕业、参加工作后的1982年夏天。细想起来，也不奇怪，人们不是常说，距离产生美吗？名胜古迹也大抵如此，越远越有吸引力。更何况在那连温饱都成问题、不少中学生不知道苏轼为何许人的年代，人们更多关心的是"东坡饼""东坡肉"之类的东西，有多少人有那份闲情雅兴去观赏几幢简简单单的建筑和那些看似极其平常的石壁呢？可到了二十世纪八十年代，改革开放的春风吹遍了神州大地，人们在物质需求得到满足后，精神需求也就日益旺盛了起来。特别是25集大型电视系列片《话说长江》在中央台播出后，一股长江热在全国骤然兴起。我们仿佛突然明白，原来近在咫尺的黄州赤壁是那么有名，并进而知道咱们中国有两个赫赫有名的赤壁——文赤壁和武赤壁。

10月3日中午，与参加聚会的高中老同学大李、阿文等在鄂城西山脚下告别后，我同阿原一道登上了过江快艇。时值金秋，天高气爽，日丽风和，大江蜿蜒。快艇有如离弦之箭，直插北岸，激起的浪花白雪般在两旁飞泻，令人顿生乘奔御风之感。不到十分钟，快艇安抵对岸。打的二三十分钟，就到了赤壁公园。

我们首先来到了东坡像前。阿原在黄州工作了20多年，对赤壁的一切了如指掌，自然成了我的义务导游。看着眼前的东坡像，我们不能不佩服艺术家的非凡想象力和创造力，把一个遥远年代的古人再现得如此生动逼真：儒雅安闲，而又不乏豪迈和大气。我们仿佛看到了穿越岁月长河飘然而来的坡仙，听到了和着铜琵琶声的高亢激越的"大江东去"。看着如潮的游人，我想九泉之下的东坡，一定不会寂寞吧。这使我突然想起了雨果称赞巴尔扎克的名言："他的一生是短促的，然而也是饱满的，作品比岁月还多"；"伟人们为自己建造了底座，未来负起安放雕像的责任"。是的，人生苦短，活个几十上百年，相对于漫漫历史长河，都是匆匆过客；但"过"了之后，未来能给安放起怎样的雕像，就因各人生前的所作所为而异了。

瞻仰过东坡像，我们进了"二赋堂"。此前讲话不多的阿原，突然间话语多了起来。我很佩服阿原，虽然学的是数学，但鉴赏文学作品的水平相当高。他说"赤壁"是鄂东的名片，"二赋堂"又是赤壁的名片；游赤壁不进"二赋堂"，等于没来赤壁。

据史料记载，"二赋堂"始建于清初，因纪念苏轼的"赤壁二赋"而得名。堂内正面镶有"二赋"大型木刻，两旁嵌有书法石刻。客观地说，中国地大物博，古迹甚多，类似这"二赋堂"的建筑也不少，但因黄州是"赤壁二赋"的原创地，这"二赋堂"也就非同一般了。正如有了王勃之序、崔颢之诗和范公之文，滕王阁、黄鹤楼和岳阳楼亦非其他楼阁可比一样。人们常说，观日出要登泰山，吃烤鸭要上北京，尝武昌鱼要去鄂州（古名武昌）。同样的道理，读苏轼要去黄州，要的就是那个原汁原味。从这个意义上讲，千里迢迢，由浙江来黄州，此行值了，因为在赤壁吟诵"赤壁二赋"，那福气能小吗？

"赤壁二赋"确实是大家手笔，不仅文辞优美，而且思想精邃。在北宋一代，苏轼堪称超一流全才，诗、词、文、书法、绘画等样样精通。但令人叹惋的是，仕途并不怎么顺畅。"赤壁二赋"就是他因"乌台诗案"被贬黄州时写的。难能可贵的是，他虽长期遭贬，但能坦然处之，不为颓唐消极情绪所困，以达观情怀对待自然万物：虽然人生短促，"寄蜉蝣于天地，渺沧海之一粟"，但"自其变者而观之，则天地曾不能以一瞬；自其不变者而观之，则物与我皆无尽也"，因而不必"哀吾生之须臾，羡长江之无穷"。这是何等旷达的情怀！处在那样的时代和境遇里，能有这样一种世界观和人生观，不能不令人佩服。明白了这一层，我们就不难理解苏轼何以能为官造福于民，为文留名于世了。我们叹息苏轼屡遭仕途坎坷的不幸，又庆幸他因此有了黄州，有了月夜泛舟赤壁，"举酒属客，诵明月之诗，歌窈窕之章""纵一苇之所如，凌万顷之茫然"的逸致，有了偕友人过黄泥，游赤壁，见明月，闻江声的闲情，进而有了顺境中难以体验的人生感悟。东坡和黄州似乎有了某种令人惊异的契合。促成这种契合的原因是什么呢？"苏东坡走过的地方很多，其中不少地方远比黄州美丽，为什么一个僻远的黄州能给他如此巨大的惊喜和震动？他为什么能把如此深厚的历史意味和人生意味投注给黄州呢？黄州为什么能够成为他一生中最重要的人生驿站呢？"（余秋雨）太多的谜需要解开。但似乎有一点可以肯定，苏轼使黄州有了更大的名气，黄州也成就了苏轼。世间万物，相辅相成；人生际遇，得失互补。

在"二赋堂"我们徘徊良久，叙谈良久。出来后我们又去了坡仙亭。亭内有东坡的书画石刻，其中《念奴娇·赤壁怀古》一幅为草书，相传是东坡醉酒后的作品，笔法遒劲，洒脱无拘，尽显名家神韵。考虑到还要去三江口探望中学时的老师，阿原也有其他事要办，对赤壁其他楼阁亭斋等许多景点就只好走马观花了。

在江边船上与阿原依依挥别，相约明年再游。不觉日头偏西，秋风送凉，大江如带，浮光跃金。船渐行渐远，回望赤壁依稀，不禁心潮涌动，吟诵起东坡先生的《念奴娇·赤壁怀古》："大江东去，浪淘尽，千古风流人物。故垒西边，人道是，三国周郎赤壁。……"

（本文收录于许明观主编《当湖听潮》，吴越电子音像出版有限公司 2014 年版；曾获平湖市教育研究与培训中心、平湖市作家协会等单位组织的征文比赛三等奖）

雄关漫想

  2019年8月11日，早餐后，我们从敦煌出发，乘车西行，一路有祁连雪景、戈壁奇观相伴，大约4个小时后到达嘉峪关。此前，2018年7月我们到河北秦皇岛旅游，曾游览过北戴河和山海关。至此，万里长城沿线规模最大的两座关隘——东端的山海关和西端的嘉峪关，我们都到过了。真要感谢退休时光，感谢这伟大的年月！

一

  嘉峪关位于河西走廊中西结合部（甘肃省嘉峪关市西），始建于明洪武五年（1372年），距今已有600多年的历史。山海关比嘉峪关晚建9年。它们同属中国长城"三大奇观"（东有山海关、中有镇北台、西有嘉峪关），都是闻名中外的历史悠久的雄关险隘。

  嘉峪关城关两侧的城墙横穿沙漠戈壁，北连黑山悬壁长城，南接天下第一墩，是明长城最西端的关口，历史上曾被称为河西咽喉；又因地势险要，建筑雄伟，有"天下第一雄关""连陲锁钥"之称。嘉峪关还是古代"丝绸之路"的交通要塞。山海关，位于河北省秦皇岛市东北，北依燕山，南临渤海，东接辽宁，西近京津，是明长城的东端起点，素有"天下第一关""边郡之咽喉，京师之保障"之称，与万里之外的嘉峪关遥相呼应。

  从上述材料看，这两座雄关在历史上都有着极其重要的军事地位，都是值得一游的历史名胜。可以毫不夸张地说，只到过长城，没有到过这两座雄关，那你的所游是不完整的，是不无遗憾的，因为它们是不可分割的整体：有"关"无"城"，要"关"何用；有"城"无"关"，"城"就仅仅是"墙"了。打个比方，如果把万里长城比作一条巨龙的话，那建这两座雄关，就是画龙点睛了。

  也许有人会说："怎么有两个'天下第一'呢？"其实关于一些名胜的评价，有的因某名人一时之兴起，随口一说或大笔一挥，因评价角度或标准不同，导致不一定公正或恰当，所以我们后人大可不必较真。不过，关于这两座雄关，谁真正配得上"天下第一",倒是经得起"较真":一是就其战略地位而言,它们一东一西,扼守万里长城两端,遥相呼应,少了谁都不行;二是就其建筑规模、建成年代而言,虽略有差异,但巍峨雄伟难分伯仲;三是人文特色、旅游价值,都堪称一流,其他很多景点都难以望其项背。

最近看到一种说法,大意是:嘉峪关建于1372年,而山海关则建于1381年,嘉峪关是老大哥。若你从西部入关,嘉峪关则是第一;而从东部入关,山海关就是第一,因此,谁是"第一关",还是比较难分伯仲的。为了谁也不得罪,就把嘉峪关多写了一个字,叫"天下第一雄关",而山海关则为"天下第一关"。

我赞同这种有趣的说法。再说,两个"第一"也可以,奥运金牌不是也可以并列吗?在我心里,它们都是我看到过的"天下第一"雄关重塞。在历史上,它们作为军事工程,凭着"一夫当关,万夫莫开"的险固,抵御异族的入侵,为国家的安全、人民的安宁做出过巨大贡献!

二

说到这两座雄关,不能不说说与之有关的历史传说,其中令我印象深刻的有"击石燕鸣"和"孟女望夫"。

击石燕鸣 相传古时候有一对燕子筑巢于嘉峪关柔远门内。一天清早,两只燕子飞出关门,傍晚时,雌燕先飞回来了,等到雄燕飞回时,关门已闭,于是悲鸣撞墙而死。为此雌燕悲痛欲绝,不时发出"啾啾"之声,一直悲鸣到死。死后其灵不散,每当有人以石击墙,就发出"啾啾"声,似向人倾诉。后来人们把在嘉峪关内听到的燕鸣声视为吉祥之声,将军出关征战时,夫人就击墙祈祝;以后将士出关前,带着家人,一起击墙祈祝,以至于形成一种风俗。

这个传说本是一对鸟儿演绎的凄美的爱情故事,体现了我国古代人民推崇的纯美坚贞的爱情观。类似的传说在历史上并不少见,但故事后半段反转成"吉祥之声"和"祈祝风俗",却是罕见的。我很喜欢这种看似有悖逻辑的"反转",因为它变"悲戚"为"吉祥"、变"低沉"为"高昂",给人一种积极向上的力量。

孟女望夫 相传秦始皇修长城时,劳役繁重,范喜良和孟姜女新婚三天,范喜良就被征去修筑长城,不久因为饥寒劳累而死,尸骨被埋在长城墙下。孟姜女历尽千辛万苦来到长城边寻夫,听到的却是丈夫死亡的噩耗。孟姜女在长城上哭了三天三夜,忽然长城坍塌,露出了范喜良的尸骸,孟姜女安葬范喜良后投海而亡。后人景仰孟姜女的忠贞,于山海关城东凤凰山上修建姜女庙。庙内有前后两殿,前殿有孟姜女像,后殿后面有"望夫石",石上有坑,相传为孟姜女望夫足迹。

这又是一段凄美的爱情故事。这个故事可以作两层解读：一是对忠贞爱情的褒扬和推崇，二是对秦朝暴政的鞭挞和控诉。前者理解起来比较容易，后者就有些困难了。修筑长城，初衷是巩固国防，抵御异族入侵，但完成这样一项伟大工程，所耗人力物力巨大，还弄出了不少人命案子，应如何评价呢？

我国著名历史学家翦伯赞在《内蒙访古》一文中说："我在游览赵长城时，作了一首诗，称颂赵武灵王，并且送了他一个英雄的称号。赵武灵王是无愧于英雄的称号的。大家都知道，秦始皇以全国的人力物力仅仅连接原有的秦燕赵的长城并加以增补，就引起了民怨沸腾。不知什么时候起，在秦始皇面前就站着一个孟姜女，控诉这条举世闻名的万里长城。甚至在解放以后，还有人把万里长城作为'炮弹'攻击秦始皇。而赵武灵王以小小的赵国，在当时的物质和技术条件下，竟能完成这样一个巨大的国防工程而没有挨骂，不能不令人惊叹。"

出现于中学教科书中影响广泛的这段话，将赵武灵王与秦始皇进行比较，强调"赵武灵王是无愧于英雄的称号的"。但若据此认定作者全盘否定秦始皇修长城，那就误解了作者的本意。所以对秦始皇修长城这一历史事件，需要辩证地历史地分析。

功绩：抵御匈奴，保卫国家，使黎民百姓免受战乱之苦；为中国建筑积累宝贵经验，使长城成为华夏文化一道绚丽的风景线；为后人留下了无法比拟的精神财富，使长城成为中国形象的图腾和象征。

过失：劳民伤财，大兴土木，耗费了国家大量的钱财和资源，给无数百姓带来苦难和沉重的徭役负担；激起人民的强烈反抗，引发阶级矛盾加剧，加速了秦王朝的覆灭。

三

嘉峪关和山海关，毫不夸张地说，在我们古代建筑史上占有重要地位。其建造难度之高，文化价值之大，虽然不能媲美万里长城，但限于当时的物质和技术条件，也绝对够得上"伟大"的档次。其中"定城之砖"和"错字之匾"，更为这两座雄关增添了几分传奇色彩。

定城之砖　即放置在嘉峪关西瓮城门楼后檐台上的一块砖。民间传说，在明正德年间，有一位名叫易开占的修关工匠，精通九九算法，曾计算嘉峪关用砖数量为九万九千九百九十九块。可工程竣工后，多出一块，就放置在西瓮城门楼后檐台上。负责工程的监事官本想为难他，他不慌不忙地说："那块砖是神仙所放，是定城砖，如果搬动，城楼便会塌掉。"既然如此，监事官只好作罢。我们那天游览还看见那块砖仍放置在那里。

民间传说的这段故事，我没有见到史书中有相关的记载，所以其真实性不敢确定，但可以确定的是，高手在民间，人民创造历史，古今中外，概莫能外。像我国的长城、故宫、兵马俑，外国的金字塔、埃菲尔铁塔、泰姬陵等等，无一不是当时人民勤劳智慧的结晶。我们不否认英雄在历史进程中的重要作用，但"人民，只有人民，才是创造世界历史的动力"。

错字之匾　到山海关时，听到一个有趣的小故事：有游客从九门口长城回来去老龙头，路过"天下第一关"，司机说不用花钱进去，里面没什么，就门口的五个字有点意思，因为其中两个字是错别字。

一块匾额，五个字居然错了俩，司机为何还说"有点意思"呢？

"天下第一关"匾额为明代著名书法家萧显所书。"天"字上横长下横短，"第"字本应是竹字头，却写成草字头。原因是当时只有当朝皇上才有资格称"第一"，于是这个书法家就聪明地把"天"字上横加长，寓意此"天"再大也没有"天子"之大；"第"字改为草字头，寓意我只是一介草民，无意与天子争第一，故而免去一死。

平心而论，这块匾额，庄重大气，笔力雄健，堪称杰作。但这个故事却是心酸的：在封建时代，文人也好，草民也罢，在至高无上的皇帝老儿眼中都是草芥。为避讳避祸，著名书法家故意写错字，这该是多大的屈辱啊！

据史书记载，"避讳"制度在我国自古就有，一言不合就故意写错别字。常用之法有空字、改字、缺笔和改音等。

空字，即将应避讳的字空而不书，或作"某"，或作"□"。如唐高祖李渊祖父名虎，唐人撰《隋书》，为避讳，书隋将韩擒虎作"韩擒"，空"虎"字。为避李世民讳，书王世充作"王充"，空"世"字。后世有人不知避讳之意，在传抄或翻刻时，误为"韩擒""王充"。

改字，即用同义字代替。如秦始皇名嬴政，讳"正"字，凡遇"正"字改为"端"。汉明帝刘庄，讳"庄"字，凡遇"庄"字都改写"严"字。隋文帝名杨坚，讳"坚"字，凡遇"坚"字改写作"牢""固""刚"等字。

缺笔，如唐太宗讳"民"，若单写"民"字的缺笔为"氏"，若偏旁有"民"，则缺上画而作"氏"，如"岷"写作"山氏"等。

改音，如由于秦始皇出生于正月，取名嬴政。为了避他的名讳就改读正月为"征月"或"端月"了。

这种制度不仅给后世治学带来了极大困扰，而且还在当时也闹出了很多笑话。

陆游编著的《老学庵笔记》记载了这样一则故事：一个叫田登的州官不准下属及州中百姓叫他的名字，也不准写他的名字（同音的字也不行）。到了正月十五照例要"放灯"三天，写布告的小吏不敢写"灯"字，改为本州依例"放火"三日。一时成为笑谈。

这些在现在看起来的"怪事""笑话"，在古代却是天经地义的。其中包含了几多"无奈"与"心酸"啊！

<h2 style="text-align:center">四</h2>

告别这两座雄关已有多日，但我的脑海里仍久久萦回着它们的雄姿，以及与之相关的故事：秦始皇修长城和吴三桂引清兵入关。

秦始皇一统天下后，"乃使蒙恬北筑长城而守藩篱，却匈奴七百余里。胡人不敢南下而牧马，士不敢弯弓而报怨。……然后践华为城，因河为池，据亿丈之城，临不测之渊，以为固。良将劲弩守要害之处，信臣精卒陈利兵而谁何。天下已定，始皇之心，自以为关中之固，金城千里，子孙帝王万世之业也"。但还是事与愿违，秦二世就速亡了。

明末清初时期，吴三桂开关投降多尔衮，致使清兵入关。吴梅村有诗云："恸哭三军俱缟素，冲冠一怒为红颜。"还有资料记载：当吴三桂领兵赴京朝见新主（李自成），走至永平沙河驿时，遇到从京城逃出的家人，吴三桂问："我家里好吗？"家人说："被闯王抄了。"吴三桂说："没关系，我到后就会归还。"又问："我父亲好吗？"答："被拘捕了。"吴三桂说："我到后就会释放。"又问："陈夫人（指陈圆圆）还好吗？"答："被闯王（一说为刘宗敏）带走了。"此时，血气方刚的吴三桂勃然大怒，厉声叫道："大丈夫不能保一女子，何面目见人耶？"随后，掉头打回山海关，以明朝大臣的身份，向昔日的宿敌清军递去了请兵书，希望多尔衮"合兵以抵都门，灭流寇于宫廷，示大义于中国"。这就是"冲冠一怒为红颜"的故事。

故事的确凿与否我没有仔细考证，对吴三桂"冲冠一怒为红颜"的说法目前也存争议，但雄关被出卖而不攻自破却是历史事实。那么应如何看待这段史实呢？

有学者认为，大明帝国的命运，完全可以排除吴三桂的影响，其走向覆灭是自身的原因，不是区区一个关隘失守的问题。大清也一样，无论左宗棠是否健在，无论曾国藩、李鸿章是否能长生不老一直为大清效力，甚至可以假设袁世凯对大清忠贞不二，但大清都会走向覆灭，这是封建社会发展的必然趋势；如有变数，不过早晚几年而已。

我赞同这样的说法。如同"北筑长城"、"践华为城，因河为池"终究挽救不了秦王朝的覆灭一样，雄伟险固的山海关也终究没能挽回大明帝国的覆亡。强大的秦帝国之所以"二世而亡",乃"仁义不施而攻守之势异也"。大明帝国覆亡的命运,根本原因也在自身,实与吴三桂为红颜"冲冠一怒"无关。一棵大树的根烂掉了,一阵小风吹过,树倒了,能怪风吗?古今中外,无论雄关要塞坚如钢铁还是固若金汤,最终都没有不被攻破的,或从外面,或从内部。"一夫当关,万夫莫开",只是文学的渲染,不是历史的事实;因为"莫开"可以是一时,不可能是永远,关键的因素是人心的向背。所以真正不倒的"长城"、攻不破的"雄关"在人民的心里,正所谓"得民心者得天下"。

"长城饮马寒宵月,古戍盘雕大漠风。险是卢龙山海险,东南谁比此关雄。""不再控山海,尚存雄伟城。几回摩冷堞,想象昔陈兵。"如今,这两座雄关虽已成为历史陈迹,但它们仍以那雄伟庄严的风貌、可歌可泣的历史,鼓舞、激励着后人。

从西安到延安

2016年6月间，我们有过一段难忘的旅程——从西安到延安。

记得是儿子帮我们订的机票，周四下午从北京首都机场飞赴咸阳。咸阳是"中国第一帝都"，自古以来名气很大，但因它不在我们这次游览计划之内，所以没有停留，就直奔西安了。

对西安的向往，是很久以前就有的：一是由于它的历史名气——我国历史文化名城，13朝古都；二是因为它的教育声望，是我国著名高校聚集城市之一；三是我老伴的堂弟弟媳同在西安石油大学工作，想去看看他们。

傍晚时分，我们入住了西安大雁塔假日酒店，也是儿子帮我们订的，他出差曾入住过。虽然价格高了些，但地理位置极佳，像大雁塔、体育场、长安大学等就在附近；而且设施一流，宽敞舒适。

大雁塔与兵马俑

我们是散客，自由度高，想走就走，想去哪儿就去哪儿。大雁塔很近，又很有名气，第二天上午我们就安排它。

吃过早餐，我们奔着不远处的高塔，徒步慢行，尽享着散客的悠游。先经过了一个很大的广场，人很多，不少是一家三口来游玩的。在梯级喷泉前，有孩子戏水，游人拍照。我们上了年纪，戏水不适宜，拍照正当时。没走多久，大雁塔就在眼前了。

整座塔被若干旅游团队包围着，导游们像比赛似的，声音又大又密，我们紧跟着一个团队，"蹭听"了一回：大雁塔，又名"慈恩寺塔"，是唐永徽三年（652年），为供奉玄奘法师由印度带回的佛像、舍利和梵文经典而建造的一座五层砖塔，也是玄奘西行求法、归国译经的纪念建筑物，具有极高的历史价值……

大家知道，但凡上了年纪的人，去参观游览古迹，一般更看重的是它的历史渊源及史学价值。对这大雁塔，我来前疑惑的是：难道它与大雁有关？它与小雁塔又是什么关系？后来查阅相关资料方知：古印度摩揭陀国曾有众僧掩埋坠雁并建灵塔的事，雁塔之名或即源于此。小雁塔与大雁塔相距三公里，因规模小于大雁塔，故称小雁塔，它们同为唐代长安城保留至今的标志性建筑。我对佛学了解甚少，古印度"众僧掩埋坠雁并建灵塔"之事也是第一次听说，知道这些后，对这两座佛塔在神秘感外，又油然而生深深的敬意和迫切的向往。

如上所述，大雁塔与历史大有渊源，与唐玄奘西行求法有密切关系。玄奘（602—664），唐代高僧，我国汉传佛教四大佛经翻译家之一。史书记载，玄奘西行取经，往返十七年，旅程五万里，所历百有三十八国。归国后受唐太宗召见，住长安弘福寺，后又住大慈恩寺。从贞观十九年开始，约二十年间，主要从事译经事业。但我最初对他的了解，并非源自历史教科书，而是神魔小说《西游记》。小说以玄奘为人物原型，以他赴西天取经的经历为故事蓝本。虽然小说不等于历史，唐僧形象与历史也有些出入，但并不影响我们对他的崇高敬意。唐僧取经，不畏艰险，历经九九八十一难。初心不改、矢志不渝、坚毅不拔的精神，实在令人感动和敬佩！我们的时代，仍然需要这样的精神！

大雁塔如此有名，来一趟西安不容易，于是我买票排队，进入塔内，沿扶梯盘旋而登，到达最高层，极目远眺，大半个古城西安的美丽风光，尽收眼底，不禁心旷而神怡！从塔上下来，回望那高高耸立的七层佛塔，塔檐那轻摇的风铃，仿佛穿越到了久远的大唐，看到了一个在漫漫取经路上艰难前行、在译经传经事业中专注笃行的高大身影，怎不令人肃然起敬；回味那"曲江宴饮""雁塔题名"的千秋佳话，想象孟郊那"春风得意马蹄疾，一日看尽长安花"的欣喜得意的情景，怎不叫人深深陶醉！

下午我们先安排了兵马俑。

有资料介绍：位于西安市临潼区的秦始皇陵兵马俑坑，是秦始皇陵的陪葬坑。所谓兵马俑，即用陶土制成兵马（战车、战马、士兵）形状的殉葬品。兵马俑坑，是中国古代辉煌文明的一张金字名片，也是世界最大的地下军事博物馆。1987年，秦始皇陵及兵马俑坑被联合国教科文组织批准列入《世界遗产名录》，并被誉为"世界第八大奇迹"。

我们知道，我国古代曾实行残酷的人殉。虽然对陪葬制决不能肯定，但用兵马俑来替代活人，应该视为一种进步。所以进入展区时，我的心情是复杂的：既要否定罪恶的殉葬制，又要点赞古人的高超智慧。

一号坑，很大很深，呈长方形，四周有栏杆围着。人很多，还有不少外国朋友。大家围成一大圈，我们到得稍晚，只得见缝插针。整体看来，俑坑布局合理，结构奇特；气势非凡，阵容宏大。局部观之，造型各异，形神毕肖；制作精细，匠心独具，即便是凭借当今的科技工艺，也不是容易完成的。我们仿佛回到了两千多年前的古战场，气势宏大的军阵，披坚执锐的勇士，疾驰嘶鸣的车马，扑面而来，摄人心魄！

说到这里，就有了一个无法回避的问题，即如何看待秦始皇及其秦帝国。

在我的印象中，中学语文教材对此有涉及，影响广泛的，至少有《过秦论》和《内蒙访古》。前者是完全的否定，后者就"修长城"作了比较评述。这是个史学大课题，先不贸然评论，谈谈最近的一个热门话题。

前段央视热播了大型历史题材电视剧《大秦帝国》。"《大秦帝国》系列讲述了战国时代的秦国经变法而由弱转强，东出与六国争霸进而一统天下，建立秦朝，以及最后走向灭亡的过程。……通过演绎拨开历史迷雾，以电视剧的表现方式让更多的观众重新认识这段历史"，反响较好。但也有观点认为，杀人如麻，流血漂橹，秦始皇及其秦帝国不值得肯定和宣传。因各种原因，我没有系统看完这部作品，但根据已看过的部分，认为"否定论者"似有偏颇，评价历史人物和事件不能简单和绝对，应持历史和辩证的观点。

参观完兵马俑，我们又去了华清池。

华清池是以温泉汤池著称的中国古代帝王的行宫别苑，与"世界第八大奇迹"——兵马俑相邻，其历史可以追溯到很久远的年代。它凭借奇妙的温泉资源，并与唐代爱情故事和近代西安事变等密切关联而享誉海内外。这次参观，我们就近距离见识了各类汤池，第一次知道古代帝宫有如此复杂先进的洗浴设施。参观途中，大家兴致高涨，议论热烈。

"不得了，洗个澡都洗出了这么多名堂！""温泉沐浴，古人真会享受啊！"

"一般人能享受到吗？""有什么好稀奇的，比得上当今的吗？"

听着众人的议论，见仁见智，甚觉有趣。不能不承认，古人确实富于智慧，在那么早的时候，就能合理利用自然资源，而且汤池设计巧妙，品类繁多，蔚为大观。当然也有不足：有池无汤。若有真的温泉涌进，展现给我们的当是另一番景象。

走出展厅，没多久我们看到了一泓清池，看到了杨贵妃塑像。塑像造型优美，出浴华清，开放自信，一派盛唐气象。

"哇，真像，活灵活现！""咋这么胖，真开放！""唐朝以胖为美嘛。""叫富态，叫丰腴，不叫胖。""还是瘦点好。"又是一番见仁见智，趣味盎然。

我很欣赏这"富态"的评价，委婉而文雅；"丰腴"尚可，"胖"似直白了些。汉语之精微，不服不行！

关于唐人的审美标准，这里无法展开了说。我赞同这样的观点：唐人"以胖为美"，"胖"指的是"雍容富态、自然健康"，与今天说的不完全相同。是的，"自然健康"才是最高标准，"清水出芙蓉，天然去雕饰"，人为造作不可取。至于"像不像"，就不必纠结了，今人没有见过杨贵妃，只要有所本就好：或是唐代遗留的画像，或是文学历史中的描写记载。如果把它看作艺术，那就简单了：艺术作品≠生活原型。

博物馆与古城墙

第三天，我们先安排了陕西历史博物馆。

记得那天是星期六，由于当时还不时兴网上预约，我们简单用过早餐后，就匆匆赶了过去。不想还是去迟了，长长的两列队伍，从博物馆大门右边几间像门岗一样的房子前，一直排到了路边公交站旁。开始我们以为是排队购票，后来有人说，不需买票，只要能领到参观券就可入场。问题是人这么多，轮到我们，只怕都要闭馆了。但又一想，大老远来西安，不就是为了看"历史"吗？再说运气也不一定那么差。

于是我们就耐心跟着队伍慢慢前移。令我们欣慰的是，人虽多，但秩序井然：工作人员很有办法，每放进一组，就间隔几分钟。再往后一看，队伍还在不断延长，心里也就踏实多了。不知过了多久，终于领到参观券，进到馆前小广场。看那博物馆建筑群，一色的仿唐风格，典雅而气派。听说这博物馆是国家级的，有"古都明珠，华夏宝库"之誉，我信了。

终于随着人群进到博物馆里面。馆藏珍品确实丰富多彩。我很外行，看那介绍，才大略知道有金银铜玉陶瓷等质地的各类展品，譬如人物、动物和器物等等，真正是琳琅满目，应接不暇。但稍感遗憾的是，没有看到传说的《狩猎出行图》、《阙楼仪仗图》、鸳鸯莲瓣纹金碗等镇馆之宝。

出得馆来，看那小广场上兴奋的人群，尤其是一张张学生模样的稚气面庞，我终于看到了价值最大的"镇馆之宝"——人气和人心！有了它们，何愁博物馆不红火、陕西不兴旺、国家不富强呢？于是怀着愉悦满足的心境，吹着习习凉风，盘算着下午的行程。

参观过博物馆，我们奔着古城墙去。乘坐公交，临近中午饭点时，我们到了古城墙边，想在下午参观前先好好解决肚子的问题。陕西面食很有名，我们决定中餐就好好尝尝本地特色面。于是找到一家面馆，走了进去，店堂很宽敞，人很多，我们知道来对了：人气这么旺，东西不会差。看那价目表，不仅有面食，还有许多菜肴，有的名字是第一次见到。由于早上想尽快赶到博物馆，吃得比较简单匆忙，现在确实饿了。于是我们点了两大碗"biàngbiàng面"（又叫"裤带面"），外加两个小菜。付过钱后，好不容易找到两个靠窗的座位坐下，等候服务员叫号。庆幸来得早，否则只能找个地方站着吃了。

环顾整个店堂，人很多，语音也丰富，可惜很多听不懂，有些无聊和焦急，就看那墙上介绍"biàngbiàng 面"的图片，着实有趣。店家工作效率高，没多久就叫我们端面取菜。看那面条，确如裤带，又宽又长，吃起来劲道解饿。由于既烫又辣，分量又足，加之下午游览古城墙任务不重，无需赶时间，这顿面我们吃了许久，当然两碗两盘都"光盘"了：出来一趟不容易，咋能亏待了自己！

吃饱出来，该登城墙了。说到城墙，我们并不陌生，像荆州古城、平遥古城都曾登过。但这次来西安，如果不登古城墙，必有遗憾：一是它是中国四大古城墙之一，自有特色；二是它是西安的古城墙，是这座古城的一部分。所以我们在短暂的行程中特地安排了它，而且是半天时间。

但遗憾的是，天公不作美，淅淅沥沥下起了小雨。于是在正式登城前，我们只得在一家小店买了两件透明雨披。

又是无需买票。我们在询问了治安执勤人员后，选择一处坡度舒缓的入口，缓缓登了上去。也许是因为下雨，或是下午，来城墙上游玩的人不是太多。我们在城墙上一个售货亭里买了张"游览指南"，方知下午的游览不会如想象的那么轻松。

西安城墙又称西安明城墙，是中国现存规模最大、保存最完整的古代城垣。

墙高 12 米，顶宽 12～14 米，底宽 15～18 米，轮廓呈封闭的长方形，周长超过 13 千米；有城门 18 座。

知道了这些，我们商议必须改变原计划，不准备走完整个周长，"点"到为止，把节省下来的时间，用在游览城墙上的建筑物和古城周边景点上。

于是抖擞精神，沿入口处右手方向缓步向前，边走边看，发现城墙体量宏大，在上面开个汽车绝对没有问题。再俯瞰城墙两侧，许多的建筑物尽收眼底：好一座雄伟的西安城！同时还发现了一个特别的地方，城墙顶部虽然平坦宽阔，但略有倾斜。开始以为是年久失修，墙体沉降，仔细观察后，推测应是为了方便排走雨水，保护墙体。后来偶尔发现的一些与墙顶平行的小孔，有水从那儿悄悄流走，证实了这种推测。

雨渐渐大了，我们走了一阵，担心时间不够，不敢继续往前，于是掉头返回，并加快了步伐。到了那买"游览指南"的亭子，买了两瓶水。

实在有些累了，但看那前方几排像楼阁、凉棚样的建筑在召唤着我们，就毅然加快了步伐。到附近一看，原来它们就建在城墙上，有卖小物件的，有卖零食的，有供游人休憩的，俨然一条街市。这种景观，是我们在其他古城墙上没有见到的。

为了避雨，我们在那"凉棚"里坐了好一会儿。观察那些游客，似乎都不以下雨为意，仍旧有说有笑，很是享受这难得的清凉。受其感染，我们的心情也豁朗起来：登古城墙的机会易得，但在雨中就难得了；下雨带来不便，也带来了别样的美景，这也许就是古人说的"失之东隅，收之桑榆"吧。

雨渐渐小了，天色也慢慢暗了下来，远处一些高大的建筑物耸立在如梦如幻的雨雾中；还有那性急的开始闪烁起了璀璨的轮廓灯，给古城增添了时尚绚丽的色彩。我们只得怀着不舍的心情，去赶返回酒店的公交，那些还没来得及观光的景点，只好留待下次相见了。

回到酒店，用过晚餐，妻子说，明天就要离开西安了，还没有与堂弟他们见面，是不是给他们打个电话，邀请来酒店一叙。我说，我正这么想。于是她打去了电话，大约半个小时后，客人就来了。我们到酒店门口迎接。他们问为何不提前告知，上他们家做客。我们解释说，你们太忙，不便打扰；并说这次太匆忙，以后还有机会。随后请他们到三楼茶吧，君子之交，清茶一杯，近两个小时，甚是愉悦。相仿的经历，相类的人生，又是兄弟姐妹，话题自然很多：家庭，学校，社会；过去，现在，将来。我们很赞羡他们：家庭、事业双赢！其间我们相互拍了一些照片，并发到"大家庭一家亲"群里，让大家高兴热闹了好一阵子。他们的女儿十分优秀，正在浙大读研。看到照片后，她还在群里发了很多问候的话语，令我们感动不已。

第四天上午，在去延安前，我们特地去了趟西安交大。每到一座城市，依惯例我们要去看看这座城市里的大学。西安是高教重镇，名校荟萃，岂能错过。于是利用晚上散步，参观了附近的长安大学。石油大学本想也去看看，因不是暑假，堂弟他们工作忙，要导游，要招待，必然多有叨扰；我们闲人两个，优哉游哉，于心不安，就留待下次假期吧。去延安的车在中午 12 点，还有点时间，就选择了西交大。距离有点远，坐车好几站。看那横书的"西安交通大学"校名，飘逸大气，令人眼前一亮。西交大享誉世界，而且校园宏大美丽，俨然一座大公园。对它我们并非完全陌生，可以说早有交集，来此一游，也是多年的一个愿望。记得原湖南工作单位的一位同事的小孩，就毕业于这所学校。他与我儿子是初中同学，关系甚好，常来家玩。另外，我侄儿和我儿子高考填报志愿的时候，也都曾考虑过这所学校，后来因为专业方面的原因，选报了其他学校。

进校手续简单。考虑到时间因素，我们就随意到几个地方看了看。真可谓漫无目的，走马观花。偌大校园要看个够，得多少时间，只要能感受到校园的特有氛围，就足矣！虽是周日，但看那教室、图书馆，仍有不少学生进出。是的，这样的大好时光，这样的优越条件，岂能不只争朝夕！

三天半的西安之旅结束了。一座有厚重历史的城市，给予我们丰厚的收获。收拾好行囊，下一站——革命圣地延安。

宝塔山与延河水

火车上人不多，干净舒适。刷手机，闲聊，看那车外风景，大不同于江南：地形地貌，多起伏少平坦；有些地段黄色土丘多，绿色植被少，一种大气真实的美！不经意间，看到了采油磕头机。开始不知道是何物，问了邻座，才知道是采石油的机器。觉得很是新奇，原来采石油还有这种机器和方式。

从西安到延安不远，坐火车也就两个多小时，犯困了打个小盹就到了。大约下午3点前我们就顺利入住了一家酒店。酒店的名字忘了，规模档次比不上西安的，但房间同样宽敞舒适，设施齐备。我问儿子这房间的价格，儿子只说不贵。真是价廉物美啊！我们感觉更好的是，接待人员态度极其热情，跟西安那酒店一样。上了年纪的人，在外旅游，更在乎这个：大老远来，有笑脸相迎，才能"宾至如归"嘛；如果看到的是张拉长的脸，又不会笑，那游览还未开始，兴致就先减了一半。

我们简单收拾了一下后，稍作休息，年纪大了，比不得年轻时。由于延安之行时间也较紧，我们决定利用下午剩下的时间到外面逛逛，顺便就近游览一两个景点。下楼经过接待大厅，服务员笑着告诉我们，如果要吃饭，店里也有炒菜。"谢谢！我们不饿，晚上再吃。宝塔山在哪个方向？""出门左手边有公交站，坐几站就到了。"

公交上人不多，我们坐在右手边靠窗的座位上。车子沿着一条小河往前开，小河两边有一幢幢漂亮的建筑物，不太高，但很有特色，与在西安看到的，大有不同。坐了四五站，就到宝塔山下了。

啊！这就是贺敬之笔下的宝塔山，我们终于看到了！记不清是在哪年读到贺敬之的那首著名诗篇："心口呀莫要这么厉害地跳，灰尘呀莫把我眼睛挡住了……手抓黄土我不放，紧紧儿贴在心窝上。几回回梦里回延安，双手搂定宝塔山。千声万声呼唤你——母亲延安就在这里！杜甫川唱来柳林铺笑，红旗飘飘把手招。白羊肚手巾红腰带，亲人们迎过延河来。……"自此对宝塔山、延河水印象深刻，并想以后有机会一定要去看看。

仰头远望那宝塔，在高高的山上。尽管天色不早，我们还是决定登上去看看。问过行人，我们沿着公路靠右手边走了很久，才找到上山入口。经过一座高大的"延安宝塔山"牌坊，看见有游人从上面下来，我走近问是不是登过宝塔山，回答是的；并说山不高，登上去不难。不过现在晚了些，在上面玩不了多久，不如明天再来。另一个说，晚上有灯光表演，很漂亮，在山下远看，效果更好。

于是原路返回，经过一座公路桥，到了延河的对岸。看那延河水，虽然不太满，却清澈而秀美。延河，被誉为"中国革命母亲河"。回头一看，那宝塔，就在远处的山上。在晚霞的映衬下，十分庄严美丽，真的名不虚传啊！

宝塔始建于唐代，现为明代建筑；平面八角形楼阁式砖塔，高约44米，共九层。它是历史名城延安的标志，也是革命圣地的象征。宝塔山和延河水是延安最具体的形象。

估计快到灯光表演了，我们赶紧拍照，随后在小店买了玉米、矿泉水和一些零食，坐在广场边的石凳上慢慢享用；吹着悠悠晚风，等着远处的宝塔亮灯，心里满是惬意和期待。

没过多久，灯光表演开始了。广场乐声骤响，一片片灯光亮起；远处的宝塔山，笼罩在梦幻般的璀璨灯光里；塔身透亮，塔下无数根巨大的光柱，从不同方向射向碧蓝的夜空。俯瞰延河，两岸景观灯齐开，勾勒出小河秀丽的身姿。蓦然回首，远处清凉山山腰"万众瞩目清凉山"几个红色的大字，在那不断闪烁的灯光里清晰可见，耳边不禁响起陈毅元帅的著名诗句："百年积弱叹华夏，八载干戈仗延安。试问九州谁作主，万众瞩目清凉山。"

啊，好一座美丽的延安城！好一个伟大的时代！而今那艰苦卓绝的战争年代早已远去，人们怀着感恩的心情，尽享着和平岁月的幸福！

时间不早了，明天还要去杨家岭等地参观，只得恋恋不舍地离开广场，赶往附近的公交站。人很多，但秩序井然，尤其令我们感动的是，人们上车后从后排坐起，让后上车的人依次坐在前面。我们也算资深的游客，但见到这种情景还是第一次。公交也是城市的窗口，我们不禁在心里赞叹：延安，一座具有高度文明的城市！

杨家岭与南泥湾

第二天的安排是杨家岭和南泥湾。

早上我们在酒店自助餐厅用过餐后，到大厅服务台，两个小姑娘当班。"谢谢你们，昨晚送给我们牛奶！""不用谢。还要感谢你们'代言'呢。"小姑娘真会说话，明明是我们受惠，却说成我们代做广告，我们可是普通人哦。昨晚我们回到房间，看见桌上放着两瓶牛奶，上贴字条：免费取用。我们正渴，就"取用"了。牛奶催眠，一觉睡到大天亮。

大约上午9点，我们到达延安市西北的杨家岭。走进景区，发现很大很漂亮。看那"导览图"，景点很多，而且相互距离不近。我对老伴说，看来今天的游览计划要调整了。

杨家岭，据说本是普通的陕北小山村，后来因党中央的到来和一系列重大决策、著名事件在此产生而闻名中外。

我们是自由游,没有明确的目标,但在一个景点不能用时太多。于是跟几天前在西安一样,跟着一个旅游团。我们首先到了中央大礼堂。

这是一幢很有特色的建筑,是党的七大会址。以前在大学学党史,对七大有些了解,但那是在书本上。这次不同了,是到实地参观,心情很激动。走进大礼堂,首先看到的是巨大的横幅"中国共产党第七次全国代表大会"。会议大厅摆放的座椅,就是那种极其普通的木条长椅。如果不是到实地,你很难想到我党历史上一次极其重要的会议,是在如此简朴的礼堂召开的。

从礼堂出来,我们就"自由游"了,先后参观了毛泽东等老一辈革命家旧居等景点。毛泽东旧居位于杨家岭革命旧址中央办公厅楼右边的山坡上。院内有三孔石窑。毛主席在这处简陋的窑洞里居住了5年,和普通群众一样吃小米饭、穿粗布衣。据统计,《毛泽东选集》1至4卷收录的159篇文章中,有112篇写作于延安,40篇写于这孔窑洞;其中多篇(节选)曾入选中学语文教材。

随后我们在窑洞前的一张不起眼的小石桌边驻足良久。1946年8月6日下午毛泽东与前来采访的美国记者斯特朗在此长谈,提出了"一切反动派都是纸老虎"的著名论断。我特地在那石凳上坐了一会儿,想象当时这场著名谈话的情景,一代伟人对国内外形势的洞察预见和伟大气魄,令我们深深敬佩!

结束了上午的参观,从山坡上下来,看到不少游客正在树荫下休息,补充食物。我们也感觉有些饥饿,决定用完午餐再出景区。于是在离景区入口不远的草坪边,找到一处石桌石凳,享用我们自备的美食。环顾四周,绿草如茵,树木葱茏;还有一些晚到的游人,正络绎不绝进来。

下午2点,我们到了枣园。

枣园,也叫"延园",是当年中共中央书记处所在地,位于延安城西北8公里处。枣园的景点也很多,我们主要参观了毛泽东等老一辈革命家的旧居和演讲讲台。旧居依山而建,共有五座独立院落;也是窑洞建筑,设施简朴。

1944年9月8日,毛泽东出席了张思德烈士追悼大会,亲笔题写挽词,并发表了《为人民服务》的著名讲话。这篇讲话很快被传诵开来,并经常为人们在讲话、作文时引用。记得还在很小的时候,我就学习背诵过这篇著作,其中有两段话,至今还记忆深刻:"因为我们是为人民服务的,所以,我们如果有缺点,就不怕别人批评指出。不管是什么人,谁向我们指出都行。只要你说得对,我们就改正。你说的办法对人民有好处,我们就照你的办。""我们都是来自五湖四海,为了一个共同的革命目标,走到一起来了。"

后来,"为人民服务"的影响日益广泛,深入人心,"全心全意为人民服务"还写进了党章;"为人民服务"五个大字常常出现在很多重要机关场所,还镌刻在了北京中南海新华门的影壁上。

参观后，我们随着人流，沿着山脚下的道路朝景区门口走去，草木蓊郁，凉风习习，空气清新，心旷神怡。

在回酒店的公交上，回想短暂的杨家岭、枣园之行，所见所闻令我们深受教育：创业何其艰难，胜利来之不易！一排排简陋窑洞，一张张珍贵图片，一桩桩重大事件，以及一代伟人毛泽东的"五星八角帽"故事，在我的脑海里不断浮现……

原本计划第一天参观的景点南泥湾改在了第二天。

考虑到要参观的景点有三个，而且距离比较远，我们报名随团游。上午我们先去了壶口瀑布。

壶口瀑布，为陕西延安和山西临汾共有的国家级旅游景区，处于秦晋峡谷中。我们运气好，正值夏季汛期，水势汹涌，虎吼雷鸣，飞珠溅玉，恢宏壮美。人太多，我们选择岸边一块巨石站定，只见"悬壶腾沸，奔腾飞溅。浊浪凌空天刺破，激起云烟如箭"；更有那绚丽的彩虹飘曳在珠帘水幕中。我们再次为大自然的伟力深深折服：什么叫千军万马，这就是；什么叫势不可挡，这就是！

鉴于安全，我们不敢临近站立太久，于是撤回到一大片石滩上。有几个小孩在上面跳跃玩耍，家长不断提醒防滑。旁有一老者，头箍白色毛巾，牵马供人骑坐拍照。烈日下，老人不断吆喝着生意。我们不敢骑马，无法照顾他的生意，很是愧疚。好在不断有游客过来骑坐，老人黝黑的脸庞，终于洋溢出动人的笑意。

天很炎热，又近正午，凹形河谷有如蒸笼。站在大巴旁的导游看大家提前返回，就说："车上有空调，我们早点出发吧，到南泥湾再多玩一会儿。"大家很感谢这小姑娘，不仅热情和蔼，还善解人意。

壶口一游，虽然坐车时间长，游玩时间短，但我们不觉遗憾：这瀑布完全不同于我们以前见过的庐山瀑布、黄果树瀑布等，是一个全新的类型，这里可近距离平视或俯视，其他处多遥看和仰视。虽然逗留时间短，只是"点"到为止，却是亲临亲见啊。曾听人说，看个风景何必跑那么远，电视里不是也能看到吗？话虽不错，但不是很"专业"。

考虑到大家路途劳顿，为了提振精神，活跃气氛，导游主动跟我们介绍了附近很多的景点。到底是专业人士，知识渊博，娓娓道来，如数家珍，声音柔美动听，博得大家阵阵掌声。

一个多小时后，终于到了南泥湾。

在延安时期，面对敌人的扫荡封锁，经济形势日益困难，毛泽东发动了大生产运动。他率先垂范，在杨家岭的办公楼下亲手开辟了一片荒地，种上辣椒、西红柿等蔬菜；朱德背着箩筐到处拾粪积肥；周恩来迅速成了纺线能手。1941 年，八路军三五九旅在旅长王震的率领下在南泥湾开展了著名的大生产运动。广大官兵披荆斩棘，开荒种地，风餐露宿，战胜重重困难，用自己的双手和汗水，将荒无人烟的南泥湾变成了"平川稻谷香，肥鸭遍池塘。到处是庄稼，遍地是牛羊"的陕北好江南。

南泥湾，我开始误以为在南方，后来听了郭兰英的歌曲，才知道是"陕北的好江南"。陕北是黄土高原，何以有如此的"江南"呢？所以对它的好奇与憧憬很早就有了。

从车上下来，一大片规整的水田，平铺在我们眼前：一格格，一块块，拼成一大片；水很浅，田塍不高。对水田我是再熟悉不过了，在我家乡江南那是寻常的景观。但这儿有不同，四周有山丘怀抱；再近看那新插的秧苗，才成活不久。6月下旬，这在江南算哪一季呢："不插'五一'秧，说的是早稻；不插'八一'秧，指的是晚稻。"这只能算中稻吧；或许就是单季稻，即因气候不同就只种这一季。

随后我们沿着水田走了走，为的是重温那走在田间的感觉；并参观了近处的几个小景点，观摩欣赏了一些雕塑，在"南泥湾"巨石前拍照留念。返回来，导游说，那展览馆很有特色，应该去看看。

展览馆就在附近，一溜不高的建筑。走进一看，发现极其规范漂亮。展出内容，以时间为纵线，串起各个板块：背景、过程清晰，事迹、成就感人，文字、图片并茂，不愧为一流的专题展馆。

垦荒南泥湾，丰衣又足食；陕北好江南，三五九旅是模范。伟大的南泥湾精神，伟大的延安精神，激励着一代又一代中华儿女战胜困难，夺取胜利。

随后我们还顺路去了"北京知青旧居"。十几孔窑洞，依山弧形排开，其中一间还是喜气洋洋的婚房。窑洞门边挂有辣椒、高粱、玉米等农作物；里面有一些简陋的生活设施；门前一块小坪，摆放着几样农具，俨然一个陕北小乡村。峥嵘岁月，一代芳华，给我们留下了难忘的印象。

在返回城区的大巴上，大伙儿心情愉悦，有说有笑，热情邀请导游清唱一曲《南泥湾》，小姑娘欣然应邀。于是伴随着甜美的歌声，看着车窗外不断闪过的起伏山峦和满山石榴，我们回延安了："花篮的花儿香，听我来唱一唱唱一呀唱，来到了南泥湾，南泥湾好地方……"

短短一周的陕西之行结束了，我们收获多多。在返回北京的火车上，我给儿子儿媳他们发去了短信，感谢他们的大力支持和周到的假期安排，感谢亲家们对家务的分担。

诗词五首

水调歌头·西山①
二〇一七年

楚门东户地，
威名冠华中。
控长江携澜湖②，
巍峨有高峰。
九曲古寺甘泉，
丹崖飞瀑漱玉，
翠竹劲柏松。
更有孙仲谋，
运筹在吴宫。

美亭榭，
先贤事，
千秋功。
二苏③诗文犹在，
兄弟名伯仲。
遥望东坡赤壁，
近看鄂黄虹桥，
风流古今颂。
凭栏听风吟，
观阁④立潮涌。

注：
① "西山"，古称樊山，因在吴王古都武昌（今鄂州市区）之西，故名西山。

②"澜湖"即洋澜湖,位于湖北鄂州城区东南。

③"二苏"即北宋著名文学家苏轼、苏辙兄弟。

④"观阁"即观音阁,又称"龙蟠矶寺",位于湖北鄂州西山附近小东门外的长江龙蟠矶之上,始建于元至正五年(1345年),坐东朝西,逆水而立。它被誉为"万里长江第一阁",为国家重点保护文物。

七律·秋到洞庭

二〇一八年

金风送爽洞庭秋,昔人①阅军有高楼。

鸥翔芦白渔舟晚,长桥②飞渡彩云悠。

斑竹今朝应无泪,柳生传书不用愁。

庙堂江湖苍生念,范公雄文天下忧。

注:

①"昔人"指三国时吴国鲁肃。

②"长桥"指洞庭湖大桥。

七律·登黄鹤楼

二〇二二年春

暖阳高楼大江东,天堑坦途百世功。

两水汇聚通衢地,三镇齐发气如虹。

黄鹤有闻应知返,白云不舍逐春风①。

崔李②美名今犹在,何言成败转头空。

注:

①"黄鹤""白云"源自唐代崔颢《黄鹤楼》。

②"崔李"指唐代著名诗人崔颢和李白,二人曾为黄鹤楼题诗。

七律·中秋
二〇二二年九月十日

读诸君中秋诗有感,谨赋小诗一首,以贺"双节"①。

最是一年秋好处,小河如带彩虹环②。
有意清风吹面爽,无垠苍宇转玉盘。
莫言十六月更好,却道今夕正当看③。
山川相隔又何妨,神州万里共婵娟。

注:
① 2022 年 9 月 10 日,中秋节、教师节"双节"合一,多年少见。
②浙江平湖住处有潺潺小河,周遭彩虹步道环绕。
③是年十五的月亮十五圆。

沁园春·丰晚①
二〇二二年九月二十三日

秋分时令,
西瓜灯节,
丰晚盛会。
平湖做主场,
钟溪棹歌,
琵琶雅乐,
九龙彩绘②。
东湖水清,
案山花艳,
鱼米满仓果实累。
更有那,
种菜集装箱③,
别样智慧。

放眼神州沃野,

五谷丰登金风暖吹。

赞江南稻香，

东北豆好，

新疆棉优，

阳澄蟹肥。

太空育种，

机器管家^④，

科技助农业腾飞。

望未来，

绿水青山间，

诗画图美。

注：

①"丰晚"即中国农民丰收节晚会，它与春节晚会、元宵节晚会和中秋节晚会并称央视"四大晚会"。2022年9月23日"丰晚"浙江平湖为主会场。

②"西瓜灯节""钟溪棹歌""琵琶雅乐""九龙彩绘"，均为平湖传统文化项目，也是此次晚会着意突出的"平湖元素"。

③"种菜集装箱"指平湖集装箱蔬菜培育农科项目。

④"机器管家"即"大地管家"，指机器人种田农业高科技。

辑六　人生百味

面条的故事

在我国，面食是一种不分南北、老少皆宜的主食，尤其是面条，是深受大众喜爱的食品。它制作简便，价廉味美，且种类繁多，历史悠久。据相关专家研究，我们日常食用的面条多达千余种；早在距今4000多年前的黄河流域就出现了它的身影。

但在生活水平快速提高的今天，面条是作为副食出现的，处在配角的地位，上不了宴请宾客的大台面；要出现的话，一般不在宴席的黄金时段，而在宴席的尾声。在我的家乡湖北鄂州，也大抵如此：只在小孩做满月、老人办寿宴的时候，才给予它主角的地位，因其有"长久"的吉祥寓意。不过，我一直以来对面条情有独钟，在心里是给予它主角的地位的。如果有人请我吃饭，只点了面条，也是可以的，决不会认为不尊重。究其原因，大概有两方面：一是吃面简便，不那么费时费事，还少了许多诸如夹菜呀敬酒呀等繁复的虚礼，合了我喜欢简单的脾性；二是小时候家里比较困难，人口多，食物少，养就了草根的肠胃。所以直到现在，常年辗转南北，游览山水，吃得比较多的食物还是面条；年过花甲，对于吃食记忆比较深刻的，还是家乡的那碗面。

提到家乡的面，首先要说的是油面。油面，顾名思义，是制作时加了香油（也加少许盐）的挂面。记得小时候好玩，常常放学后和同村的小伙伴们在小镇上溜达，因为回家太早，要扯猪草或放牛；同时也散散心，在学校圈了一天，到外面寻个新奇，解个小闷，打卡比较多的就有离学校不远处的一家油面作坊。作坊不大，设备简陋，人员不多，三位师傅，一位是邻村的熟人。做油面本来是比较麻烦枯燥的活儿，不想师傅们经过多年修炼，愣是把它做成了一门艺术，尤其是"盘面""押面"两道工序，真正令人叫绝。师傅们把加了食盐醒好的面团刷上香油，放在一个硕大的瓷盆里使劲地揉压，然后一边搓成手指般粗细的长条，一边把它盘缠在两根木棍上，缠满后将一根木棍插在一人多高的"工"字形的面架上端的小孔中，让另一根木棍带着面条自然下垂，过了一会儿，再捏着下垂木棍两端均匀使力往下多次押拉，直到够细够长了，将木棍插在面架下端的小孔中。等到整个面架插满了木棍，一架偌大的"面琴"就竖在了那里。小风一吹，泛着微光的面丝轻轻飘动，仿佛有渺茫的乐音奏出。整个过程，用时不长，流畅而有韵味，师傅们仿佛不是在加工一样食品，而是在精心制作一件高档展品。我和小伙伴对师傅们佩服至极，师傅们也很乐意我们围观，好像也不怎么赶活儿，一边精准熟练愉快地工作着，还一边不忘用幽默风趣的话语逗我们玩儿，以致我们有了长大后也要当油面师傅的想法。

油面的制作看似简单，其实相当精细，人工成本相对较高，又难以量产，所以在事事讲求效益的今天，逐渐从"面界"淡出，几近失传。但它却长留在了我的记忆里，因为它的口感独特，为其他普通挂面所不及：劲道、柔和、芳香，富于营养。记得在那困难年代，只有逢年过节，或是有客人来家时，母亲才会在木制的食品箱里小心翼翼地拿出两小把用红纸捆扎的油面，以庆祝佳节，款待贵客。农忙时节，为了补充营养，鼓舞干劲，母亲会拿些麦子去换点油面制作留下的"面头"（晾晒干后剪掉长长的面条留在木棍上的部分），再打一个鸡蛋，加水制作出一大碗下饭的菜肴。记得有一年，我从湖南岳阳工作单位回老家探亲，返回时带了几斤油面送给岳母家，岳父吃了赞不绝口，大有"天下竟有这样好吃的面条，我今天才算吃到"的意味。能获得见过大世面、吃过大宴席、见多"食"广的岳父的好评，我着实替家乡的油面自豪了一把。

不过，遗憾的是，在那困难年代，作为面中"贵族"的油面不是普通人家日常消受得起的，而另一种"平民"面——手擀面，就与我们亲近多了。手擀面做起来相对比较简单，原料单一，除了那很困难的年代，普通人家日常也能吃上。我母亲勤劳能干，不仅各类农活做得好，也是制作面食的高手，比如包子、水饺、疙瘩汤等等都会做，尤其擅长手擀面。记得有很多个傍晚，我们放学或做完农活回来，饥肠辘辘，问母亲："今晚吃什么？"母亲往往回答说："擀面。"母亲说的"擀面"就是"手擀面"，是我们境况稍好的年份吃得比较多的一种面食。

"把饭桌擦干净，把灶里的火烧起来。"母亲一边吩咐我们，一边把衣袖一挽，用自制的"量具"葫芦瓢（葫芦晾干剖开后可用来盛或量东西）从面缸里"量"出两大瓢面粉倒在一个大盆子里，加适量的水和好后用力反复揉，然后团成两个面团，放在擦干净的饭桌上，用一根近一米长的擀面杖快快地擀起来。随后把擀好的足有小簸箕那么大的圆圆的面片折叠好放在砧板上，用菜刀细细地切，再在饭桌上撒些干面粉，伸出两只手，叉开手指，把一个个切好的面卷儿抖散展开，于是一根根长长的面条就制作完成了。这时候大锅里的水也正好烧开了，长长的面条放进去后，很快就翻滚跳跃起来。我们赶紧端着碗排在灶台边，等候母亲用两根长长的筷子依次往我们碗里捞。于是一场吃面比赛就开始了，吸嗦声起，风卷残云，因为吃慢了不行，锅里快没了。我后来吃饭快，就是那时练就的。每当这时，母亲总是幸福地看着我们狼狈的吃相，大声地说："慢点吃，别烫着!"那时父亲已去世,哥哥在部队上,母亲和姐姐在生产队里劳动,我和妹妹还有两个弟弟上学,六个人两张面基本上是够的,但我们正处在长身体的年龄,饭量比较大,尽管母亲、姐姐故意吃得少,我们仍处在八分饱的状态。这种面真好吃,直到现在我还记忆深刻:劲道,厚而软,香而滑,能充饥,能解馋;还平民化,只要麦子丰收,我们普通人家平时一般也能吃得上。若有空闲,亲手推动一扇小小的石磨,从上面的小孔里放进刚分到的新近登场的麦子,磨出银白银白的"头面"(第一轮磨出的面),那擀出的面一定更好吃了!若遇上年节,拿几毛钱,到街市上,运气好买回来一小条肥肉,切成小片,在锅里小火煎出油后再加水,大火煮沸后再放进面条,那味道就更美了。若能幸运碰到藏在面汤里的那星星点点的油渣,就更有口福了;有时吞咽快了,还没有完全咀嚼尽油渣的味道,一不小心油渣就滑进了肚子里,要后悔好久。当然现在完全不一样了,好吃的东西多了,尽管近年来"二师兄"的身价大涨,但早已不再惦记那油渣了,可仍然不能忘记故乡那碗手擀面,因为它揉进了故乡的味道,揉进了母亲对我们的疼爱和希望!如今母亲早已去了另外一个世界,家乡的手擀面也难得一见了;风早已不吹李健歌唱的那"涌动的金色麦浪",令人不能不油然生起别样的乡愁!

1978年下半年我们有幸从京山分院转到了在武汉的华师本部,结识了名气很大的武汉热干面。最近看到一则资料:2013年6月由中国商务部、中国饭店协会等举办的第二届中国饭店文化节暨首届中国面条文化节上评选出了"中国十大面条",有武汉热干面、北京炸酱面、山西刀削面、兰州拉面、四川担担面、杭州片儿川、昆山奥灶面、镇江锅盖面、吉林延吉冷面和河南烩面。武汉热干面高居榜首,可喜可贺,因为大而言之,它也是我家乡的面。这种面,色香味俱佳,筋道耐嚼,是武汉人早餐的绝对标配。但我却不怎么习惯吃,总觉得半生不熟,因而在华师上学几年没有吃过几次。

退休后,闲居京城,见识了北京特色小吃——炸酱面。北京炸酱面在"中国十大面条"中虽然屈居次席,但因携"北京"之尊,声名自然比武汉热干面更为显赫。不过我对它的认识,却经历了一个略显曲折的过程。记得2015年7月刚到北京,有一次我和老伴从国家大剧院看完演出返回昌平回龙观,大约下午四点钟的样子,觉得有点饿,正好路过一家不大的炸酱面馆,于是走了进去,点了两碗炸酱面,共十六元。由于不是饭点,顾客不多,服务员很快就端了上来。有酱有面有菜,搅和成一大碗,吃后觉得量足够,但味道一般,说不出有什么特色。后来在家里讲起这事儿,儿媳听了笑了笑说:"炸酱面的关键在酱,酱不上档次,面不可能好吃。"她是北京人,对炸酱面很了解。后来我们租住到西直门,一天上午带着孙女在中国儿童中心游玩,临近中午饭点,儿媳从单位过来,带我们到附近一家很大的馆子吃"老北京炸酱面"。里面的人很多，好不容易找到空座。儿媳付费后，我们就耐心等候服务员叫号。终于轮到了我们，我们举手示意，服务员用三个大餐盘端了过来。我很诧异，吃一碗面，怎么还有这么多小碗菜呢？学着儿媳的方法，费了不短的时间，吃完后感觉真的很不错，难怪北京人爱吃炸酱面，视它为老北京的本命食。我不禁回想起第一次吃的炸酱面，甚是疑惑："同是炸酱面，区别咋这么大呢？"再一看那墙上的"老北京炸酱面"介绍和价目表，我终于明白了"正宗"的北京炸酱面是怎样一种面。原来正宗的北京炸酱面不同于一般的炸酱面，除了面以外，还要有由多种应季的蔬菜构成的菜码儿；尤其是那碗酱，极其重要，它味道独特，原料上等，制作考究。同时我还明白了："北京炸酱面"可以称为炸酱面，但一般的炸酱面不能叫作"北京炸酱面"，更不能加一"老"字，即便它也在北京。至于因成本、价格等因素造成的"正版"和"山寨"的差别，吃前一定要明了，否则会影响心情，甚至错怪店家。在交通、资讯日益发达的今天，随着消费多元，市场在不断扩张，同一名称的商品，同一种类的食品，在很多地方都能见到。如果不涉及侵权的话，一般应予以认可和包容，因为它们带来了消费的便捷，可以满足不同地域、不同消费者的需求。但我向来看问题比较狭隘，固执地认为，吃东西若非要找那"正宗"的感觉，最好不要打那些"山寨"的主意：吃北京烤鸭，最好去全聚德；吃热干面，最好去武汉；吃武昌鱼，最好去我的老家鄂州樊口。

另外，我觉得"炸酱面"这一概念也需要厘清：这个偏正式名词，实际上重心在前面，因为"炸酱"才是这道"面"的灵魂，从词语构成上看，似乎有点喧宾夺主。这使我不禁想起《红楼梦》第四十一回里刘姥姥在贾府"吃茄鲞"的故事。

"茄鲞"是《红楼梦》里写得十分翔实的一道名菜。"鲞"，是剖开晾干的鱼干；"茄鲞"，当是切成片状腌腊的茄子干。刘姥姥吃过之后说："别哄我了，茄子跑出这样的味儿来了？"说明这道菜像刘姥姥这样的寻常人平时没见过吃过。但"茄鲞"本身没有多少花头，花头在那用来配它的"十来只鸡"，"并香菌、新笋、蘑菇、五香腐干、各色干果子"，以及十分考究复杂的制作过程。跟"炸酱面"的"面"一样，"茄子"也只是个配角，也只是个载体，灵魂都是那配料。我想家境贫穷的刘姥姥，听了凤姐儿一番繁复的介绍，即便知道了"弄法"，也不一定弄得出来。所以如果你有口福，幸运地在哪家餐馆点到"茄鲞"，或是走进一家正宗"老北京炸酱面"馆，可要多备点钞票哦，因为我们吃的远不止茄子，远不止面条。咱泱泱中华，饮食文化博大精深，在尽享"舌尖上"的幸福的时候，真有必要多留心菜名里的大学问，否则充其量只是"吃货"一枚。

近年来，我常在北京、浙江、湖北三地辗转，也旅游到过其他不少省份，有机会见识了各地不少名面，如山西刀削面、兰州拉面、四川担担面、杭州片儿川、南京老卤面、扬州鸡汤面等。2016 年 6 月我和老伴去西安、延安旅游，又有幸品尝到了正宗的陕西名面油泼面和 biàngbiàng 面。这些面种各有特色，但吃后有的印象不是很深刻，唯独陕西面，几乎可以说过口难忘！说来奇怪，陕西为面食重镇，面条种类过百，竟无一种入选"中国十大名面"，我很为它们叫屈！好在这并不妨碍人们对陕西面的喜爱。陕西油泼面，筋道爽滑有嚼头，只要看过电影《白鹿原》，就知道是多么为陕西人喜爱了。据《白鹿原》剧组相关工作人员在接受记者专访时透露，为了拍摄《白鹿原》中"吃面"的场景，剧组准备了近两千斤面粉，全剧大概做了五千到六千碗面。其中白灵满月，白嘉轩请全村人吃油泼面的场面最大。据说那场戏一共动用了六个厨师、四百多名群众演员。场面热烈火爆，演员表演地道精湛，几乎个个可以媲美在 1984 年央视春晚表演"吃面"的陈佩斯。"油泼面，还真是让人欲罢不能啊！"我们在延安吃过也有同感。

陕西另一名面 biàngbiàng 面，比起油泼面来毫不逊色。仅看这名字，就杠杠的，为陕西关中大名鼎鼎的特色小吃。那年到西安，我们曾走进一家 biàngbiàng 面名店，还未吃面，先看墙上宣传栏中那图文并茂的介绍就觉得很有味了："biàngbiàng"为师傅做面时面击案板发出的声响。biàng 字为当地人创造的冷僻字，共五十六画。传说从前有一位穷秀才来到咸阳，一天饥肠辘辘地走进一家面馆要了一碗"biàngbiàng 面"，可结账时发现身无分文。情急之下，秀才就对店主说："你知道'biàngbiàng 面'的'biàng'字怎么写吗？我来给你写，就以它来抵这碗面钱吧。"说着就一边唱一边写了起来："一点飞上天，黄河两边弯；八字大张口，言字往里走，左一扭，右一扭；西一长，东一长，中间夹个馬大王；心字底，月字旁，留个勾搭挂麻糖；推着车车进咸阳。"秀才写罢，满堂喝彩。从此，"biàngbiàng 面"就名震关中了。

"biàngbiàng 面"又叫"裤带面"。把面和"裤带"联系起来，看似粗俗，实则再形象有趣不过了。关于"裤带面"名字的由来，民间有两个有趣的"版本"：一说师傅做面时七拉八摔，顷刻间像变戏法似的一根长长的裤带般宽厚的面条就完成了（一碗面往往只有一根）。一说吃面前要松一松裤带，或有人正吃着突然把碗一放，松一下裤带，以便多吃，过足"面瘾"。虽然不太文明，但在那种特定场合，也无伤大雅。我不忍考证它们的真伪，因为实在是太有趣了！你想想，松过两次裤带，吃过两大碗"biàngbiàng 面"，打个响响的饱嗝，绕着古城墙快走一圈，再吼一嗓子秦腔，还不地动山摇！又设想，假如有一天三国时的莽张飞走进一家"biàngbiàng 面"店，把一根丈二长矛倚在墙边，一脚踩着板凳，瞪着圆圆的大眼，一边"biàngbiàng"地吃着"biàngbiàng 面"（我以为"biàngbiàng 面"名字的由来，可能也跟吃面的声音有关），那会是个什么情况！如此说来，"biàngbiàng 面"算得上"面"中豪放一派的典型代表，不愧为"面中老大"——大个头，多笔画，大碗盛，秦地风味，老陕命根，最适合具有豪气冲天的关中大汉气质的人来吃。当然时代不同了，巾帼不让须眉，文质彬彬、纤细俊俏的小姑娘，用那樱桃小嘴嗦起"biàngbiàng 面"来，还发出轻微的"biàngbiàng"声，于婉约中透出些豪气，也别有一番人见人爱的风味！不过需要提醒的是，在温饱问题早已解决、特别崇尚用餐文明的今天，无论什么身份的人吃"biàngbiàng 面"时，都无需也不宜松裤带！

纵览我国一部"面"的历史，实在精深，源远而流长；横看一幅"面"的画卷，实在博大，丰富而多彩。我国不愧为"面"的古国，"面"的大国，生活在这样的国度，真是"面福"不浅啊，怎不叫人由衷地自豪和满足！

一方"面"养活一方人，"面"如其人：武汉热干面，草根味，平民化；北京炸酱面，高品位，贵族气；家乡手擀面，接地气，低身段。一方"地"成就一方"面"，"面"如其地：关中油泼面、咸阳 biàngbiàng 面，粗犷豪放西北风；杭州片儿川、昆山奥灶面，细腻婉约江南景；广东伊府面、广西老友面，温润柔美南国情。一碗"面"，一张地方名片；一碗"面"，一张文化品牌；一碗"面"，一方风土人情。舌尖上的中国，百花满园，异彩纷呈，蔚为大观！

回想自己几十年的人生经历，无论处在哪个年段，无论处在何种境遇，于面条都情有独钟：在我看来，西北之风，江南之景，都是美景；豪放也好，婉约也罢，都是美食。不过细细想来，走遍了南北东西，也到过了不少名城，最让我难以忘怀的美景美食，还是故乡希望田野上那涌动着的金色的麦浪，还是母亲亲手擀制的那碗面！

九九话"重阳"

上午上完课回到办公室，打开手机，收到千里之外的学生发来的短信："祝老师重阳节快乐！"翻开日历，10月22日，农历九月初九，重阳节。

"重阳"之说，可上溯到《易经》。据有关资料介绍，《易经》以九为阳数，农历九月初九，两阳相重，故名"重阳"。作为我国民间传统节日，每到这一天，人们往往出游观景，登高远眺，赏菊品酒，佩戴茱萸。我不是一个爱过节爱热闹的人，但对重阳却有一种别样的情感。

我之喜欢重阳，首先源于重阳落户的季节。一个节日处在一个好的季节，有如一个人处在一个好的环境，是能发挥其极致的。秋于江南，应是一年中最好的季节：天高云淡，日丽月清；金风送爽，丹桂飘香；水天一色，原野多彩；有雁字排长空，有鹤鸣引诗情；不似春光，胜似春光。试想，在这样一个美好的季节，再安插上这样一个节日，那种美满还能用言语形容吗？这样一个美好的节日，处在这样一个季节，那诗情还能用文字抒写吗？如再能邀两三挚友，登高望远，必能少一些世俗，多一些雅趣。人可以不要显赫的地位，但不可以站得太低；人不一定能干一番如意的事业，但不能不登高望远。这或许就是重阳登高的真正寓意吧。

我之喜欢重阳，还因为它承载了人类太多的情感。自古以来，有多少文人骚客借重阳来抒写自己的情怀，无论得意还是失意。"待到重阳日，还来就菊花"，那是一种友情；"遥知兄弟登高处，遍插茱萸少一人"，那是一种思念；"九日登高望，苍苍远树低"，那是一种惬意；"九日重阳节，开门有菊花"，那是一种喜悦；"尘世难逢开口笑，菊花须插满头归"，那是一种感慨；"重阳独酌杯中酒，抱病起登江上台"，那是一种悲伤……新的时代，重阳又被赋予新的情感内涵。1989年我国把重阳定为老人节。节日期间，人们或祝福长辈，或问候师友；或相聚品茗，或相约赏菊；或登高观景，或远足健身……充满节日的是一种幸福，一种温馨。时代不同了，情感内涵也不尽相同，但人们对重阳的钟情却没有改变。试问，一个承载了如此丰富情感的节日，能叫人忘怀吗？

我之喜欢重阳，还源于一位伟人的诗词杰作给予我们的宝贵启示。"人生易老天难老，岁岁重阳。今又重阳，战地黄花分外香。"这是一位革命者和诗人对社会人生的深彻感悟。人生短促，须好好珍惜。记得当年跟随老师朗诵这《采桑子·重阳》时，正青春年少，而今带着学生朗诵这首词时，已华发早生，三十多年过去，弹指一挥间。人生能有几个三十年？光阴似箭，去日苦多；人生须臾，宇宙无限。有人说，人生如四季，尤以重阳所在之"秋"为特别："秋"意味着收获，也意味着耕耘；重阳在秋，催人奋进。请记住毛泽东同志的名句："多少事，从来急；天地转，光阴迫。一万年太久，只争朝夕。"是的，人生不过几十、上百年，是绝对不能虚度的。尤其是正值人生之"春"的年轻学子，更应惜时如金，勤奋学习，尊老敬师，友爱同学，弘扬中华民族之美德，以不负这伟大的时代，这美好的时光。

重阳，一个不应忘记的节日！

（本文收录于王世龙主编《中国教师文学》，中国文联出版社 2006 年版）

秋　思

　　当夏的火焰逐渐被扇灭的时候，随着山间小河一起流过来的，是一个给人清爽、引人遐思的季节——秋。

　　清晨，随着林间一声悦耳的鸟鸣，一轮朝阳带着崭新的希望，从小河的尽头悄悄升了起来，雾霭慢慢褪去，大地鲜润的面容被一笔笔勾画出来。这是一幅多么美丽的图画啊！它洋溢着果实醉人的芳香，透露着成熟诱人的妩媚。我徜徉在如诗似画的美景中，无意间，又看到了这样的"风景"：在那依然苍翠的山坡上，在那弯弯曲曲的山路边，在那积满落叶的沟壑旁，偶尔一些不知名的山花，从草丛中悄悄探出头来。虽然渺小得不起眼，星星点点，难以引人注目，却也要努力装点晚秋的山野，努力回报大地的恩泽；明知不能与百花争春，却也无怨无悔。我被深深感动了，轰轰烈烈固然是一种伟大，平平凡凡未必不是一种美丽。

　　秋阳爬上了林梢，给那层层叠叠的山峦，映照出一片片令人心醉的斑斓：高低错落的苍松翠柏间，点缀着一束束火红。微风过处，红光闪耀，像黑夜里燃起的篝火，又像从天际飘落的彩霞。我感谢大自然为人类造化出这样美丽的图画。我不知道欧阳修何以要把秋色写得那样萧瑟苍凉，也不明白马致远为何只看到"枯藤老树"。我叹服杜牧"二月花"的巧妙譬喻。面对枫叶，我不禁肃然起敬：枫叶是富于献身精神的，当它还是翠绿的时候，尽力地汲取阳光雨露，把养料源源不断地输送给枝干；当它就要落下的时候，还努力焕发出火红，把美丽奉献给人类。枫叶尚能如此，我们人呢？

　　一阵清风拂过，我闻到了一股醉人的浓浓的秋韵。它从稻浪滚滚的黑土地上来，从硕果累累的葡萄架间来，从喜气洋洋的街道中来，从书声朗朗的校园里来……夕阳西照，那些不知疲倦的劳动者，仍在辛勤地工作着：在收获劳动的果实，也在收获丰收的喜悦。是的，这是一个丰收的季节，这是一个喜庆的季节！面对这迷人的秋色，我不禁想到了人生。一年有四季，人生也大抵如此：天真烂漫的少年，如同生机盎然的春，那是盛产梦的季节；热情奔放的青年，是那火辣辣的夏，仿佛要把一切熔化；冬，那是一年辉煌的总结，理应属于功勋卓著的老年；而中年，既不是浪漫的开头，也不是辉煌的结尾，是一个承上启下的段落，似可看作秋。春种秋收，春华秋实。自然界有一个丰收的季节，人生应该有一个丰收的四季。

　　我爱秋，我感谢秋！

　　（本文收录于许明观主编《垄上行》，上海社会科学院出版社 2005 年版）

大山小传

大山出走的消息，是前几天老同学阿德打电话告诉我的。大山这几年处境十分艰难，这是我早知道的：三个小孩，分别上小学、初中、高中，开销不是个小数目；盖房子，更是欠下一屁股债，据说过年都有债主上门。但一个顶天立地的汉子，总不至于为了这些想不通，撂下老婆孩子不管吧，以前那么多沟沟坎坎不是都过来了……

一

大山是我和阿德从小学到高中的同班同学。大山姓高，四十多年前出生在中国南部 H 省一个极其闭塞的山村。他的父亲和父亲的父亲，都是单传，因身高和体重都达不到令人敬畏的标准，加之又没有为官经商，因而两代人在当地默无声息。到了大山这一代，总算人丁兴旺了，但两个兄长都忠实地接受了父母的遗传因子，外观都远远算不上雄壮，因而老头子很不满意。当老两口的年龄加起来超过八十岁生下大山的时候，老头子把最后的希望寄托在大山身上，于是给他取了这么一个名儿：希望他能为祖宗争口气，长得人高马大，雄壮如山；遇到和人争执或其他非常时期，在讲理不听，讲法不懂，需要用拳头说话的时候，能"一锤定音"。也许是诚心感动了上苍，或是祖宗显了灵，当大山还是"小山"的时候，就已显示出良好的发展潜质：食量过人，肠胃功能极佳，身体纵横发展，与同龄孩子相比，优势日渐明显。有人戏言，两根老藤终于结出了一枚硕果！但大山也有令老头子感到遗憾的地方，那就是为人比较"憨"，气质上缺少男子汉的威猛；平时不喜欢和人争执，有时被逼无奈，也往往败多胜少，引得老头子长叹不已："世事古难全！"

大山和阿德是同一个村子里的，我虽然和他们不在一个村子，但因两村相距不过几百米，又共饮一湖水，加之年龄相仿，因而还在光着屁股戏水的时候三人就结下了深厚的友谊。记得上小学那阵子，夏天中午放学回家，有时大人太忙，没来得及做饭，我们就站在家门口狂舞手臂，高声吆喝，相约到村前的藕荡里弄些食物先垫垫。大山人高力气大，收获往往最多，并且乐意与大家分享，很有些如他名字一般的大气。当然，这样的"勾当"不能常干，我和阿德家里看得不怎么严，但大山家里管得很紧——他妈家教严，也怕孩子们溺水。只因他爸在离村二十多公里的矿上上班，他妈一个人太忙，三个孩子管理起来难免有疏漏的时候，才给了大山一些机会。

记得上初中的时候，高年级的一位同学多次欺负阿德，终于惹得大山大怒，说一声"是可忍，孰不可忍"，带着我们找到那位同学，大喝一声："小子，你听好了，再欺负阿德，我敲死你！"对方虽不比大山矮小，但不知怎的给镇住了。事后我对大山说："大山，想不到你发起火来还蛮吓人的。"大山嘿嘿憨笑："没办法，逼上梁山。"

大山不仅为人仗义，学习也比较好，尤其对成语有兴趣，不知从哪儿弄来一本破旧《成语词典》，常带到学校看。更令我折服的是，到了思想开始复杂的年龄，他的心地还十分单纯。记得那是上高一的时候，同学间还不时兴明恋，但暗恋还是有的。据目光敏锐的阿德说，班上某某女同学好像对大山有那么点意思，但大山不知是晚熟还是故作清高，竟没一点儿反应。在放学的路上，我问大山，大山又是嘿嘿憨笑，过后冒出了一个极其文雅但指代模糊的成语："乳臭未干！"后来我把这事跟阿德说了，不想阿德碰上大山，偏要弄个水落石出："大山，你说哪个乳臭未干？"把个大山急成了红脸关公。从此，我明白大山的心思不在这方面。在哪儿呢，总不会是在上大学吧，但那时大学压根儿不在高中招生，学生学好学差，统统回乡。

二

大约高中毕业回乡三年后，大山顶他老爸的职，当了一名风钻工。据说他爸做出这一决定，与我和阿德有关。我们仨从小是好朋友，阿德先于我们离开村里，做了一名民办教师；我后来由一名大队土记者荣升到了公社，进而到了县里。当时能当一名民办教师是很荣耀的，人们虽然不怎么看重知识，但对能脱离农业生产，穿着整洁地站在讲台上领着娃儿们念书的工作还是蛮羡慕的。至于我能到公社、到县城工作更是风光无限，虽然摇的是一支破旧钢笔，写的是一些空洞老套的文章。迫于形势，大山的老爸觉得再不把大山弄出去是不行的了，不要说影响发展前途，恐怕连找老婆都成问题。于是一天下午，老头子拎着一瓶烧酒从矿上回来了，要老婆炒了几个菜，当酒瓶里的酒还剩下二分之一的时候，做出了一个令全家为之震惊的决定："我打算提前退休，让大山顶职！"

记得我和阿德是在一个周日的上午送大山上汽车去矿上的。出乎我们的意料，大山对一夜之间由"农"而"工"，并未表现出应有的兴奋，也许他认为这不是凭自己的本事争来的，也许他的理想并不是当一名矿工……从村上到车站不过三里地，我们走了快一个小时。一路上阿德讲话最多，言辞恳切，这是他的职业优势；我心里有点乱，加上好多话被阿德说了，一路讲话不多；大山讲话最少，心事好像有点重。目送载着大山的汽车扬起一路尘土后，阿德去了学校，我回到了县里。

大约两个月后，大山给我来了封长信，说他开始很不适应矿上的工作，在负几百米的地底下，操着二十多公斤重的风钻，钻机一转，地动山摇，几个小时下来，人像从水里捞上来的一样。好在他有的是力气，加之又不怎么吝惜，因而不但很快适应了工作，而且成绩还很不错，多次受到领导的表扬，并被任命为副班长。据阿德说，二十世纪七十年代末八十年代初，是大山的鼎盛时期，掘进进尺直线上升，一年干完两年的活。凭着这样的硬指标，一连五年被评为矿里的劳模，还到过阿德后来工作的县一中做过先进事迹报告。据说在一个半小时的报告中，恰到好处地使用了十六个成语，引得学生娃儿们的掌声如暴风雨一般。后来又有人传说，矿上准备给大山提干，但考察后发现，大山虽然工作成绩突出，人缘很好，口碑极佳，但在担任副班长期间并未表现出过人的管理才能，因而组织上决定暂缓提拔，继续培养。不提就不提，大山的心思本来就不在当官上。

三

提干的事过后，大山真正遭遇了两件对他有些刺激的事。一是找对象。按一般规律，大山凭借一百八十厘米的身高、八十千克的体重和月薪几百元的优越条件，在矿上满可以找到一个称心如意的姑娘，组成一个他老爸所要求的双职工家庭。但无奈天时不佳，姑娘们的择偶标准变了，尚"文"不尚"武"；地利也不利，偌大一个国营企业，是大老爷们儿的天下，姑娘少得可怜。物以稀为贵，行情自然看涨。何况大山还有明摆着的劣势：一是文凭太低，发展空间有限；二是长年干着"地下工作"，辛苦且不说，打钻放炮还多少有点危险；三是家在农村，亲戚多，人来客往频繁，难以应酬。所以任凭好心的师傅说破了嘴，姑娘们经过调查研究后，都不肯把终身托付给他。相不中就相不中，也许还是晚熟，也许是什么"蒙"没有全面发挥作用，也许是赌气："找不到好老婆，大不了打一辈子光棍，有什么了不起的！"可老爸并不赞成大山"宁缺毋滥"的气话："男大当婚，女大当嫁，这是千年铁律，能由你小子！"在综合分析了各方面的情况后，一天晚上，凭着四两烧酒的豪气，老爸发话了："矿上的姑娘有什么了不起的，咱山里的妹子就不如她？"于是老妈就张罗开了。事情进展得异乎寻常的顺利，几个月后大山就遵父命回家完婚了。对象是他大嫂娘家村上的，比他小几岁，也是人高马大，大山基本满意。

还有一件事，就是高考。记得有一次我因参加一个宣传会议去了大山的矿上。会后大山请我到他宿舍里喝酒聊天。喝着，聊着，不知怎的就聊到了文凭，聊到了高考。他说很后悔恢复高考那年没去参加考试。据当时一些没有参加考试的人和后来的一些"学中高手"说，那年的考题相当容易，凭他的实力完全可以考上。他说阿德读高中时总的情形跟他差不多，语文成绩尤其是掌握成语的数量还不如他。但阿德有胆识，不满足民办教师的工作，毅然走进考场，又居然高中了，而且是全县的理科探花，考进了一所全国著名的师范大学，成了十里五村唯一的 1.83% 的受益者！阿德姓张，一时间他在熟悉三国故事的乡民眼中成了"于百万军中取上将之头"的张翼德！怕引起我的误解和不快，他补充说，他并不是眼红阿德，只是佩服阿德的胆识，怨自己太容易满足；并遗憾于那年我没有去参加高考。我说没什么遗憾的，我不及他和阿德，科目不够平衡，而高考是看总分的；再说那年的考试其实是相当不易的，参考人数多，多年考生积在一起，竞争异常激烈，而且录取率又很低。我看他有些醉了，就安慰他说："人各有活法，知足常乐吧；不管境遇如何变化，我们永远都是好朋友。"他不再说酒话了，一会儿就先于我进入了梦乡，脸、脚都没洗，留下我这个客人替他收拾狼藉的餐桌。

四

尽管大山已遭遇了人生的一些沟沟坎坎，但如果能像他老爸那样在矿上平平安安干一辈子，也许就没有太多的故事。但他以前听说而不愿细想、眼下已经发生或即将发生的事，使大山命中注定成了制造更多的新故事的角色。

将一群占地几十平方公里的大山钻了好几十年之后，人们越来越清楚地看到，那地下的宝藏并非取之不尽，用之不竭。矿石品位的下降，生产成本的上升，亏损数字的增大，迫使上级不得不做出关闭矿井的决定。风钻工居井下四大主要工种之首，但若到了地面，就英雄没了用武之地。所以还在没有封井的前好几年，有些有远见的后生就未雨绸缪，工余抓紧进修理论，学习技术。有人也动员过大山，但大山觉得快五十的人了，还能干几年？偌大一座矿山，三年五载能关闭？即便关闭了，地面还有好多厂子，凭自己的工作成绩和表现，还怕找不到一份工作？直到矿里传达上级决定封井的文件，大山才感到危机真的来了：转产、分流、培训……提上了领导者的议事日程；分忧、奉献、阵痛……萦绕在大山等被领导者的耳边。分流，专业不对口，且到处人满为患；培训，基础不好，且为时已晚；奉献，他能理解，而且已做了不少；可阵痛，他不太明白。有人说，这就好比孕妇临产……这下他明白了，自己虽没生过孩子，但那年老婆生那个差点儿使他被矿上开除的三小子时，他正好休假在家。看着老婆一脑门子的汗珠，不停叫唤，痛苦挣扎，他才真切地感受到生孩子绝非老一辈所说的"鸡下蛋"那般容易。当然老婆"阵痛"后生下孩子就渐渐不那么痛了，可大山眼下的"阵痛"却演变成了"长痛"。整天无所事事，还白拿国家一部分工资。农村又到了大忙时节，他爹妈先后"走"了，三个小子学习成绩平平，干起农活来也顶不了大用，忙得老婆团团转。可他在矿上闲着，为人憨实，又不敢偷着回家帮老婆一把；再说，也不放心，矿里今天没事，谁说明天没事？咱还是矿上的人啊！

这样煎熬了很长一段时间后，大山觉得"长痛"不如"短痛"，与其这样无谓耗损"青春"，不如趁早回到村里帮老婆干点实事。于是他打了个报告，按最优惠的规定办了手续，拿了笔钱，准备回到他生长的那个村子去。不过真的要离开他钻了二十几年的这一群山，心里还真不是个滋味。有人看见将要离开的那天上午，他在矿上转悠了许久，脸色很难看。

<h2 style="text-align:center">五</h2>

大山是怀着忧伤和第二次创业的决心回到村子里的。命运跟他开了个大玩笑，大半辈子的人生，就画了一个圈！当年离开的时候，那是风华正茂，而今已早过了"不惑"；但不仅"有惑"，还有风湿病。回到家里，迎接他的是脸色不太好的老婆和三个又增高了不少的"小山"。实事求是地说，开始一段时间，老婆倒也欢喜，并不是因为他带回了些钱，因为她知道大山已跟矿上没了关系；而是因为多了一个壮劳力，可以帮她分担部分辛劳，并且在闲暇的晚上能有个人一起说说话。但时间一长，心情也就慢慢起了变化，特别是看到左邻右舍一幢幢楼房拔地而起时，觉得住在低矮的瓦房里比别人矮了一截。乡里人讲实际，房子不高，人就"矮"。祖宗有遗训，房子是人的脸，如同现今城里人说的品位和地位。于是她那爱唠叨的毛病又犯上了，说至今未盖楼房，全是大山的错。爹妈在世时，跟他们住在一起，每逢大山回家休假，都要讲房子的事。但大山固执己见：孩子念书要紧，如果仁小子将来都能上大学，在外边工作、成家，要那楼房干什么；再说眼下财力也不行，造一幢楼房至少也得三万五万。老爸说他可帮一点，他不敢要，两位兄长若知道了，还能不起风波？老婆说去借，他说开不了口。因此造房子的事就一拖再拖。对此老爸生前很不满意，说大山人大志气小，因而在快咽气的时候还不住地叹息。

一个周六中午，大山和老婆正在房前坪上翻晒棉花，阿德的儿子穿着崭新的校服和雪白的运动鞋从县一中回村看奶奶。大山的老婆看见了，话题马上由棉花的价格转到孩子念书上："你看人家的孩子多神气，成绩也好！在县一中上学，他爸又是老师，成绩能不好吗？再看看我们的大小子，待在乡中学，又没个辅导的人，成绩能好吗？"大山虽不完全赞成老婆的观点，但想若能把大小子转到县一中上学，一来风光，二来成绩肯定会好些。第二天，大山抽空随阿德的儿子一起去了县里，找阿德商量下学期给大小子转学的事。不想阿德说，学籍有困难；借读嘛，学校又没有这个先例，再说也难以受到老师的重视，到时候花了许多钱，还不一定有好的效果。大山不懂教育，既然可以称为专家的老朋友这般说，他只好暂且作罢。

六

　　大山回村两年后，又有了另一层困惑。记得以前在矿上工作，每次回家休假，左邻右舍往往都热情招呼；而今朝夕相处，渐渐淡了。他估摸着可能是电视里讲的距离太近了的缘故。可又一想，打不打招呼有什么关系，招呼又不能当饭吃。叫他感到很不适应的是，而今的农村跟以前大不相同了，大伙儿不再玩"虚"的，在捞"实"的：农时收多少粮，摘多少棉；农闲上哪儿打工，赚多少钱。甚至传说有人自己不种田，到外面打工赚钱，田给别人种。人们讲话的口气大了，不再为鸡毛蒜皮的小事而邻里相争。更让他奇怪的是，一到晚上，人们不再串门了，各家各户，早早关上门。据说有因事晚归的村民，走进夜幕笼罩的村子，都很有些害怕。即便是在白天，偌大一个山村，偌大一片房子，在籍人口两百多，但能见到的人很少。人们的思想观念变了，生存方式变了，更加忙碌了，不少人还把眼光投向了山外。这些他以前有一点了解，但感受来得如此真切深刻，还是在现在。他思忖着：自己也许又犯了一个历史性的错误，在不该回来的时候回来了！但又一想，不回来又能咋办呢？能全怨我吗？

　　埋怨归埋怨，困惑归困惑，大山并未放弃努力。考虑到家里缺钱，农闲他也到外边打过一段时间的工，但因不懂别的技术，只能干力气活，不料风湿病犯了，只得提前回来。不打工了，夫妻俩商量争论了许久，决定利用下半年两个月的农闲，咬咬牙，把房子盖起来。

　　记得去年十月份，为买盖房子的水泥，大山来过县城。办完事后，中午时分，他到了我家。他说他将家里多年的积蓄拿了出来，又找原来矿上的一些朋友和村里的人借了一些，先在乡里砖厂预订了几万块砖，又到县城来买水泥和其他材料。我放下手头还未修改好的一篇文章，陪他聊开了。话题很快转到房子上。大山说："伙计，如今混得真不错！这么大一个套间，还装修得像模像样。"

我说："这算什么，不过一个鸽子笼罢了。如今农村人盖的房子才叫房子，一家一幢，像别墅！"当得知他盖房子还差钱时，我主动提出借给他三千块，他推辞了许久。他说他今天来，是想请我帮忙把他的大小子转到县一中。在我的记忆中，我们同学十年，交往几十年，这可能是他第一次求我帮忙。记得上次跟阿德他们聚会的时候还讲到过这事，阿德作为县一中的教务主任尚且不能帮忙，我又能帮上什么呢？也许大山以为我在县里工作，又能写点文章，熟人多，或许有些办法。其实，我一不掌权，二不管财，三跟教育不搭界，能力是极其有限的。但为了不让大山失望，我说了一句极艺术的话："试试看。"是吃中饭的时候了，因周六无事，老婆带孩子上岳母家去了，我只得亲自下厨。我手艺不怎么样，简单炒了几个菜，跟大山一起喝了六瓶啤酒。大约下午三点，我去小区旁的建行取了三千块，打架一般硬塞给大山。看着他匆匆去车站的背影，我的眼眶湿润了，生平再一次感到自己是这样的无能和不够朋友。

想不到大山就这样出走了，只留下一张谁也猜不透含义的字条。楼房虽然盖起来了，可债务也欠下了，大山出走了，那几乎跟大山一般高大的女人肯定不会觉得比别人高一截；三个孩子还在乡里的学校就读，成绩也还是平平。我那句模糊的"承诺"，虽然几经"试"过，但终究没能兑现；一句极艺术的话，几乎沦为骗子的语言！但我坚信，总有一天大山会回来的，而且是一个全新的，因为他叫着一个顶天立地的名儿。到那时，我一定把这篇"小传"续下去，并补充进一些新的内容，或许能成为一篇像样点的"大传"，献给我的老同学——让我不能忘怀的谜一般的大山！

附记：

大约两年后，大山回到了村里，并带回了与原单位同事一起在 G 省创业成功的好消息。其精彩故事，将在他的后传中与大家分享。

生命之歌

——重读《我与地坛》

史铁生的《我与地坛》深挚动人，是一首"母爱之歌"，也是一首"生命之歌"。

在遭受人生的重大变故后，史铁生摇着轮椅进入地坛，由一度想结束自己年轻的生命，到对生命的深切参悟和对命运的平和豁达："一个人，出生了，这就不再是一个可以辩论的问题，而只是上帝交给他的一个事实；上帝在交给我们这个事实的时候，已经顺便保证了它的结果，所以死是一件不必急于求成的事，死是一个必然会降临的节日。"

这里至少包含三层意思：一是人的出生不是自己可以做主的；二是生命的终结是必然的，因而不必心急，做出任何有悖自然规律的事；三是死亡是个"节日"，要坦然面对，无须恐惧。

是的，这"节日"是人生的必然归宿，是"生命之歌"的自然终点，有如四季循环，草木荣枯，面对它应该坦然淡定。但近日里发生在韩国、印度的两桩重磅事件，却是人世的灾难，生命的挽歌，让人无法坦然面对。两桩事故导致为数众多的鲜活生命戛然而止，令人十分痛心！

古语云："人生天地间，忽如远行客。"生命很宝贵，它于每个人都只有一次，是不能重复或逆转的，所以在日常生活中，珍视生命应成为人们的广泛共识和自觉行动。

我们强调这一点，还与生命脆弱、人生短暂有关。我们不否认人生在世，应该敢于与命运抗争、与困难搏斗，甚至为理想献身，但这并不妨碍对生命的珍视。

请看当下一些不应忽视的事件：

英年早逝者有之；

酒驾、坠亡、溺水者有之；

忽视休息锻炼、积劳成疾者更有之；

……

应该警醒了：生命很脆弱，"意外"随时可能发生；没有了生命，哪来什么事业？同时生命不是孤立存在的，国与国交流，人与人交集；命运共同，休戚相关；一方有难，多方牵连。还是那广告说得好："大家好，才是真的好。"

写到这里，突然得知1994年版《三国演义》关羽的扮演者、西安著名演员陆树铭先生，不幸于11月1日因突发疾病去世，享年六十六岁！他曾专门为患肺癌的八十二岁的妈妈创作了一首歌曲——《一壶老酒》，让妈妈"又活了八年了"，是一位懂得感恩的好人！在人均期望寿命动辄七八十岁的今天，又是一例"英年早逝"，令人痛惜：一代巨星已去，世间再无"关云长"！

有人说，我还年轻，也很健康，有必要把"珍爱生命"挂在嘴边吗？

是的，挂在嘴边是不必，但这个意识一定要有，而且要防患于未然。如果进入垂暮之年，再谈重视健康，珍视生命，就为时晚矣！

下面说说我自己吧。我虽然成长在困难时期，但一向自我感觉良好，认为身体健康不是个问题。实际情况也是，年轻时，很少去医院。但有三件小事，回想起来，不无遗憾。

1974年高中毕业回乡，后来当了队长，遇事理应带头。记得有次清理粪窖（把牛粪收集在一起发酵，作农田肥料），气温高，窖很深，在上面操作不便，需有人下去，于是我和一小伙把裤腿一挽，就赤脚下去了。这在农村本是寻常事，只要稍做防护（穿高筒雨靴），也没什么大问题，但为了赶时间和方便操作（赤脚做事更利索），我们就贸然下去了，操作了一个多小时才上来。开始几天没什么，后来左腿上出现红肿，长一大包，并化脓，好长时间才好。其间找医生看过两次，说是被粪窖熏的，感染了。

另一件事是打农药。熟悉农事的人都知道，很长时间以来，庄稼防虫灭虫靠喷洒农药。农药有毒，打农药若防护不当，对人体可能造成伤害。当年我和同村的伙伴，常在不做严密防护（有时甚至光着膀子）的情况下下田操作；有时没有根据风向，及时调整操作方式——人应在上风处。操作方式可以是前进或后退：前进会沾上农药水，但效率高；后退安全，但效率低，还容易踩坏庄稼。为赶时间，我们常采用前进方式，一次操作下来，身上难免沾上农药水。我们仗着年轻，并不太在意，到湖里游游，顺便洗洗好了。至于是否还有农药残留，不管了。

第三件事是上大学后，由于用眼不科学，造成近视。记得高考体检时，医生拿一木棍儿点那视力表，点了两排后，我说你点下面的好了——那时视力绝对杠杠的。不想大二时就近视了。有次回老家，母亲看我戴着眼镜，很是惊讶："家里几代人没有近视，你怎么近视了！"我说是看书看的。当时哥哥在武钢，几乎每隔一两周要去看我，有时给些零花钱，并多次很郑重地说："要注意身体！"我觉得很奇怪，年纪轻轻的，有什么好注意的。回想起来，感觉很遗憾：如果看书稍加注意，可能用不着戴眼镜吧。

进入老年，深切地感受到健康的重要，生命的宝贵。现在物资充裕了，生活环境好了，为保障人们的健康提供了良好的外部条件，但如果主观上不重视，也是枉然。生命的长短和质量，很大程度上取决于健康状况，而健康状况与生活细节和日常习惯又密切相关。

就说看电视吧，很容易滋生久坐的毛病，所以当电视屏幕右上角有小人儿提醒"动一动，更健康"时，你起身动一动，真的可能更健康了。事情就这么简单。遗憾的是，生活中很多简单的事不一定能坚持做好：既有意识方面的问题，也有毅力方面的原因。但要让健康之花绽放得更绚丽，生命之船行驶得更平稳，必须重视日常生活中的每个细节，生命过程中的每个节点。

爱他人，也要爱自己，从物质层面，更从精神层面："若晴天丽日，就静赏闲云；若冷雨敲窗，就且听风吟；若流年有爱，就心随花开；若时光逝却，就珍存过往。"

请记住这段话吧："生命的意义就在于你能创造过程的美好与精彩，生命的价值就在于你能够镇静而又激动地欣赏这过程的美丽与悲壮。"（史铁生）

愿我们都有健康的体魄，幸福的生活，美妙的"生命之歌"！

也说"拿来"

近日无事，重读鲁迅，对先生写于二十世纪三十年代的《拿来主义》，有了一点新感悟。这篇杂文，原本是站在当时的角度，就如何对待外来文化和文化遗产来说的。作者指出，对待外来文化和文化遗产，"要运用脑髓，放出眼光，自己来拿"。今天读来，觉得在很多领域，仍有指导和启示意义。

先说几个例子吧。

例一，信息"反转"。

生活在当今时代，我们每天不可避免地要面对来自各种渠道的海量信息，这些信息虽然绝大部分是真实的，但也不乏虚假的。如某某明星，已经被"死"过了，突然又有人说他患流感住院了，难道"那边"也有"流感"？你还不敢掉眼泪，为什么？他明天有可能出现在某个晚会上。昨天网上说某外国球星患重病将缺席某场重要赛事，正在你为他感到遗憾的时候，今天突然说这消息是假的。上个月有留学博士说，洗热水澡可以预防某种疾病，于是你赶快洗澡。第二天又有专家出来说，这种说法没有科学依据。"反转"真快啊，洗澡换下来的衣服还没洗呢。电视里，有人说从外面回来，为防流感病毒，外衣最好挂到阳台上。我很疑惑，阳台分内外，挂在内阳台上有用吗？没有阳台又怎么办呢？后一想，又释然了，说不定明天就"反转"了。

例二，误写错读。

在此，我突然想到"'热列'与'鸿浩'齐飞，'某校'共'某校'一色"的事。说的是，一年某校经管学院迎新标语将"热烈欢迎"误写成"热列欢迎"。某校长在校庆致辞时，把"鸿鹄之志"念成"鸿浩之志"。一时间引得舆论沸然。

例三，"揭短"闹剧。

前些时网上披露了这样的事：A 著名作家批评 B 著名作家写的文章，说它有很多问题，甚至有原则问题。C 著名学者打抱不平，说 A 的批评文章有好多处硬伤，甚至有错别字和很低级的语法错误等等。D 围观众网友，大多选 C 边站，力挺 B，并把 A 几乎"扒"了个精光，什么作品档次不高，文凭有水分等等；有的甚至还讥笑谩骂，一时间好不热闹。

例四，一场误会。

某日晚上，W市一小区女业主在微信群里连发数条语音，批评社区不作为，还怒怼某超市出"AB套餐"捆绑销售，社区不回应业委会诉求等。其中，她极富地方特色的语言，逻辑清晰有理有据的喊话，以及"沆瀣一气""一丘之貉""拾人牙慧"等成语的连用，都给众网友留下了深刻的印象。

毋庸讳言，"反转"也好，虚假也罢，最易击中的是不肯"运用脑髓"、急躁轻信者。越是非常时期，信息越难辨别，谣言越易钻空子。但只要遇事多"过过脑子"，擦亮眼睛，不轻信盲从，情况就会好很多。

譬如，有一种说法："盐水漱口有助于防流感"。这话有无科学依据，不可一概而论：若病毒在口腔和咽喉，应该有用；若病毒在呼吸道呢，就不好说了。"过过脑子"，发现需要区别开来看，需要探寻其科学依据。

再如，"抽烟、喝酒也可以防止流感病毒。"抽烟有害健康，这是基本的科学常识；喝酒与健康的关系虽然有点复杂，不能笼统而言，但饮用的酒不是酒精，显然达不到消毒的烈度。还有一点，观察一下患流感的人，难道其中就没有烟民和酒友？"过过脑子"，这种说法的对错应该不难判定。

当然还可能遇到一些辨别评判难度较大的信息，那又当如何应对呢？还是要"运用脑髓，放出眼光，自己来拿"，还是不能盲目跟风，随声附和。

关于例二，有网友认为，"名校也好，名人也好，出现差错，在所难免，不必以神的要求去苛责，不能拿放大镜去放大名人名校的失误"。

是的，汉字形似音异义异者甚众，运用起来，即便是专门的语言文字工作者，也难免偶尔出错；"人非圣贤，孰能无过"，小小过错，瑕不掩瑜，不必放大。但终究是一件憾事，不应回避，诸如"横幅是学生社团或外面的广告公司制作""检查人员可能也没有注意""大多数网友也没有发现""非文科出身""求学时课本不同""时间久了忘了"等等，似难成立。所以，还是要引以为戒，还是"要事事认真，不出错最好，毕竟，名校是文化的代名词和引领者"。

例三中的三位名人我只知道一位，但从相关信息看，他们都很出色，只是档次似有不同。他们相互"揭短"，其中的是非有些复杂，据说还涉及原则问题，我不敢贸然评判。只是感觉名人也好、凡人也罢，对己要多些自省，对人要多些宽容；围观者要客观冷静，力戒过激冲动。

例四后来由"冷"变"暖"：双方通过沟通得以和解，不仅"误会"得以消除，工作得到改进，而且女业主还成了志愿者。围观的网友，大多也能冷静思考，理性看待，没有把那些半生不熟、妨害社会稳定的话，一股脑儿抛到网络上。"误会"的"结果"，令人欣慰，彰显了理性的力量。是的，有问题需要指出，需要各自内省和换位思考，更需要解决问题的积极行动。

一句话，面对纷繁复杂的信息，我们要多些理性思考，多些积极作为。

当然，我们还可能碰到这样的一些信息，不是什么真假的问题，而是恶意的谣言。散布者或蹭热点，眼下什么话题"出镜率"高，就编什么；或投其所好，民众眼下关心什么，就据此"量身定做"，而且还言之凿凿，不由你不信；或危言耸听，你怕什么，他就来什么，吓得你汗不敢出。究其原因，可能有：（1）利益驱使，为赚流量；（2）逞能耐，卖弄"见闻"；（3）凑热闹，闲着也是闲着；（4）用心不良，另有企图。

又当如何应对呢？除了有关部门要加强教育、引导、管理外，每个公民都要坚守法律底线，不造谣，不信谣，不传谣，多传递正能量；要沉着，有辨别，不轻信，不盲从；要全面提高自身素养，加强科学知识储备，提升识别谣言的本领和能力。有些谣言之所以能蒙蔽人，是因为造谣者利用了一些人的轻信盲从和对科技知识储备不足的"短板"。所以近日有专家呼吁，为应对恐慌和流言，要建立起国家应急科普机制。

面对纷繁复杂的客观世界，面对扑朔迷离的外部信息，请记住鲁迅先生的话：

我们要运用脑髓，放出眼光，自己来拿。

日记四则

我已于 2015 年 7 月退休。当年曾上过一年私塾的父亲，怀揣着美好的愿望给我取了一个预示"好运"的名字，说是这样的名字，会让我成长无虞，并且有好运相随。还真应验了，这辈子虽然碌碌无为，却也顺风顺水：一是学业顺畅。从小学、中学到大学，一路顺利。其间虽经过十年"文革"、四年务农，但有幸赶上恢复高考，成功跨进大学校门。二是工作顺心。大学毕业分配到国家大型企业的学校，后调地方，教书育人，事业上小有成绩。三是家庭顺利。身为大龄青年，相貌平平，家境一般，顺利娶妻生子，小康生活，知足常乐。四是健康顺意。参加工作时，我曾有个意愿：健康工作 35 年。这点对我本来有点难：从小就比较瘦弱，还患过百日咳，后来务农从教又付出太多，但好在上天眷顾，又特能忍耐，终于顺利到站，拿到退休红本本。但退休后，"前债后偿"，身体频繁报警，不得不多次光顾医院。

2018 年 10 月 16 日　星期二　小雨

今天的心情，跟天气一样：雨雾蒙蒙。忍耐了多年，这十个男人九个有的毛病，终于到了无法忍受的程度。以前曾咨询过颇有资历的病友，说是最好保守治疗，手术风险太大，弄得不好，无法收拾。于是好长时间以来，就抹膏贴药，但终究治标不治本，疼痛时常大发，其状甚是惨烈。跟妻子商量：是否手术？妻子说，这次好不容易从老家回到 H 市来，利用医保在此，好好治治；手术未必不成功，你向来运气不错；关键是要相信科学，H 市是省会，又是医疗强市；××医院虽属区管，但也是三甲，又有市级特长科室，专家坐镇，不妨一试。有妻子壮胆，就赌一把吧。

吃过中饭，乘公交 15 分钟，到了医院。找到以前看过的医生，提出手术申请。医生很慎重，仔细检查后说，是必须手术了。看我有些紧张犹豫，医生说："您放心，我联系教授给您主刀，如能微创，不怎么疼的。不过能否手术，要体检后才能确定。"到了这个份上，再退缩，显出胆怯不说，还拂了人家的好意——非亲非故，纯粹为我着想。于是到住院部，主刀医生又检查一番，开出体检单；刷卡缴费后，一项一项检查，顺利完成。医生看过报告说："可以。现在就办住院手续。今天上午811室正好有人出院，您就住进去吧。"于是妻子帮我办完有关手续，陪我到病室后回家：医院规定，病人住院，晚上一般无需家人陪护。

真是高效率，当晚我就躺在了811室2号床位上。左右一看，1床是高龄病号，看那年龄，应该大我很多；3床是一中年人，年龄约莫40多。我心想这安排还真巧了：严格按年龄排序。他们看我来了，甚是热情，对我说，这病手术没有传说的那么疼，一般两周就可痊愈出院；并详细指导今晚清空腹腔的药物如何服用，可能出现哪些症状等等。我第一次真正明白了，什么叫"同病相怜"！

当晚服药后，下床上床反复折腾；又因是第一次住院，对环境极不适应；加之想到明天做手术，前途未卜，一宿煎熬！

2018年10月17日　星期三　阴

妻子很早就出现在病室门口，遵医嘱为我准备了既柔软又营养的早餐，还带来了一些生活用品。询问了夜里服药的情况后，陪我进早餐。不一会儿医生来了，询问了1号、3号病友的情况后，站到我的床头，态度极其和蔼地告诉我，手术安排在上午第一个，等会儿有护士来护送我进手术室。还说，他有朋友在我们学校任教，曾听朋友说起过我等等。我知道他是在营造手术前的宽松气氛，以化解我的紧张，看来医生也需懂心理学。

大约8点半，护士推轮椅到病室，带来专门的衣服要我换上，送我到手术室；一医生帮我躺到手术台上，并用布带绑好。麻醉师、手术医生3人过来跟我交谈，说小手术，不要紧张等等。随后一名医生递给我两页纸，要我看后签名。为了手术时安全，我没戴眼镜，快速浏览了一下，大概是要患者知情并承担部分手术风险，我很快签了名。心想：到了这个时候，有风险又如何？难道还要医生担全责？刚上绑带的时候，一捆眼泪出来了，这时反倒镇定很多：有什么好怕的，这条命就托付给医生了！

麻药注进身体，腰部以下逐渐失去知觉；奇怪得很，这部分咋就像不是自己的！一阵器械响后，手术准备开始了。主刀的教授仔细观察后说，原准备微创，由于错过了最佳时机，只能采用传统手术了，想听听我的意见。我不懂这"微创"与"传统"到底有何区别，反正总是一痛；现在反悔，还能从手术台上下来？于是很果断地说："该怎么做就怎么做，有什么问题我承担！"

有我这句话垫底，医生们放宽了心。到底是专家，一个难度较大的手术，大约一个多小时就完成了。当助手用一小盘把"成果"递给我看时，由于有麻药在起作用，我很轻松地说："谢谢你们！辛苦了！""创面比较大，可能会比较痛。""没关系，我有思想准备。""老师，您很坚强！我是您校2006届毕业生。您没教过我，但我认识您。""也谢谢你，年轻的麻醉师！手术中，你为何不停地跟我讲话？""怕您睡过去了。"我被深深感动了：一个不太大的手术，医生们竟担着如此大的风险！我后悔手术前没有跟妻子交代，万一手术出了问题，甚或是下不了手术台，也千万不要找医生的麻烦：他们一定是尽了最大努力的！

护士推我回病室，妻子在焦急地等着，看我状态还好（麻药还在起作用），也轻松了些。护士和妻子很费了一番周折，好不容易才帮我躺到了病床上。"如果你们的孩子不在身边，开头两天可以联系原单位来人帮忙照看一下。""谢谢护士！我们已退休，再说现在不是假期，大家都忙，还是我们自己解决吧。"妻子了解我，最怕麻烦别人。是啊，咱何德何能，一个普通手术，要惊动那么多人，他人为难，自己也不安。并跟妻子说好：我住院的事，出院前不得向亲朋好友透露！

2018年10月29日　星期一　晴

昨天下午医生查房后，很高兴很郑重地对我说："您明天下午可以出院了！"短短的一句话，宣告了治疗已取得阶段性成果，也给了我和妻子一点喜悦，两周的"阴雨"终于可以转"晴"了！

回想13晚14天的经历，不说刻骨铭心，也是余生难忘！

记得手术后1个多小时，麻药还起着作用，不怎么疼痛；后来麻药效应退去，再后来镇痛药停用，那疼痛就无法用言语形容了！以前曾听说，有人因此想走极端，看来并非全是夸张。

备受煎熬的两周，有几个"节点"必须说说。

早上如厕　这是一天中最大的考验。病前我这项工作极有规律，速度也快。记得原单位有同事说，每天早上如此是一种享受。乍听起来，哪跟哪，这也能叫"享受"？近段对我来说，这得叫"惨烈"：刚愈合一点又撕开，什么感觉！

走廊踱步　如厕后马上回床躺下绝对不行，不管取什么卧姿，都疼痛难忍。于是到走廊踱步，高一脚低一步，踉踉跄跄，穿着脏兮兮的病员服；再看那三三两两一块儿踱步的病友，各有特色，互为风景，实在搞笑，又不敢笑（笑起来会疼），体面全无，竟都不脸红：怕个啥，谁认识你！

上午换药　一般是医生查房后通知，地点固定，距离不远。大家拿着自己的药物，排队进入。医生不仅技术精湛，而且态度极其温和。每次见到我，先是一笑，然后麻利操作；拍一下，又一笑："好了！"有次问我痛不痛，我说"很痛"。他笑说："您'痛点'太低。"我觉得有点委屈，但又不能不佩服他点评精准。

当然苦中也有乐，失中也有得。

从医不易　病情稍稍稳定后，我常常在走廊踱步很远，看到从早到晚，各科室医生忙忙碌碌，查房问病，交流答疑，开会商讨；护士登记信息，打针送药，提供护理；辅助人员倒水送水，订餐送餐，换发衣物，拖地擦洗等等，都不怕脏累，不厌其烦。以前感觉教师工作辛苦琐碎，其实哪行都不易，医务人员付出更多，应该点个赞！

早间新闻　好多天早上6点的样子，隔壁病室就有人在发布"早间新闻"——世界杯、NBA比赛、××地震、诺奖揭晓、××大桥试运行、卫星发射等等，从国内到国际，从新闻到旧闻。大多我不能确定是否真实或新鲜，但"世界杯"我能肯定是"旧闻"，法国4:2克罗地亚夺冠，是3个月以前的事了；他们还记忆犹新，忍着病痛，津津乐道，该是多么执着的球迷啊！社会在进步，人们的眼界宽了："家事国事天下事事事关心"，不再局限那"一亩三分地"。

和谐氛围　医院也并非只有愁眉苦脸的事，就说我们"811"吧，我待的两周，进进出出有6人。3床是退伍军人，现职公务员，为人热情；外貌英俊，谈吐不凡，可谓文武兼备。说起军旅生活，有情有味，很令我羡慕。1床老人出院后，来了一位与我年龄相仿者，甚是和蔼。一天他儿子来看他，看见我，很是惊讶，告诉他父亲："这是我高中时的任课老师。"其父恍然，说好像曾在家长会上见过我。于是他开始"忆旧"，说了很多恭维感激的话，我愧不敢当。

感谢"811"，虽不愿再见，却也难忘！

鸟儿正在院子里欢快地唱着歌，向晚的清风轻轻摇曳着夕照中苍翠的树枝。妻子陪同我缓步走出医院的大门。

2022年10月19日　星期三　晴

2022年10月14日上午去××区二院看颈椎。二院是市属二甲医院，特长是中西融合，尤以"骨科颈椎"闻名省城。我挂的是Z医师专家号，人多，号子偏后，大约十点才轮到。医生名气很大，但年龄较轻，很出我的意料；而且态度热情，又没有架子。他先是耐心听我陈述病情：近一月，脖子连带左半边脑袋和手臂疼痛，看书抬臂等严重受限。然后问我既往病史，以手触摸仔细诊断，说："颈部可能有问题，头部、手臂疼痛可能因颈部而起。但要确诊，需做核磁，您做不做？（核磁费用较高）""听你的，做！"于是医生开好单子，预约当天下午

3:30 做。一切顺利，结果大约 40 分钟后就拿到了，胶片看不懂；纸质的表述很长很专业，隔行如隔山，看了许久，也不甚明了：大约是说颈部 ×× 有弯曲变形之类，但问题到底大不大，没说。于是心怀忐忑，预约了下周 19 日 Z 医师的专家号（Z 医师一周只门诊半天）。

预约的是 1 号。我吃过早饭很早就到了医院，8 点开诊。Z 医师接过胶片和纸质检查报告，认真看了好几分钟后说："幸好来得及时，问题不是很大，但需立即着手治疗，不能再拖。""那头痛、手臂疼痛也因它而起吗？""虽还不能完全断定，但可能性很大，先治疗颈椎再看，若无改善，再做相关检查。"一块石头终于落了下来，只是还没有完全着地。"那如何治疗呢？""先吃药一疗程，并做牵引七天。""用砭石刮脖子，做颈椎保健操有用吗？""砭石法不好说，保健操应无害。"我的理解是：这些都是治标不治本的玩意儿，不可太当真。

缴费后，按导医指引，到了 6 楼理疗科。颈椎牵引，俗称"吊脖子"，退休前我曾听同事说过。乍一听瘆得慌，那定是玩命的法子！百闻不如一见，进到理疗科还真开了眼界：坐着"吊脖子"只是其中一种，还有躺着牵引某个部位的，机器通电理疗的，针灸、拔火罐的，用什么东西蒸得香气弥漫的等等。

负责牵引的医生态度温和，操作熟练，力度调试精准。全程大约 20 分钟，提提放放，张弛有度，立竿见影，感觉良好。以前听说，头疼至少有几十种原因，牙疼可能跟心脏有关，背痛可能因胃部而起等等，觉得有如天方夜谭。现在看来，不无道理：人体就像一台机器，各个零件相互关联，某种毛病出现，有时"果"在此，而"因"在彼。为医之道，深矣！

我信服 Z 医师的诊断。展望接下来的六次牵引和十几天的药物治疗，信心满满：开头良好，前景可期！

（欲知后事如何，且待下则分解）

辑七　闲居笔谈

闲居琐记

——走进北京校园

在过去六十多年里，我有近五十年是在校园度过的——或学生、或教师，悠悠岁月，积淀了很深的校园情结。2015 年 7 月在浙江一所高中退休后闲居京城，我到过不少地方，但每每不能忘怀的，还是校园。在 2015 至 2016 不到两年时间里，我先后参观过北京三十五中、北师大、北大和清华。

一

2015 年 7 月上旬，我有幸参加了北京市西城区青少年暑期读书月活动开幕式。我属于暂居北京人员，儿媳妇帮我领取了邀请函，与西城区各有关单位特邀人员一起参加了本次活动。

活动地点是北京市第三十五中学（高中部），离我们当时的住地——西直门葱店胡同（因换房，我们租住在那里）很近，步行也就十几分钟。

开幕式在下午 2 点举行。我提前一个多小时来到学校，以便在开幕式前好好参观这所历史悠久的中学名校。

北京市第三十五中学始建于 1923 年，其前身为志成中学，革命先驱李大钊曾任学校董事会董事。1952 年定为北京市第三十五中学，是西城区的重点中学，北京市示范性高中。2015 年 3 月，学校高中部搬进位于新街口的新校区。校名为中石先生题写。青砖、灰瓦、红柱子，典型的中国风格、中国特色和中国气派。

走进正门，只见镂空篆刻的校训"诚真勇毅勤美严实"八个大字，环绕在数字"35"的周围，在阳光下熠熠生辉。徜徉在这座园林风格的校园里，乍看那清池、回廊、亭阁，尤其是鲁迅书院，还以为是我所熟悉的浙江绍兴的哪所学校呢，既典雅精致，又贴近自然，其设计理念和施工技艺都堪称一流。

"读书月"活动开幕式在音乐厅所在大楼二楼会议室举行，凭邀请函入内，下午 2 点准时开始。简短的仪式后，由北师大教授于丹做关于"读书"的报告。

对于丹大家并不陌生，她是中国当代知名文化学者，北师大教授、博士生导师。作为大学老师，她与中学师生原本没有多少交集，但作为《论语》研究专家，在央视"百家讲坛"主讲"于丹《论语》心得"，为包括中学师生在内的全国电视观众所熟悉和欢迎。同时，近年来全国不少省市高中开设了《论语》选修课程，大家自然熟识了《论语》研究专家于丹老师。我在职时，就看过于丹老师的电视讲座，读过她的《论语》研究专著，但见到她本人还是第一次。

我入场比较早，坐在第六排居中的座位上（与会人员不必对号入座），周围是颇有涵养的教师和青春朝气的中学生，能与他们一起听报告，我很高兴。在大家的企盼和掌声中，于丹老师登上讲台。只见她一袭旗袍，知性优雅，春风满面。她谦恭地向与会中学师生和西城区有关单位人员致意，瞬间点燃了会场的火爆气氛。

于丹老师的报告，包括两块内容：读书的重要性和《论语》与之相关内容解读。她坐在一张藤椅里，侃侃而谈，自然亲和，颇具"沙龙"风味；语言流畅，娓娓道来；切入到《论语》相关内容时，更是驾轻就熟，旁征博引，尽显大家风范。

会场气氛热烈，但秩序井然，组织者有能力，与会者有素养，有不少学生还认真做着笔记。到底是大学教授，学识渊博，语言风趣，把原本枯燥的东西讲得趣味盎然，使我们在获得新知识的同时，还能感受到国学之美。

譬如，关于"读书学习与为人修身"的讲述，援引《论语》中的名言警句，贴切自然，生动有趣。

子曰："学而时习之，不亦说乎？有朋自远方来，不亦乐乎？人不知而不愠，不亦君子乎？"（《论语·学而》）

子曰："学而不思则罔，思而不学则殆。"（《论语·为政》）

子曰："见贤思齐焉，见不贤而内自省也。"（《论语·里仁》）

子曰："质胜文则野，文胜质则史。文质彬彬，然后君子。"（《论语·雍也》）

子曰："三人行，必有我师焉；择其善者而从之，其不善者而改之。"（《论语·述而》）

这些语段，我也曾跟学生讲过多遍，感觉有的时候学生兴趣不是很浓厚，课堂气氛有些沉闷。可名师大家不一样，讲解起来不拘泥于文句本身，纵横开阖，内引外联，深入浅出，妙趣横生。仔细想来，除了教师学术水平有差异外，可能还与中学强调字句落实，注重规范与标准，大学则侧重拓展与深化，注重阐释教师自己的独到见解有关。所以中学教学要与大学很好衔接，除了改进教学方法外，还有赖于课堂教学评价和考试命题导向与大学适时对接。

又如，关于"读书学习与融洽师生关系"的讲述，令人如坐春风，深深陶醉。

《论语·先进》记述了学生"侍坐"时，孔子与子路四位学生畅谈各自人生理想，故事生动，气氛和谐。于丹老师解读起来，绘声绘色，很好地再现了当时那温馨的场景，使我们仿佛穿越到了两千五百年前，来到沂水边，沐浴在春光里：

"莫春者，春服既成，冠者五六人，童子六七人，浴乎沂，风乎舞雩，咏而归。"

"读书"是传统话题，《论语》是古代经典，于丹老师能讲出新意，给人以新感受，得益于她的学问大、读书多。看到会场里这些朝气蓬勃的青年学生，我深为他们感到幸福：成长、求学在京城，有如此优越的学习条件和氛围，成为优秀人才指日可待。

不禁回想起自己在农村乡镇中小学求学的经历。二十世纪六十年代，生活比较艰苦，但我自小就对读书怀有浓厚的兴趣，觉得有书读是一件非常幸福的事。至于读书有什么用，读书后干什么，开始是很懵懂的。后来随着年龄的增长，依稀觉得读书或许能改变当时艰难的生活处境，但什么"千钟粟""黄金屋""颜如玉"，什么"怡情""傅彩""长才"，那是后来才听说的，不像现在的学生见识这么广博，理想这么高远。

遗憾的是，初高中时几乎没有正规的教材，学校也没有图书馆，想课后读点好书简直是天方夜谭。所以1978年进了大学后，课余几乎就泡在图书馆里，见到什么好书就看，"书卷多情似故人，晨昏忧乐每相亲"。但毕竟耽误了太久，特别是高中毕业后在农村的四年，当不少同学或多或少跟书本打着交道的时候，我整天在面朝黄土背朝天。尽管在大学"恶补"了四年，但毕竟欠账太多，不是轻易就能全都补回来的，所以现在还深感此生读书不多。现在回到校园，与青年学生们在一起，怀着敬佩的心情聆听名师大家谈读书，觉得又年轻了一回，倍感亲切和温馨，深深体味到读书的重要和幸福。

二

2015年10月、11月我曾两次到过北师大：第一次是游览，第二次是听讲座。

对北师大的游览兴趣，主要是因其"师"字号。在我国，目前有六所教育部直属重点师范大学，其中北师大，是985、211工程大学，世界一流大学建设高校，当之无愧的老大哥。我大学母校华中师范大学也是这六所院校之一，而我大学毕业后一直从教，与中学讲台结缘三十四载，对师范类大学多了一份亲近感。

那次我和老伴带着不到两岁的孙女，早餐后从西直门出发，坐公交几站就到了北师大。周日，一个大好晴天，两个退休老教师带着一个未来的小教师（孙女教师节生日，从小立志当老师），游览中国顶尖的师范大学，很有点怀旧和励志的味道。

走进北师大校园，我们牵着孙女漫无目标地闲逛。孙女有时嫌累，还要抱着，引来在校园溜达的游人和匆匆走过的学生的好奇和微笑。跟以前在北大、清华游览一样，我很享受校园里的阳光和空气。走到一幢大楼前开阔的草坪边，我们不再牵着孙女，让她自己到草坪上去玩（这草坪游人可以进去），我们远远地跟着。放眼一看，游人很多，小孩也不少，一所大学，俨然一座公园。

大约10点多，我们来到新闻传播学院大楼前，看到一面大展板上的讲座海报——卢新华：读三本书走归零路。我很是兴奋，告诉老伴，到时我一定再来，争取能听到这个讲座。

11月上旬的一个周末，听讲座的时间到了。大约下午6点，我带了点吃的，提前来到北师大。找到讲座的大教室，门还未开，我只得在校园里随意溜达。

又是一个大晴天，虽然日头已经偏西，但仍给初冬的校园带来些许暖意。天空湛蓝，能见度很高，一架飞机在天幕上惬意地拉着白线。我走到上次带孙女游玩的草坪边，有不少学生坐在草坪边木椅或石凳上专心看书。是的，在这样好的年华，在这样顶尖的大学，将来又要承担"传道受业解惑"的重任，是该努力了。

由于惦记着讲座，虽然离开讲时间晚8点还有一小段时间，但担心难以"混进"讲座现场（上次看到的信息没有说对社会开放），我在一家小店买了瓶水，匆忙吃过自备晚餐，提前再次来到二楼的那间大教室门口。幸运的是，这次门开了，还有几个学生在教室后面拉欢迎横幅。由于听众还未到，我在门口迟疑了一会儿还是大着胆子走了进去，坐在左边第一大组第六排靠墙的座位上。迟迟不见学生们进来，很是忐忑。过了好一会儿，有学生陆续进来了，又很幸运，没有人以异样的眼光看我，有的还友好地笑笑，估计把我当成了他们学院的老师，一颗悬着的心终于可以放下了。

晚8点整，教室里座无虚席，讲台后面的小屏幕上打出了主讲人卢新华及讲座的有关信息。

先是主持人（北师大新闻传播学院教授万安伦）致辞：历经伤痕，不忘初心。"伤痕文学"开创者卢新华，应北师大新闻传播学院之邀，今天来给我们讲述自己的人生三昧和"读书"感悟。1978年，是一个不平凡的年份。这一年，有两篇文章是注定要被历史铭记的，因为它们对当时的思想启蒙作用非常大。第一篇是 1978 年 5 月 11 日登载在《光明日报》上的《实践是检验真理的唯一标准》，由此开启中国拨乱反正和改革开放的思想先河；第二篇是三个月以后的 8 月 11 日，发表在上海《文汇报》上的短篇小说《伤痕》，由此开启"伤痕文学"流派，并激发此后的先锋文学等。……

听完主持人的致辞，我对卢新华，有一份同龄人的亲切感：同是"50 后"，同是恢复高考后的首届学生，同是中文专业。但令我敬佩的是，他大器早成，创作成果丰硕。

他本次讲座的题目是：读三本书走归零路——我的人生三昧和"读书感悟"。历时两个多小时，内容精彩，语言幽默，给与会者以深深启迪，博得一阵阵热烈掌声。

整场讲座给我留下深刻印象的，不仅有他非凡的才气和丰富的阅历，更有他洞察生活的睿智和开风气之先的胆识。

关于"三本书"，他如是说：

几年前我曾经写过一篇短文《论三本书主义》，发表于《人民日报》的副刊。为什么会想到写那样一篇文章？这要追溯到"文化大革命"期间曾被广为批判的一个口号叫作"一本书主义"。是说一些作家在一本书成名以后，就不再写了，从此躺在上面吃一辈子。

有人问：到底是哪"三本书"呢？

他说："它们不是一般意义上的书籍，而是三本大书。一本叫有字的书，一本叫无字的书，一本叫心灵的书。当然，也可以是一本叫'书本知识'，一本叫'自然与社会'，一本叫'自己的心灵'。而如果遇到有对佛学感兴趣的朋友，我也会对他们说，一本是'文字般若'，一本是'实相般若'，一本是'心灵般若'。"

"三本书主义"凝聚了卢新华对人生社会的深入思考，在当时和后来都有广泛影响。2017 年，浙江高考作文题还以此为材料：

阅读下面文字，根据要求作文。

有位作家说，人要读三本大书：一本是"有字之书"，一本是"无字之书"，一本是"心灵之书"。对此你有什么思考？写一篇文章，对作家的看法加以评说。

本题命题材料就源自作家卢新华《读三本书走归零路》。作者认为，人要读好"三本大书"，观点较为全面，有利于提升学生核心素养，促进学生全面发展。特别是作者不但强调读"有字之书""无字之书"，还强调读"心灵之书"，提倡认识自己、反省自己、解剖自己，有利于学生精神层面的人格养成。

完全可以说，作文题精彩，命题材料更精彩：不仅文化含量高，而且给予青年学生以正确的人生导向，受到省内外一致好评。

从大教室出来，看那夜空，有星星在闪烁，一幢幢教学楼里仍是灯光通明。我深深呼吸着校园里弥漫书香的清新空气，回味讲座热烈而精彩的场景，仿佛回到了三十多年前的武汉华师桂子山，回到了退休前我任教的浙江美丽的高中校园，讲台上恩师们的奕奕风采，教师里学生们的专注神情，在我脑海里久久浮现……

是啊，书香气是一座校园最好的氛围，书卷气是一个人最好的气质：最是书香能致远，腹有诗书气自华！

三

2016 年 4 月的一个周末，我和老伴到北大、清华游玩。手续简单，进出方便，一天时间，两所名校，既顺利，又高效。

大约上午 9 点，我们来到了北大。北大的第一张名片是校门。校门上方"北京大学"四个大字为毛泽东亲笔题写，潇洒俊逸，大气磅礴。同时，校门采用门楼而非牌坊的格局，不以高大雄伟示人，而以古朴典雅名世。朱门红墙，庄重大气，蕴含百年历史和红色基因。

北方的春天来得比南方晚，3 月底 4 月初正是春季的黄金时段。一泓如镜的未名湖，是北大的第二张靓丽名片。看那周遭，有绿树红花环绕，有中外游客流连。

未名湖，是北京大学校园内最大的人工湖，位于校园中北部，形状呈 U 形。未名湖本无名，乃燕京大学教授钱穆于二十世纪三十年代在燕大任教时所起。

我在仰慕这湖的同时，对钱先生的命名甚有疑惑：何谓"未名"？

从字面上看，意即"未命名"或"不知名称"，似与这湖原本没有，为人工开挖而成相契合，但终觉有些平常。不过转而一想，又觉很妙，其湖甚美，无以名状，故名"未名"；同时，以"未名"为名，犹如诗文以"无题"为题一样，反给欣赏者留下思考和想象的余地，可谓意味深长，与历史上的"无字碑"异曲同工。一方美湖若是，一座名校亦然，其博大精深，你尽可以想象。

北大的第三张名片——博雅塔，在未名湖的东岸，与未名湖构成北大的建筑精髓"一塔湖图"。湖光塔影是相互衬托的绝配，谁少了对方都不行；"博雅"二字，既是塔之美名，也是北大之精魂。

由于计划到清华吃午饭，我们没有在北大流连太久。好在两校相距不远，打车没多长时间就到了。中午12点多，我们到了清华门口。正值饭点，又有我以前到北京旅游曾在清华学生食堂就餐的经验，进校后就直奔着目标而去。

食堂很大，一层是学生就餐的地方，消费方式是刷卡；二层为混合型，服务对象是教工和外来宾客，结账刷卡、现金都可。我们来到二层，人也很多。我离开大学母校华师已三十四年，刚进校时，二十三岁的年纪，又经历过漫长的物资相对匮乏的年代，对食堂的记忆深刻。

不同的时代，不同的地域，同样是学生食堂，但规模档次、菜肴品种有了很大变化。当年我就读的是南方的师范大学，生活、学习等费用全由国家提供，而当时国家并不富裕。虽然总体上不能跟后来的大学相比，但我感恩的心情是一直未变的。到了老年，对食物的需求大不如年轻时，但我喜欢大学的氛围，自然喜欢大学食堂就餐的热闹和蓬勃的气息，至于吃的是什么就不重要了。

用过中餐后，考虑到时间较紧，偌大的校园，只能走马观花，重点突破，主要游览了三个景点。

第一个景点——水木清华。我很喜欢这诗意的名字：水美木荣，清朗秀丽；春风拂面，绿意盎然。看那景点介绍，方知大有渊源：

"水木清华"是清华园内具有标志意义的一处胜景——四时变幻的山林，环绕着一泓秀水，山林之间掩映着两座玲珑典雅的古亭，本为工字厅的后厦，后为"水木清华"的正廊；其正额"水木清华"四字，庄美挺秀，出自晋人谢混诗句；正中朱柱上的名联，为清道光进士殷兆镛撰书。

清华是理工名校，尤以"建筑"名世，其园林，其牌坊，其亭阁，都是有力的证明；兼长"人文"，其标牌，其楹联，其题字，都是很好的注脚。有人说，看一所大学的底蕴，可以看校史，看文化，看名师，看建筑，信然。

第二个景点——近春园。近春园原是清咸丰皇帝的旧居，又是朱自清先生《荷塘月色》的原址。近春园景点的核心景观是被一偌大荷塘包围的一座小岛，岛上有高低的山丘和树林掩映。不过现在它的有名，我以为与朱自清先生的《荷塘月色》大有关系。

《荷塘月色》是高中教材里的传统篇目，是一篇以写景为主的抒情散文，写于1927年7月，那时作者在清华任教，住清华园西院。当时，正值大革命失败，白色恐怖笼罩中国大地。作品通过对冷清的月下荷塘景色的描写，流露出作者想寻找安宁但又不可得，幻想超脱现实但又无法超脱的复杂心情，正是那个黑暗的时代在作者心灵上的折射。

朱自清先生，不仅是现代杰出的散文家、诗人和学者，还是一位名垂史册的民族英雄。毛泽东曾在《别了，司徒雷登》一文中高度赞扬了他的铮铮硬骨："我们中国人是有骨气的。……朱自清一身重病，宁可饿死，不领美国的'救济粮'。……我们应当写闻一多颂，写朱自清颂，他们表现了我们民族的英雄气概。"游览清华园，我们对朱先生不禁肃然起敬。

第三个景点——清华学堂。清华学堂在大礼堂大草坪的东南方，属于德国古典风格，是建校初期新建的首批校舍的主体建筑。1925 年，学校在此设立"国学研究院"，著名的"四大导师"——梁启超、王国维、陈寅恪、赵元任等曾在此任教。公开资料显示，清华、北大作为全国的顶尖高校，师资力量极其雄厚，目前拥有的两院院士、著名人文社科教授人数，在全国高校中处于绝对领先地位。

有人说，大学乃国之重器。"重器"者，培养栋梁之材也。所以师资和生源是一所学校的根本。如果只追求规模宏大、建筑华丽，那就舍本逐末了。记得我以前在湖南任教的学校，有学生考进清华北大。利用出差北京的闲暇，我曾应邀参观他们的学校。不看不知道，一看很惊讶：原来国家顶尖学府的教学楼办公楼，有的并没有想象的那样高大、那样漂亮；学生宿舍居然跟一般高中的也差不多，高低床，木桌椅，没有洗漱间。后来一想，是自己肤浅了：学生是来读书的，不是来旅游的，不是来住宾馆的。我国创办于二十世纪三十年代的西南联大，名师荟萃，人才辈出，而办学条件何其艰苦！有资料介绍，不少世界名校，并不以校园建筑宏伟、生活条件优越著称，而照样能培养出诺奖获得者。"所谓大学者，非谓有大楼之谓也，有大师之谓也"，甚是！

跟北大一样，清华还有一个移动景点——络绎不绝的游人，包括以家庭为单位的"励志"团队。我很赞成这种对子女的"励志"方式，百闻不如一见，身临其境，远比纸质或网络的介绍来得直观和切近，激励的效果自然更好。

下午 4 点，我们走出清华园。短暂的一天，愉悦的一天。虽然不是第一次来到北大、清华，但每次来，都有新的收获。

我留恋曾朝夕相处的校园，无论是中学还是大学；我怀念有书相伴的日子，无论是读书还是教书。突然想起，今天 4 月 23 日，是世界读书日。在这个日子里，写校园，谈读书，感到特别温馨和幸福！

红与黑

——名字的故事

这里的"红与黑"不是法国著名作家司汤达创作的长篇小说，也与那遥远的"法国大革命时期的热血和革命、教会势力猖獗的封建复辟王朝"毫无关系，说的是与人的名字有关的一些故事。

先说说我的故事。

我的名字叫"自黑"。翻开家谱，包含"自"字辈在内的近六代排序为：德、宗、自、永、昌、宏。所以"自"并非"自己""自然"等意思，只表示辈分。至于"黑"，是指皮肤黑，我小时候长得比较黑；同时"黑"这个字眼，不够雅，正好符合长辈"名字丑的孩子好养，不易夭折"的想法。不仅南方，北方也大抵如此，如"×蛋""×愣""×剩"，就是一些不够高雅的名字，同样寄寓着希望小孩"好养活，经得起摔打，经得起病痛"的良好愿望（以后上学可再取一个正式的名字）。如此说来，名字不雅的人，不仅不应该埋怨为你取名的长辈，还应感谢他们的美好"希望"或"愿望"。

但"希望"也好，"愿望"也罢，很多时候可能只是一厢情愿，演绎出来的故事甚至笑话是始料不及的。就如我这名字吧，是因为我出生时很金贵，父母怕夭折；但一般人见"黑"唯恐避之不及，你还"自黑"，自己跟自己过不去，什么脑子！如果遇上特别的年代，跟政治沾沾上边，那就更不是开玩笑了，很可能吃不了兜着走了。好在"文革"时我还小，又不是什么名人的后代，否则还真有些麻烦。而且还有更令人害怕的，我在湖南岳阳工作时，有一特别要好的同事，写我的名字的时候，不止一次写成"志黑"，而且提醒过都不行，这太吓人了：你"自己黑"也就罢了，你还敢"志愿黑""立志黑"！当然朋友绝无他意，只是粗心罢了。1978年3月，我有幸考上了大学。进校后，系里的老师特别关心我们来自农村的同学。有一天一位老师向我了解生活、学习情况，顺便问到我的名字有什么含义，我就如实作了说明，他建议我改名字。虽然他没有具体说明原因，但他的善意我能完全感觉到。后来一了解，已进校的大学生，要改名字是相当麻烦的：涉及到所有档案，还要到武汉市公安局去改。当时我们在远离武汉的分院，刚进校学习也比较紧张，所以新的名字想好了，也终究没有改成。后来发生的故事，充分证明了跟我谈话的老师是富有远见的。

故事一：1978年下半年，我们从京山分院回到武昌华师本部。随着同学间日益熟稔，读的文学作品多了，喜欢用作品中的人物来给同学命一别名（跟姓氏或名字有关），来调剂紧张的学习生活，如杨贵妃、林黛玉、老孙头等。我也有幸受到了这样的"礼遇"。

记得那时跟我们讲"现代文学"课程的教授，不仅在本系有名，而且在全国也有相当高的知名度。他的课我们都非常喜欢，常常很早就去教室等候，或是托同学占座位。有段时间，他讲"赵树理的小说"一节，其中讲到《小二黑结婚》，十分精彩，课堂气氛异常活跃，甚至有情窦"晚"开的同学左右偷瞄。我由于来自农村，名字中又有一"黑"字，加之身材不够高大，就获得了"小二黑"的雅号。记不清发明者是谁，只记得刚开始同学叫的时候还怯怯的，带点试探性（我性格有点内向，脸皮薄，怕我见怪），后来次数多了，看我并不反感，就逐渐叫开了：

"小二黑，帮我带个饭。"

"小二黑，辅导员叫你去一下。"

"小二黑，随我们到武大看樱花去。"

"二黑哥，小芹到哪里去了？"

……

每当同学这样称呼我的时候，虽然有点不好意思，但还是有几分得意：人缘好，朋友多；小二黑是作品中的正面人物，解放区农村的新人形象，"有一次反'扫荡'打死过两个敌人，曾得到特等射手的奖励。说到他的漂亮，那不只在刘家有名，每年正月扮故事，不论去到哪一村，妇女们的眼睛都跟着他转"。小芹俊美聪慧，魅力也很大："比她娘年轻时候好得多。青年小伙子们，有事没事，总想跟小芹说句话。小芹去洗衣服，马上青年们也都去洗；小芹上树采野菜，马上青年们也都去采。"后来二人经过跟封建势力、封建迷信的种种抗争，终于结成了美满姻缘，"过门之后，小两口都十分得意，邻居们都说是村里第一对好夫妻"。

认真看过原作之后，明白了同学的玩笑，纯是善意，只是以戏谑的方式来表达，所以以后不仅不难堪，反倒暗自欢喜了。而更使我惊喜的是，毕业30多年后我参加同学聚会，见面后还有同学开玩笑："小二黑来了，小芹呢？"我报以愉快的大笑和热情的拥抱。在此，我要真心感谢给我取雅号的同学！

故事二：1984年我在岳阳一家大型国有企业的学校任教。当时单位实行"定置"管理，对办公室物品的摆放、室内外卫生都有极高的要求，而且责任到人，张榜公布。记得在办公室的公告栏中有"轮流值日安排表"等，用粉笔写上同室各位的大名。由于书写者工作繁杂，往往字迹不甚工整规范，导致了很多有趣的小故事发生。

一天下午，同事李老师刚上小学的女儿放学后同两个同学来办公室玩，突然对墙上的公告栏发生了兴趣，念那上面各位老师的名字。

"秦白黑！"

"不对，是秦自里！"

"不对，是秦自墨！"

"不对，是泰自黑！"

……

孩子们刚上学，识字不多，但对识字很有兴趣，而且好胜心强，常常比试谁识的字多。对于我的姓名，能发挥自己的想象力，在如此紧张的比赛气氛里，竟然一下子发布了四种"版本"！李老师怕我见怪，不停地用一双大眼狠狠地瞪女儿。我怎么会见怪呢，还要感谢孩子们，给我们带来了多大快乐！当然我也要感谢我自己，有这样一个能给人们带来快乐的名字！

细想孩子们给予我的命名，你还别不服气，还真有趣有才，如"白黑"两字意义相反，同时出现在一个名字里，是不是别有意趣；"自墨"就更厉害了，"墨""黑"用作表颜色的词意义相关相近，如果仿照古人有名有字，我"名黑，字墨"，何如？至于把姓氏误认为"泰"，还真不能怪孩子们，谁让你写那么潦草呢？能认成"泰"也不算太离谱（过后我查词典，还真有姓"泰"的）。不曾想，孩子们创造的笑话，后来还发生在了我们大人身上。有一年我的一篇谈班级管理的论文，获得了一个评奖级别较高的奖项，组织者颁发的证书就写的"泰自黑"。当然严格说来，这是书写带来的"意外"，可归到"名字的故事"的"续集"中。

故事三：1998年8月我们一家由湖南岳阳调往浙江平湖。我到组织部门报到并转党员关系，接待的同志看到公函上我的名字时，以非常惊讶的眼光看着我。虽然他一句话没有说，但我能读懂他的表情："这是你的名字，有没有搞错啊！"我很有些难堪，好在不是第一次。但自此以后他牢牢地记住了我，后来他到我们学校检查工作，见到我非常亲切地说："我认识你，你是××老师。"他是上级领导，我是普通教师，又初来乍到，平时没有交集，他居然能一见面就认出来，应该是我的名字的功劳。

后来还每每发生类似的故事：外出参加教研活动时，有人问："××老师来了没有？""××老师是谁啊？"我很有些得意，本来默默无闻的人，居然也能受人关注，也是名字的功劳。我想，如果有朝一日时来运转，能走进公众视野，仅凭这名字，还不"圈粉"无数！而且还有令我高兴的，后来在网上"查重"，叫我这名字的居然没有第二人（最近没查，不知道有没有叫我这名字的）。物以稀为贵，名以少为奇，咱不怕侵权。

故事四：2019年11月16日，我应邀回浙江原任教的学校参加20周年校庆活动。当天上午学校在运动场举行盛大庆典，高朋满座，群贤毕至；历届校友，四方宾客；相聚当高，共襄盛典。在第二篇章"欢聚一堂"中播放了历届优秀校友共贺母校20周年华诞视频，其中有我2007届学生，海军某部现役军人。当小视频中提到时任高三班主任我的名字时，坐在我们退休教师后面的学生方阵中突然有几声很小的惊呼"啊"传出（因有领导、老师在场，学生们对音量控制得很好），瞬间我有点儿尴尬。但我非常感谢同学们，很有礼貌，小小年纪竟有如此强的自控能力；他们也不知道我就坐在前面。

我已退休近五年，平时南北辗转，期间只回过两次学校，学生见到，总是热情地问好，虽然他们并不认识我这位学校的"老人"。我突然明白了唐人贺知章诗句"儿童相见不相识，笑问客从何处来"的意境。

再说说我和朋友的故事。

我性格比较内向，平时不擅长和人交往，所以过去几十年结交的朋友不多，一般交往也不是很深，但有两个名字带"红"的朋友，绝对是我的挚友，直到现在天各一方，还时常联系。

一个朋友叫"边三红"，是我大学时的挚友。他是荆州人，我是鄂州人，虽同在湖北，但两地相距近三百公里，上大学前并无交集。1978年3月我们相识于华师京山分院，很快拉近彼此距离的是两人有很多的"相同"：年龄相仿，在家中排行第三；性格相类，偏向于"静"；来自农村，出身贫寒；先在大队工作，后当生产队长。恢复高考第一年，录取率极低，来自农村的同学更是少之又少，同一个班级，两个人像我们这样有诸多"相同"，绝对是小概率。

当然也有"不同"：他比我小一岁，倒比我有见识、有担当，所以初进大学，常常是他关照我。还有一点，他的名字比我的好，而且不是一般的好，是"三般"的好；加之姓"边"，那就更好了，三维立体，全方位的好；那时强调"又红又专"，也只两"红"，比他还少一"红"；最重要的是"红"比"黑"好。还有更奇的，他这姓名三个字可有三种组合方式，都通都好。还有不同：他比我有文才，有组织能力；系里举行"在图书馆里"作文比赛，他获奖；班里团的工作，他主持。

于是随着时间的推移，我们的关系更近了。在京山，晚饭后常常一起散步，往钟祥方向，走得很远：青山绿水，夕照晚云；微风习习，蛙声阵阵；分享过往，感慨系之；展望未来，信心满怀。美的风景，美的年华，得一挚友，岂不快哉！后来回武昌华师本部，或散步、或长跑，校园里、南湖边，友谊得以延续和升华。

记得那时午休时间较长，我们常利用这段时间打理生活。刚上大学的时候，我带到学校的装备有母亲亲手纺织、缝制的全棉被子。这种被子贴身，暖和；麻烦的是难洗，沾水太重，不易晒干，尤其是不好缝钉（用被单、被面包好棉絮，然后用针线缝好）。一天中午，我们俩在一张乒乓球台上缝钉被子，怎么也穿不进线（那时不见穿针器，缝被子的线较粗，轻易穿不进针眼），折腾了很久，出了不少汗，还是他手巧，总算完成了。不少路过的同学，只能空看笑话，也没能力帮忙。

大学毕业后，我们还一直保持联系，时常走动。1993 年 8 月，我为调动工作，曾去过湖北沙市。当时三红任沙市广播电视台副台长，分管"新闻"。他当时身体不太好，可仍然忘我工作。我搞的是教育，对新闻很隔膜，以为是一件轻松的工作，不想他案头堆满了书籍和文稿，甚至还有大部头的哲学书，我很是惊讶。在我们简短的谈话中，不时有电话打进，或人员来访。他为了提振精神，提高工作效率，还偶尔抽支烟。我不抽烟，知道抽烟的危害，所以劝了他，他很乐意接受。看他太忙，我们的谈话很快转入正题，殊不知他已为我联系妥当，只要我再去那学校走个程序就可以了。晚上他邀约在荆州的 8 位华师校友相聚，为我接风洗尘，席间气氛热烈；他本不宜多喝酒，可还是喝了不少，我既感动，又心疼。我知道了，什么叫挚友！

2018 年 5 月，我们华师 1977 级 5 班同学应邀赴荆州聚会，三红和义林做东。义林跟我是同行，在松滋教育园地深耕多年，成一方名师，桃李满天下，此时已从校领导任上退休。他很有才华，为人豪爽仗义，幽默风趣，在大学时就人缘关系极好，也是我的挚友。三红此时已从荆州电视台总编任上退休，功成名就，是荆州乃至湖北新闻界有相当影响的人物。在职期间，时有文学作品发表，延续、发展了清新俊逸的文风；还多次赴外地讲学，指导工作，声名远播，"红"遍"三边"！

那天我从北京坐高铁到荆州，三红、义林非要亲自接站。见面好友重逢，千言万语变成了紧紧的拥抱和欢愉的笑声。看到三红比前些年在长沙聚会时气色更好了，义林小恙无碍，我甚为欣慰。

随后几天的聚会，真令人难忘啊！吃、住、游，都堪称一流！荆州乃历史名城，又是有名的鱼米之乡。尝美食，品醇酒；游"荆楚"，看"三国"；赏城市园林，观减水工程，极夫游之乐也！三红、义林，人如其名，情热义厚；名美人好，名副其实！这是我继在长沙参加老班长组织的聚会后第二次参加聚会。两次聚会都非常愉快，非常成功，要感谢东道主同学！

　　分别的场景，感人至深！我的路程最远，三红送我先出酒店，不知谁说了一句："三红、自黑，一部《红与黑》！"是的，这段情缘，堪称小说；这部小说，定有"续集"！

　　另一个朋友叫"徐志红"，是我在浙江平湖工作时的挚友。他是湖南凤凰人，虽然我在湖南岳阳工作过16年，但一在湘西，一在湘北，相距遥远，并不相识。我们相识是1998年8月在浙江平湖东湖中学。那年浙江平湖面向全国招聘教师，我们两个家庭同时从湖南来到平湖。学校吕校长请我们两家人吃饭，我们见到了他们夫妻俩，留下了极好的印象：一是都来自湖南，并且将在同一城市工作，"莫愁前路无知己"。二是他的名字中有一"红"字，我暗想一段"红与黑"的故事，又要展开了。

　　我没有同他正式交流过两人名字的由来，但学生却予以了足够关注。2001年我们同教高三，都当班主任，我教语文，他教物理。因那几年班级调整频繁，学生学同一门课程可能见过好几个老师，所以虽然他这年没教我班，但我班不少学生对他并不陌生，而且特别喜欢听他的课。学生说他上课很幽默，而且擅长学科间渗透迁移，枯燥的物理经他一讲，特别有趣；更有趣的是，他讲课有时逗得学生大笑，他却一脸酷酷的平静，好像学生乐翻了天，跟他一点关系也没有，所以学生给予他的评价是：帅，帅呆了！没多久，他就成了学校的"红"人。学生又说，我们上课的风格类似，都有点冷幽默。徐老师"志红"，立志向上，又红又专；勤勉敬业，待人诚恳，令人敬佩！

　　有一天下午，我跟学生上课，复习"外国文学常识"，讲到法国著名作家司汤达的代表作《红与黑》，正好徐志红老师从教室外走过，有学生小声说"红与黑"，引得几个同学怯怯地笑了，一时我没有反应过来，以为学生在重复我讲课的内容。

　　日子久了，我们两家走得更近了，我儿子特别崇拜他们夫妻俩。他夫人周老师也是我的同事，教英语，业务上也相当优秀；而且还热情好客，厨艺精湛，拿手好菜鲜菇炒肉，让人过口难忘。2002年我儿子参加高考，复习备考期间，他们俩给予了很多帮助。在我用鼠标还不够熟练的时候，徐老师已能熟练自如地帮我们组装电脑，可见他的聪明了。更使我们感动的是，2011年夏天我儿子结婚后，他们盛情邀请我们一家四口到凤凰做客。他们热情接待，全面"承包"：住由他们安排，吃由他们亲戚负责，玩由他们亲戚导游。记得有一天晚上在周老师弟弟家做客，他弟弟特地上山采回了枞树菌和野生蜂蜜招待我们，使我们第一次品赏到了真正的山珍，感受到了湘西朋友的热情好客！

　　后来他们夫妻俩调到了别的省份，日子、事业更加红火，时有清华、北大等名校新生出自门下，科研成果频频获奖。回想我们在一起工作的几年，确有诸多的相同相似。世事很奇妙，冥冥之中似有什么在掌控，原本不可能有交集的人，偏偏就走到一起来了，而且成为挚友；就连名字也有某种关联，平添了不少乐趣，大概都是机缘吧。我想，如果我的名字真如同事写的"志黑"，跟"志红"相邂逅，或许有更精彩的故事。感谢我们的名字，感谢我们的前辈！

名字的故事很多，奥妙也很多，而且伴随人的一生，所以取名时还应多些讲究，最好名出有典，所以自古就有"女《诗经》，男《楚辞》，文《论语》，武《周易》"之说。

"女《诗经》"如：

林徽因，我国著名建筑师、诗人、作家，民国时期的才女。她的名字出自《诗经·大雅·思齐》："大姒嗣徽音，则百斯男。"后因常被人误认为当时一作家林微音，故改名徽因。

琼瑶，中国当代作家、编剧、影视制作人。她的名字出自《诗经·卫风·木瓜》："投我以木桃，报之以琼瑶。"琼瑶，即美玉的意思。《诗经·卫风·木瓜》为表达爱情的诗歌。琼瑶得名于此，似乎从一开始便定下了她创作言情小说的方向。

屠呦呦，我国著名科学家，2015年诺贝尔生理学或医学奖得主。她出生时，父亲屠濂规听到其哭声呦呦，随口吟诵出《诗经·小雅·鹿鸣》中的诗句"呦呦鹿鸣，食野之蒿"，并为其取名呦呦。自此，屠呦呦与青蒿结下了不解之缘。

"男《楚辞》"如：

国学大师南怀瑾的名字，出自《楚辞·九章·怀沙》中"怀瑾握瑜兮"。

著名作家、民主战士朱自清的名字，出自《楚辞·卜居》"宁廉洁正直以自清乎"。

《雨巷》的作者、大诗人戴望舒的名字，出自《楚辞·离骚》"前望舒使先驱兮，后飞廉使奔属"。

其他如：

骆宾王的名字，出自《易经·观卦》"观国之光，利用宾于王"。

白居易的名字，出自《中庸》"君子居易以俟命"。

我国美学家王朝闻，原名王昭文，因受《论语》中"朝闻道，夕死可矣"启发，22岁时改名王朝闻，表达自己寻求艺术真谛、探索人生真理的精神。

当然也有不少是即兴而为，看似随意，其实讲究，仔细品玩，意趣盎然。

唐代著名诗人李白，据说他父亲对给他起名十分谨慎，以至于他7岁时，也没有给他起出名字来。李白7岁的那年春天，一家人在院子里闲坐时，他父亲为考考儿子的本事，就决定三人共同作一首咏春的绝句。他父母咏了前三句后，李白就手指李树，脱口吟道："李花怒放一树白。"他父亲一听，连声叫好，当场就决定儿子的名字叫"李白"。

著名数学家华罗庚的名字也很有意思。1910年11月12日，江苏省金坛县一家小杂货店里，一个男婴呱呱坠地。店主华老祥40岁得子，不禁欣喜万分。他小心翼翼地将婴儿放进一只箩筐里，又将另一只箩筐盖在上面，说："进箩筐避邪，同庚百岁，就叫罗庚吧！"

现在人们给小孩取名，更是花样翻新，各显神通：或搬出典籍，仔细查考，做到名出有典；或上网搜求，靠近明星，力求彰显时尚；或召开会议，各抒己见，尽量体现民意；或拿张报纸，依数查找，类似翻译密电；或看"抓周"意趣，因"喜好"定嘉名，因势而利导之；或发广告征求，集众人之智慧，择善者而从之。真是可怜天下父母心！

其实，名字只是个符号，只要不太贱、不太出格，也不必介意。如果一定要较真的话，正式的名字最好是符合"四'好'一'少'"的标准：好认、好读、好写、好义和少重，如再能带点"典"，那就更好了。至于非正式的名字，就可灵活处理了。现在有的名人明星，故意取很贱的名（网名、艺名、笔名等），反其意而用之，既诙谐，又夺人眼球。我最近上网，就看到一个十分雷人的网名——"黑暗的角落"，不仅"黑暗"，还是"角落"，幽默而大胆，真乃"超级黑"！更有一股清新风：由称兄道弟，到称姐道妹，"×哥""×姐"一阵乱喊，昵称、绰号一顿胡叫，已大大淡化了那正式的名字。那些看起来或贵或贱的名字，因汉字本身多义多解，客观效果未必如当初所想。就再拿我的名字来说吧，就有人给予很正面的评价。今年暑期，我们参与湖南岳阳赴新疆户外游，一小青年见到我名字说："秦老师，您这名字真有特点，诙谐低调，有气魄，有自信，很文化，过目难忘！"想想也不全是溢美，顿觉怡然。又突然想到小时候的一件事：我三岁时，一天雨后，母亲到地里劳动，带着我。母亲劳动太专注，无暇关照我，我不小心掉到了地边一个很深的水坑里。估计过了好一会儿，母亲发现我不见了，才急忙寻找，跑到坑边把我捞了上来，差点没淹死。有次回乡看望母亲，母亲还特地提到这事，只是说着的时候，似有歉意。其实是我太顽劣，不听话。后来一想，能成功躲过那次小劫，首先要感谢母亲的及时施救，其次要感谢我的名字。

咱泱泱中华，上下五千年，历史悠久，文化灿烂，仅"姓名"文化，就十分了得，一片大海，博大而精深啊！

布谷声声

老话说："前三十年睡不醒，后三十年睡不着。"意思是，年轻时睡眠好，年老时睡眠差。但我近来睡眠差，不仅因为年老，还因为布谷鸟。

今年5月中旬，一个周六，凌晨1:30我被从窗户飘进来的声声"布谷，布谷"从睡梦中唤醒。奇怪的是，不仅不怨怼，反而很惊喜。之所以惊喜，是因为这声音不仅久违，而且很亲切。

我生长在南方的农村，那里是地地道道的鱼米之乡。这"米"除了早、晚两茬水稻外，还有一茬小麦。而布谷鸟开始鸣叫，就在小麦即将开镰收割之际。在我的印象里，布谷鸟并非"悲鸟"，而是"丰收"之鸟，是带着丰收的喜气来的，所以老家的农民们对其声音的"翻译"，要么是催种——"布谷，布谷"，要么是催收——"快快收割"。在5月初，就早稻而言，那是"催种"（插秧）；到了中下旬，就小麦而言，那是"催收"：因为这时南方还未走出雨季，成熟的麦子若遇上下雨，那是很糟糕的，所以"快快收割"是非常及时的善意提醒。记得小时候常看到这样的景观：地上是金灿灿的麦浪，天空是脆生生的鸟鸣。这时辛劳的农民就有了丰收的喜悦，也有了农时的紧迫。

我们小孩子的喜悦，是一边拾麦穗，一边学着布谷鸟"布谷——布谷"的叫声。星期天不上学，我们十几个小学生结伴到收割过的地里拾麦穗，交给生产队里，按重量记工分（年终按家庭所得工分的多少计算收入）。到整个麦收完成，下午放学后，我们还可以顺便再到地里捡拾前次漏掉的麦穗。这次的可以拿回家了，晚饭后手工"脱粒"（把麦粒手搓下来），积攒几次，晒干，放在石磨里磨出白白的新面粉。那时各家自留地很少，一般是种点蔬菜，像主要农作物小麦、棉花一般不种。在生产队里分麦子之前，如能靠捡拾麦穗磨出的新面粉做出大包子来，那是很大的喜悦。

不过，队里麦收的活儿还是很辛苦的。记得1974年高中毕业回乡，我第一次参加麦收，那阵势很有些吓人：全生产队的人，在一片很宽阔的麦地里一字排开，随着一声"开镰"，大伙儿挥舞着镰刀，比赛似的奋力争先。我，一个年近19岁的大小伙子，虽是初次亮相，也不好意思落在人后。由于动作太快，左手握麦秆不牢，一不小心镰刀滑动划伤了无名指，鲜血直流。疼痛事小，在众人面前丢了脸事大，从此在心里留下一块阴影，手指上留下一道印痕。所以自此以后，我对集体麦收很有些忌惮。好在随着时间推移，技艺终于被逼着提升上来，没多久也成了麦收的好手，心里的阴影也随之消失，但无名指上的印痕至今还在。

还有更辛苦的活儿——给收割好的麦子脱粒（把收割运到打谷场的麦秆放到轰鸣的脱粒机里，把一粒粒饱满的麦粒从麦穗上分离下来）。这项工作的主要困难是：从脱粒机里喷射出来的麦芒沾在大汗淋淋的身上非常痒，而脱粒时每道工序衔接很紧凑，紧张得像打仗一样；加之人手紧，一个萝卜一个坑，你受不了也没人替换你。好在有时停电，我和几个伙伴儿就赶快到湖里洗个澡。而这时，布谷鸟就有些不知趣了，还在天空不停地转悠，执着地发出"快快收割"的声音。"呸，叫你个脑壳啊！"我们都很烦躁。过后冷静一想，这关鸟儿什么事？好在它并不介意，仍在夜空里一个劲地唱着丰收的歌。

上了大学后，接触了一些描述布谷鸟的作品，发现了一种奇怪的现象，在古代文学作品中布谷鸟大多被定位为悲鸟，作为悲愁的象征物。

布谷鸟，又叫子规、杜鹃、杜宇。古代传说，它的前身是蜀国国王，名杜宇，号望帝。望帝后来失国身死，魂魄化为杜鹃，悲啼不已。这应该是前人因为觉得杜鹃鸣声凄苦，臆想出来的故事。因为按科学常识判断，人死后是不可能魂化为鸟的；而且鸟的叫声，到底是悲伤还是愉悦，只是人因自己的心情和处境而产生的主观感觉，与鸟是不相干的，正所谓"感时花溅泪，恨别鸟惊心"。不过，我们还是要感谢古代那些描述布谷鸟的文学作品，它们使我们领略了古人的非凡想象力和文学的无穷魅力。略举唐代几例：

　　　　芳春平仲绿，清夜子规啼。浮客空留听，褒城闻曙鸡。

　　　　　　　　　　　　　　　　　　（沈佺期《夜宿七盘岭》）

　　　　万壑树参天，千山响杜鹃。山中一夜雨，树杪百重泉。

　　　　　　　　　　　　　　　　　　（王维《送梓州李使君》）

　　　　蜀国曾闻子规鸟，宣城又见杜鹃花。
　　　　一叫一回肠一断，三春三月忆三巴。

　　　　　　　　　　　　　　　　　　（李白《宣城见杜鹃花》）

　　　　其间旦暮闻何物，杜鹃啼血猿哀鸣。

春江花朝秋月夜，往往取酒还独倾。

（白居易《琵琶行》）

香灯伴残梦，楚国在天涯。月落子规歌，满庭山杏花。

（温庭筠《碧磵驿晓思》）

水流花谢两无情，送尽东风过楚城。
蝴蝶梦中家万里，子规枝上月三更。

（崔涂《春夕》）

　　不难看出，布谷鸟（子规、杜鹃）是唐诗中的"常客"，诗人借此意象，多写贬谪之意、羁旅之感、惜别之情、故园之思，情感一般低沉苍郁。这种现象的形成，除了古代传说的影响外，主要源于诗作者所处的时代和个人的遭际。而今时代不同了，个人境遇、情感也不同了，布谷鸟的叫声被赋予了新的内涵，代表着春天、希望、幸福、吉祥；布谷鸟也被视为报春鸟、吉祥鸟、幸福鸟。但我认为也有一直不变的："布谷，布谷"是催促农事的声音，而且不分白天黑夜，不停地鸣叫，所以，布谷鸟最配的称谓应是"勤奋鸟"——执着勤勉，尽职尽责。看到这种鸟，听到它的叫声，有紧迫感的不应只是农民，各行各业的人都应如此，都有不能耽误的"农时"。

　　因是夜晚，无法一睹布谷鸟的"芳容"，我决定白天陪孙女到小区旁边的公园遛弯的时候，碰碰运气，看能否看到这难得一见的鸟儿的真面目。运气还真不错，我们上午8点多到的，大约9点的时候，就有"布谷，布谷"的声音隐约传来，但观察了好一会儿，才发现在高高的天空有一只单飞的鸟儿翩翩而来。由于太高，只能勉强看到它有节奏地扇动着翅膀，真面孔看不清。它急速飞过，顺便把一串串悦耳的声音留在了公园的上空。奇怪的是，盘旋了一大圈后，它又飞回来了，也许是为公园里的人们跳舞、运动的场景所深深吸引吧。更加奇怪的是，怎么只有一只？没有伙伴吗？有资料介绍说，此鸟"性孤独，常单独活动"。我不禁对它心生敬意，原来这独行者、夜行侠，还是个"高冷歌者"啊！但我还是祈愿它能有陪伴的伙伴，为"鸟"一世，其实也不易，何必那么孤独凄苦，使人误以为"光棍鸟"呢？

　　怀着敬意和祈愿，我目送布谷鸟的身影渐行渐远，消逝在那蔚蓝的天空，但那"布谷，布谷"的声音将永远留存在我的心里……

　　（本文2023年5月9日发表于《嘉兴日报·平湖版》）

冬日的故事

岁末冬日，楼前暖阳下的那泓池水，平静婉丽得有些醉人，不料有阵风突然吹来，打破了那平静，荡漾起了不大不小的波澜。

小小的"愿望"

最近我遇到了一件烦心事：手臂疼痛。这在平时，不是什么大事，但碰上流感，就很有点麻烦。

2月21日晚，我照常睡觉前上上网。突然感觉右手臂很疼痛，用鼠标都很困难；而且疼痛在不断加剧，导致一宿都没有睡好。第二天儿子知道后说，现在是流感时期，上医院不太方便，要不先到药店买点止疼药。于是他开车去药店为我买回了药。吃了一周，虽有所缓解，但终究治标不治本；尤其令人担忧的是，流感那玩意儿，据说也可以引起关节疼痛。但认真对比症状，又不全像：不发热，不咳嗽，而且不完全是关节疼痛，是整个一条手臂，包括手掌；位置还不固定，在游走。接下来三周真煎熬，精神上很紧张：万一"中招"，全家就麻烦了，而且两个孙女都很小，真不敢想象！家务做不了，生活上也受限：虽然基本上能自理，但手臂一往上抬就痛，尤其是晚上怎么放都痛，根本无法入睡；更为奇怪的是，一上网或写字就疼得更厉害。老伴说："这是要你戒网、要你休息啊。""戒网"好说，问题是也"休息"不成啊！但令我万万没有想到的是，到3月12日，症状突然消失，完全恢复到了以前的状态，上网或写字都没有任何问题了！后来跟当医生的高中同学说起这件事，他说可能是肩周炎。

肩周炎？想起来了，在退休前曾患过，但那疼痛是在肩部啊，而这次是整个手臂，并不在肩部，而且疼痛的程度大大超过了以前。我很后悔高中时有些理科课程没有学好，不然高考报考医学，当个医生该多好啊！在网上查了查，治疗肩周炎目前并无特效药。再说现在正值流感多发期，也不能从容上医院治疗。看来最现实的做法是：注意防范，少上网，少写字；并适当做点手臂运动，放松神经。

5岁的大孙女，原本春节过后要去幼儿园的，因流感，延长了假期；后来上上停停，三天打鱼，两天晒网。有好几天没去幼儿园，见不到老师和同学，心里憋闷烦躁，她就反复念叨某某老师、某某同学。好在老师经常在群里推荐些"小作业"，做个手工，玩个游戏，焦虑的情绪有所缓解。前几天，实在熬不住，她就亲自打电话给姥姥，说过几天要去她家。她妈在带二宝，走不开；她爸近来很忙，不能马上开车送她去，她就一天好几遍念叨着"什么时候去姥姥家"。这天她爸终于有时间了。她懒觉也不睡，早早就起床；吃过早饭后，要我帮她列好所带物品清单，然后自己麻利地清点起来，分几个小包装好，摆放在一起；催奶奶早点做中饭，吃过后，午觉也不睡，就跟她爸火速出发了，仿佛参与救援一般。我心里很难受，小小年纪，这遭的是什么罪啊！我心里突然生出一个很可怜的小小愿望："冬日早过，春暖花开！"

新年的"礼物"

1月25日，大年初一，一大早儿媳妇说，大宝昨晚发烧了！本来等她跟我们拜年的，不想竟送来个如此"大礼"！老家人迷信，说"年"过不好，一年就不顺！这我倒不信，关键是流感期间，最忌讳的就是发烧。

面对突如其来的"大礼"，该如何处置呢？于是一个临时家庭会议召开了：

"赶紧送医院，孩子小，抵抗能力差，拖不得！"

"不便送医院，流感时期，又大过年的。"

"到医院开点药，吃吃看看。"

"不行，医生没有见到人，怎么可能开药？"

"只有38.3℃，不必马上去医院，也不需要吃退烧药；物理降温，贴退热贴，多喝水，看情况再说。"

最后采纳了儿子的意见，由他开车去药店买退热贴。

儿媳妇、老伴全天围着孙宝宝转，用了很多的办法，到下午奇迹终于出现：小家伙体温降下来了！虽然胃口仍不太好，吃得也不多，但精神状态有明显改善，愿意看电视了。

后来我们分析了一下，可能与前一天看春晚太晚有关。记得春节前好多天，小家伙一直很兴奋，说什么"三十晚上熬一宿，初一上午扭一扭"。果然直到转钟后、春晚快结束时才勉强答应睡觉。原来熬夜、没有休息好也可能导致发烧！看来医生还真不好当，同样的症状，可能由多种原因引起。

另一新年"礼物"，据说是物业送给我们的。一天下午3点，我正看着大宝午睡，突然警报声大作，小家伙从睡梦中惊醒，极其惶恐；我也吓了一大跳，以为发地震了，或是搞什么演练。不对啊，只有我们这一幢楼有动静，难道是"定点"地震？在阳台上往下一看，没有人往下跑啊！孙宝宝懂得一点防震知识："爷爷，我们赶快躲到桌子下面去吧！"我说："不是地震。"那是什么？如果是什么演练，怎么事先不通知啊？

再一看居民微信群，炸锅了：惊慌，质疑，埋怨……奇怪的是，就是不见人回应，任你们怎么喧闹，"我自岿然不动"。直到现在，一个多礼拜过去了，执着的居民还在翻旧账，物业终于说话了："是有关人员在检查设备时不小心触碰了主控室某个开关键，导致报警器误响，打扰大家了；过后没有关注微信群，及时回应，深表歉意！"有居民还不太满意。我觉得可以原谅了：一是物业没有敷衍推脱（也可能跟设备老化有关），主动担责，态度诚恳；二是本小区物业一直管理规范，还曾荣获全国管理金牌。春节放假，管理人员减少，大家都很紧张忙乱，偶有失误，意外扰民，已有迟到的致歉，可以原谅了；遇事要多换位思考，多体谅包容！

新年两大"礼物"，虽然带来了小小的"惊恐"，但好在有惊无险，没有造成严重的后果。春节与流感叠加，空前的遭遇，发生些意外的"故事"，也算是人生的宝贵经历吧。当然我还是衷心企盼，这类"大礼"以后不要再有了！

……

冬日将过，春天的脚步声已然近了。楼前那曾波荡过的池水，终于渐渐平静了下来；周边那柳枝，那小草，正在继续努力积蓄着力量，等待一个崭新的时节。可以预期，很多精彩的故事就在前头！

再闻蛙鸣

"蛙鸣"对于像我这样曾在江南农村待过很多年的人来说,实在是平常的,但在地处北方的京城,还能再次听到,却是不寻常的了。

2015 年 7 月我从浙江平湖来到北京,享受退休后的美好时光。2020 年 5 月初,立夏刚过,新雨之后,我们从住地顺义后沙峪镇驾车,不到 20 分钟就到了昌平滨水公园。

位于北京昌平的未来科学城滨水公园,是一座社会公益性的免费公园。公园包括山水园、林景园、创想园和智汇园四个部分。以温榆河为界,南岸的东为林景园,西为主园区山水园;北岸的东为智汇园,西为创想园。每个园区虽各有个性,但"滨水"是其共性。设计者和建设者都很用心,使其既带有"未来科技"的元素,又凸显了原始生态的特色。更难能可贵的是,公园面积大,开阔而幽静,而且人也不多,不像其他公园游人扎堆。

由于只计划了半天时间,偌大的园子,即便是走马观花也极其不易,所以已是第二次来的儿子,特地随车带来了小自行车,好让孙女骑行,以便加快游览的进度,同时还能锻炼体力。果然从南门进园后,不到 6 岁的属马的孙女,就迫不及待地在宽平的步行道上"飙车"了,还真像一匹飞奔的小马。

我是第一次来这园子,对很多景物都感到新鲜。我在长江边长大,自小对水就有特别的亲近感。到了这临水的园子,自然要多看看水了。孙女把车停在路边,我们一起漫步在水边栈道上,看到了曾熟悉的水乡的景物:茂密的芦苇,贴在水面才巴掌大小的荷叶,一根根飘曳的水草和许多清晰可见的游鱼。

突然"呱呱"的声音从前方传来。不错,是久违的亲切的蛙鸣。开始是断断续续的,也不甚响亮,似有些胆怯,在试探性地预演;后来慢慢就此起彼伏的,响成了一小片,变成几重唱了。遗憾的是看不到歌唱者的真面目,不知它们狡黠地隐藏在芦苇丛中的何处。性急的孙女不停地问:"爷爷,青蛙在哪里啊?"于是我们三双眼睛不停地搜索,但终究不见其身影。

听着声声蛙鸣,我仿佛一下子回到了早已远去的童年,回到了那久别的江南。

　　童年时期，家里负责放养生产队里的一头耕牛（生产队里的几头耕牛由农户分别放养，每天记一定的工分），平日里主要由母亲负责，放学后或是星期天，我就搭把手。我很喜欢这工作，它比扯猪草或干家务要自由轻松，而且还可以和同村的其他牧童结伴游玩：把拴牛的绳子搭在牛背上，任其在湖滩边吃草。我们随意坐在草地上，晒着暮春的暖阳，说着学校或村里的趣事，看着一湖的美景，"水满有时观下鹭，草深无处不鸣蛙"。坐久了，就撒开双腿，相互追逐，嬉戏打闹。最难忘的是，傍晚时分，夕阳西坠，骑在牛背上，晃荡起伏，走在青青的田埂上，看着那新近栽插的稻秧，听着一片悦耳的蛙鸣。虽无短笛吹响，却很有些牧童的惬意："走在乡间的小路上，暮归的老牛是我同伴，蓝天配朵夕阳在胸膛，缤纷的云彩是晚霞的衣裳。……"

　　高中毕业，回乡务农，对于熟悉的蛙鸣，有了不同的感受。以前从小学教材里，知道青蛙是庄稼的卫士，但到底是如何护卫庄稼的，实无切近的了解。当了农民后才知道，为消灭稻田里的害虫，虽然主要靠打农药，但青蛙也能帮些忙。所以我对青蛙的认知，已由童稚时的"好玩"，上升到了能助农人的"朋友"。在稻田劳作时，有时碰到青蛙，不仅不会伤害它们，还会友好避让。平日里如见到有小孩钓青蛙、捉青蛙，一定会极力制止。夏天的晚上，一天劳作下来，疲惫不堪，饭后搬张竹床，放在屋前田头，往上一躺，吹着习习凉风，看着满天星斗，听着盈耳的蛙鸣的乐音和乡间夏夜各类虫鸟的吟唱，憧憬着秋后的好收成和人生遥远的未来，不禁想起辛弃疾的著名词作："明月别枝惊鹊，清风半夜鸣蝉。稻花香里说丰年，听取蛙声一片。……"

　　突然前方有流水声隐约传来，把我悠远的思绪拉回到了园子。走近一看，原来流水声是从栈道边一处小水闸里发出来的。儿子说，为了让园子里的水流动起来，用抽水机从湖里提水灌入其中。这就是所谓"流水不腐，户枢不蠹"吧，原来"水"的生命也在于运动啊。难怪这里的水能清澈见底，不见杂质，更无异味，"问渠那得清如许？为有源头活水来"。

　　走过一段栈道，我们重新回到步行道。只见道路两边有无数开得正艳的花朵，绝大部分是我叫不上名字的，唯有金银花能一眼认出。因为这种花，在我童年时老屋后面就有几株。花有金黄和银白两种颜色，香气清幽，不十分起眼，但有一种朴实的美。早晨滴着露水的时候，尤其美丽，起床后看到它，能给人一天的好心情，所以当时我们这些毛手毛脚的孩子，对它也只是观赏，从来舍不得摘下。

　　绕过一座小亭，看见路由18片太阳能板架起的"凉棚"，孙女很好奇，产生了大大的疑惑，她爸耐心地予以解释：这小"凉棚"是用来发电的，晚上可以把路灯点亮。我在心里赞叹：真好！既节能环保，还能给园子增添一处景观。

　　半天的游览结束了，返回到南门停车场的自家车上。也许是累了，孙女不一会儿就睡着了，可我围绕着"蛙鸣"的思绪还在继续。

　　"蛙鸣"于我既是天籁，也是乡音。我迷恋这声音，我喜欢这声音的主人。它们是出色的歌唱家，尤以合唱著名。有科学工作者说："蛙类的合唱并非各自乱唱，而是有一定规律，有领唱、合唱、齐唱、伴唱等多种形式，互相紧密配合，是名副其实的合唱。据推测，合唱比独唱优越得多，因为它包含的信息多；合唱声音洪亮，传播的距离远，能吸引较多的雌蛙前来，所以蛙类经常采用合唱形式。"蛙们的歌唱虽然主观上并非为了取悦人类，但在客观上却予人类的享受多多。自古以来，有多少文人墨客，视清越空灵的蛙声为纯美的乡音，让它入诗进文，以慰羁旅乡愁："身在乱蛙声里睡，心从化蝶梦中归。"

　　不仅如此，青蛙作为捕虫能手，曾以矫健的身姿、良好的运动技能，深深吸引着童年的我们。曾记得，在牧牛的闲暇，我们不止一次见识了青蛙的高超本领：它凭借肤色的优势伪装好自己，潜伏在禾苗丛中，突然一只虫子飞过来，它猛地向上一蹿，吐出长长的舌头，往上一卷，虫子就不见了；它又迅疾落下，不动声色地原样坐好，静候下一个猎物的到来。什么叫"稳、准、狠"，这就是；什么叫"迅雷不及掩耳"，这就是。

　　正因为如此，青蛙是人类永远的朋友。"蛙鸣"是我童年的记忆，中年的牵挂，老年的乡愁：有"蛙鸣"陪伴的日子，真好！

泪与笑

——重读鲁迅

"泪"与"笑"原本是两个相互矛盾的词语，两种截然不同的情感表达，但有的时候它们却没有清晰的边界，完全融合统一在了一起，表现出人们对待客观对象所生情感的多面性，营造出丰富多彩的意蕴。

先看几个例子吧。

例一：与文学有关的故事。

鲁迅小说中的阿Q，地道的农村无产者：没有家，住在土谷祠里；没有固定的职业，以打短工为生。他本是社会底层一普通人，但未庄人都知道他的"精神胜利法"，经常拿他开玩笑。他常常夸耀过去："我们先前——比你阔的多啦！你算是什么东西！"又幻想未来："我的儿子会阔得多啦！"就连头上的癞疮疤，在忌讳之余却又认为别人"还不配"；被别人打败了，他心里想："我总算被儿子打了，现在的世界真不像样……"见到小尼姑路过，就摸了小尼姑的光头，小尼姑恼怒骂他，他却贫嘴胡说；他看上了赵府佣人吴妈，挨了一顿打后被赶出赵府；他认不清反抗的对象，只好找小D打架来发泄……

看到这个光着头、脑后留一条小辫、像个"Q"字的滑稽形象，看到他的种种"精彩"表演，我们很难不捧腹，但这"笑"是"开怀"的吗？当然不是。因为阿Q是我们的同胞，他的"精神胜利法"，他的种种滑稽表现，不是他固有的，也不是他一个人特有的；他越是"精神胜利"，越是扬扬自得，我们就越感到痛心。

因此，这里的"笑"，一定含着"泪"："哀其不幸，怒其不争。"

例二：与"禁令"有关的笑话。

1934年，国民党北平市长袁良下令禁止男女同学、男女同泳。鲁迅听到这件事，对几个青年朋友说："男女不准同学、同泳，那男女一同呼吸空气，淆乱乾坤，岂非比同学同泳更严重！袁市长不如索性再下一道命令，今后男女出门，各戴一个防毒面具。既免空气流通，又不抛头露面。这样，每个都是，喏！喏！……"说着，鲁迅把头微微后仰，用手模拟着防毒面具的管子……大家被鲁迅的言谈动作逗得哈哈大笑，有的甚至流出了眼泪。

这里的"大笑""眼泪"，有对鲁迅幽默诙谐的赞赏，有对当时反动统治的嘲讽，也有对男女同学的同情和声援。

例三：一首哲理小诗。

> 一个人哭也就是一个人笑。
> 他不哭？他的笑从哪里来？
> 他不笑？他的哭如何长大？
>
> 一个人独守镜子，
> 笑容在镜子里
> 流着眼泪。

——谢湘南《泪与笑》

"笑"和"哭"是人生大书的两个章节，它们相互融合，互为因果。同时，在看似简单的重复中，生命得以不断进步和升华。

是的，"泪"可以悲悯他人，也可以净化自己；可以是困顿中的诉求，也可以是成功后的欣喜。"笑"可以温暖他人，也可以鼓舞自己；可以是失败时的慰藉，也可以是成功后的嘉奖。

翻开一部中国文学史，"泪"和"笑"谱写了多少动人的乐章，演绎了多少精彩的故事。下面从唐诗宋词中略举几例。

> 仰天大笑出门去，我辈岂是蓬蒿人。
>
> （李白《南陵别儿童入京》）

> 丛菊两开他日泪，孤舟一系故园心。
>
> （杜甫《秋兴八首·其一》）

> 小酌酒巡销永夜，大开口笑送残年。
>
> （白居易《雪夜小饮赠梦得》）

> 一生大笑能几回，斗酒相逢须醉倒。
>
> （岑参《凉州馆中与诸判官夜集》）

走来窗下笑相扶，爱道画眉深浅入时无？

（欧阳修《南歌子·凤髻金泥带》）

夜来幽梦忽还乡，小轩窗，正梳妆。相顾无言，惟有泪千行。

（苏轼《江城子·乙卯正月二十日夜记梦》）

风住尘香花已尽，日晚倦梳头。物是人非事事休，欲语泪先流。

（李清照《武陵春》）

壮志饥餐胡虏肉，笑谈渴饮匈奴血。

（岳飞《满江红》）

蛾儿雪柳黄金缕，笑语盈盈暗香去。

（辛弃疾《青玉案·元夕》）

以上诗句，把"泪"和"笑"作为描摹抒写的重要意象，内蕴丰富，风格多样。从思想内容上看，有爱国之情，报国之志；有故园愁思，人生悲叹；有生活雅趣，伉俪深情。从风格基调上看，有豪迈雄放，高亢激昂；有直抒胸臆，酣畅淋漓；有深婉清丽，沉郁低回。

时代不同了，我们远比古人幸运，不再有古人那样的坎坷悲伤，但应有古人那样的高尚情怀：报效国家，珍视亲情，热爱生活，笑对困难，乐观自信。

"泪"——大爱情怀

人要有同情之心、大爱之情。孟子曰："君子以仁存心，以礼存心。仁者爱人，有礼者敬人。"爱人敬人，是为君子。一方有难，八方支援；别人有求，伸出援手；奉献社会，向英雄模范学习，努力做"一个高尚的人，一个纯粹的人，一个有道德的人，一个脱离了低级趣味的人，一个有益于人民的人"。

退休后，探亲访友，旅游观光，坐火车的机会多了。一次晚上从北京到上海，为了方便休息，我和老伴早早买好了两张下铺。刚放好行李坐定，同包厢的一位老人来了，还带着一对四五岁的双胞胎孙女儿，说是和儿子带孙女们回上海，由于买票晚了，只买到一张上铺和一张硬座。看那老人，虽然年纪不一定比我们大，但身体较胖，动作不太灵活。我想，那高而窄的上铺她即便能爬上去，

205

也断然带不了两个孙女，万一半夜掉下来一个，那将是一个很大的事故！于是在犹豫片刻后，我们商量由我跟她调换铺位。她先是感动得几乎要落泪，继而忙不迭地致谢，并提出要补我车票差价。我说："小事一桩，不必在意；换个铺位，哪里还需要补差价？"我尽管一宿没睡好（我也怕睡上铺），但心里很舒畅。同样的经历，后来有一年我们在从甘肃张掖回北京、路过宁夏时还有一次。举手之劳，既温暖帮助了别人，也净化提升了自己，何乐而不为！

"笑"——乐观心态

"笑"，就是一种精气神，一种面对困难挑战的乐观心态。纵观人类的发展，大致是螺旋式前行的：虽然每前行一步要付出高昂的代价，但其大势不可逆转，前进的脚步不会因有阻碍而停止，"青山遮不住，毕竟东流去"。

就我们个人而言，漫漫人生路，虽然很难一帆风顺，但面对困难坎坷，决不能退缩消沉，在含泪咬牙坚持的同时，不妨"笑一笑"！要有李白"仰天大笑"的豪气与"长风破浪"的自信，相信自己，相信未来。因为我们处在一个伟大的国度，一个伟大的时代。"我们从古以来，就有埋头苦干的人，有拼命硬干的人，有为民请命的人，有舍身求法的人……虽是等于为帝王将相作家谱的所谓'正史'，也往往掩不住他们的光耀，这就是中国的脊梁。"我们欣逢盛世，中华民族万众一心，为实现国家强盛、民族复兴的伟大梦想而努力奋斗！祖国给予我们雄厚的"底气"，时代给予我们不竭的动力，不管遇到什么艰难险阻，我们都将无往而不胜！

"这正如地上的路：其实地上本没有路，走的人多了，也便成了路。"重读鲁迅，谈谈"泪与笑"这一话题，对增强我们战胜困难挑战的信心，助力我们在人生的道路上勇毅前行，应不无裨益。

生命的姿态
——重读《庄子》

在漫漫历史长河中，芸芸众生，说到底都是匆匆过客，正所谓"寄蜉蝣于天地，渺沧海之一粟"。但各有各的活法，各有各的生命精彩。无论是在那两岸风光无限好的坦途，抑或是惊心动魄的深壑险滩，都有生命之花在绽放：有庄周的"持竿不顾"，有屈原的"九死未悔"，有曹操的"横槊赋诗"，有陶潜的"采菊东篱"，有李白的"仰天大笑"，有苏轼的"吟啸徐行"，有鲁迅的"横眉冷对"……生命的舞台从未寂寥。

两千多年前的庄子，生活在风云激荡的战国中期，一生遭遇的算不得"风光无限好"，多半时间相当贫寒，但这并不妨碍他把自己的生命演绎得多姿多彩。在灿若星辰的先秦诸子中，庄子绝对是一位真正"有故事"的大咖，一部《庄子》，"大抵寓言，人物土地，皆空言无事实，而其文则汪洋辟阖，仪态万方，晚周诸子之作，莫能先也"（鲁迅《汉文学史纲要》）。其中大家熟知的寓言有：庄周梦蝶、鼓盆而歌、尾生抱柱、持竿不顾、望洋兴叹、游刃有余、运斤成风、鲲鹏展翅等。这些精妙绝伦的故事，就是呈现庄周生命姿态的 T 台。

庄周的"故事"大抵可分为两类：一类是他自己的亲身经历构成的耐人寻味的故事，另一类是他人他物在他那支生花妙笔下演绎成的趣味盎然的故事。

我对庄周故事的浓厚兴趣，起源于大学时代的中国古代文学史课程。长期以来，说到庄周故事的精彩各家没有异议，但对故事内蕴的解读却众说纷纭：一是因为这些故事的哲学含义精深难懂，加之作者或多或少地给它们涂抹上了浪漫奇幻的色彩；二是因为解说者所取的立场和视角不尽相同，难免见仁见智。同时还有一种奇怪的现象：有些人喜欢简单地将老庄与孔孟对立起来，笼统地以出世与入世、消极与积极来判定，难免褒贬失当。其实，事情远没有我们想象的那么简单，同为中华传统文化，各有合理的内核，需要冷静公正地评判，辩证历史地解读。近段时间，闲居无事，重温庄周故事，又有了一些肤浅感悟。

庄周梦蝶

　　昔者庄周梦为蝴蝶，栩栩然蝴蝶也。自喻适志与！不知周也。俄然觉，则蘧蘧然周也。不知周之梦为蝴蝶与？蝴蝶之梦为周与？周与蝴蝶则必有分矣。此之谓物化。（《庄子·齐物论》）

　　这个故事的大意是：过去庄周梦见自己变成蝴蝶，很生动逼真的一只蝴蝶，感到多么愉快和惬意啊！不知道自己原本是庄周。突然间醒过来，惊惶不定之间方知原来自己是庄周。不知是庄周梦中变成蝴蝶呢，还是蝴蝶梦中变成庄周呢？庄周与蝴蝶那必定是有区别的。这就可叫作物、我的融合与变化。

　　这是庄子在做漆园吏时，一天没事在家中突发的奇想。它表面说的是庄子和蝴蝶的事，而实际上要表现的是庄子的"齐物"思想。所谓"齐物"，即整齐万物——世间万物都是平等的、没有差别的。庄子认为人们如果能打破生死、物我的界限，则无往而不快乐。故事写得轻灵缥缈，意趣盎然，常为哲学家和文学家所称引。

　　但令人不解的是，明明是"周之梦为蝴蝶"，庄子为何疑惑是"蝴蝶之梦为周与"？乍看起来，庄子这个"疑惑"好没来由：梦醒是一种境界，梦幻是另一种境界，现实和梦境是不同的；庄周是庄周，蝴蝶是蝴蝶，"周与蝴蝶则必有分矣"。但在庄子看来，万物皆形于"道"，又都归宿于"道"，所以它们又是没有区别的："庄周"和"蝴蝶"都只是一种现象，都只是"道"运动中的一种形态、一个阶段，即"道"时而化为庄周，时而化为蝴蝶，所以从本质上来说，庄周就是蝴蝶，蝴蝶就是庄周。同时，"庄周梦蝶"，庄周实现了与蝴蝶的"物化"，说明外部事物都会与自身融合，万事万物最后都是要合而为一，万物与我为一，从而达到融合自然、天人合一的境界。

　　庄子的"齐物论"，表现了他看待事物的超然与洞彻，同时还表现了他对世俗的否定，和对无差别的自由境界的向往，使我们仿佛看到了他那"栩栩然蝴蝶"般的生命姿态。

　　"庄周梦为蝴蝶，庄周之幸也；蝴蝶梦为庄周，蝴蝶之不幸也。"（清·张潮《幽梦影》）

　　这话说得极好！是的，"庄周化为蝴蝶，从喧嚣的人生走向逍遥之境，是庄周的大幸；而蝴蝶梦为庄周，从逍遥之境步入喧嚣的人生，恐怕就是蝴蝶的悲哀了"。当然，我们身为尘世中人，一生要受到的羁绊很多，譬如环境、事业、疾病和人际关系等等，要变成真正自由的蝴蝶，也只能是白日做美梦；但这个"美梦"，能启迪我们洞烛人生，给我们希望和慰藉，给予我们无穷的遐思和美的享受。

所以，"庄周梦蝶"不妨理解为，它启迪我们的是一种积极向上的人生价值观。人生是美妙的诗篇，人生是美丽的画卷，你徜徉在人生的诗情画意中，为何不能像蝴蝶那样，张开双翅，用快乐去拥抱世界呢？坚信任何困难和坎坷终将过去，风雨后的景色一定更美！

鼓盆而歌

庄子妻死，惠子吊之，庄子则方箕踞鼓盆而歌。惠子曰："与人居，长子老身，死不哭亦足矣，又鼓盆而歌，不亦甚乎！"

庄子曰："不然。是其始死也，我独何能无概然！察其始而本无生，非徒无生也而本无形，非徒无形也而本无气。杂乎芒芴之间，变而有气，气变而有形，形变而有生，今又变而之死，是相与为春秋冬夏四时行也。人且偃然寝于巨室，而我噭噭然随而哭之，自以为不通乎命，故止也。"（《庄子·至乐》）

故事的大意是：庄子的妻子死了，惠子（惠施）前往表示吊唁，庄子却正在分开双腿像簸箕一样坐着，一边敲打着瓦缶一边唱歌。惠子说："你跟死去的妻子生活了一辈子，生儿育女直至衰老而死，人死了不伤心哭泣也就罢了，还敲着瓦缶唱起歌来，不也太过分了吗！"

庄子说："不对哩。这个人她刚死之时，我怎么能不感慨伤心呢！然而仔细考察她开始原本就不曾出生，不只是不曾出生而且本来就不曾具有形体，不只是不曾具有形体而且原本就不曾形成元气。夹杂在恍恍惚惚的境域之中，变化而有了元气，元气变化而有了形体，形体变化而有了生命，如今变化又回到死亡，这就跟春夏秋冬四季运行一样。死去的那个人将安安稳稳地寝卧在天地之间，而我却呜呜地围着她啼哭，自认为这是不能通晓于天命，所以也就停止了哭泣。"

"鼓盆而歌"是一个关于庄子本人的故事。故事虽不长，但意味却很深长。人死，是悲痛之事，何况是相濡以沫的妻子。可是庄子不但不哭，还"鼓盆而歌"，所以作为好朋友的惠施对庄子的行为很不理解，就批评了他。但接下来剧情"大反转"了，庄子的一番辩解，不仅成功"洗白"了自己，还使人心悦诚服，估计惠施也无言以对。

惠子和庄子的对话，显然不在同一个频道，也不在同一个层面：惠子感性，遵的是人之常情；庄子理性，循的是"齐物"理论。

庄子的一番辩解，反映了他的"齐生死"的辩证生死观。在他看来，生与死同为自然现象，就好像春夏秋冬四时运行一样。人"生"，从无到有；人"死"，从有到无，也都是自然的变化。"死"只是人生戏剧中的最后一幕，从一种存在转化为另一种存在，来自无，复归于无。所以说，妻子死了，庄子并非没有悲伤的感情，只是因为死亡是无法回避的事情，是自然运行的规律，所以不需要哭。在这里，庄子似乎不近人情，但却凸显了他的率真和理性。有人认为，"鼓盆而歌"表明庄子已勘破生死对妻死抱着欣然的态度。这是误解，因为在庄子看似旷达的言行背后，隐藏着无限的悲哀与无奈。在此，一个既人性又理性的庄子，就站立在了我们的面前。由此推之，从"道"的角度来看，死也就是生，生也就是死，都是生命进程中的形态和阶段，二者没有差别，即所谓"万物一府，死生同状"。庄子"齐生死"的可贵，在于没有陷入"人生悲苦"的泥淖，进而否定生命的意义，而是以豁达的胸襟面对"生死"，追求"天人合一"的更高生命境界。

放在当今时代来考察，庄子的观点也不无意义。"生老病死"，一直是一个沉重的话题。但若借鉴庄子的观点，"生死"问题就显得轻松多了。人生一世，草木一春。来如风雨，去如微尘。在漫长的过程中，"生"与"死"只是生命的两个阶段、两种存在形式；有"生"必有"死"，"生"固然值得珍惜，但不值得纠结。今天说这个吃不得，那个要注意，明天又"反转"过来，叫人无所适从，忧心忡忡，哪里还有生命质量可言。所以看淡生死，顺其自然，遵从生命规律，既是对生命的珍视，也是对人生的达观。

尾生抱柱

一般人的印象，庄子很高冷，超绝人寰，缺少生活意趣。其实不然，庄子也食人间烟火，也有追求向往，也有真性情。"尾生抱柱"的故事就是明证。

《庄子·盗跖》记载："尾生与女子期于梁下，女子不来，水至不去，抱梁柱而死。"

尾生何许人也？据相关资料记载，尾生，春秋鲁国人，与孔子是同乡。传说尾生为人正直，乐于助人，和朋友交往很守信用，受到四乡八邻的普遍赞誉。有一次，他的一位亲戚家里醋用完了，来向尾生借，恰好尾生家也没有醋，但他并不回绝，便说："你稍等一下，我里屋还有，这就进去拿来。"尾生悄悄从后门出去，立即向邻居借了一坛醋，并说这是自己的，就送给了那位亲戚。

后来，尾生迁居到陕西韩城。在那里他认识了一位漂亮的姑娘，两人一见钟情，私订终身。但是姑娘的父母嫌弃尾生家境贫寒，坚决反对。为了追求爱情和幸福，姑娘决定背着父母私奔，随尾生回到曲阜老家去。那一天，两人约定在韩城外的一座木桥边会面，双双远走高飞。黄昏时分，尾生提前来到桥上等候。不料，突然乌云密布，狂风怒吼，雷鸣电闪，大雨倾盆而下。不久山洪暴发，江水快速上涨。想起和姑娘的约定，尾生死死抱着桥柱，最终被活活淹死。后来姑娘逃出家门，冒雨来到桥边，此时洪水已渐渐退去。姑娘看到紧抱桥柱而死的尾生，悲恸欲绝，抱着尾生的尸体大哭，相拥纵身投入滚滚江水中。

　　这真是一幕惊心动魄的爱情悲剧！重诺守信，人间至情，十分感人！后世类似的爱情故事虽然不少，但大概只有"梁祝化蝶""孔雀东南飞""木石之盟""白蛇报恩"等能与之媲美。庄子讲这个故事，推崇尾生，无疑展现了自己守信重诺的品性。但这是关于爱情的信约，能说庄子无视这样的爱情，只重视那守信？看来庄子还是有人间烟火味的，也并非整天飞翔在高冷的天空，其浪漫特质也多少带有世俗色彩。当然也许有人认为，尾生死心眼，不知变通，不足取。这等荒谬就跟认为"'愚公'是真愚，愚到不知道搬家，偏要世代挖山"，是一个等级！

　　守信也好，爱情也罢，都是人世间必需的。子曰："人而无信，不知其可也。大车无輗，小车无軏，其何以行之哉？"守信，是为人处世和立国兴邦之根本，中国人历来崇尚以真诚之心，行信义之事。古有"立木商鞅"，今有"信义兄弟"。爱情，是人世间的美好情感，历来为人们所珍视，无需赘言。"尾生抱柱"给我们有益启示的，不仅是憨憨的尾生和那个有性格的姑娘，还有那可爱的庄周：他那有着浓郁人情味的生命姿态，在这里一下鲜活起来！

<h2 style="text-align:center">持竿不顾</h2>

《庄子·秋水》记载：

> 　　庄子钓于濮水，楚王使大夫二人往先焉，曰："愿以境内累矣！"
> 　　庄子持竿不顾，曰："吾闻楚有神龟，死已三千岁矣，王以巾笥而藏之庙堂之上。此龟者，宁其死为留骨而贵乎？宁其生而曳尾于涂中乎？"
> 　　二大夫曰："宁生而曳尾涂中。"
> 　　庄子曰："往矣！吾将曳尾于涂中。"

　　故事的大意是：庄子在濮水钓鱼，楚王派两位大夫前往表达心意，请他做官。他们对庄子说："希望能用全境的政务来劳烦您。"

　　庄子拿着鱼竿不回头看他们，说："我听说楚国有一只神龟，死的时候已经有三千岁了，国王用锦缎将它包好放在竹匣中珍藏在宗庙的堂上。这只神龟，它是宁愿死去为了留下骨骸而显示尊贵呢，还是宁愿活在烂泥里拖着尾巴爬行

211

呢？"

两位大夫说："宁愿活在烂泥里拖着尾巴爬行。"

庄子说："你们回去吧！我宁愿像龟一样在烂泥里拖着尾巴爬行。"

据史料记载，庄子生活在战国中期，与梁惠王、齐宣王同时，比孟轲的年龄略小，多半时间，生活相当贫寒。生平只做过蒙这个地方的漆园吏，史称"漆园傲吏"，被誉为地方官吏之楷模。但生逢乱世，诸侯征战杀戮，民不聊生，追求个性自由的庄子，也就无意于昏暗的官场了。

这天，庄子在钓鱼，同宗的楚威王派大夫重金聘请他，他却不接受。在我国，学而优则仕，官本位意识由来已久；而且庄子家中拮据的状况，也需要他做官来改善，所以庄周应聘做官，是顺理成章之事。可他却拿乌龟来作比喻，拒不应聘，继续钓他的鱼；而且从动作、神态、语言来看，还颇不耐烦，很有些傲慢。个中缘由，在文中难以找到，只能从当时的社会状况和庄子的人品性格中去寻求。

庄子在道德上崇尚廉洁、正直，而且有相当的棱角和锋芒；精神上追求逍遥自在，形体上不受束缚；养生上遵从知天安命、安时处顺。所以他拒绝到楚国做高官，宁可像一只乌龟拖着尾巴在泥浆中活着，也不愿让高官厚禄束缚了自己，让凡俗政务疲惫了自己的身心，表现了他鄙弃富贵权势、不受束缚的高贵品质和对人格独立、精神自由的追求。至此，一个向往自由、不为世俗所羁、视名利为浮云、不屑与统治者同流合污的生命姿态跃然纸上。

面对地方小吏，庄子"进"了，虽然为官的具体细节无从考证，但从他"被誉为地方官吏之楷模"能略知一二；而面对楚国大官，他"退"了，而且一点面子都不给，"持竿不顾"，只顾钓他的鱼。这"进"和"退"的原因，大胆推测一下，无外乎主观之"个性"和客观之"时务"。看来庄子的"有所为"和"有所不为"，都应是明智之举，与所谓"消极避世"恐怕没有什么关联。在当时那个动荡的年代，"庄子是一棵孤独的树，是一棵孤独地在深夜看守心灵月亮的树"（鲍鹏山）。对比历朝历代那些削尖脑袋苦心钻营的官迷，庄子"持竿不顾"的生命姿态，确实难能可贵，表现了值得称道的人品节操和人生大境界！

望洋兴叹

秋水时至，百川灌河。泾流之大，两涘渚崖之间，不辩牛马。于是焉河伯欣然自喜，以天下之美为尽在己。顺流而东行，至于北海，东面而视，不见水端。于是焉河伯始旋其面目，望洋向若而叹曰："野语有之曰：'闻道百，以为莫己若者。'我之谓也。且夫我尝闻少仲尼之闻而

轻伯夷之义者，始吾弗信；今我睹子之难穷也，吾非至于子之门则殆矣，吾长见笑于大方之家。"(《庄子·秋水》)

故事说的是：秋天按时到来，千百条河川都奔注入黄河，大水一直浩瀚地流去，遥望两岸洲渚崖石之间，辨不清牛马的外形。于是乎，河伯（黄河之神）便欣然自喜，以为天下所有的美景全都在自己这里了。他顺着水流向东走，到了北海（渤海）。他向东遥望，看不见水流的尽头。于是，河伯才改变了他的神态，茫然地抬头对北海若（北海之神）感慨地说："俗语说，'自以为知道很多道理，认为没人能赶上自己了。'这正是说我呀。而且，我还曾经听说过有人贬低仲尼的学识，轻视伯夷的节义，开始我不相信；现在我看到你的浩瀚无穷，如果我不到你的面前，那就危险了，我将会永远被有见识的人笑话了。"

我开始知道"望洋兴叹"这个故事可能是在初中课堂，后来讲授这个故事肯定是在高中课堂；时间不同，身份不同，但听讲的和我讲的道理基本相同：

做人不要狂妄自大，更不能好高骛远，那种坐井观天、夜郎自大的想法和做法实在要不得。要知道，人外有人，天外有天！

不见高山，不显平地；不见大海，不知溪流。我们每个人其实都是很渺小的。"学然后知不足"，千万不要有了一知半解便沾沾自喜，以为自己了不得。

重读这个老故事，突然有了点滴新感叹：一是觉得河伯特可爱，他的"内省"和"敬畏"让人钦佩；二是觉得文中"殆"这个字眼特别关键，其地位类似于"立片言而居要，乃一篇之警策"(晋·陆机《文赋》)。

先说第一点。在短文中，河伯是一个成长之中的形象：开始有些褊狭，自我感觉良好，"以天下之美为尽在己"；后来见到北海若，不禁心生感叹，自愧不如。平心而论，河伯的"欣然自喜"还是很有资本的，如果偏要犟着脖颈来死磕老大哥，也比胡诌自己"祖上先前也阔过"的那位要好。难能可贵的是，河伯能幡然"兴叹"——惭愧内省，敬畏方家，确实应该点赞！

再说第二点。河伯能由此及彼，深入思考，洞察潜在的"殆"。这一"殆"字，含量极大：既指"少仲尼之闻而轻伯夷之义者"之"殆"，也指河伯"非至于子之门"之"殆"。自我陶醉，妄自尊大，无知无畏，焉能不"殆"！

重温"望洋兴叹"这个故事，我们不能不佩服庄子对社会人生睿智而深刻的洞察。至此，一个类似于河伯的智者的生命姿态跃然于我们面前。

《庄子》是一片博大精深的寓言的海洋，撷取其中几朵浪花，管窥蠡测，虽不能了解庄子思想的全貌，但已能大致窥见庄子多彩的生命姿态，初步领略他深邃的智慧哲思。庄子的思想虽然整体上属于道家，但与儒家并非截然不同，二者不乏相通相融之处。有人甚至认为庄子原本渊源于儒家：唐代韩愈认为，庄子源自儒家学者、孔门弟子后学（《送秀才序》）；近现代著名学者章太炎、郭沫若等认为庄子源于颜氏之儒。所以，我们学习研究庄子的思想，绝对不可以把它和孔孟儒学完全对立起来，而要做到儒道互补，融会贯通。

譬如庄子推崇"东海之大乐"（《庄子·秋水》），认为人生应该追求大的境界、大的格局，不能做井底之蛙，"一叶障目，不见泰山"。荀子则说"不登高山，不知天之高也；不临深溪，不知地之厚也"（《劝学》）。庄子和荀子虽然分别属于道家和儒家，但他们的思想观点给人殊途同归、异曲同工之感。

在我国春秋战国时期，诞生了诸子百家，儒家、道家是其中两个相辅相成的重要思想流派。从主要方面看，如果说儒家思想代表了中华文明积极进取、勇于担当的阳刚一面，那么道家思想则代表了谦虚退让、谨慎内敛的阴柔一面。两者一刚一柔，一张一弛，和其他思想流派一起共同参与了铸就中华文明的伟大工程。

同时还要看到，随着历史的演进，各种思想流派也在相互交融，有些思想观点是很难用某一家来界定的。譬如"穷则独善其身，达则兼济天下""一张一弛，文武之道""用之则行，舍之则藏""过犹不及""中庸之道""祸福相倚""万物一齐""天人合一"等，就不易判定分别属于儒家、道家或其他哪家，也很难说只属于哪一家，跟其他家毫不相干。所以我们在实际运用中，应该做到中和、兼容，全面汲取中华传统文化的滋养，助力中华民族复兴的伟大事业。

一部《庄子》，一部精彩的寓言故事集；一部《庄子》，一部深邃的哲学典籍。庄子讲的故事深深吸引着我们，庄子的生命姿态深深启迪着我们。愿有"游刃有余""运斤成风"的本事和"水击三千里，抟扶摇而上者九万里"的磅礴力量，去战胜前进道路上的种种困难和挑战，创造出绚丽精彩的人生，为国家富强、民族振兴做出自己的贡献！

辑八　寸草春晖

我的父亲母亲

今年6月闲居北京时，我重读了史铁生的名作《我与地坛》，深有触动。这部作品的节选部分多年以来被收入高中语文教材，当年在讲台上我曾多次讲过它，虽然也被感动过，但那是站在教师的角度，向学生做专业解读。这次重读，换成作者的视角，沉浸于作品，效果大有不同。我虽然没有遭遇过作者那样的苦难，也没有作者那样的出息，但却有着类似的心境和感悟，于是决定郑重地为父亲母亲写下这篇文字。

一

看日历，今天，2020年6月21日，父亲节。父亲节，父亲的节日，我自然地想到了父亲。

父亲离开这个世上已经53年了，当时我不到12岁，还在上小学。我以前虽然在一些文章里为父亲写过一点文字，但都是只言片语。上次回去给父亲立碑，有很多的话没能跟他说完，所以今天怀着愧疚的心情，专门为他写一些文字，接着上次没有说完的话题继续说说，算是迟到的纪念与节日的缅怀吧。

我父亲兄弟姐妹六人，他排行第六，老家人称为老幺。父亲四兄弟有很好的名字，其中"友树生彩"四字，不仅连起来念很好听，而且还吉祥，带着诗意和期望，用时下的话说：期盼后代事业有建树，人生有光彩。六个兄弟姐妹，人丁兴旺；四个兄弟，又有很好的名字，据说不仅祖父母很是自豪，也引得了邻里的羡慕。

但在那旧的时代，"自豪""羡慕"都不管用，时局动荡，民生凋敝，底层人民活下来都困难；加之家道中落，人口众多，经济拮据，祖父母虽然很疼爱我父亲，但限于当时的境况，终究没法让父亲到私塾里读更多的书，只勉强读了两季。所以在我的印象里父亲是不大识字的，因而他和母亲迫切期望我们六兄弟姐妹都能多读书识字，以弥补他们的遗憾。

我们六兄弟姐妹出生在20世纪40年代末至60年代初，那是一段极其困难的时光。家里人口多，劳力少，日子过得艰难。但父母有远见，坚定地支持我们读书。我们六人中两个本科，一个中专，一个高中；由于家境困难，姐姐和妹妹在读书上未能如愿，留有巨大的遗憾。有人说，我读书比较顺利，是因为排行第三，福气好；是六人中唯一有哥哥、姐姐、妹妹、弟弟的人。但我心里明白，哪里是福气好，是大家的支持，尤其是姐姐妹妹们作出了牺牲；同时也赶上了一个好时代，所以我一直心存感激！

父亲没有等到我上大学、参加工作就去世了，所以我今天在这里要向他再报告一次，他和母亲的愿望我们大部分实现了，我想他应该是高兴的。记得上次姐姐、妹妹到浙江平湖做客，我还特地以愧疚的口气谈到读书的事，没想到她们很大度："不能怪父母，你也别不好意思，在那样困难的年代，怎么可能都读出来呢？再说读书也要天赋。"我知道她们是宽慰我，就天赋来说，大家差不多。若论坚持不懈的毅力，大家比我强。哥哥1961年参加小学升初中考试，他们班54人只他一人考上，非常不容易，父母很高兴，还受到了外祖父的高度赞扬；但后来由于家境艰难，终究未能读完初中。1965年参军入伍，四年后复员，到武钢工作，后通过自学获得中专文凭。1985年评为会计师，担任过财务科长等职务；后来受聘于一家特大型民营公司，任财务总监、公司副总经理。大弟平时工作繁忙，但一直坚持自学，参加工作时是中专学历，后参加成人高考，考入湖北科技大学，获得医学临床本科文凭；先后在华容区、鄂州市医院工作，任外科主任、副主任医师。小弟后来自学房屋装修，认真钻研，努力提高技术；工余坚持学习，爱好书法。姐姐妹妹也一直坚持自学，文化水平不断提高；尤其是不怕困难，艰苦奋斗，勤俭持家。我们深知，能学有所成，也有姐姐妹妹们的功劳；同时还要感谢嫂子，在我们大家庭最困难的那段日子，不辞辛劳，做出了巨大贡献。在此，我还要郑重地报告父母：我们六个大家庭团结和睦，儿孙后辈孝顺，事业学业有成。

父亲由于识字不多，又一直处在困境中，人生不可能有大的"光彩"。他成了当时中国最典型的农民：没有多少文化，但很明理；贫穷，但大气；身体不够强健，但勤劳。父亲在村里人缘极好，从不和人争执，即便吃了亏，也不计较，极其善良。所以在村里，无论是长辈、平辈还是晚辈，都对他评价很好。有时假期回老家看望母亲，从邻村路过，上了岁数的老人看见我，对一些不认识我的人说，他是对面村的，并说出我父亲的名字，然后不无惋惜地说："真是好人啊！可惜走得太早，没能享到福！"

父亲41岁病逝，没能享过一天福，是我们心里永远的苦痛！奇怪的是，父亲虽然一向身体不太好，但做事很卖力，而且是做多种农活的好手；尤其是不向困难低头，生活中的难题，总能想办法解决。我亲见的几件事，印象极其深刻。

冬天农闲，他经常到湖里弄点藕（那时湖里的藕、鱼都是野生的，没人承包栽种或放养），以缓解粮食危机。湖里结了冰，用铁锹把冰拨开，穿着不厚的棉衣棉裤，把裤腿一挽，赤脚下到藕荡里，碰到运气好，总能挖一些上来。但两只脚冻得像煮熟的虾，回到家里，好长时间才能缓过来。母亲说，父亲的病，就是那时候落下的。我当时年纪小，什么也帮不上，只能在心里帮他痛苦。

农历三月三后，躺在湖泥里的藕会把一个个尖尖的小荷伸到水面，这时正是踩藕（人站在水里，一只脚顺着小荷的茎往下，探到藕以后，脚一弯从泥里把它钩上来）的好时节。只是水太凉，人待久了，嘴唇发紫，身子哆嗦。但家里几乎没米下锅了，管不了那么多。父亲每年都要抓住这个时机，尽可能多弄些藕。父亲踩藕是绝对的高手，他的准确高效，不是亲见很难相信：他在湖水里踩，不停地把藕抛到岸上，我母亲在岸边洗，有时都跟不上他的节奏。

父亲的水性也很好，他潜水的本领是我们会水的三兄弟（我哥不会）远远不及的。一年初夏，一场大雨过后，湖水暴涨，青蛙乱叫，父亲说这是网鱼的好时机。吃过晚饭，他拿了一副网，要我跟他一起去湖里网鱼。天很黑，我们小心摸索着前行，田埂有水漫过，赤脚蹚过，凉凉的；一脚没踩稳，水都溅到了脸上。那时我还不到10岁，胆子小，但视力好（大二时近视的），勉强能跟上父亲。到了一座抽水站取水的地方，稻田里有很大的水漫下来，形成一大片活水。父亲说这里可能有鱼（据说鱼喜欢活水）。于是他从肩上放下网，黑暗中不知怎么摆弄了一番，然后身子一侧，旋转180度，用力一撒。过了一会儿，待网沉到水里，再抓紧纲绳，慢慢往上拉；拉了几把，突然拉不动了。父亲很有经验地说，一定是挂住什么东西了。他安慰我说，没有关系，他可以潜水下去，把网摘下来。我没有见过这种场景，又黑灯瞎火的，但还是按父亲说的，两只手紧紧抓住纲绳。父亲把上衣一脱，潜到水里。好一会儿不见他浮出水面，网又拉不动，我急得大哭："爸爸，快上来，快上来啊！"心想，要是他上不来，那怎么得了啊！也是命大，不知过了多久，他终于浮上来了！"噗"了一大口水："挂住了莲蓬头（抽水机隐藏在水下的末端防水草等吸入的装置），一口气不够，还得再下去一次。"边说边喘着很粗的气，两手艰难地抓着岸边的草。我赶紧说："太危险了，这网不要了！""没那么吓人，再试一次，就一次！"说着，又潜下去了。有了上次的"侦察"，这次没耗时太久，他就浮了上来。"你先不要拉，等我上来一起拉。"我们终于顺利地把网拉了上来，惊喜的是，里面居然还有条不小的鲤鱼。衣服湿了很冷，父亲说："我们回去吧。潜水的事，不要跟你妈说，听见了吗？"

为了验证那晚的惊险和父亲的潜水功夫，瞒着大人，我和同村的两个小伙伴在一个大晴天的下午，借着游泳的机会，还实地考察了一番。仗着有些潜水的功夫，我还在父亲潜过的地方潜了一次："真深啊，恐怕有三米多！"两个小伙伴都很佩服我。对比父亲我很惭愧，这是在白天，水也比较平静，还有两个伙伴在岸边帮忙壮着胆呢。伙伴们也要试试，我很生气地制止了；并仿照父亲那时的口气说："回去不要跟大人说，听见了吗？"自此我对父亲更加佩服了，同时觉得自己潜水的功夫还要再提升提升。

在困难时期生活过的人都知道，吃不饱饭，肚里特别需要油水。父亲是家里的主劳力，每天干农活消耗很大。虽然母亲特别关照，在吃的方面给予他有限的优先，但油水终究不够。靠水吃水，鱼时不时吃点，但真正补油水还不行，而且鱼不放油还不好做（那时农村还不时兴清蒸）。所以当时有种奇怪的说法："不要弄鱼了，既耗油，还要多吃好多饭！"

怎么办？想办法：其一，是拿平时积攒的两毛三毛，到街上去买点肥肉。这个差事主要由我承担，但谁能保证每次都能买到那么点肥肉呢？所以每当此时我很忐忑，起个大早，排了很久的队，有时只买到一点瘦肉或泡皮肉，灰溜溜回来，怕看见父亲失望的眼神。每当此时，觉得很憋屈："又不是我开的肉铺，大家都要肥肉，只能碰运气了！"当然父亲从不批评，只是我特别敏感。

其二，是到湖边捡野鸭。村前的南迹湖，水面开阔，水质优良，水中植物丰茂，不仅是鱼类繁殖生长的理想水域，还是很多鸟类栖身觅食的优质湿地。每当秋冬时节，这湖便成了许多候鸟迁徙途中的一个中转站，常有野鸭等鸟类降落在清波荡漾的湖面或偏远幽静的湾汊。野鸭喜欢成群结队活动，我们常见它们在湖边聚集嬉戏或自由觅食。但遇到严寒，食源减少，它们就生存困难了。有一年下大雪，可能是觅食时被雪光晃了眼，大白天居然有只野鸭撞进了村里一户人家。那时冬天特别冷，北风一吹，气温直线下降，偌大的湖面都冻上了。父亲说："到湖边碰碰运气，看能不能捡只冻住的野鸭。"于是有那么几次，我装备了一番，把手笼在袖子里，跟他到了湖边。有次幸运地碰到一只，父亲提醒说："抓紧了，不要让它飞了。"并重复大家熟知的那个故事：有一贪心的人，捡了一些冻住的野鸭，为了腾出手捡更多，把它们堆在一起，等回来一看，冰化了，鸭全飞了。我们没有那样的好运气，无法断定故事的虚实。

有时活的捡不到，也能碰到吃了什么东西昏过去的或是中了鸟铳的。那时人们的生态意识、法律意识淡薄（我没有考证当时有没有保护野鸭的法律），据说有胆大的用什么东西兑水浸泡稻粒，然后把稻粒撒在冰冻的湖边，让饥饿难熬的野鸭误食。有生命力强的，当时没有昏过去，过后很久甚至飞到别处，才慢慢告别人世。我们要捡的就是这一类。至于用铳打，我没有亲见，但有时听到震耳的巨响传来，湖边有鸭阵惊起，估计就是。每当这时，我观察父亲是很矛盾的，一方面他认为野鸭很可怜，那些人的做法不人道，另一方面又希望能捡到。我虽然也不希望空手而归，但很敬佩父亲的善良忠厚。

在今天这个特别的日子里，我跟父亲讲了这么一些琐事，希望他能听到。

祝父亲在那边节日快乐！

二

回忆母亲的片段，虽然散见于我的一些文章中，但整篇的文章也迟迟没有动笔。记得今年母亲节那天，不少亲朋发朋友圈，都大书遗憾：没有母亲的母亲节，能说些什么呢？我也因如此，那天终究没能"说"什么。但这只是个借口，所以今年暑期我带儿子上祖坟山扫墓时郑重向母亲道了歉，并决定补写下面的文字。

我母亲成长在旧的时代，在三姊妹中排行第二。虽然家境并不富裕，但有一个比较快乐的童年。据说母亲小时候聪明伶俐，在整个大家族中很受疼爱，堂兄弟们经常逗她玩，有时甚至扛在肩上，有一次还不慎把母亲摔了下来，幸好没有造成严重后果。

我母亲名字中有个"福"字，所以邻里说，母亲晚年有"福"，可能与名字有关。我不认同，因为母亲早年所受的苦难，不知超过晚年所享福分多少倍；再说，一个人的命运如何、能否享福跟名字是没有关系的。

父亲因病早逝，母亲毅然决然扛起慈母严父两副重担。那时我不到12岁，不太懂事，不能完全理解母亲所受的苦难。在那样艰难的环境中，她和父亲含辛茹苦把我们抚养大，是非常不容易的，说是"伟大"应该不为过吧。

我现在已是"奔七"的人，荣升祖父了。老话说："养儿方知父母恩。"我觉得还应补充一句："老来才知父母心。"

父母对子女的疼爱之心，常常体现在唠叨上。闲居北京时，有次饭后和老伴闲聊，说到网上有些段子，劝诫老年人在日常生活中要注意的事项，其中重要的一点是不能啰唆。我问老伴我平日里啰唆不啰唆，老伴笑笑说"还好"。其实人老了喜欢唠叨很正常，要不老话怎么说"人老话多，树老根多"呢？

母亲在世时，我远在湖南、浙江工作，很少回老家探望她，所以每次见面她都是十分惊喜。待坐下后，先是问问我们的近况，然后就滔滔不绝地说起家长里短：从家里说到家族、邻里，再说到亲戚、熟人。有时还就某个"点"延伸到"面"。譬如，问到我儿子上学的情况，往往顺便说到与他年龄相仿的堂兄弟或表兄弟；说到自己患高血压，往往说到亲戚中的老辈或村里、邻村的老人的健康状况。有时我实在听得累了，就说："妈妈，您挑重要的、好的消息说说。"这时她往往显出很茫然的表情："那没有了，没什么好说的。"过后我很后悔："何谓重要？哪有那么多好消息？"母亲虽不识字，但跟父亲一样极其明理。有时啰唆一点，平心而论，还是颇有逻辑的。再说生活本不易，家家都有难念的经，哪有那么多好消息？更重要的是，母亲平时的絮叨就像涓涓细流，表面波澜不惊的，其实深藏着对我们的爱。遗憾的是，我明白这些，是在母亲去世后好多年。

母亲对我们影响最大的是她敢于直面艰难困苦的坚强意志力。家里人口多，劳力少，多年超支。特别是父亲去世后，哥哥还在部队里的时候，家里面临的困苦是很难用言语形容的。但在我的印象中，母亲很少把困苦显现在日常言语中。小时候我们不懂事，少不了惹她生气，但她极少埋怨沮丧。记得父亲被生活的重担压得喘不过气来，特别是最后几年深受病痛折磨，每当晚饭后喜欢说："唉，又过了一天。"母亲可能担心会影响我们，有次问我："爸爸这话是什么意思？"我说不知道。母亲很郑重地说："爸爸是说，你们又长大了一天，我们家会很快好起来的。"其实父亲的原意未必如此，但母亲的理解显然是最好的，不经意间把信心传递给了我们。

不仅如此，母亲平时还多次激励我们积极向上、奋发有为。记得母亲曾不止一次对我说："男孩子，不要围着锅台转，到外面做事去！""洗什么衣服，去做别的事！"用现在的话说，大约是不要被生活琐事磨灭了志向，"好男儿志在四方"。可惜我辜负了母亲的期望，做到了没有"围着锅台转"（至今还不怎么会做饭），也很少洗衣服（用洗衣机洗的不算），但没有成为好男儿，没有干成个什么大事；只是"志在四方"部分做到了，大学毕业到了湖南，后来又到了浙江，离家越来越远了，千里迢迢的。

母亲的勤劳智慧也深深激励着我们。有句话说："办法总比困难多。"在困境中生活，"勤劳"和"智慧"就是必备的"办法"。譬如不能为我们及时添置新衣，就大的改成小的，破的补成全的；至于鞋子，绝对是自己做（胶鞋除外），平日里太忙，常常是大年三十晚上一边守岁，一边赶工，甚至熬个通宵。

民以食为天，但在我的印象中，农村里很长时间最缺的就是食物。如何解决，还是靠勤劳智慧。家里的一点自留地，母亲有计划地种些菜，利用早晚空闲时间（白天要在生产队里做农活），弄得极其精细。平时食物不够，母亲精打细算，费尽脑筋，像变戏法似的，尽量让我们吃饱吃好：米饭不够，就只在厚厚的南瓜上面薄薄地铺上一层，很好看，很诱人。没有钱买肉，就割两把韭菜，打几个鸡蛋，切切搅拌就成了鲜美的水饺馅。有一天她在自留地里劳动回来晚了，我和本村几个小伙伴约好要到湖对岸去看电影，很着急。她说："来得及的，做疙瘩汤吃。快烧水！"于是她把两只袖子一挽，端一个大盆，放些面粉，加水和和，拿根长筷子，待锅里的水快烧开了，从盆边一条条刮进去，没多久就装碗上桌："好了，快吃吧，别误了看电影。"那么艰难的日子，愣是一步步过来了，而且还过得有些味道，真要感谢母亲！

还有一点要顺便说说，那就是节俭。母亲的节俭体现在日常生活的很多方面，譬如做饭，已经量好了的米，本来不多，还要抓一小把出来，几顿下来，就省出一顿。做早餐，在鼎罐（当时用铸铁做的锅）里加上很多的水，放进很少的米粒和红薯片，搁在煤球炉子上。由于鼎罐太厚，导热慢，加之煤球掺土（为避免煤球烧散了，做的时候加点土帮助凝结）过多，火力不足，常常是那些许米粒要在水里跳跃一两个小时；盛在碗里，由于"内容"太少，一喝三口浪。

饥饿能增强人们对食物的记忆，至今我还记得当年"一喝三口浪"的情形，并非出现于一家或一时，是相当长一段时间村里的常态。当时村里有位长辈，吃了早饭后，有人问他："吃了没有？"他常常是那句口头禅："唉，一喝三口浪！"后来有些调皮的小孩，看见他走过来，常模仿他，弄得大人们哭笑不得。记得常有这样搞笑的画面：有的小孩，早上端着一碗刚盛上的稀粥在家门前边走边喝，没几步碗就见底了，返回家里准备再盛，还有弟弟或妹妹在灶台边没盛上呢，你说效率高不？其实村里土地并不少，但由于缺少肥料，常年是广种薄收；若遇旱涝灾年，那收成就更差了。所以在很长一段时间，解决"吃"的问题，是村里的头等大事。

食物如此匮乏，来了客人如何招待呢？记得有时家里来了客人，母亲很高兴，但为做不出像样的饭菜而犯愁。有次实在没办法，还瞒着客人杀了一只母鸡。过年留下的好菜，仔细收藏着，说是要留作招待客人。当时我们不是很理解，但过后想想，都觉得母亲的做法是对的，都深为母亲的为人厚道、待人真诚所感动。

记得在最困难的时期，亲戚、叔伯、邻里间只要有余力，就一定相互帮扶。我们家也曾得到过帮助。母亲常跟我们说，别人帮助你，要记得别人的好；同时要知恩图报，有能力时也要帮助别人。我们记住了母亲的话，并这样做了。

对父亲母亲要说的话还有很多，请原谅我的不善言辞。父亲母亲离开我们已好多年了，关于他们的记忆正在渐渐淡忘，谨以迟到的这篇短文纪念他们！再次感谢他们的养育之恩！没有了父亲母亲，"家"在哪里？

父母在人生尚有来处，父母去人生只剩归途！

清明遥祭

4月4日，清明。我因事滞留北京，未能回老家祭祖扫墓。

有着五千年文明史的中华民族，自古就有慎终追远的传统，每逢重要节令往往要祭拜先人、悼念逝者。在我老家，每年清明都要举行祭扫仪式。人们携带祭品来到祖先墓地，先清除杂草、修整培土，然后敬奉香烛、焚化纸钱，再跪拜叩头、鸣放鞭炮。整个仪式，庄严肃穆，表达人们发自内心的感恩与缅怀。

记得去年春暖花开的时节，我和老伴曾带着孙女在老家住过一段时间。后来儿子从北京出差到南方，清明前后我们还一同到湖北华容和湖南宁乡两地祭祖，并到韶山、花明楼瞻仰了两位伟人的故居。今年只能遥望南方，把那对祖先的缅怀化作满眶的热泪！

清明这天，上午10点，姨姐发了一组祭祖照片、视频于我们亲友群"大家庭一家亲"中。考虑到大家天各一方，不便邀约，她只身从遥远的广州回到了曾生活和工作过几十年的湖南岳阳桃矿。

从那些照片、视频看，虽然早已是春天，但不见烂漫的山花，大地依然笼罩着淡淡的寒意。在那离生活区不远的一片向阳的山坡上，排列着很多的坟墓，奶奶和岳父母就安息在那里。调离前，每年清明我们都要由舅哥率领，为老人们扫墓，举行庄严的祭祀。今年姨姐一人代表我们大家来到这里，插花、敬香后向老人们详细汇报了后辈子孙们的情况，哽咽的话语，令人潸然泪下！

岳阳桃矿是我的第二故乡，那是我热爱的土地，那里有我宝贵的记忆和绵绵的思念。

作为国家第一个五年计划中156项重点工程之一的国家大型企业，桃矿曾驰名国内外。它于1959年投产，经过20余年的发展，在二十世纪八十年代达到鼎盛。那时资源充足，机械化程度高，开采难度和成本较小，经济效益很好，一跃成为亚太地区最大的有色金属矿区，年产量高达100余万吨。矿区修建了通往临湘市并与京广铁路相连接的标准铁路，专门用来运送矿石及其相关产品，接送职工上下班。有公路通往临湘市，并且有专门的客车队。在社区生活方面，自办有报纸、有线广播站、电视转播台、幼儿园、中小学、医院、市场、自来水厂等，生活设施完备，物资条件优越，文化教育发达，其现代化程度远远超过了当时不少城市。我们老师，既享受教师的待遇，又享受工人的福利，是很为地方上的同行所羡慕的。现在想来，那时的幸福虽然很简单，但很实在，很安稳，是令人难以忘怀的。

我 1982 年 1 月大学毕业分配到了桃矿，正值它的鼎盛时期；至 1998 年 8 月调往浙江，在那儿生活、工作了十六年半，正好是我整个从教生涯的上半场。我和妻子在同一所学校工作、相识，后来结婚、生子，进入中年，度过了一段人生最好的年华。不能忘记的是，在我们成家和后来儿子出生上幼儿园前后那段日子里，岳父母和哥嫂姐妹们对我们的无微不至的关爱和巨大的帮助。岳母因病去世得早，我们未能好好尽孝道，留下巨大的遗憾和不尽的思念！1983 年 6 月初，矿工会安排岳母到宁乡灰汤疗养。7 月下旬，我和妻子带着不到 5 岁的侄儿去接她回矿。去灰汤的途中顺便到了姑姑和舅舅两家，这是我第一次也是唯一一次见到姑父和大舅舅。后来不久两位老人先后去世了，因种种原因我们未能前往致哀，甚为遗憾。生命短暂，人生无常，成为我们沉痛的记忆。1998 年 8 月我们全家调到了浙江。退休前，由于种种原因，我们清明未能回桃矿或前往宁乡给去世的老人们扫墓，只能在遥远的浙江表达我们的哀思！

同样遗憾的是，由于工作地先是湖南、后是浙江，都离老家较远，退休前清明我只回过湖北华容老家一次。我父亲去世得早，当时我不到 12 岁。母亲是我调到浙江后第三年去世的。现在回想起来，带来遗憾的并非全是客观方面的原因——时间、交通等等，还有主观方面的原因。自古以来，就有"忠孝不能两全"的说法。其实在很多时候，"忠"只不过是个挡箭牌、是个托词而已。作为普通人，并非年年清明前后都忙得脱不开身。很多时候，只是自我感觉良好，以为自己的工作是多么重要，好像除了自己，地球就不转了似的；还有的时候是怕麻烦、怕累。如果说前些年交通不便，还情有可原的话，那么在交通便捷的当下，几千里的路程，夕发朝至，距离已经不是问题，还拿交通作借口，就是地地道道的不孝了。

同时，再把时间往前推推，还有另外的原因。在经济拮据的年代，有人认为，活着的人生活都不易，不可能顾及那些逝去的先人；还有人把祭祀等同于封建迷信活动。这些年，特别是有法定清明假后，清明扫墓祭祖广受重视。这是很令人欣慰的。不能想象，一个忘记历史的民族会有希望，一个忘记祖先的人会有前途。数典忘祖，不知来自哪里，又怎能知道去往何方！

去年清明我们曾回老家，祭祀祖先，并重新给父亲立碑。我还同妹妹去给外公扫墓。看到外公坟前的墓碑字迹有些模糊，打算今年清明给老人家立块新的。所以在清明前，我曾给在湖北老家的兄弟姐妹们打过电话，他们一致说，千里迢迢，不要回去了，由他们代为致祭。

　　记得回老家同兄弟姐妹们闲聊时，曾不止一次讲到父母在世时家里的种种情景，甚是令人悲伤！他们说，父母在那边曾托梦给他们，告知近况，并提出一些很低微的要求——缺钱花、房子漏雨等。遗憾的是，我没有一次收到父母对我的要求。反省起来，可能是他们在世时我不够孝顺，后来工作在外地，回家少吧。记得父亲生前喜欢抽烟，当时生活拮据，很多时候连9分钱一包的"经济"牌香烟都买不起，只得利用房前屋后的空地种植烟叶，收摘晾干后切丝自己卷制。每当这时，我们能帮点小忙，父亲往往报以很感人的微笑。当时我虽然年纪很小，但已能感受到父亲的无奈和心境的凄凉了。所以我曾有一个愿望，长大后一定要买很多很好的烟给父亲抽。但遗憾的是，父亲没有等到我小学毕业就去世了，我的这一低微愿望没能实现，印证了那句老话："树欲静而风不止，子欲养而亲不待。"父亲去世后，母亲挑起了抚养我们的两副重担。她到晚年高血压病很严重，经常盼望我们回去看看。但在职时，总有好多的原因，不能经常回去，只有暑假或春节偶尔回去。每当我们回去时，母亲的喜悦总是感动得我们流泪。但还是不能及时理解母亲的心情——盼我们回去，只想好好看看我们，并跟我们谈谈家长里短。而我们的"孝顺"，就是耐心听老人谈家常，如此简单！

　　"清明时节雨纷纷，路上行人欲断魂。"今年清明期间，又冷雨连绵。想那南方故乡，山川迢迢；想那阴雨笼罩的祖先的坟茔，凄清寂寥，远望遥祭，别有一番思念在心头！

故 乡

江碧鸟逾白，山青花欲燃。今春看又过，何日是归年？

——杜甫

我的故乡，是那武汉与黄石之间的鄂州；小而言之，是其辖区内的华容的一个名字带"咀"的村子。这个村子虽然僻远，却很有特点：半岛型，三面环着水，有九十九个湾汊的南迹湖（由南塘湖和七碛湖组成），由北往南一路走来，累了小憩，温柔地张开双臂，把一个村庄抱在了怀里。

村庄不大，鼎盛时期，也只有近二十户人家，一百来口人；邻里和睦，村风淳厚；风景宜人，四季如画：湖岸有杨柳，村中遍棟枣；屋舍俨然，鸡犬相闻；开门见湖，推窗见景；有鱼有莲有菱，有麦有棉有稻。据我哥说村东南一个稍高的地方曾有一座不大的庙宇——"三官殿"，建筑考究，雕梁画栋；两进房子，一方天井；几尊菩萨，两个和尚，断断续续有些香火，好在有微薄的地产，和尚们清苦的日子还能维持。庙宇大约毁于1958年，材料用于公社建校。我是否去过这庙宇不能确定，在我记事时已不见它。1974年高中毕业回乡务农，给麦苗、棉花锄草，碰到石块，老人说，这是庙上的。在我很小的时候，村子东北面曾立有一座破败的小庵——"金堂"，一个尼姑。记得有时候这尼姑也来我家，人清瘦，高高的，衣着素净，戴一顶小帽，面目极其和善，其苦难身世，估计老辈人知道些。我母亲有时过节点麻花、翻饺之类款待尼姑，这时我们也跟着沾点光，尝尝高档素食，所以我们那时大约是很欢迎这尼姑的，盼着她来家。后来不见了尼姑，也不见了小庵，是在庙宇毁了之后。庙宇毁了，小庵没了，但它们足以证明小村曾有值得一说的过去，有值得骄傲的文化历史底蕴。但我对庙宇、小庵并没有留下多少记忆，我儿时清晰的记忆是贫穷。儿童天性好玩、懵懂乐天，但物资的极度匮乏，不能不给我们幼小的身心以足够的影响，不过仍不能影响我对于家乡的热爱。因为这里有我的父母、兄弟姐妹，以及可爱的邻居，还有那些关系亲密的小伙伴。所以，那时在我们这些没有出过远门的小孩子心里，贫穷而美丽的小村庄，就是我们的乐园，再没有比它更好的地方了。后来有两件事，改变了我的人生轨迹，更升华了我对于家、对于家乡的深挚感情。

一是1967年父亲不幸病逝，一座山倒了，几个幼小的孩子，失去了父爱的庇护和温暖。看着含辛茹苦的母亲日夜不停地劳作，我们心里很痛苦，但又帮不上多少忙。哥哥参军入伍，只有母亲、姐姐能参加生产队里的劳动，但有好多年份，十个工分只能折合三毛五分钱甚至更少；而当时有个规定，妇女是不能评十分底分的。我和妹妹、两个弟弟都还小，只能上学或在家里做点小事，所以就成了超支户。后来没有办法，哥哥只好放弃大好前程，提前从部队退伍回来，家境虽然有所改善，但日子还是过得比较艰难，因为当时国家不富裕，家乡不富裕，家里又能好到哪儿去呢？于是穷则思变，一个小小的志愿就埋进了我心里。

二是22岁那年，我有幸迎来了人生的一个重大转折，中断了十多年的高考恢复了。我在全家人，特别是母亲、哥哥的大力支持鼓励下，大着胆子参加了人生第一场毫无胜算的竞争。但非常幸运的是，我居然赢了，而且考进了华师，一所在本省乃至全国都有较大影响的师范院校。这在当时、在一个不大不小的范围，是一件有点轰动效应的事情：一个离开学校四年，再没摸过书本，成天跟泥巴打交道的农民，在录取率出奇低的情况下，竟然能考进大学，而且还是个本科！有真心的赞扬：真是不容易呀；也有莫名的惊讶：真是"天方夜谭"啊！这件事又一次改变了我的人生，以后离开了家乡，而且渐行渐远，由湖北到湖南、由湖南到浙江，才有了真正意义上的故乡。后来随着年纪的增长，对于家、对于故乡的热爱和思念，也就日益潜滋暗长了起来；关于故乡先前的各种图画，时不时在我脑海里闪现出来……

图画一：夏夜乘凉。

记得小时候，每到盛夏，气温高得吓人，仿佛划根火柴就能燃着，不要说白天酷暑难耐，就是夜晚也常常热得难以安睡。蚊子多，一间小屋子，就是一个马蜂窝。有时累了一天，躺进密密的自制蚊帐里，不透气，加之屋子低小，不通风，常常半夜热醒了。那时还没有电扇，再早些时候连电都没有。没有办法，就搬张小凳子，坐在屋子外面，手里拿把蒲扇，一坐就是一两个小时。这样终究不是个办法，后来不知谁挑的头，干脆把蚊帐拆下来，搬一张竹床，哪里有风就往哪里去。记得村边空地，甚至稻田埂上都有人待过。后来有小孩从狭窄的竹床上滚到稻田里，提醒大人要寻觅宽敞安全的地方。于是乘凉最理想的地方就是打谷场了：一是平整宽阔，比一个篮球场还大；二是打扫得干净，虽然是泥土碾压成的；三是地势较高，常有凉风吹到。

不知谁带的头，搬一张简易竹床到打谷场上，几根竹竿，一顶蚊帐，架好了，往里一躺。没有蚊帐也没关系，用一张薄薄的被单连头一起蒙上，也能抵御蚊子的侵扰。最怕的是突然下雨，要把蚊帐拆了，扛起竹床，挟着被卷儿，半睁着睡眼，跌跌撞撞逃回家里。记得我曾于很多个夏夜，就躺在竹床上，吹着环保的小风，看着满天星斗。真是太舒服了，什么都可以不想，什么也都可以乱想。我就曾乱想：天空到底有多大呢？它有没有边呢？后来上了学，听老师讲，宇宙是无穷的，好长时间不明白，那"无穷"的外边有什么呢？想想可能就是那时在打谷场上落下的"病根"。有时还能看到一弯小月或是长大了的圆月挂在天空，更不免乱想起来：嫦娥好好地干吗要到月宫去？那兔子吃什么呢？当然，大多时候，不是一人枯躺乱想，或是和小伙伴们满地里疯跑，或是找人说话。记得一同躺在场上有我称为"二哥"的，跟我不是一个姓氏，年纪比我大很多，但不知怎么推算出来，竟是我的同辈。"二哥"为人极其和善，虽没读过多少书，但知识相当广博，有许多的小说故事烂熟于心，常跟我们讲些薛仁贵、刘备、鲁智深等人的事。他也是农民，但会剃头（服务村民，也曾在刘弄镇上租房开店服务居民），还能绘声绘色"讲书"。据说剃头从过师，"讲书"是自学成才，可见他的聪明了。

在打谷场上乘凉，开始只有男人，后来发展到一家人，女人、孩子都参加。一张较大的竹床，或是门板（当时社会风气极好，又很贫穷，夜不闭户是常态，所以门板夜晚下了做床，白天装好做门）拼成的简易床，放下一顶大蚊帐，大人和小孩都躺在里面，天伦之乐，颇为温馨，甚至有点浪漫。一片偌大的场地，布满了顶顶蚊帐，如同毡房连片的牧民村落，颇为壮观。更难能可贵的是，社会风气好，人与人无需特意避嫌设防，大家相处和谐，其乐融融。

图画二："摘瓜"游戏。

夏夜乘凉，躺着躺着，有时觉得饿了，实在睡不着，就去搞两个瓜吃。所谓"搞"，就是到农科所（大队设在我们村的从事瓜果生产的非科研机构），缠着看瓜的老头儿讲故事，或闲聊，然后提出到地里摘个瓜吃。老头儿极好，又喜欢小孩，所以一般能满足我们的要求。后来大约老头儿怕违反规定，就不肯答应了，几个小伙伴，就来了个恶作剧：几人分工合作，"明修栈道，暗度陈仓"，有的跟老头儿闲聊，有的乘机溜到瓜地，摘了就跑；老头儿发现了，很生气，恐吓下次要放出所里的黄狗咬我们。看老头儿真生气了，小伙伴把瓜还了回去："对不起，别生气了，我们闹着玩的。"当时流行这么个歪理儿："行人路过瓜地，不打招呼，顺便摘个瓜吃没什么大不了的。"乍听起来好像有点道理，孔乙己不也说读书人"窃书不能算偷"吗？何况这只是个小小恶作剧呢，与孔乙己的行为还是有差别的。但我们村里的大人对孩子管教极严，只要关乎品德，哪怕沾一丁点"偷""抢"的嫌疑，不管东西大小，都要重重处罚。所以"摘瓜"这类游戏，我们很少玩，怕气坏了老头儿，也怕大人揍。

不过，小孩终究不长记性。有一天几个小伙伴在场上竹床上枯躺，月亮也不想看了，星星也不想数了，"二哥"又因外出剃头，没能及时到场，觉得实在乏味，就想再玩一回"摘瓜"游戏。于是几个人商量一番后，瞒着大人偷偷出发，打算先和看瓜老头儿死磨硬缠，如果不行，再另想办法。不想还是被大人发现了，及时把我们追了回来，被臭骂了很久，并被棍棒伺候。自此以后，就真的不再玩"摘瓜"这类游戏了，哪怕肚子再饿，嘴再馋。

后来所里收瓜，人手不够，邀请我们去帮忙摘瓜，过后犒劳我们几个大瓜。不知大人怎么又知道了，以为我们故伎重演，又玩那恶作剧，正准备揍我们的时候，恰巧所长来队里谈事儿，解释了好一番，大人们才笑笑作罢。回想儿时的一些小恶作剧，除了"摘瓜"等小游戏惹大人们生过几回气外，还真没太出格的。后来大家长大成人，在各自岗位上诚实劳作，都有了小小成功，尤其是为人善良正直，品德上没有任何瑕疵，延续了纯正良好的村风，还真要感谢这段"摘瓜"的经历，感谢大人们手中的那根棍棒！

图画三：划船观影。

我小时候，家乡里文化生活极其贫乏，放学后除了打猪草、放牛、砍柴，就是满村子疯跑。有时懒劲头上来了，就一只脚踩着牛角，横跨到牛背上，学着电影里骑兵的样子，用一根柳条抽着牛飞跑。当然是瞒着大人，否则又是一顿好骂："牛是宝贝，把它的脚崴了，你来拉犁！"

当然也有既快乐又不挨骂的事儿，那就是看戏或看电影。记得那时由于村子小，很少唱戏、放电影，看戏、看电影要到很远的地方，甚至要划着船去。记得离村不很远的刘弄小镇上，曾唱过《三世仇》之类的地方戏。舞台是临时用门板拼成的，这类工作往往由家庭成分不好的人完成；演员一般就几个，舞台布置、服装道具都比较简单。记得有次演出，演员演"乞讨"的情节，手里拿的就是一根几乎随处可见的木棍，衣服也是一般人家以前穿过的，又旧又脏又破的那种。虽然很真实，但在我们小孩眼里，很搞笑，很难被戏中情节感染，更别说流眼泪了。我曾注意观察过，大人也差不多，所以常常是台上演员声泪俱下，台下观众笑声四起。还听说一个笑话：一演员也是演《三世仇》里的"乞讨"，不小心把手里的木棍插到了脚下两块门板间的缝隙里，硬是好半天没拔出来，一下点燃了台下观众的哄笑！我打小就不太喜欢戏剧，觉得情节推进太慢，急死人！

对于电影的感觉，就完全不同了，尤其是与小伙伴们晚上划着小船去看电影，那真是太惬意了！电影信息有时是通过大队广播发布的，地点往往就在大队部不大的土广场上；更多的是大家口口相传的，所以常发生时间、地点不准确的事：说是在这个大队，突然改在了别的大队；说是八点放映，去了银幕还没架好。至于片名弄错，那就更是常事了。不过对于看什么电影，我们并不在意，只要有电影看就行，热闹、打仗的更好，尤其是片头闪耀着"八一"军徽光芒的那种。

　　记得有一个夏天的晚上，在湖对岸我外公家所在的大队放一部战争片。我们五个小伙伴，早早地催促大人做饭，草草吃过后，提桶凉水冲个澡，穿条半长短裤，赤裸上身，随便拿件衣服搭在肩上，飞快地在门前湖边集合。其中一人扛着两支木桨，船就是他父亲白天用来摆渡的那只。我们上船后，他熟练地架好桨，然后交叉两手轻轻一划，就起航了。偌大的湖面，因为赶时间，他技术好，就始终由他一人划。船在水中走着直线，两边激起的波浪轻快地退到了船后。我们还嫌慢，就把一只手伸到水里，多了四支"桨"，感觉果然更快些。大约二十分钟后，船抵达对岸，划船的小伙伴取下桨，把它藏到庄稼地里（不把木桨取下藏好，万一船被别人划走，我们就无法回家了）。

　　由于上岸后还有一段较长的路程，到得晚了点，电影已开始了，战斗的场面已相当激烈，我们很后悔走得慢了。不想银幕上突然由远而近赫然推出片名，我们以为放映员放错了，又重新开始。后来有人告诉我们，那开始放的一段叫"序幕"，片名出来后才是"正文"；"序幕"不看，并不影响看"正文"。我们听不太懂，但心里已释然。由于场地太小，人又太多，尤其是银幕的正面；没有办法，我们只好绕到银幕的背面，距离虽然不合适，但站着舒服多了。由于环境太嘈杂，加之不停地走动，很难掌握电影的完整情节；但已经很满足了，感受的只是个氛围，看的只是个热闹！在返回的路上，我们又闹了一笑话："怎么今天电影里的人都是用左手打枪啊？"忘了我们是在银幕背面看的。

　　到了庄稼地边，小伙伴先去取出木桨，然后熟练地架到岸边的船上。我说："回去我来划吧。"我虽然有些基础，但跟小伙伴比差远了：船不能一直走直线，由于顾及方向，速度也快不起来。他说："还是我来吧。"到底是家学渊源，看他那架势，两条腿一前一后，稳稳地；两只手臂交叉，桨仿佛是粘在手上，不怎么费力，可船走得又直又快。船到湖心，看那夜景，着实令人心醉：桨起水响，微风拂来，湖面闪着细醉的月光，不远处有觅食的水鸟飞起，很有些东坡先生当年泛舟夜游赤壁的意境："清风徐来，水波不兴。……月出于东山之上，徘徊于斗牛之间。……纵一苇之所如，凌万顷之茫然。浩浩乎如凭虚御风，而不知其所止；飘飘乎如遗世独立，羽化而登仙。"

　　图画四：除夕大餐。

　　渐近岁末，年味愈浓了："廿四扫扬尘，廿五做豆腐，廿六买肥肉，廿七年办急，廿八宰鸡鸭，廿九样样有，三十夜烛花谢。"（所谓"扫扬尘"就是大扫除，"烛花谢"就是除夕祭祖。）在那物资匮乏的年代，"小孩盼过年"，主要是冲着"吃"的。民以食为天，年以吃为重。辛苦了一年，清苦了一年，岁末年终，总得好好犒劳自己。我的故乡既是礼仪之地，也是美食之乡。不少人家节俭了一年，就是为了年节有摆得上台面的美食，岁末大餐自然就成了美食大会展。

除夕这天，全村的大人、小孩都很早就起床了，然后按照分工，各自忙开了。平时一般不进厨房的男人，也围一块布在腰间，跟女人打下手；个别能干的，也直接拿刀剖鱼切肉。我父亲平时做菜也不错，就跟我母亲一起准备除夕大餐。我那时已上过几年学，练过毛笔字，但写得并不怎么好，父亲却要我负责写对联，还必须在"大餐"前张贴好。姐姐负责洗菜和餐具，妹妹、弟弟他们干一些杂事。那时哥哥还在部队上，几年春节都没有回来。

故乡的除夕大餐，虽然比不得满汉全席，但也绝对是高规格的，而且礼仪繁复，十分庄重。首先是菜多碗大，常常是十大碗：鱼丸、油炸鱼、"听话"鱼，肉丸、萝卜烧肉、炒鸡、炖鸡汤、炖藕、藕夹和小菜。其中最有讲究的是鱼丸和"听话"鱼。鱼丸，又叫"鱼圆"，取"团圆"之意，是年夜饭、婚嫁宴席等的第一道菜，也是最显厨师功力的一道菜；要求鲜嫩、松软，在煮之前要能在冷水里全浮起来（对用盐和搅拌有很高要求）。"听话"鱼，最好是武昌鱼，没有的话一般鳊鱼也行，一斤左右。所谓"听话"，很费解，说是听全家人过年的吉祥话（我很疑惑，都做熟了，如何"听话"呢），同样也是图个吉利。其次是规矩多：上菜讲先后次序，菜上桌后有严格的摆法；大人动筷小孩才能动筷，吃完一口要放下筷子；"大餐"结束前不能提前离席；座次老幼有序等等。我很喜欢丰盛的菜肴，所以提前两顿就让肠胃腾出空间；但不太喜欢繁复的规矩，不过心里乐滋滋的，尤其是看到父亲正襟危坐的样子。

吃"大餐"前要祭祖：点上一对蜡烛，摆上几道美食，让祖宗先享用，用意是教育后人记住先辈的恩泽，不要数典忘祖。吃"大餐"后要先在屋前放挂鞭炮，越响越好，预兆来年红火大发；然后回屋打扫，但垃圾不能马上倒掉，否则财运会溜走。

这许多繁复的环节后，就是"守岁"。那时还没有电视看，所以我们"守"不了多久，就准备睡觉了。可辛苦了一年的父母，还要边"守岁"，边劳作：父亲为新年招待客人继续做准备，大约也琢磨在新的一年里需要完成的大事。母亲更忙了，要赶做我们初一穿的新衣新鞋；常常是我们一觉醒来，看见母亲还在昏暗的灯光下辛苦劳作，我十分心酸："谁言寸草心，报得三春晖！"

故乡的图画真的很美很感人，它深深地吸引着远在他乡的游子。但在那交通不发达的年代，回一趟故乡谈何容易，堪比打仗。二十世纪八九十年代，远途交通工具主要是火车；但买票难，上车难，坐车也难。车少人多，逢年过节买个票，要起很早去车站排队，有时甚至是一个通宵。运气好，还能买到；运气不好，好不容易挤到窗前，一句"对不起，您要买的票没了"，几乎能让你晕死过去！还有，买到票，不等于上得了车。记得有一次从浙江嘉兴回老家，一家人好不容易挤到站台上。儿子说："爸，你只管挤，我帮你扶着眼镜！"咱一看那阵势，真吓人：一列车刚进站，人们蜂拥而上，可车门刚开了一会儿，就马上关了，连被人流裹挟下来的列车员都差点儿回不了车；翻窗，窗不开——不是列车员心狠，也不是车上的旅客没有爱心，实在是没有办法。我尝试了好几次，出了一身汗，还是败下阵来，儿子和他妈都说："不回了，实在是太吓人了！"是啊，咱一文弱书生，怎敌得过那许多的彪形大汉！还有一年回故乡过年，好不容易在岳阳站买到站票，高兴过后，冷静一想，这车如何坐啊！车慢，逢站必停，岳阳到武汉本来不太远，但要好几个小时。以前的经历是，列车常常严重超员，过道、洗漱间、厕所全挤满了人；有时人是悬着的，想有立足之地，没门。大人悬着就悬着，可孩子还小，怎么悬呢？想想不寒而栗。实在没有办法，就厚着脸皮托在车站工作的老乡，送我们到卧铺车厢（过道窗边的椅子有时其他旅客也可以坐一会儿）。我为人脸皮薄，又有读书人硬气的臭毛病，看着老乡既热情又为难的丰富表情，那愧疚真是没法用言语形容！

不过一旦有幸闯过了买票难、上车难、坐车难这"三关"，故乡那温馨诱人的气息就扑面而来了。

1982年元月一列由武汉开往长沙的慢车把我从湖北带到了湖南，又一列折返的慢车把我带了回来（在长沙有色金属公司政治处报到后，我被分配到了岳阳）。直到1998年8月调离，我在岳阳一家国有大型企业的学校工作了十六年半，还在那里结婚生子。

1983年春节，"吾妻来归"，一同回故乡看望母亲。结婚那年我已27岁，在当时属大龄青年，家境贫寒，娶妻不易。我妻子也是中学教师，一个家里一下子有了两个教书先生，这对父辈没读过多少书的家庭来说，该是一个多大的惊喜啊！所以那春节我母亲是整天高兴得合不拢嘴，还不停地念叨："你父亲要在该多高兴啊！"那是一段极其快乐的时光，一大家子人都把灿烂的笑容绽放在脸上。

天公也作美，平常年份家乡春节常常下雨下雪，这年整个春节期间却一直晴好，门前的大湖也没有封冻，偌大一片清碧的湖水整天荡漾在我们眼前。在吃过很多的大餐，走过很多远远近近的亲戚，村前村后、长江边、附近小镇上几乎逛了个遍后，我跟妻子商量说："我们明天去鄂城看看？"妻子很愿意。第二天吃过早饭，我们就早早地出发了。在城里几个主要景点玩了三四个小时，大约中午时分，返回经过樊口，我对妻子说："这个电排站了不得了，当年建成时是亚洲规模最大的。我接到高考体检通知，就在这电排站的建设工地上。"妻子看着我赞许地笑了笑。我又说："这地方最有名的食品就是武昌鱼，年夜饭没有吃到，咱们今天尝尝？"她说听我的。于是走进一家叫"武昌鱼"的馆子（店名真逗，乍看以为是个养鱼的地方），点了一条红烧武昌鱼，价格八元。妻子娘家境况不错，但她向来节俭，认为八元太贵，因为当时我一个堂堂本科生，月薪也只有四十多元。看那小店，男女二人，气氛亲昵和谐，应是小夫妻；听那标准的鄂城口音，甚是亲切。我看着他们有点惊喜的眼光，套近乎地说："我是鄂城本地人，返乡探亲，特地带妻子来吃武昌鱼。"潜台词是："你们可要拿出看家本领哦！"那时还没有"宰食客"一说，加之我家乡自古以来就民风淳朴。男人亲自掌勺，女人兼任服务员。我很疑惑年纪轻轻的店家能否做好这道传统名菜。虽是饭点，但食客就我们夫妻俩，所以没多久，一道看相极好的红烧武昌鱼就摆在了我们的面前。我们又花了两元点了一碗米饭、一碗肉丝面（有些遗憾，不是地道的家乡名面），婉言谢绝了店家加菜的提议，就集中精力鉴赏这道心仪许久的武昌鱼。说出来不怕笑话，我也是第一次在樊口吃这正宗的武昌鱼。不言而喻，吃过这餐饭后我们对红烧武昌鱼有感觉，对肉丝面没有感觉。走出小店后，我卖弄地对妻子说："鄂城，古代叫'武昌'，这个地方出产的团头鲂叫'武昌鱼'，它只是鳊鱼的一种，所以一般的鳊鱼不能叫'武昌鱼'。"妻子笑了笑。妻子是湖南人，在洞庭湖边的岳阳长大、读书、工作，也是"鱼米之乡"的人。

后来我们有了孩子，于1987年夏天回老家看望母亲。夏天假期长，车票也好买些。记得回来前跟母亲通报过，但当我们一家三口突然出现在母亲面前时，她那惊喜的表情，给了我们巨大的幸福！是的，有什么比见到阔别已久的母亲更令人感到幸福的呢？母亲虽不是第一次见到我儿子（我儿子出生时她在我家），但在看到很久不见、已长大很多的孙子时，是多么喜悦啊！

那是我们在故乡过得最为愉快的暑假！最令人难忘的是，一家人在湖里游泳的情景。在游泳池里游泳，在现在那是再平常不过的事了；但一家人能在一个相对封闭的农村的大湖里游泳，这在当时是极其罕见的。所以当我们带齐装备来到湖边，从田地里劳作收工的人们看见了很有些吃惊："怎么不在家里洗澡啊？"他们把游泳看成洗澡，认为女人到湖里洗澡多有不雅；同时也担心我们的安全。所以不停地有人提醒我母亲："四婆，您多烧点洗澡水，不要儿媳妇到湖里洗澡啊！"母亲知道我们是到湖里游泳的，所以基本赞成；只是反复提醒要特别注意安全，尤其要照看好孙子，并郑重叮嘱："早点回来洗澡，洗凉水不舒服！"

故乡的人真的是辜负了一湖大好清水啊！夕阳西下，偌大的湖面，慢慢有薄薄的雾气升腾起来，渐渐凉爽宜人。湖岸边是细细的软软的沙子，偶尔也见些小而圆的石子。湖面水平如镜，水里的小鱼儿清晰可见，还有小虾时不时轻轻夹我的双腿。随着我轻轻游过，水草曼妙地飘动起来。最开心的是才三岁的儿子，趴在离岸很近的地方，摆出最原始的泳姿，双腿上下扑打，溅起老高的水花。我们轮流照看他。妻子比我更喜欢游泳，尤其是第一次在这样大的湖里。直到夕阳落到了小山的后面，我们才余兴未尽地往家里走去，只见母亲正在门口张望。

去年我和妻子带着孙女儿又回了一次故乡，是从北京回来的，在清明节前两周。儿子正好公司有业务需要往南方，特地从北京开车过来，比我们晚到几天。

这次回故乡，主要是祭祖，为父亲立一块新墓碑。父亲于1967年去世，墓前曾立过一块石碑；但多年的风霜雨雪，使得墓碑上的文字已模糊不清，我们决定立一块新的，以寄托哀思，告慰父亲的在天之灵。

为父亲立碑是件大事，整个工作由哥哥组织，在我们回来之前他已为此事谋划了很久，对订碑、刻碑、运碑、立碑等每个环节都考虑再三，付出了很多的辛劳。立碑是在清明节前两天，哥哥看了天气预报，清明节有雨。那天我们六兄弟姐妹和姐夫、妹夫悉数到场，还有我儿子等部分孙辈一同参与，气氛庄严肃穆，工作井然有序。立好墓碑后，我们又培土加高了父亲的坟墓。我们也在母亲墓前磕了头。我还站了许久，母亲虽然活到了古稀之年，但绝大部分岁月是在艰难困苦中度过的。由于我求学在外，特别是工作、成家都在远离家乡的地方，母亲常常十分惦记。这次回来原本有很多话想跟母亲说说，但最后竟然一句都没能说出来，出来的只有那没有强忍住的盈眶的眼泪！

由于前些年附近大队做砖取土，使得整个祖坟山已高高悬起，岌岌可危，令我们不禁悲从中来。我看着新墓碑上的文字，心想虽然我父母的子孙兴旺，但如我等实未能好好尽孝。父母去世后，常拿路程远、工作忙作借口，清明都很少回来，实在有愧！人说，养儿防老。我父亲盛年早逝，劳苦、病痛伴随了短暂的一生，没来得及享过一天福，养了我们兄弟姐妹六人，还远没等到老就永远地走了，让我们空有孝心啊！在给父母亲，以及各位祖先和近年故去的本家亲人扫了墓、烧了纸、放了鞭炮后，我们怀着悲凉的心情离开了祖坟山。

日头正好上到了头顶，照着家乡那熟悉而陌生的土地，一些不知名的小鸟从日益透着绿意的草丛中忽地飞起。而今村里的人越来越少了。"二叔您回来了！""二哥"家十分帅气的儿子碰巧也从外地回来，热情地跟我打招呼，给了我不小的惊喜。偶尔也能见到几个小孩，不知是哪家的，是否有当年"摘瓜"小伙伴们的孙辈在里面，不得而知。他们以异样的眼光看看我，读不懂是欢迎还是排斥。我不禁突然想起唐代贺知章的诗句："少小离家老大回，乡音无改鬓毛衰。儿童相见不相识，笑问客从何处来。"只是心境大有不同。

回一趟故乡不容易，离开前我又特地来到了我们曾游泳过的大湖边，只见几乎满湖是杂草，时有水鸟出没其间，我想再下湖游泳是断不可能了（水草会缠住人的手脚，发生危险）。几棵早已发青的柳树，孤独地立在湖岸边，没有多少兴致地摇摆着枝条。原先归各家所有的小藕荡早已淹没在了水里，说是蓄满湖水好养鱼。湖面时有鱼儿跃起，但已不见垂钓者，说是有人承包了这湖，有巡逻人员日夜巡湖。我很佩服决策者的高明，这毕竟有利于家乡；也很钦佩承包者的胆量，偌大的湖也敢承包。这湖除了鱼、藕、菱之外，据说还有另一宝贝——石油。我小时候听人说，某年某处曾有石油冒出，湖底藏着石油；但没有立即开采，是为了留给后人。如果这说法是真的，这湖还将更多造福于家乡。

我们一行十余人坐着我儿子和侄儿的车返回华容镇上我们的一个"新家"（2012 年我们在镇上买了套房），妻子和我嫂子早已准备好了午饭等我们，几天前我们就做了充分的准备。车子行驶在乡村公路上，我从车窗向远处眺望，家乡已不见那正午的炊烟，不见那"稻菽千层浪"，取而代之的是不远处新建的小镇、新开的工厂。我清晰地意识到，我们每天都行走在消逝中，行走在新生中；消逝与新生的交替，推动了社会的发展。但我仍企望，家乡人的饭碗能稳稳地端在家乡人手里！永远不会忘记我生于斯长于斯的这块土地，生我养我的父母！永远留恋那炊烟袅袅、鸡鸣狗吠的淳朴乡村，那有家可回，有父母等候，有香喷喷的大米饭、软滑滑的手擀面可吃的温馨日子！

相聚江城

　　2014 年 5 月中旬的一个上午，随着由上海开往武昌的直达特快列车安抵终点站，"武汉欢迎您"五个大字出现在出站地下通道正前方，我的江城之行正式开始了。这次旅行虽然只有短暂两天，但由于是高中毕业四十年后的一次聚会，有几个场景特别令人难忘。

一

　　聚会的酒店"金色家园"，坐落在汉口一繁华地段。它外表的颜色如同它的名字，两天后留给我的印象亦如它的名字。这样一幢在武汉这座现代化大都市不太起眼的酒店，之所以能给予我"家园"的感觉，是与积淀了四十年的醇厚情感有关的：师生情、同学情经过四十年的酿造，如同那陈年老酒，历久而弥香。说来惭愧，高中毕业四十年，因各种原因，这还是我第一次参加年级同学聚会。

　　在酒店门前迎接我的是 Q 同学。Q 同学年龄比我稍小，高中毕业后参了军，转业后，在武汉一家事业单位工作，能力突出，如今已是一位负责人，也是这次师生聚会的主要组织者之一。

　　Q 同学笑容可掬，热情地伸出了双手，给了我一个见面大礼："老秦，欢迎你！"他握手很用力，不是礼节性的；他的表情极富亲和力，尤其是那从内心里洋溢出来的真诚笑容，是我好久以来很少见到的。我很感动，还是那个同学，还是那份情感！但我又很诧异，四十年了，彼此没有见过面，也很少联系，他居然还能一眼认出我！这不能不说是个奇迹：四十年是一段不短的岁月，它可以改变很多东西，可由风华正茂到垂垂老矣，也可由纤纤幼苗到参天大树。我既佩服 Q 同学的眼力，不愧是当兵出身的，也为自己暗喜，四十年后总算没有面目全非。

　　惊喜之后是一场特别的"考试"：先到的同学在一楼大厅围成一个半圆，让我逐一说出他们的名字。我毫无准备，加之一路劳顿，一时无措，但既然 Q 同学认出了我，我怎么也得认出几个吧。于是紧急搜索大脑储存的有限信息，连蒙带猜，居然也认出了十来个。每当我准确认出一个同学，伴随的是一阵轰响的欢

236

呼；认错一个，是一阵震耳的倒彩。但我还是有点佩服自己，因为认人记人一直是我的弱项，今天的表现够好了。当然遗憾也有，认出的同学不够多，甚至连当年一个班上的也有没有认出的。过后仔细一瞧，有的同学虽然身材有点变化，面部也稍许留有岁月的痕迹，但基本轮廓还是原样。Q同学善解人意，及时替我解围："谁叫你们变得越来越帅，越来越漂亮呢？当然认不出咯。"于是大家又是一阵哄笑，引得酒店那些小服务员也浅浅笑了。

笑过之后，细想起来，客观原因也并非没有：一是两次见面间隔太久。中间两次聚会我都没有参加，一晃就是四十年！由于在外省工作，路程遥远，加之那时通信不太发达，负责联系的同学虽然费了很多周折，仍没能联系上。在此，我要郑重表示感谢和歉意！二是在那封闭的年月，尽管男女同校同班，但彼此交谈甚少，交往不多，所以两三年下来仍不熟悉的不在少数。不过话虽如此，仍觉得问心有愧，下定决心要尽快弥补"认人记人"方面的短板，不管多长时间，一定要记住那些曾经跟自己一路同行的人！芸芸众生，熙来攘往，彼此能有某种交集，绝对是一种缘分，当珍惜，当铭记！

二

见过面，聚过餐，稍事休息，便是下午的座谈会了。

主持会议的Q同学简短的开场白后，是L同学致欢迎辞。只见他拿出几张已打印好的稿纸，戴上眼镜，便正式开始致辞。语言得体，用词准确，声情并茂，令我感动。记得上高中时，L同学虽然成绩优秀，但平时有点腼腆，每逢发言，脸上先飞起一片红云。

L同学致辞后是老师们讲话。首先讲话的是德高望重的语文老师。老先生满头银发，耄耋之年，而精神矍铄，思维清晰，亲切的话语一下子把我们带回到了四十年前的那所学校……

我们就读的泥矶中学，是一所农村公社兴办的学校。说起这所学校，绝对配得上一个"奇"字：一是规模很小，高中只有两个班，一百多个学生，十几名教师；二是时间很短，高中部只招生过一届，总共两年半。二十世纪七十年代，经济不发达，物资匮乏，农村办学的艰难可想而知。但非常奇怪的是，在那个大学停止考试招生，不太重视教育的年代，一群农家子弟，居然能用心读书；更为奇怪的是，十几名教师，有的还是师范本科生，业务精湛，拿着微薄的工资，居然能在偏僻的农村学校安心教书。靠的是什么，靠的是一种精神！

几位老师讲话后，是我们同学自由发言。主持人考虑到我远道而来，提议我先发言。我大致说了说自己务农求学从教的经历与与会感受，大约三分钟。悠悠四十载，一段风轻云淡的过往。随后同学们的发言，让我见识了岁月给予大家的种种精彩和绵绵情怀。

"武汉这些年发展很快，越来越现代时尚。再次热烈欢迎来自各地的老师和同学们，相聚美丽的江城！"负责本次年级聚会组织工作的同学说。

"我是学农的，大学毕业后任职于一家农科所，一直服务于我省农业。"在华容区科技局工作的同学说。

"家乡计划兴办生态观光农业，开发南迹湖，诚邀大家参与，共同献计出力。"在华容区人大工作的同学说。

"高中毕业后，我一直在家务农，目前承包村里的果园和鱼塘。记得高中时常开诗歌朗诵会，临来时，写了一首，当着老师和同学们的面念念……"来自农业一线的同学说。

"我师范毕业后，在武汉一所中学任教。向各位老师学习，'传道受业解惑'，尽职尽责。"来自教育系统的同学说。

"鄂州城区的发展变化很大，濒江仿古公园建得非常漂亮，尤其是孙权塑像很有气势，欢迎大家去旅游观光！"在鄂州市发改委工作的同学说。

"我大学毕业后，工作了几年，然后下海。下次聚会，邀请大家到我承包的酒店去。"改行经商的同学说。

"家乡的交通状况不断改善，高速公路发展迅猛。我既是见证者，也是亲历者，觉得很自豪！"在鄂州市交通运输局工作的同学说。

"我这段时间正参与港珠澳大桥项目，明天上午要返回广东了，提前跟大家道个别。"从事桥梁建筑的同学说。

"在座的各位老师都年事已高，平时一定要多保重，日常起居以'慢'为要；同学们也由当年的翩翩少年和嫣然少女，渐渐步入老年的行列，平时做事要悠着点。一句话，无论是老师还是同学，都应把'养生'提上议事日程。"在武汉、鄂州医院工作的同学说。

"美不美家乡水，亲不亲故乡人。欢迎在外地工作、生活的老师、同学常回家乡看看！"来自武汉、鄂州、华容不同工作岗位的同学纷纷说。

……

同学们发言后，是老校长总结。他言简意赅，主要说了三点意思：一是同学们求学时，老师们竭尽全力教书育人，尽可能给大家最大的帮助；二是同学们如今都很有出息，老师们很欣慰；三是提醒大家，能有今天，既靠个人奋斗，更靠时代发展。

愉快的三个小时不知不觉过去了，我又有幸聆听了人生重要的一课，深切感到：世界之大，超出想象；前景美好，未来可期。

三

座谈会后，是泛舟江汉。

武汉区位优势突出，两江汇合，三镇鼎立；地处南北交通要冲，故有"江城""九省通衢"之美誉。武汉离我老家一个多小时车程，距离不算远，但在上大学前，我还没有去过。后来在那儿上了几年大学，才对这座城市有了点了解。但若说到乘船夜游，也还是第一次。

大约下午6点半，我们登上了"江汉"号游轮。先在一层就自助餐。在一溜美味中，我挑了一条半大的红烧武昌鱼、两样家乡小菜和一份点心。我不喜欢太油腻的东西，这既跟年岁渐老有关，也源于生性淡泊。

我对武昌鱼和名为"藕带"的这种家乡小菜情有独钟，一方面因为它们是我老家鄂州（古"武昌"）的特产，另一方面与小时候的生活经历有关。记得那时比较困难，好在湖里有鱼、荡里有藕，虽不能说取之不尽，但只要会水，又没有足够的食物充饥，你尽可以去取。坐在我旁边的L同学看见我的盘中美食笑了："多少年了，还念旧。"L同学是我们对面村的，小时候常一块儿游泳玩耍，了解我。

用过餐，我们上到了游轮顶层。这里很开阔，看得远。我和几个同学围坐在一张桌子周围。随着一声汽笛鸣响，游轮徐徐离岸，徜徉在长江汉水汇合的"Y"字形区域。看那景色，真美得很：两水相拥，温情脉脉；气清月明，江面如镜；岸边高楼林立，灯光闪烁；楚汉诗韵，中西风情！记得苏轼有佳句"清风徐来，水波不兴。……纵一苇之所如，凌万顷之茫然"，景物美，心境也美！但我们比古人幸运，可以尽享江汉之清风与天空之明月，而不必"哀吾生之须臾，羡长江之无穷"。我真正感受到了一种前所未有的幸福！

游轮轻快地航行了一阵，武汉长江大桥便出现在了我们眼前。远远望去，大桥就像小孩喜欢玩的积木，架构规整，别致有趣。船渐行渐近，我看到了桥面爬行着许多的车辆，很是惊喜，但不见火车开过，又有些遗憾。站在旁边的Z同学安慰说："等会儿会有的。"不一会儿，果然一列动车自南而北缓缓驶上大桥，造型别致的小小车头牵引着一溜车厢慢慢驰过。有趣的是，列车的尾部还有一个长相一样的小小车头，似乎怕前边的兄弟受累，在帮忙推着。再仔细看那车窗玻璃透出的人影儿，若隐若现，也许其中就有我们的亲人或朋友，非常亲切可爱。

一会儿，游轮开到了大桥的下面，从两个硕大的桥墩间轻快穿过。我以前只在桥面走过，没有近距离亲见桥墩，想不到它们竟有这么高，这么大。我情不自禁地对Z同学说："真了不起，在这样湍急的河流，要建造这样高大的桥墩，该是多么不易啊！""这在现在已经不是一件难事了。我目前正参与的，就是类似的工程。我国已是一个桥梁强国，建桥技术世界一流。你往后看，远处那座宏伟的武汉长江二桥，其施工难度就很高啊！"我很佩服高中时的这位同桌，同时觉得自己有些孤陋寡闻了！是啊，科技发展之快，成果之丰，超出想象，有如眼前山川之新景，美不胜收，"山阴道上，目不暇接"！

　　穿过大桥不久，"江汉"号鸣一声汽笛从那"Y"字形的下部折返了。放眼望去，我们将泊的码头和Z同学说的武汉长江二桥就在前方了。

　　短短两天的江城之行结束了。在返回浙江的特快列车的卧铺上，我仿照古文名句，胡诌了一段骈文，作为这次相聚江城的总结，准备用手机发给Q同学：

　　甲午初夏，五月江城；日丽风和，天朗气清。悠悠四十载，俯仰一瞬间。相聚汉口金色家园，共话泥中青葱岁月：农家子弟，平民书生；习文务农，学工学军；勤奋进取，各有所成。欣逢盛世，沐改革春风；扬帆弄潮，展智慧才能。同窗数载，相聚几日；信步江滩，畅叙幽情；泛舟江汉上，品酒"白云边"；时短情长，天高地迥；感母校培育厚德，谢师长教诲深恩。寥寥数语，以志此行。

2014 年 5 月 28 日于浙江平湖

回母校

　　我是 1982 年 1 月离开学校走向社会的，之前除了七年学前、四年务农，其余时间都在学校里度过，有过三所母校：刘弄学校、泥矶中学和华中师范学院（现华中师范大学）。

一

　　2019 年 10 月我因事回了趟湖北老家，在启程回京的前一天下午，我到了刘弄镇上，寻找青少年时期求学的记忆。

　　刘弄学校是我求学的起点，是一所小学、初中一贯制学校，在离家大约三里的小镇上。学校不大，一栋大户人家留下的旧房，是老师们办公的地方；另有两排平房，是教室。学校设施简陋，体育器材和各类乐器不多，却是我们的乐园。农村的小孩，除了在村里、地里疯跑、干活，学校就是游乐场了。那时学习负担不重，老师虽然很敬业，但对我们要求并不太严，不见学生因作业完不成而滞留学校，或家长因小孩表现不佳而来学校。八年的平常、快乐的日子，有几个记忆深刻的片段至今还留存在我的脑子里。

　　片段一：读报。

　　在那段时间里，起先我们是有正规教材的。也许是天性使然，我打小就很喜欢书籍，尤其是喜欢闻那新书的香气。新书到手，如获至宝，反复捧玩，不要多长时间就翻阅完毕。翻阅后，想法找来旧报纸或其他废旧纸张，小心把新书包好，并歪歪扭扭写上自己的名字。包书折角和不折角两种技艺，就是那时学会的。

　　后来不知从何时起没有了统一正规教材，取而代之的是各种版本的临时弄来的五花八门的书籍。记得语文课有时还拿报纸做教材（其他时间也有读的）。我语文成绩比较好，讲话声音比较响，所以受老师青睐，成为读报员之一。其实老师也没把读报太当回事，可能是应学校要求。我们年纪小，又在比较闭塞的地方，对文章的内容不懂也不关心，只是觉得好玩；当然有些精彩的语句或片段记下了，对写作文或大会发言稿可能有点帮助，譬如"回顾过去……展望未来……"之类。

片段二：报告。

所谓"报告"，就是讲自己的学习心得体会，类似后来的经验介绍。原本是很有意义的励志活动，只是当时我们年纪小、阅历浅、读书少，加之缺少能打动人激励人的经验，所以难免赶鸭子上架。我那时是学校极少数几个团员之一，学习成绩、语言表达能力都不错，故而被选为公社初中校"报告组"成员。由于被选中的人很少，所以学校相当重视：讲稿先由学生自己写，再由语文老师修改，自己试讲，再修改，然后在本校初讲，修改后才最后定稿。我的语文老师非常优秀，讲话、写文章的水平，绝对杠杠的！到底是名师指导，效果不错，领导比较满意。

正式"报告"的日子终于到了，一行几个学生一个老师。记得到一个从未去过的学校，往话筒前一站，看到下面黑压压一片，有点紧张，凑近话筒，一开口音量没控制好，特响，连自己都吓了一跳："声音咋比在自己学校响很多呢！"忘了这是借了话筒的力，而话筒的音量又是可以调控的，讲话与话筒的距离也影响音量。

"报告"的效果还不错，后面的招待更不错。我们是上级委派的客人，又"传经送宝"来了，当然要好好招待哦：两菜一汤，其中一碗红扁豆炒肉，是生平第一次见到，特别好吃！

片段三：练字。

"报告"的成功不仅使我有了点名气，更增强了我对语文老师的敬佩。语文老师平时讲话声音大，对我们要求很严格，脸上常无笑容，显得有点冷峻，所以有人误以为他恃才傲物，我觉得是天性使然。

我敬佩语文老师的另一个原因是，他上课板书好，尤其是多种美术字都能写得很漂亮，不仅我们学校，就是整个小镇都无人能及；所以学校的大小标语都由他承包，有时还外借到镇上写很大的标语。我曾现场观摩过好几次，他不仅写得好，还写得快，草稿都不用打，那大那多的字，往往大纸一展，挥笔立就。更奇的是，还能直接写在墙上。有人提前用白色石灰水在墙上刷个背景，他拿个三角板在上面比画比画，有时也画些很浅的线条，然后用支大排笔，蘸着红颜色水，几下一排很大的字就写好了。围观的人有的很内行，说字越大越难写，笔画粗细、间架大小，都不好掌握，但在老师手里，这些都不是个事儿。

有段时间，我很着迷学写美术字：一是小学时练过毛笔字，对书法有些爱好；二是出黑板报急用，文章标题往往要用美术字体；三是觉得技多不压身，将来可能派上用场。所以曾当面向老师请教过几回，放学回家后经常拿个塑料三角板在纸上比画练习，我哥见了说："不要练这个，没什么用，多看看书。"还是我哥有远见，现在电脑什么字"做"不出来？

我高中母校泥矶中学也在刘弄镇上。这所学校只培养过我们这一届高中生，一幢教学楼，两个班级，十几名老师。那时还没有恢复高考，学生哪儿来，毕业后回到哪儿去，学习上没多大压力，各类活动也比较多。

当时农村学校重点是学农、学军。学农活动内容比较丰富，诸如参加公社的"棉花实验"项目，做棉花营养钵，做糖化饲料；到学农基地种菜；到生产队摘棉花、挑塘泥等等。印象比较深的是种菜和摘棉花。

种菜就在我们村，大队农科所搬走后，空地成了我们的学农基地。我们主要种苋菜。这种菜很好种，不招虫，无需打农药，只要有适当的水分、充足的肥料就行。于是在下午"活动"时间，我们在学校附近弄些土渣肥，不辞辛劳担了去；身体强壮些的同学，还把学校厕所里的有机肥挑了去。后来还真收获了不少菜，拿到学校食堂，供我们师生享用，缓解了当时吃菜的困难。当时我们吃菜主要靠自己带，一般是家里腌制的咸菜。每到饭点，大家就把自己的瓶瓶罐罐集合在一起，俨然一个咸菜摊子。有的瓶子打开后，发现长了霉，仍舍不得扔掉，把上面的刮一下，照样吃。家境好点的同学，端着饭碗，到寝室后面卖咸萝卜、豆酱的摊位，买几分钱的，冷不防有同学围上去就是一顿乱抢。这种情况我也遇到一回。一次吃中饭时，我打开咸菜瓶，里面掺杂些许黄豆，同学见了围过来，几下就没了，还把铺板踩裂了。那时同学关系特好，亲如兄弟姐妹，东西不分彼此，有好吃的一定相互分享。但物资实在匮乏，所以能吃上自己亲手种植的营养可口的新鲜蔬菜，大家很是满足和自豪。记得我们还在基地挖了一个鱼池，湖水上涨一淹，一无所获。

学农的另一项重要活动是摘棉花。原罗湖大队等地，有大片江地（靠近长江的大堤内外的大片地块），大多种棉花。一到盛采期，往往人手不足；如果不及时采摘回来，遇到下雨，就会烂在地里。于是就邀请我们去帮忙抢摘，我们也正好又多了一个学农基地。到那儿一看，一片白色海洋，几乎看不到边际。摘棉花是女生的强项，男生怎么努力都要差一截。好在定的任务是弹性的，真的完不成也没关系，所以整个劳动过程还是比较轻松愉悦的。

还有更令人愉悦的，男女同学离开学校那个"鸟笼"，"飞"到一起自然有说有笑。虽然不是在谈恋爱（那是红线），但各自心里是否起点波澜就不得而知了。不仅如此，那午饭还真的不错，生产队的干部群众都特别热情，把我们当客人、当自己的孩子招待（有的同学原本就是他们的孩子）。

学军活动一般在学校进行。班级、年级仿照部队，称排、连。我开始当排长，后来侥幸升了连长，所以有的军训活动既是参与者，也是组织者。限于条件，军训活动不算很红火，譬如就没有组织师生进行实弹射击，所以至今我没有摸过真枪，只玩过自制木头枪，也是一件憾事。

我们偶尔也开展学工活动，譬如自制墨水，到铁路上锤石头等，由于条件限制，不如学农活动红火。

由于历史的原因，那时的教育不像现在这样受到高度重视。但校领导和老师们极其敬业，教育教学专业过硬，水平一流，对我们学生又特别好。2014年5月，我从浙江到武汉参加高中毕业四十周年师生聚会，见到了其中几位老师：张校长、金老师、官老师和徐老师。2016年退休后回华容参加聚会见到了周老师。这些老师都是我们十分敬佩的。张校长治校有方，把一所各方面条件并不好的农村学校管理得很好。金老师学识渊博，有什么不懂的，问他保准能给你满意的答复；课也上得特别好，绝对的名师；板书也堪称一绝，像印刷出来的一样，漂亮而工整，以致课后我们都舍不得擦黑板。教理科的官老师、徐老师和周老师，也都是非常优秀的老师，能把枯燥的理科知识讲得趣味盎然。我理科偏弱，他们给予我帮助很大；后来我有幸和周老师成为华师校友，他一如既往对我关照很多。记得官老师还是我们的班主任，又高又帅，爱岗敬业，为人厚道，待我们这些农村学生特别好。还有几位毕业后一直没见到的老师也很优秀，据说有的老师在教学之余还创作小说。想起来真是一个奇迹：一所农村乡镇高中培养的学生，居然在刚恢复高考后录取率极低的情况下，有一大批人先后考入大中专院校，整所学校的录取比例与县市高中相比毫不逊色。这一成绩的取得，还与在相当长一段时间里，学校狠抓教育质量的提升有关。老师们尽职尽责，想方设法提高学生的成绩，还组织或推荐学生参加上级举办的学科竞赛。记得我曾参加过全区语文学科竞赛，取得了第一名的优异成绩，为班级和学校争得了荣誉。1974毕业后大家回乡锻炼，后来或继续深造、或参军从政、或任教从医、或经商创业、或做工务农，在各自岗位上努力奋斗，建功立业。一批农家子弟，能取得如此不俗的成绩，母校和各位老师功不可没！老师之恩、母校之情，当永远铭记！

学校是我们的乐园，学校所在的小镇——刘弄也给予我们很多的快乐。

刘弄是公社（相当于后来的"乡"）政府所在地。那时我们农家子弟因家贫少有出远门的，小镇就是我们心目中的大城市。这小镇有着悠远的历史和辉煌的过往，出过很多名人，有我党早期工作者、著名大学校长和其他各界精英。

小镇平日里不算热闹，但逢年节或举办什么活动，就人群熙攘了。小镇的南边是一条不宽的土路，可通小型机动车；主体是一条很长的小巷，青石板铺地。小巷里店铺很多，大的是供销社，小的是油盐杂货铺子，时有光顾者；两间肉铺，平日里一大早就有人排长队，逢年过节生意就更兴隆了；油炸麻花、"狗脚"（烤制的外形似狗脚的硬而香的面食），是我们的最爱。公社办公地也在小巷里，是小镇的中心，也是全公社的中心。这是一幢木制房子，有好多间，不知是哪个大户人家留下的。小巷口有家油面作坊，师傅中有位邻村的熟人；对面的小理发店，是我称为"二哥"的本村人服务居民的地方。我和本村、对面村的小伙伴们放学后喜欢光顾麻花、"狗脚"铺子和开在小巷尽头的连环画书摊。书摊是一家小卖部顺带经营的，各类小人书摆放在一张竹床上，按书价的十分之一收取借阅费。我们都是穷学生，所以常常是一人借书，多人围观；几个小脑袋挤在一块儿，几双眼睛同时扫描一本可爱的小书，津津有味，乐此不疲，直到店家收摊才肯离开。我们还喜欢赤脚嗒嗒走在小巷的青石板上：享受那清凉、凹凸的感觉，与那拄杖彳亍的老者、换物的货郎和扛着犁耙的农人相遇相别；运气好的雨天，还能邂逅模样俊俏撑着油纸伞匆匆走过的农家姑娘，颇有点若干年后读到的戴望舒的《雨巷》的意境。一条汇聚人间烟火和诗情画意的小巷啊，就是我们那时的天堂！

随着农村城镇化的推进，公路变道，小镇逐渐冷落。2014年5月我们在武汉举行高中毕业四十周年同学聚会，大家很想回小镇一游，回母校看看，但小镇只有稀稀落落几幢民房，小巷被一条不宽的公路取代，两所母校均不见了踪影，终究未能成行。为了弥补那次的遗憾，这次我特地回了一趟小镇。走在母校的遗址上，回想在小镇十年半的学习生活，对母校、对老师的感恩之情油然而生！

夕阳西下，我依依告别了小镇，告别了母校，约好了在梦里再相见。

二

1977年恢复高考，我有幸考入华中师范学院（现华中师范大学），从而有了第三所母校。2015年7月退休后，我常辗转于浙江、北京、湖北三地，武汉成了途中必经的一站，因此有了很多回母校的机会。下面是四次回母校的记忆片段。

记忆一：那条路上。

在广埠屯地铁站下车，步行几分钟，即可见华师高大的正门。正门上方"华中师范大学"校名，为华师前身中原大学创始人之一邓小平同志亲笔题写，字迹秀丽典雅，俊美飘逸。每次回母校看到邓小平同志题写的校名，我总是特别激动：如果不是邓小平同志当年果断决策，不是遇到一个伟大的时代，就没有我们现在津津乐道的"77级"，所以我每次回母校是怀着深深的感激之情的。

2016年10月的一天下午，我从老家华容去岳阳做客途径武汉，回到母校华师。记得从地铁站口出来，天正淅淅沥沥地下着小雨。我走进校门，发现有观光、代步车，但我没有乘，一是时间比较充裕，离我到武昌站乘车还有好几个小时；二是我想回味那徒步走在校园的感觉。于是撑着伞，沿着梧桐大道一路向上，疏雨滴梧桐，晚风送清凉，觉得真的找回了母校给予我的那种温馨的感觉。

我很喜欢这梧桐大道，觉得能跟它比美的只有桂中路。高高梧桐，根深叶茂；百年底蕴，桃李天下；一路向上，抬头见山；登堂入室，方成大器。更有那校训石，"求实创新、立德树人"，是为学之要诀，为人之根本。

还有那路边的"利羣書社"，名副其实，以书利民，也为我深爱。于是我收起雨伞，放在门边。走进一看，一座阶梯式自助阅览室（我不知道是否可以借阅），一如我三十多年前在老图书馆看到的情景：虽然天时已晚，又下着小雨，但几乎座无虚席，分不清谁是管理者，谁是读者；谁是校内师生，谁是校外公众。书架上的书很多，内容涵盖方方面面。我打小就喜欢书，很享受站在书架前的感觉。我突然惊喜地发现了我的老师黄曼君先生的文集，其中收有他研究鲁迅、郭沫若、沙汀、闻一多、余光中等著名作家作品的重要学术成果。我赶紧取下来，找个座位坐下认真地翻阅起来。

我们当年在中文系读书时，有一大批著名的教授和其他优秀教师给我们上课或做学术讲座，其中就有黄曼君先生。我们学习的《中国现代文学史》教材，黄老师还参加了编写。我听说现在有些大学，名教授一般不给本科生上课。我深感身为"77级"学生的无比幸福，处在一个伟大的时代，又遇到了那么多著名教授、那么多优秀教师。翻阅黄老师的著作，我深深怀念他（黄老师于2010年11月22日因病辞世），感谢他对我们的谆谆教诲！

记忆二：那幢楼前。

2017年春节假期的一个上午，我和儿子、儿媳、孙女一行四人在游览武大后来到华师。我们此行的一个重要目的就是探访文学院。

每次回母校，我都要驻足于文学院（原中文系）那幢楼前。文学院是我真正诞生文学梦的地方，我"小二黑"的雅号就诞生于此。在求学的那几年，我们曾在此聆听过很多著名教授的课，知道文学于人于人生的重要性：一个人来到世上，不仅需要物质的支撑，也需要精神的滋养。此时昔日求学的种种场景在脑子里不断浮现：那我们曾专注听讲的课堂，那我们曾潜心研读的教室，那我们曾匆匆而过的走廊……

我们进入校园，虽是冬日，但并不觉寒冷，暖阳高照着静静的校园。沿梧桐大道一路向上，到达桂中路。桂中路为华师名片，曾入选"江城最美街景"，既是校园主干道，也是桂子山文化长廊。道路两旁郁郁葱葱的梧桐树与古色古香的教学楼群相搭配，构成自然与人文和谐相融的美丽画卷。我们要去的文学院就在这条路上。路上不时有三三两两男女学生走过，看见我们还微笑颔首致意。"文华公书林"门前"爱我中华"四个大字深深吸引住了我们，孙女一定要在此拍照留念，小小年纪，就有爱国情怀，令我们倍感欣慰。恽代英广场边有几位专心看书的女生，听见我孙女儿咯咯的笑声，投来了友善温婉的一瞥；路边亭子间有老人小憩，或打着节奏极慢的太极拳……一幅和谐幸福的图景！想那三十多年前，我也曾是这校园中的一员，也曾留下一段青春故事。

我们一路走来一边赏景，终于来到文学院前。这时令我惊喜的一幕出现了：晋业同学正和同事一边谈着话一边从里面出来，与我们不期而遇；待我们相互确认后，是长时间的热情而紧紧地拥抱。晋业是我华师的同班好友，有段时间还住在同一个寝室。他不仅人长得帅，成绩也特别好，毕业后考研，留校任教，成为研究教授现代文学的名师大家。同在华师工作的还有王济民、邓儒柏同学，也是我的好友，同样十分优秀，很有成就。虽然还没有开学，但勤勉的晋业同学已开始忙碌起来了，我们深受感动。看他实在太忙，我婉谢了他"共进午餐"的邀请，在简短地寒暄交谈后，约好下次有空几个校友一起好好聚聚。

记忆三：那棵树下。

2018年8月的一天下午，我到在武汉的哥哥家做客，返回时顺道去街道口书店买书，然后又去了趟母校，想再看看当年住过的宿舍楼。

1978年下半年，我们从京山分院回到华师本部。此后的三年半时间，我们把人生最美的一段年华留在了这里：寝室——食堂——教室——图书馆——寝室，周而复始，演绎的是看似重复实则不断更新的奋斗故事。与中学相比，大学管理相对有弹性，学生自由度比较大。譬如晨读不组织、上课不点名、作业不齐交、排名不公布，但绝不见早上睡懒觉、上课打瞌睡、课后瞎胡闹的情况。十多年一考，百里挑一，机会难得，舍不得耽误；都是精英，竞争激烈，绝不敢懈怠！你看那早读，"莫道君行早"，更有早起人：树林里，操场边，食堂前，都有朗朗书声响起。平时自修，有些内容需要通过朗读来强化记忆，于是树下、林中有了我们的临时"教室"，时有手捧书本勤奋攻读的学生出入其间，成为桂子山一道别致的风景。

我们寝室前有棵大树，当它枝繁叶茂季，正是我们树下读书时。我的好友边三红，聪明勤奋，每天早早起床，搬一小板凳，坐于寝室前大树下，津津有味地朗读起来，收获了唐诗宋词，收获了满树芬芳，也收获了一段青春故事。多年后，母校征文，他写了一篇好评如潮的散文《大树下》：

"……站在这大树下，望着那如灿灿红霞的满树红花，我回想起在这大树下读书的美好时光，自然也就想起了她。我不知道，她是否还记得这棵大树，是否还记得在这棵大树下读书的我和她。"

回答应该是肯定的。谁能忘记在母校的点点滴滴？谁能忘记发生在这里的一段段青春故事？母校是我们人生梦想的起点，也是我们精神得以皈依的温馨港湾！

记忆四：那片林中。

华师不仅有各式各样的古建筑，还有姹紫嫣红的名花卉。牡丹、玉兰、桃李、桂花、梅花、杜鹃花……四时次第绽放，把桂子山装点得分外美丽。桂子山因满山桂花树而得名，桂花是桂子山花卉的当然主角。每年九月到十月，桂树飘香，满园芬芳。记得当年满园桂花盛开时，有人拿张被单铺在树下，轻轻摇动树枝，淡黄的桂花纷纷落下，收集起来竟要用箩筐装。起自喷泉广场、终至露天电影场的桂花长廊，是赏桂最佳处，也是华师校园标志性景点，毕业学子拍照的理想之地。

2019年10月的一天下午，我沿着宿舍楼西边通往佑铭体育馆的那条路，探寻我熟悉的那片桂花林，那也是一处欣赏桂花的理想之地。真幸运，恰逢桂花绽放，沁人心脾。由于离宿舍楼近，又是通往体育场的必经之地，所以来往的学生很多。看着一张张青春洋溢的面孔，不禁想起当年我和同学们在此读书、休憩的情景。

每当仲秋时节，丛桂怒放，馨香扑鼻，邀上两三挚友，手捧古诗，吟诵"人闲桂花落，夜静春山空。月出惊山鸟，时鸣春涧中""重湖叠巘清嘉。有三秋桂子，十里荷花。羌管弄晴，菱歌泛夜，嬉嬉钓叟莲娃。千骑拥高牙，乘醉听箫鼓，吟赏烟霞。异日图将好景，归去凤池夸"等美丽诗句，或席地而坐，看那云卷云舒，听那鸟鸣风吟；交流学习心得，畅谈人生理想，何其乐哉！

我生性好静，平时看书喜欢寻找一静谧处。有一年期末备考，我拿着一本厚厚的复习资料，就曾来过这片静静的林中。或高声朗读，或冥思苦想，其时虽然桂花未开，但看着满树翠绿，神清气爽，效率倍增。

我喜欢桂花的品格，虽芬芳馥郁，却不与百花争春："暗淡轻黄体性柔，情疏迹远只香留。何须浅碧深红色，自是花中第一流。梅定妒，菊应羞，画阑开处冠中秋。骚人可煞无情思，何事当年不见收。"同时，桂花还可泡茶入药，于人益处多多。我爱桂花，我留恋那片桂花林，那里有我们青春的身影，有我们自由驰骋的理想。

在即将作别这片树林、作别母校之际，我和它们有个约定：

明年桂花飘香时，我将按时再来，和我的老伴儿，带着我们的孙女儿——那个前年曾在"文华公书林"门前拍照留念、还不曾看过南方桂花的北京小姑娘。

感恩遇见

有一首歌唱道:"……你是那夜空中最美的星星/照亮我一路前行/你是我生命中最美的相遇/你若安好便是晴天/你是那夜空中最美的星星/陪伴我一路前行/你是我生命中最美的相遇……"

是啊,大千世界,因"相遇"而美丽,因"遇见"而精彩。

风儿与草原"相遇",才有了"风吹草低见牛羊"的壮阔;种子与土地"相遇",才有了"喜看稻菽千层浪"的欣悦;哨鸽与蓝天"相遇",才有了美妙动人的乐音;海鸥与风浪"相遇",才有了矫健雄放的身影……

伯牙与子期,"遇见"了知音;管仲与鲍叔牙,"遇见"了挚友;李白与杜甫,"遇见"了唐诗的"高光";史铁生与地坛,"遇见"了母爱的伟大;《早安隆回》与梅西碎步,"遇见"了"那夜空中最美的星星"……

作为普通人的我们,一生"遇见"的甚多,需要感恩的亦甚多。

退休后我和老伴闲居北京,见证了孩子们的生活、学习和工作,也尽享天伦之乐。儿子他们有一个幸福的家庭。两个宝宝,是上苍馈赠的珍宝,家里的开心果。大宝聪明上进,做事认真执着,不甘人后。上幼儿园,无论是国旗下的讲话,还是文艺表演,都有模有样。待人热情大方,喜欢交朋友,与两个小朋友关系尤其好,几乎无话不说,形影不离。其中一个小朋友的姥爷,退休前是河北一所高中的物理教师,跟我职业相同,年龄、经历相仿,自有很多共同话题;所以常常是两个小朋友在公园尽情玩耍,两个老朋友在一旁畅所欲言,何其乐也!大宝上幼儿园,一般早上她妈妈上班顺路送去,下午我去接。有段时间她希望我早点接,如果我排在队伍的前几位,她总要高兴好一阵子;如果去晚了,她也不批评,只是说明天早点来哦。牵着她,穿过公园,一边听她说幼儿园的趣事,一边欣赏小鸟在树林间欢跳,是我一天中最快乐的时光!上小学后,大宝在各方面表现更好。老师布置的课后活动,她都能尽力参加。前些时,在妈妈的帮助下,精心拍摄了"护眼"小视频,相当精彩,参加市里的比赛,获得了广泛好评。她生性活泼,喜欢说笑,朗诵、唱歌都很有天分,一首《你笑起来真好看》,声情并茂,笑意盈盈,确实"好看"!有时我兴致来了,也哼上几句。她说:"爷爷喜欢听歌，但不能完整唱一首歌。"观察仔细，点评到位，很令我惊讶。是的，音乐和绘画，都是我的短板，能大致欣赏出歌曲的高低优劣，但不会唱；简笔画能画几笔，只是很多时候画出来的跟心里想的不一致。

小宝 2020 年 2 月出生，如今两岁多了，健康活泼，聪明伶俐。跟姐姐一样，她也喜欢画画，有时要我教她。有次我随意给她画了个动物，并告诉她这是个牛。她睁大两只溜圆的眼睛，表示疑惑："不像，像个猪！"逗得我们大笑不止。时间长了，她自己能独自画了，仔细看那各种各样的图形，有的还真像某种动物，萌态可掬，令人惊喜。前些时给她买了个滑板车，有点高，上下车有点困难，但她很勇敢很努力，几天过后，就熟练了。妈妈带她在小区花园荡秋千，她盘腿坐好，右手握着主杆，左手抓住底板，来回荡悠，两只小辫，随风飘动；不时还笑着和妈妈对话，十分惬意，那神情和模样，实在太可爱了！当然偶尔也有不开心的时候，记得有一次犯了点错，姐姐批评了她，她自己主动低着头，面对书柜毕恭毕敬地站着，颇有点"面壁思过"的意思，不知道是自省还是委屈，逗得我们捧腹良久。但她一点不记恨，一会儿就缠着姐姐学这学那，有说有笑。她很羡慕姐姐上学，时常在家里背个小书包，并笑着说："我上学去了。"下午姐姐放学，只要不是午睡太晚，她总要争着去接，两人关系可好啦。

记得二十世纪八十年代，我曾因培训、旅游到过北京，去过长城、天安门广场、故宫、中南海等地方，"遇见"了这座城市很多的美好。退休后暂住北京，观戏剧，看演出，赏画展，逛公园，进院校，吃美食，又"遇见"了老舍茶馆、天桥剧场、奥运场馆、北京青年宫、天安门城楼、人民大会堂、国家大剧院、梅兰芳大剧院……或是儿子开车陪同，或是儿媳帮忙买票；或是举家前往，或是我和老伴同去，长了见识，开了眼界，见证了京城的日新月异。在此，要感谢家人，感谢这座伟大的城市，让我们有幸"遇见"了生平这段最轻松、最快乐的时光！

同时，回望过去，作为在乡村困难环境中长大成人、在改革开放年代里求学立业的一代人，更应感恩，因为我们在人生最好的年华，"遇见"了一个伟大的时代！

退休前，我曾在湖南、浙江两地四所学校任教 34 年，有幸"遇见"了很多的美好。刚到湖南，人生地不熟，由学生到教师的顺利转身，后来在事业上小有成绩，都得益于领导的关怀、同事的帮助和学生的支持。记得当时住房困难，有次拆迁换房，学校还特地腾出一间学生宿舍让我们住。1998 年举家调往浙江，学校领导先是安排我们暂住在学校附近的饭店、校内学生宿舍，后来又多方协调，使我们得以顺利购房，简单装修后，在较短时间内住进了新居。

同时，在教学业务上我也受益颇多。刚到湖南时，有专门的指导老师。到浙江，友好的人际关系，良好的工作氛围，都有力促进了业务能力的提升。1999

年嘉兴市有关单位组织"新世纪教师形象"征文比赛，当时由于比较忙，精力不够，不想参加。在截稿前几天，教研组长潜老师两次鼓励我参赛："机会难得，不妨一试。"我听从了，还侥幸拿了个二等奖。很开心，这是我到平湖后获得的第一项奖励；而且含金量不低，参赛人数多、实力强，获奖名额少。

有人说，教师的成功source于学生。我虽然还远远算不上成功，但认同这种观点。记得在湖南的时候带的一个班，学生基础比较好，而且勤奋上进。在任课老师和学生的共同努力下，当年高考预考（高考资格考试）上线人数创学校新高，最终高考录取人数多，而且档次高。

刚到浙江的那年，当班主任，教两个班的课，还要装修房子，妻子上班比较远，孩子学习需要适应，平时比较忙碌，工作生活压力大。但好在有领导的关心，同事的帮助，学生的支持，顺利度过了那段困难的日子。记得在原东湖中学教学楼二楼的一间办公室里，我们几位语文、数学老师在一起工作，大家团结协作，气氛和谐。我初来乍到，大家给予我很多关照：带早餐，送辣椒，甚至还辅导孩子的功课。学生也很理解我，支持我："老师，您放心好了，我们会努力的！"由于大家的共同努力，班级进步很快，班风、成绩都不错，尤其是在体育方面非常突出，期末还被评为文明班级。我被评为1998学年度平湖市级优秀班主任。这是我到平湖后获得的第二项奖励。一年中，能获得这样两项荣誉，对刚到平湖的我来说，其激励的意义，不比以后获得的省级荣誉小。在此，我要再次感谢给予我鼓励和支持的领导、同事和学生！

退休后，闲暇多了，刷手机也多了，我应邀进了很多的"群"：校友群、师生群、同事群、亲戚群、退教群等，感受到来自各方的真情，又"遇见"了很多的美好。尤其是自己曾工作过的学校，校庆邀请参加活动，春节、重阳节、教师节校领导慰问。退教群，更是我们退休后的一个新家，各类信息有交流，大事小情有关照；"冯站长之家"，是我们的"早餐"，每天6点吕校长一定准时发布；每次活动，俞校长周到安排，精心组织；哪位七十或八十寿诞，定有隆重的庆祝仪式；每年的生日，都能收到很多的祝福……

是的，作为个体的我们，不可能孤立地生存和发展，必定与很多的人和事相遇；作为宇宙天地间的一个匆匆过客，不管你是伟大或者普通，你生命的成长、生活的幸福和事业的成功，都来自很多人的陪伴和关怀。所以，我们要永远心存感激：感恩父母给予我们生命，家人给予我们扶持，师长给予我们知识，团队给予我们力量，集体给予我们温暖，时代给予我们成功！

所有的"相遇"和"陪伴"，不管是一生抑或一程，不管是在困难时刻，还是在平常时日，我们都应该感恩和珍惜，因为它们都是我们生命中美好的"遇见"！

后 记

今天的心情不错：窗外风轻云淡，久违的暖阳回来了；文稿初步修改完毕，一件困难之事终于有了新的进展。退休写作，无关功利，不同于年轻时为了文凭学位和职称评聘，确实是一件轻松愉悦之事；但"文章千古事"，非具有深邃思想和出色文笔而不能为之，而这些于我都有所欠缺，所以在快乐之余也深感不易。回顾从教三十多年，相当长一段时间是"述而少作"。客观原因是，就中学教师而言，文学创作只是个人的业余爱好，并非职业之刚性要求。"传道受业解惑"，关乎学生的前途，必须全力以赴；如果写作与教学因个人能力不逮而无法兼顾，就只能忍痛割爱了。所以我开始于二十世纪八十年代的文学梦，在很长一段时间是几近幻灭的。

后来之所以能旧梦重拾，主要得益于任教学校浓郁的文学创作氛围；而这次准备出书，还源于同学同事的鼓舞推动。近年来，在我大学同学中，在我曾任教的学校里，兴起了写作出书的热潮，不断有鸿篇巨制送达我手中。捧读良久，钦羡不已，于是"退而结网"，敲击键盘，赶个热闹。当然也有个人方面的一些缘由：一是退休闲居北京，有了大把可供自己支配的时间。每每在那休闲宅家的日子，在那寂静悠闲的晚上，可以专心看书作文，自娱自乐。二是几十年来陆陆续续写作的一些短文，散落在各处，散帙自珍，想选录留存。三是2014年到武汉参加高中同学毕业四十周年聚会，酒后座谈，师生畅叙往事，激情澎湃。会后一同学突然对我说，你是学中文的，又当了几十年的语文老师，何不把从前的那些事写出来。趁着酒兴，我爽快答应了。

当然我知道，这不是件易事；但既已答应，只得勉力为之，于是就有了这里的一些文章。一般作文不等于真正意义的文学创作。这本书里头，小说、诗歌、日记体裁的大致可以归于"创作"类，其中的人和事有虚构，不完全等同于生活。而其他大部分文章，只能算一般作文，非虚构，可归于"纪实"类。那些曾经历过的往事，虽然时过境迁，但尽力保持生活的原貌。涉及的历史人物事件、名胜古迹，有的加以必要的考证阐说，以求内容真实有据。"蓦然回首""教泳下水"两个板块里的一些教育教学随笔、高考模拟短文,是几十年教育教学、所思所感的微缩。篇目不多,文字简短,但时间跨度较大,涉及的又是教书育人这一"主业";置于此,既是对自己平凡从教经历的回望,也是为了使这本小书在"面"上显得完整些。古人云,读万卷书,行万里路。我未读"万卷书",但已行"万里路"。退休前,尤其是退休后,旅游是我最大的业余爱好。我很佩服那些追求"诗与远方"的驴友,因为我所追求的主要是"远方"。当然"诗意"也并非全无,譬如屡次将图片编排命题发于朋友圈,与人分享;但仅此显然不够,于是又配了些文字,这就是那些记述游踪游程和所思所感的篇目。时事评述、热点剖析类,只是从个人的视角对现实的粗略观照,思想高度有限,多为一孔之见。那些写自我的文字,是想给自己留个念想,也为过往留个印记。我的人生经历,总的说来是一段平静岁月,一片云淡风轻。书中少数篇目中抒写的自己曾遇到过的一些小困难,是写实而非渲染。不过它们只是我漫漫人生旅途中的一些小路段,一些小"插曲",所占的份额很少;况且困难于人生是一笔财富,于前行是一种动力。所以这些文字和其他很多篇目,都是围绕"感恩"这一主题的:写亲情友情的如是,写成长求学的如是,写故乡母校的如是,写社会时代的亦如是。当然,这本书的内容,还远不能称为真正的"文学",只是一些浅陋的文字,如能给读者一点点启发,就欣喜过望了。

关于书名"风轻云淡",这里也顺便说几句,它是今天才确定的:一是此时的自然风景,二是此刻的个人心境。同时还大抵契合本书的内容与表达——平常故事,轻淡笔墨。全书中,旧作部分,此次结集基本上未作修改;"首发"部分,为退休闲居时所作。内容琐碎,涉及的人和事有的比较久远,记忆、表述可能不够准确,不当之处,敬请读者指正。

最后要说的是感谢的话,一本小书能够顺利完成,得到了家人的大力支持和很多朋友的热情鼓励,不少同学及时提供了很多宝贵的资料,有的篇目还对文史资料等有所引述。友人金卫其先生、赵亚平同学为本书的出版提供了极大帮助,平优良先生于百忙中不辞辛劳为本书作序。在此,一并致以诚挚的谢意!

秦自黑

2022 年 12 月于浙江平湖